btb

Aus Freude am Lesen

MARTIN OLCZAK

DIE AKADEMIEMORDE

Roman

Aus dem Schwedischen
von Gabriele Haefs

btb

Für Anna. Und Patrik.

XXII.

»Das höchste und wichtigste Ziel der Akademie sey … die Himmlischen Wahrheyten zu deuten.«

Statuten der Schwedischen Akademie,
aufgestellt von Gustav III. und Elis Schröderheim, 1786

Meine Freunde!

Darf ich euch so nennen?

Ihr seid überrascht, das kann ich euch ansehen. Aber ich betrachte euch als meine Freunde, auch wenn wir uns hier zum ersten Mal begegnen.

Ach, ihr legt mir ein Kissen unter den Kopf, ein schönes Leinenkissen noch dazu. Danke für eure Umsicht, aber das ist wirklich nicht nötig. Wenn jemand im Sterben liegt, kommt es nicht mehr auf Bequemlichkeit an.

Aber genug davon. Unsere Zeit ist knapp, und wir haben viel zu besprechen, nicht wahr?

Ihr seid natürlich bereits über die bewussten Ereignisse informiert worden. Die Ereignisse, die heute Nacht zu ihrem tödlichen Ende gelangt sind. Aber vielleicht kann ich einige der Umstände erklären.

Wann hat alles angefangen? Welcher Augenblick war der erste?

Ihr seid vielleicht nicht meiner Meinung, aber ich glaube, ich weiß sowohl das Datum als auch die Uhrzeit.

Es war um 12.59 Uhr.

Am elften Oktober 2005.

Hubert Rudqvist stand hinter den weißen Eichentüren beim großen Saal der Börse. Seine Hand ruhte auf der Türklinke, sein Blick folgte dem Sekundenzeiger der Wanduhr. Geduldig wartete er auf den Stundenschlag.

Er feuchtete sich die Lippen an, danach schritt er durch die

Tür, um den Namen des Preisträgers bekanntzugeben. Im Saal wimmelte es natürlich von Fotografen und Journalisten aus aller Herren Länder.

Rudqvist zog sein Jackett gerade und verkündete mit fester Stimme:

»Guten Tag und Willkommen in der Schwedischen Akademie. Der Nobelpreis für Literatur des Jahres 2005 geht an den englischen Autor Harold Pinter.«

Im überfüllten Saal brach Gemurmel aus.

»Endlich!«, rief ein Witzbold.

Aber Rudqvist ließ sich nicht beirren. Er las die Begründung der Akademie in fünf verschiedenen Sprachen vor – Schwedisch, Englisch, Französisch, Russisch, Deutsch – und schaute danach über die Menschenmenge hinweg.

Dann – wie durch eine geheimnisvolle Fügung – blieb sein Blick im hinteren Teil des Saales an mir hängen. Ich sah in seine blaugrauen Augen, und in diesem Moment wusste ich, was geschehen musste.

Dass die Stunde der Rache geschlagen hatte.

Endlich, wie der Witzbold gesagt hatte.

Danach bedankte sich Rudqvist für die Aufmerksamkeit und ließ sich von den angereisten Presseleuten interviewen. Bis zu unserer nächsten Begegnung sollten sieben Jahre vergehen.

Es war … ein Abend … Anfang … Mai …

ERSTER TEIL

MODUS OPERANDI

1

Harold Pinter

Nobelpreisträger für Literatur 2005

Begründung der Schwedischen Akademie:

»Der in seinen Dramen die Abgründe hinter dem alltäglichen Geschwätz sichtbar macht und in den geschlossenen Raum der Unterdrückung einbricht.«

14. Mai 2012

Im Restaurant Berns Salonger, mitten in Stockholm, bei der Hundertjahrfeier für August Strindberg: Parkettboden und Terrassen des großen Salons waren gefüllt mit festlich gekleideten Männern und Frauen, aus den Lautsprechern ertönte Beethovens Kreutzersonate, doch das Lieblingsstück des Jubilars ertrank im Lärm des Festes. Gäste prosteten einander zu und waren in lebhafte Gespräche vertieft, das Geräusch von knisternden Kleiderstoffen und Konfektionsanzügen füllte jede Nische. Das Stimmgewirr stieg zu den Kristallleuchtern nach oben und verteilte sich unter dem vergoldeten Deckengewölbe.

Hubert Rudqvist, der ständige Sekretär der Schwedischen Akademie, stand auf der südwestlichen Terrasse. Sein Blick schweifte durch den angrenzenden Speisesaal, über die Plüschmöbel und die Holztäfelungen des Roten Zimmers, über die handgemalten Fensterscheiben. Ein gutes Jahrhundert zuvor hatte Strindberg sich hier mit Literaten und Schriftstellern getroffen, in diesen Restaurantsälen, in diesen blutroten Sesseln.

»Wenn man ganz still hier sitzt«, hatte Rudqvist in seiner Rede vor dem Essen gesagt, »kann man noch heute Strindbergs Stimme hören. Seine Worte haben sich für immer in diesen Wänden festgesetzt. Hört zu! Hört ganz genau zu!«

Die etwa dreihundert Essensgäste waren verstummt, nicht ein Laut war an den dichtbesetzten Tischen zu hören gewesen. Und er hatte das Mikrofon an seinen Mund gehoben und gespenstisch geflüstert:

»Es ging mir nie um den Sieg, sondern um den Kampf…«

Die Huldigungsrede war gut angekommen, wenn man nach dem Applaus urteilen durfte, und der Abend verlief angenehmer, als Rudqvist befürchtet hatte. Aber es war Zeit, sich nach Hause zu begeben, er hatte mehr getrunken und geplaudert, als es seine Absicht gewesen war. Mit festem Händedruck verabschiedete er sich von Verlegern und Schriftstellerkollegen, winkte den anderen Akademiemitgliedern kurz zu. Dann sah er sich im Salon um, suchte seine Frau, konnte sie im Gewimmel jedoch nicht entdecken. In der Garderobe holte er sich seinen Mantel, band sorgfältig den Gürtel und ging hinaus in die Stockholmer Nacht, schlug den Weg durch den Berzelii Park ein. Bis etwa 1850 war dieses Gelände ein Moor gewesen, ein weitläufiges Abflussbecken für den Fischmarkt am Packaretorg. In dieser Nacht erinnerte der Park wieder an den Sumpf, der hier einst heimisch gewesen war. Das Gras war feucht vom Tau, Nebelschwaden zogen sich durch das dunkle Laub der Ahornbäume, wanden sich wie unselige Wiedergänger um das Berzelius-Standbild.

Zielstrebig wanderte er vorbei an den Büschen, etwa zehn Meter entfernt von dem schwarzgestrichenen gusseisernen Zaun, der das Parkgelände umgab. Die Nacht war kalt, und sein Atem zeigte sich im Schein der Straßenlaternen. Plötzlich trat eine Gestalt auf den Kiesweg, ein Mann. Er trug einen Gehrock mit einer doppelten Knopfreihe, blankgeputzte Halbschuhe, einen leicht nach hinten geschobenen Chapeau Claque. Die abgenutzten Kleidungsstücke verschwammen mit dem Halbdunkel, der im Laternenlicht funkelnde Gegenstand in seiner Hand jedoch war deutlich zu sehen.

Rudqvist blieb stehen und starrte den anderen an.

»Was … was soll das denn?«

Die Gestalt trat näher und antwortete mit lauter Stimme:

»Die Stunde der Rache ist da, Carl Bildt.«

Dann hob er die Handfeuerwaffe und krümmte den Zeigefinger um den Abzughahn. Der Schuss hallte durch die Nacht, weißer Pulverrauch quoll aus der Revolvermündung, und Rudqvist fiel zu Boden. Die Bleikugel hatte seine Stirn durchschlagen, mitten zwischen den Augen, und das Blut lief wie purpurrote Tränen über seine Wangen.

Der Mann betrachtete sein Opfer einen Moment lang. Dann verließ er mit eiligen Schritten den Tatort und verschwand im Nebel.

* * *

Claudia Rodriguez sah sich im Zimmer um, musterte die weißen Webtapeten, die Fotos auf dem Nachttisch, den bewegungslos im Bett liegenden Mann. Am Fußende hing ein in Kunststoff eingelassener Papierstreifen, die handgeschriebenen ICD-Codes waren dieselben, soweit sie sich zurückerinnern konnte, 00-G99//U00-U99//100-199, Ziffern, die nichts sagten und doch alles bedeuteten.

»Ich gehe in den Boxverein. Auf ein Fest.«

Aus dem Kehlkopf des Mannes ragte die Atemkanüle hervor, der Schlauch ringelte sich über das Bett, es war ein knapper Meter bis zum Beatmungsgerät. Im Display waren die rotleuchtenden Ziffern zu sehen, die Atemfrequenz, die jede Minute, jede Stunde angezeigt wurde.

»Giorgios wird heute sechzig«, fügte sie als Erklärung hinzu.

Laut zu reden, war ihr im ersten Jahr natürlich vorgekommen, vom Alltagsleben zu erzählen, von Freunden, die heirateten oder sich scheiden ließen, Klatsch von der Arbeit, Fußballergebnisse, aber inzwischen stand sie meistens stumm am Fenster. Sie blieb immer eine Viertelstunde hier in Zimmer 12 in der neurologischen Abteilung, vielleicht zwanzig Minuten, bereute, gekommen zu sein, bereute, wieder zu gehen. Wenn sie sprach, kamen ihr die Wörter kantig und fremd vor in ihrem Mund.

An diesem Abend war sie wenigstens allein. Keine Krankenschwester, keine Putzfrau. Die Mutter des Mannes war früher am Tag zu Besuch gewesen, vermutlich um die Mittagszeit. Seit etwa einem Jahr hatten ihre Besuche sich niemals mehr überschnitten, wie nach einer stummen Übereinkunft.

»Muss jetzt gehen …«

Sie berührte die linke Hand des Mannes und blickte abermals den Respirator neben ihm an, die orangen Indikationslämpchen, die alle drei Sekunden blinkten, ohne Unterlass, rund um die Uhr. Sie nahm die Treppe, nicht den Fahrstuhl, sechs Stock hinunter bis zur Eingangshalle, und lief dann aus dem Universitätskrankenhaus zu ihrer Honda Shadow, die ganz hinten auf dem Parkplatz stand.

Sie fuhr nach Westen durch das Wohngebiet von Huddinge, vorbei an Albysjön, und bald war in der Dunkelheit die Botkyrkahalle zu sehen. Sie war nur wenige Kilometer gefahren, aber die beiden Orte schienen unendlich weit voneinander entfernt zu sein. Sie hielt am Haupteingang, trödelte aber noch eine Weile herum und schaute hoch zum Nachthimmel, der sich über den südwestlichen Vororten ausbreitete, dann ging sie ins Haus des Boxvereins.

Hier hatte sie einen großen Teil ihrer Kindheit verbracht, einen großen Teil ihres Lebens, hatte sich an Tritte und Schläge gewöhnt, an Verwünschungen in einem Dutzend Sprachen, doch an diesem Abend waren nur Gelächter und Rembetikagesang zu hören, verstaubte Schallplatten von Haris Alexiou, die immer wieder auf dem Plattenspieler liefen. Als sie Elena entdeckte, lief sie durch das Gewimmel zu ihr hin und umarmte die Jugendfreundin, vorsichtig, um nicht das Mineralwasser in deren Hand zu vergießen.

»Tut mir leid, dass ich so spät komme.«

»Für dich ist das doch noch früh«, lachte Elena, dann aber verstummte sie schnell, wurde ernst. »Es war doch heute, oder? Vor fünf Jahren …«

»Ja, es war heute.«

»Warst du im Krankenhaus?«

»Ja, vorhin.«

»Mitten in der Nacht? Ist das denn erlaubt?«

»Nein.«

Claudia starrte für einen Moment den Kunststoffboden an, dann öffnete ihr Gesicht sich zu einem Lächeln, so als ob sie auf einen inneren Schalter gedrückt und damit ihre Stimmung verändert hätte.

»Und, wie läuft das Fest?«

Elena verzog den Mund und nickte zu der improvisierten Bar hinüber, zu Gesang und Rufen, die aus dem hinteren Teil der Halle erschallten.

»Rat mal.«

»Klingt, als wäre er heute Abend in Hochform.«

»Das kann man wohl sagen.«

Unzählige Lampen strahlten die Sportanlage an, und an die hundert vertraute Gesichter waren im Gewimmel zu sehen, doch Claudias Blicke hafteten an dem wunderbaren Mann.

Giorgios Papadakis saß an dem wackeligen Plastiktisch vor

der Bar, umgeben von seinen Boxschülern, Verwandten und Freunden. An der Längsseite des Tisches lud er alle zum Armdrücken ein, die leichtsinnig genug waren, seine Herausforderung anzunehmen, nach jedem Triumph entfuhr seinem Mund ein herzliches Lachen, das sich dann in der Trainingshalle verbreitete.

»Kann denn niemand so einen alten Griechen schlagen? Niemand?«

Die meisten waren gescheit genug, einen großen Bogen um Giorgios' rechten Arm zu machen. Die, die ihr Glück am Tisch versucht hatten, standen jetzt mit wunden Fingerknöcheln und schmerzenden Armen daneben. Giorgios nickte ein weiteres Mal zu dem leeren Angreiferstuhl hinüber.

»Glaubt hier noch jemand, eine Chance zu haben? Niemand? Traut sich denn niemand?«

Der Gedanke tauchte von nirgendwoher auf, war plötzlich da in Claudias Kopf. Ohne den Blick von dem kräftigen Mann zu lösen, beugte sie sich zu Elena vor und flüsterte der Freundin etwas ins Ohr. Sofort verzogen Elenas Lippen sich zu einem Lächeln. Sie schaute zu ihrem Vater hinüber und sagte:

»Ja.«

»Bist du sicher?«

»Ganz sicher.«

Claudia presste die Hand ihrer Freundin. Dann zog sie ihre Lederjacke aus und drängte sich durch die Menschenmenge, vorbei an den gedeckten Tischen, vorbei an der Bar, und nahm auf dem schwarzen Klappstuhl Platz.

»Alles klar, alter Mann, Zeit, dass du mal auf Widerstand stößt.«

Aufgebrachtes Stimmengewirr wurde in der Halle laut.

»Claudia will mit Giorgios Armdrücken!«

In Sekundenschnelle drängten sich an die fünfzig Personen um den Tisch, anfeuernde Rufe und Pfiffe ertönten, Füße trampelten auf den Kunststoffboden. Giorgios' schweißnasse Haarsträhnen flogen hin und her, als er den Kopf schüttelte.

»Da drinnen in der Stadt bist du ja vielleicht eine große Nummer. Fängst Vergewaltiger und nimmst Mörder fest. Aber hier wirst du immer meine kleine Claudia bleiben.«

Mit einer blitzschnellen Bewegung packte sie seine rechte Hand, richtete ihren Blick auf seine lebhaften Augen, die sie von der anderen Tischseite her musterten.

»Ich bin heute aber in Form, Giorgios. Richtig gut in Form.«

»Na gut, na gut, aber glaub bloß nicht, dass ich es leichter mache, nur weil du ein Mädchen bist. Ich bin seit sechzig Jahren unbesiegt, und ich habe vor, nicht gerade an meinem sechzigsten Geburtstag zu verlieren. Schon gar nicht gegen so eine Göre, die in meiner Küche ihre ersten Schritte gemacht hat.«

»Willst du noch lange reden oder können wir jetzt anfangen?«

Er fuhr sich mit der linken Hand über das Gesicht und holte tief Atem.

»Bei drei?«

Sie nickte, hielt seinen Blick gefangen.

»Bei drei.«

Ihre Arme zitterten vor Anspannung, dicke Schweißtropfen liefen Giorgios über das Gesicht, als er zählte.

»Eins, zwei …«

In diesem Moment beugte sie sich über den Plastiktisch und flüsterte ihm ins Ohr:

»Giorgios, du wirst Großvater.«

Der riesige Mann erstarrte, saß für einen Moment ganz still da, wie eine aus Granit gehauene Kronos-Skulptur, und nur seine Lippen bewegten sich, als sie lautlos diese Worte wiederholten. Und nun drückte sie mit voller Kraft zu und schob seinen hilflosen Arm auf die Tischplatte.

»Herzlichen Glückwunsch zum Geburtstag«, flüsterte sie und küsste ihn auf beide Wangen.

Giorgios versuchte, etwas zu sagen, aber die Wörter blieben ihm in der Kehle stecken, deshalb schaute er sein einziges Kind an, Elena, und hob die Augenbrauen zu einer wortlosen Frage: Stimmt das?

Elena nickte, drängte sich durch die Menschenmenge und legte sich die linke Hand auf den Bauch.

»Nai, pappoú.«

Unsicher erhob Giorgios sich vom Klappstuhl und umarmte seine Tochter, während sich Freunde, Verwandte und Jugendliche aus dem Boxverein von Botkyrka um sie drängten. Das Lokal füllte sich mit Rufen und Lachen, mit Glückwünschen auf Griechisch, Schwedisch, Spanisch und Farsi. Der Klingelton war im Tumult unmöglich zu hören, aber Claudia spürte das Vibrieren in ihrer Gesäßtasche und riss das Mobiltelefon heraus. Als sie die Nummer im Display sah, presste sie sich das Telefon ans Ohr.

»Ja, hallo? Was ist los?«

Sie hörte angespannt zu, um kein Wort und kein Detail zu verpassen.

»Ich bin in einer Viertelstunde da«, antwortete sie dann und beendete das Gespräch.

Sie steckte das Telefon wieder in die Tasche, winkte Elena eilig zu und drückte Giorgios die Hand. Dann riss sie Helm und Lederjacke an sich und stürzte aus der Halle, ihr Atem und ihre Schritte füllten die Vorortnacht, als sie über den Parkplatz rannte. Bald darauf jagte sie über den Södertäljeväg in Richtung Berzelii Park.

* * *

Die mitternächtliche Dunkelheit schloss sich um Werner Stolte, als er durch Gamla stan lief. Hinter Saltsjön konnte er den Vergnügungspark ahnen, schimmernde Lichter, Rufe und Lachen von Tausenden von Menschen. Aber hier herrschte vollständige Stille, Schatten tanzten über den Platz, und eine Bronzeskulptur schien im Dunkel zum Leben zu erwachen.

Diesen Weg war er zum ersten Mal an seinem zehnten Geburtstag gegangen, im Spätherbst 1941. Damals war die Abendwanderung geheimnisvoll gewesen, gewaltig. Er hatte die Hand seines Vaters umklammert und die in Schatten gehüllten Gebäude aus dem Mittelalter angesehen, es war der Beginn eines Abenteuers gewesen. Jetzt, an die siebzig Jahre später, ging er denselben Weg wie damals, vorbei am Tessinska Palast und dann weiter in Richtung Själagårdsgata. Über diese gepflasterten Bürgersteige war er häufiger gegangen, als er sich erinnern konnte, aber diesmal erlebte er es anders. Es war nicht der Beginn eines Abenteuers, sondern das Ende.

Bald hatte er Brända tomten erreicht. Der Kastanienbaum breitete seine Äste über den dreieckigen kleinen Platz aus, und er warf einen Blick zur Baumkrone hoch und fragte sich, ob er die weißen Blütenkerzen wohl jemals wiedersehen würde. Danach ging Stolte zum Holztor in der Kungstugata 5 und drückte den Zifferncode in die abgenutzten Metalltasten. Das Schloss klickte, und er betrat das Haus. Mit vorsichtigen Schritten stieg er die Kellertreppe hinab, zog unter den Dachbalken und Eisenrohren den Kopf ein, an seiner Stirn war noch immer die Narbe zu sehen, die er sich mit vierzehn Jahren hier zugezogen hatte. Damals hatte er es vor dem Treffen eilig gehabt und vergessen, sich zu ducken, ein Fehler, den er niemals wiederholt hatte.

Unten im Kellerraum eilte er vorbei an den ausgedienten Heizkesseln, am Kartoffelkeller, und weiter zu einer Stahltür am Ende des Gangs. Ganz oben an der Tür war ein angerostetes Blechschild angebracht: STROMZENTRALE – ZUTRITT VERBOTEN!

Er schloss die Stahltür auf und betrat den dunklen Vorratskeller; als er die Taschenlampe einschaltete, sah er im Lichtkegel einen defekten Sicherungskasten. Er öffnete die Klappe und musterte die Klinkermauer, die sich hinter der Blechplatte verbarg. Ins Mauerwerk war ein gleichschenkeliges Dreieck eingelassen, dessen Seiten aus im Laufe der Jahre schwarz angelaufenem Silber bestanden. In der oberen und der linken Ecke des Dreiecks standen zwei Wörter, zentimeterhoch. Sechzehn in die Mauer eingegossene Silberbuchstaben. Aus dem unteren Regalfach des Sicherungskastens nahm Stolte einen Schraubenzieher und presste die Spitze auf neun der schwarz gewordenen Buchstaben, die, einer nach dem anderen, einen neuen Namen ergaben.

Als er den letzten Buchstaben berührte, stieß die Silberkonstruktion ein metallisches Geräusch aus, und in der Kellermauer entstand ein Spalt. Langsam wichen die Ziegelsteine nun auf Schienen im Kalksteinboden zur Seite, und bald klaffte ein langer, schmaler Gang in der Mauerpartie. Abermals krümmte Stolte seinen hochgewachsenen Körper und stieg danach den leicht abschüssigen Schacht hinab, durch die Passage, auf den trüben Lichtschein zu. Als er das Ende des Tunnels erreicht hatte, an die zehn Meter tiefer im Boden, öffnete sich ein geräumiges Kellergewölbe. Unter der Decke hing ein Leuchter mit gegossenen Wachskerzen, die Flammen flackerten unruhig.

Vor dem gemauerten Kamin saßen in Sesseln aus Ziegenfell ein Mann und eine Frau. Die Frau war so alt wie Stolte, der Mann ein wenig jünger. Diese drei hatten einen Großteil ihres Lebens hier unten im Berg miteinander verbracht, hier waren sie Bindungen eingegangen, die stärker waren als Sippenbande, stärker als Blutsbande, aber außerhalb dieser Wände waren sie wie Fremde füreinander. So lautete ihre Übereinkunft.

Langsam schritt er über den Steinboden und setzte sich ebenfalls in einen Sessel, fing die Blicke der anderen auf, sagte aber kein Wort. Nur das Knistern des Kaminfeuers war zu hören. Die Holzscheite jammerten wie geprügelte Hunde. Neben Stolte stand ein Gesindeschrank aus dem ersten Jahrzehnt des 18. Jahrhunderts, die Klappen standen weit offen, und die Regalfächer waren gähnend leer. Er musterte den Schrank und brach endlich das Schweigen:

»Heute Nacht hat es angefangen, und niemand kann es noch aufhalten.«

»Herrgott.«

»Was sollen wir jetzt machen?«, fragte die Frau entsetzt.

»Es gibt nichts, was wir machen könnten. Nichts.«

Werner Stolte schloss die Augen und murmelte noch einmal: »Es hat angefangen.«

* * *

Claudia bückte sich unter das blauweiß gestreifte Absperrband. Vor ihr fegten die Lichtkegel um die Bronzestatue, um Carl Milles' Steinsäulen, laute Stimmen hallten durch die Nacht. Aus dem Ligusterstrauch konnte sie eintönige Signale hören, ein Metalldetektor arbeitete im schwarzen Laub versteckt.

Hinter dem gusseisernen Gitter waren in der Hamnsgata Passanten stehen geblieben, sie konnte ihre Tränen und neugierige Blicke sehen. Als sie weiter über den Kiesweg lief, ahnte sie im dunklen nordöstlichen Teil des Parks etliche Polizisten. Mitten in der Gruppe stand der Hauptkommissar der Polizei von Norrmalm, ein Mann, von dem sie gehört hatte, der ihr jedoch noch nie begegnet war.

Probleme.

Es wird Probleme geben.

Als sie die Gruppe erreicht hatte, redete er weiter mit den Streifenpolizisten und löste seinen Blick nicht von dem zugedeckten Männerkörper, der leblos zu seinen Füßen lag.

»Claudia Rodriguez. Ermittlerin bei der Zentralen Mordkommission.«

Langsam hob er den Kopf und musterte sie aus unmöglich zu deutenden Augen.

»Schau an! Ich dachte, bei der Zentralkommission gibt's bloß kahlköpfige Greise.«

»Nun, jedenfalls nicht nur.«

»Das sehe ich. Du hast doch sicher noch ein halbes Jahrhundert bis zur Pension. Rolf Hedlund«, fügte er hinzu und schüttelte ihre ausgestreckte rechte Hand mit festem Griff.

»So, und was ist hier passiert? Raubüberfall?«

»Ein misslungener Raubüberfall, vermute ich mal«, antwortete er. »Der Arsch hat Rudqvist überfallen, ist dann aber in Panik geraten und abgehauen. Ohne Geld, ohne Brieftasche, ohne Mobiltelefon.«

»Nichts ist gestohlen worden? Rein gar nichts?«

»Nicht, dass wir wüssten.«

»Wer war zuerst am Tatort?«

»Eine unserer Einheiten aus Östermalm. Grahn und Robertson.«

Er zeigte auf die beiden Streifenpolizisten und zog energisch an seiner Zigarette, der dicke graue Rauch hüllte seinen Kopf ein.

»Wenn ich ganz ehrlich sein soll, dann …«

Er verstummte, zuckte mit den Schultern.

»Dann?«

»Dann begreife ich nicht, wieso die Zentrale Mordkommission eingeschaltet worden ist.«

Sie sagte nichts, wartete auf eine Fortsetzung.

»Ihr arbeitet doch an komplizierten Fällen, oder nicht? Unaufgeklärten Morden in der Pampa. Aber das hier ist nicht Hudiksvall oder Skövde, das hier ist die City.«

»Das schon«, antwortete sie. »Ich weiß in etwa, wo wir hier sind.«

Er zeigte mit großer Geste auf das nachtschwarze Östermalm.

»Wir haben etwa ein Dutzend Einheiten hier in der Gegend. Hundestreifen, einen Fahndungshubschrauber. Den Arsch haben wir in ein oder zwei Stunden.«

»Das wollen wir hoffen. Ich hätte nichts dagegen, morgen ausschlafen zu können.«

Sie trat näher an den leblosen Körper auf dem Kiesweg heran, musterte die Konturen, die sich unter der gelben Veloursdecke abzeichneten.

»Das ist also Hubert Rudqvist?«

»Das war Hubert Rudqvist. Er hat seinen letzten Nobelpreis verkündet.«

Sie ging neben dem erschossenen Akademiemitglied in die

Knie, zog die Decke bis zum Brustkorb hinunter. Das Gesicht war bedeckt von geronnenem Blut, dunkelrote Streifen vom Haaransatz bis zum Halsausschnitt, ein fast unsichtbares Einschussloch in der Stirn, ein klaffendes Austrittsloch am Hinterkopf.

»Das ist aber ungewöhnlich.«

»Der Pulverschlamm, meinst du?«

Sie nickte.

»Im ganzen Gesicht, sogar am Kragen.«

»Ja, das ist ungewöhnlich, aber dafür kann es hundert Erklärungen geben. Vielleicht wurde der Schuss aus nächster Nähe abgegeben, vielleicht war die Tatwaffe defekt.«

»Vielleicht.«

Hedlund hatte die Skepsis in ihrer Stimme registriert und kniff sofort die Augen zusammen. Sie konnte sehen, wie sich die Muskeln an seinem Unterkiefer verkrampften.

Es wird Probleme geben.

Hinter dem Park war Nybroviken zu ahnen, Nebelschwaden glitten zwischen vertäuten Schärenbooten einher, Laternen und Neonröhren spiegelten sich im pechschwarzen Mälarwasser. Auf dem Hofplatz vor Berns Salonger hatten sich etwa hundert Menschen versammelt, festlich gekleidet, verzweifelt, und zwischen ihnen fiel ein Frauengesicht auf, das von Tränen und verschmierter Wimperntusche entstellt war.

»Die da in dem roten Kleid, das ist Rudqvists Frau, oder?«

»Yes.«

»War sie auch auf dem Fest?«

Hedlund nickte und zog wieder an seiner Zigarette.

»Aber Rudqvist war allein im Park unterwegs?«

»Die Gattin war noch im Berns.«

»Habt ihr schon mit ihr gesprochen?«

»Wir haben einen Versuch gemacht, aber sie war total hysterisch. Das Einzige, was wir aus ihr rausholen konnten, war ein Haufen Kotze. Ich spreche morgen mit ihr, wenn sie sich beruhigt hat.«

»Gut, ich komme mit.«

Hedlund zögerte einen Moment, warf die Kippe weg, ehe er antwortete:

»Das ist nicht nötig. Du hast sicher Wichtigeres zu tun.«

»Kein Problem, das schaff ich schon noch.«

Als der Hubschrauber über die Dächer von Norrmalm dröhnte, hob Hedlund den Blick, starrte dann wieder in den Kies, und sein Mund verzog sich zu einem aasigen Grinsen.

»Rodriguez, du kannst gern eine TP-Gruppe und ein Zeugenregister einrichten und überhaupt alles tun, womit ihr euch bei der Zentralen Mordkommission so amüsiert. Be my guest. Aber wie gesagt, diesen Arsch schnappen wir uns, ehe ihr den ersten Morgenkaffee getrunken habt, so sehe ich das.«

»Hab ich nichts gegen. Solche Kaffeerunden hasse ich.«

In diesem Moment ertönte aus den pechschwarzen Büschen im westlichen Teil des Parks ein Ruf.

»Ich hab was gefunden!«

Sie liefen dem Ruf nach, sprangen über Rabatten, bahnten sich etwa zwanzig Meter weit einen Weg durchs Gebüsch. Vor dem gusseisernen Zaun stand ein Mann von der Citypolizei neben einem Metalldetektor. Die nächtliche Dunkelheit umschloss ihn, aber er trug eine Kopflampe, und in deren Lichtkegel war seine rechte Hand deutlich zu sehen. Mit Hilfe einer Stahlpinzette hob er einen runden Gegenstand hoch, eine kleine Bleikugel, rostig und leicht verformt. Obwohl das Geschoss im hinteren Teil des Parks von einer Handfeuerwaffe abgegeben worden war, obwohl es Rudqvists Stirn durchschlagen hatte, konnten sie Blutspuren und Reste von transparentem Schmierfett auf seiner Oberfläche erkennen.

Hedlunds atemlose Stimme keuchte durch die Dunkelheit:

»Was zum Teufel ist das denn für eine Kugel?«

Claudia betrachtete das Fundstück.

»Keine Ahnung. Aber die Techniker werden es wissen.«

2

Ernest Hemingway

Nobelpreisträger für Literatur 1954

Begründung der Schwedischen Akademie:

»Für seine kraftvolle und innerhalb der heutigen Erzählkunst stilbildende Meisterschaft, jüngst an den Tag gelegt in ›The Old Man and the Sea‹.«

15. Mai 2012

Vorsichtig hob Claudia den Thermosbecher an den Mund, der schwarze Pulverkaffee spülte über ihre Lippen, stark und dampfend heiß. Der Schreibtisch vor ihr war mit Papierstapeln übersät; die ersten Ermittlungsberichte, Zeugenaussagen, ein Vernehmungsprotokoll. Mit müden Augen folgte sie den Textmassen, Stück für Stück, griff nach dem roten Filzstift und unterstrich in allen Dokumenten das Wort »Geruch«, zählte sorgfältig.

Acht Personen. Alle haben ihn bemerkt.

Einen starken Geruch.

Auf einem gelben Klebezettel notierte sie GERUCH STARK! und klebte den Zettel links neben dem Schreibtisch an die Gipswand. Während der Nachtstunden hatte sich die Wandoberfläche in ein buntes Zettelmosaik verwandelt, an die fünfzig Zettel in vielen Farben, gefüllt mit Notizen, Uhrzeiten, Adressen.

Nun hörte sie zwei grelle Signale. Sie griff nach ihrem Mobiltelefon und las die kurzgefasste SMS, wählte danach die Nummer des Absenders und lauschte ungeduldig den Klingeltönen.

»Jetzt mach schon, melde dich …«

Als der Anrufbeantworter sich einschaltete, beendete sie ihren Anruf mit einem gereizten Fingerdruck, wartete eine knappe Minute, rief dann noch einmal an. Abermals war die mechanische Stimme zu hören.

»Ach, Scheiße …«

Sie erhob sich aus ihrem Schreibtischsessel und schaute aus

dem Fenster, über die Stockholmer Innenstadt, die langsam aus dem Schlaf erwachte. Im Nordosten, knappe zwei Kilometer entfernt, konnte sie das Universitätsgelände ahnen. Die SMS war aus einem der rostroten Klinkerbauten verschickt worden, von jemandem in den fensterlosen Abteilungen. Sie holte tief Luft. Dann griff sie zu ihrem Motorradhelm und stürzte aus dem Büro.

Einige Minuten später fuhr sie mit neunzig Stundenkilometern über die für dreißig zugelassene Straße am Lokalbahnhof Karlberg, einen Umweg um die Straßenarbeiten in der Rörstrandsgata, der Fahrtwind peitschte über die Straßenkuppe, und die palastähnlichen Gebäude der Militärhochschule tauchten hinter den Bahngleisen auf. Als sie am Zeitungskiosk vorbeifuhr, sah sie für einen Moment eine Schlagzeile, sie konnte die dezimeterhohen Buchstaben gerade noch erkennen: AKADEMIEMITGLIED ERMORDET!

Sie packte den Mororradlenker fester, als sie durch die Hauseinfahrt und über die Kreuzung bretterte, dann fuhr sie weiter unter der Betonkonstruktion von Essingeledet hindurch und hielt am Retziusväg 5. Das Motorendröhnen verhallte hinter dem Hauskomplex, und sie lief über den großen Campus des Karolinska Institutes und weiter zum Haupteingang der Gerichtsmedizinischen Abteilung. Dort presste sie ihr Gesicht gegen die verschlossene Tür und schaute durch die beschlagene Fensterscheibe ins Foyer. Als sie den unbesetzten Rezeptionsschalter sah, zog sie ihr Telefon hervor, wählte die Nummer, bekam aber keine Antwort.

»Ach, verdammt.«

Sie stopfte sich das Telefon in die Gesäßtasche und hämmerte gegen den blauen Blechrahmen, anfangs vorsichtig, dann mit voller Wucht. Das Fensterglas in der Tür zitterte in allen Fugen, und bald kam ein Mann durch das Foyer gelaufen, sie erkannte den jungen biomedizinischen Analytiker sofort. Per Wilkinson winkte ihr durch das Fenster zu, überrascht und erfreut machte er sich am Schloss zu schaffen. Als der Riegel endlich nachgab, lächelte er strahlend und stieß die Tür sperrangelweit auf.

»Bist du schon so früh auf, Claudia? Arbeitest du am Rudqvistmord?«

Sie ging ins Foyer und nickte hastig als Antwort auf beide Fragen, wollte nicht mehr sagen als notwendig, wusste, wie redselig Wilkinson sein konnte.

»Frank Larsson ist hier, oder?«

»Ja, sicher, sicher. Komm. Boxt du übrigens noch immer?«

»Ab und zu.«

Sie durchquerten das Foyer, und Wilkinson musterte sie neugierig, er sehnte sich nach den einsamen nächtlichen Arbeitsstunden nach Gesellschaft. Plötzlich hob er die Fäuste und setzte einige spielerische Schläge in die Luft.

»Ich hab als Teenager geboxt, hab ich dir das mal erzählt? War sogar ziemlich gut. Wir könnten mal gegeneinander antreten. Was meinst du? Am St. Eriksplan gibt es einen Boxclub.«

»Odenplan«, korrigierte sie, ohne die Frage zu beantworten. »Ist Frank in der Obduktionsabteilung?«

»Ja, du weißt ja, wie sie sind. Er und die Gerichtsmediziner waren die ganze Nacht zugange…«

»Doch, ich weiß, wie sie sind.«

Sie blieb stehen, sah ihn an.

»Du, Per, ich will dich nicht länger stören. Ich glaube, ich finde den Weg allein.«

Sie hob die Hand zu einem kurzen Gruß und lief weiter durch den Gang, vorbei am Kaffeeautomaten, vorbei an den verschlossenen Arbeitsräumen der Gerichtschemiker. Hinter sich hörte sie rasche Schritte, harte Gummisohlen auf dem frischgebohnerten Kunststoffboden. Als Wilkinson sie einholte, keuchte er.

»Kein Problem, Claudia, du störst mich nicht.«

Mit der rechten Hand berührte er ihre Schulter.

»Du, gibt es was Neues im Rudqvistmord?«

»Nein, nichts.«

»Keine Tips, keine Spuren?«

»Nix.«

»Übrigens«, sagte er plötzlich. »Hubert Rudqvist hat einen Essay über den Tod geschrieben, wusstest du das? Ich hab ihn erst kürzlich im Radio gehört.«

Als der Gang sich teilte, bog sie nach rechts ab, betrachtete die eingestanzten Blechschilder an der Klinkerwand, ODONTOLOGISCHES LABOR, GENETISCHE ANALYSE. Im selben Moment prustete Wilkinson los und legte ihr wieder die Hand auf die Schulter.

»Dieser Essay wird jetzt sicher ein Bestseller, meinst du nicht? Sich ermorden zu lassen ist doch der beste PR-Trick der Welt.«

Bei der weißlasierten Tür blieb sie abrupt stehen.

»Du, ich muss jetzt mit Frank reden. Bis dann, Per.«

Hinter sich hörte sie Wilkinsons Stimme, verstand aber seine Abschiedsworte nicht, als sie die Obduktionsabteilung betrat. Der Saal war dunkel, doch die Lampe über dem Notausgang leuchtete, und im grünlichen Lichtschein waren die angrenzenden Räume deutlich zu erkennen. Durch eine Türöffnung sah Claudia belüftete Schränke und nummerierte Metallschubladen. Hier wurden Hunderte von Leichnamen aufbewahrt, Mordopfer, Verunglückte, Menschen, die sich das Leben genommen hatten, aber der Geruch des Todes war durch antiseptische Reinigungspräparate verringert worden und hatte sich in der Aufbewahrungstemperatur von vier Grad noch weiter gelegt. Als sie die letzte Türöffnung erreichte, blieb sie stehen, blickte sich in dem weißgefliesten Saal um.

Frank Larsson stand an einem Obduktionstisch aus rostfreiem Stahl. Auf der Plastikdecke lag ein nackter Männerkörper, das geronnene Blut und die freigelegten Schädelknochen glänzten im klarweißen Schein der Lichtröhren.

Sie konnte sich ein Lächeln nicht verkneifen.

»Sogar hier, Frank? In einem Obduktionssaal, einen halben Meter von einer Leiche entfernt?«

Der Forensiker drehte sich mit einem angestoßenen Becher in der linken Hand um.

»Na, sieh mal einer an ... Claudia, hallo.«

»Ich glaube, ich habe dich noch nie ohne einen Becher Kakao gesehen.«

»Wir haben alle unsere Laster«, antwortete er. »Ich stehe nun mal auf heißen Kakao.«

»Auf Mobiltelefone scheinst du nicht zu stehen.«

Er zog die graumelierten Augenbrauen zusammen und sah sie fragend an.

»Ich hab dich viermal angerufen«, erklärte sie. »Weißt du nicht, wie man sich am Telefon meldet?«

Er machte eine entschuldigende Geste und achtete darauf, dabei keinen Kakao zu verschütten.

»Tut mir leid, hier in diesen alten Klinkerbauten haben wir sehr schlechte Verbindung, weil ...«

»Ich hab deine SMS bekommen«, fiel sie ihm ins Wort. »Du schreibst, ihr hättet was gefunden.«

»Ja, wir haben eine erste technische Untersuchung der Bleikugel und des Pulverschlamms vorgenommen. Möchtest du übrigens etwas zum Frühstück? Auf dem Gang steht ein Kaffeeautomat.«

Ungeduldig schüttelte sie den Kopf.

»Was habt ihr gefunden?«

Mit einer vorsichtigen Bewegung nippte er an seinem Kakao, schaute dann nachdenklich in den Tonbecher, als ob der dampfende Inhalt die Antwort versteckte.

»Morde werden in der Hitze des Augenblicks begangen. Meistens.«

Sie musterte den grau werdenden Kriminaltechniker, konnte nicht entscheiden, ob er eine Frage gestellt oder eine Feststellung getroffen hatte.

»Ja«, sagte sie. »Meistens.«

»Jemand wird wütend oder hat Angst. Reißt eine Schusswaffe heraus, gibt den tödlichen Schuss ab. Alles ist in zwei Sekunden vorbei, so läuft das doch normalerweise.«

»Ja.«

»Eine Impulshandlung, ganz einfach.«

»Worauf willst du hinaus, Frank?«

Er schaute von seinem Becher auf.

»Meinst du, es war ein geplanter Mord?«

»Ich weiß nicht. Aber der Täter hatte Zeit genug, sich die Sache zu überlegen, das steht jedenfalls fest.«

»Woher willst du das wissen?«

Frank Larsson wischte sich einen Streifen hellbrauner Schokolade von der Oberlippe.

»Es kann noch Stunden, vielleicht sogar Tage dauern, bis die vollständigen Untersuchungsergebnisse vorliegen. Aber eins können wir jetzt schon mit Sicherheit sagen.«

»Was denn?«

»Der Täter hat eine Schwarzpulverwaffe benutzt, vermutlich einen Perkussionsschlossrevolver aus der Mitte des 19. Jahrhunderts.«

»Ein Perkussionsschlossrevolver?«

»Ja.«

»Aus dem neunzehnten Jahrhundert?«

»Ja, und das gilt auch für die gefundene Bleikugel.«

»Ist die Kugel hundert Jahre alt?«

»Hundertfünfzig, vermute ich mal, vielleicht noch älter. Unsere Techniker in Linköping haben gerade eine erste spektroskopische Analyse durchgeführt. Alles weist darauf hin, dass wir es mit einer unstabilisierten Rundkugel von der Sorte zu tun haben, die um die Mitte des neunzehnten Jahrhunderts verwendet wurde. Sie war zudem mit Mistkäfertalg eingeschmiert, eine Fettsubstanz, die damals in Gebrauch war.«

Schwarzpulver. Perkussionsschlossrevolver.

Mistkäfertalg.

Diese unwahrscheinlichen Wörter jagten ihr durch den Kopf, während sie den gefliesten Boden anstarrte, das Surren der Leuchtröhren war alles, was sie hören konnte. Langsam hob sie den Blick.

»Schwarzpulver kauft man nicht im Supermarkt.«

Frank Larsson schüttelte den Kopf, zeigte auf den nackten Männerkörper.

»Diese dunklen Flecken im Gesicht und am Hals, siehst du die?«

»Ja.«

»Das ist Schwarzpulver. Grobkörniges Schwarzpulver.«

»Grobkörnig? Was bedeutet das?«

»Das bedeutet, dass irgendwer die Pulvermischung selbst hergestellt hat, vermutlich mit der Hand, in einem Mörser.

Gemahlene Holzkohle, Schwefel und Salpeter zu einem körnigen Pulver vermischt.«

»Wir haben mit etwa einem Dutzend Leuten gesprochen, die heute Nacht im Berzelii Park waren. Viele haben nach dem Schuss einen starken Geruch wahrgenommen. Kann das das Schwarzpulver gewesen sein?«

»Vermutlich. Vor allem der Schwefelgeruch ist sehr kräftig.«

Claudia trat näher an den Obduktionstisch heran. Am Tischende lag ein Leichenschaubericht, eilige Notizen mit schwarzem Filzstift. Sie erkannte die achtlose Handschrift der Gerichtsmedizinerin Elisabeth Östberg, Aufzeichnungen über den Penetrationsweg der Kugel, vorläufige Zeitangabe des Todeseintritts, Analyse der Computertomographie. Unten auf dem Blatt war eine Zeile durchgestrichen, *erweiterte gerichtsmedizinische Obduktion 08.30.* Sie drehte sich zu dem Techniker um.

»Mit dir zu reden ist wie ein Ratespiel.«

»Danke«, antwortete er aufrichtig.

»Das ist kein Kompliment, Frank. Was zum Teufel hat Schwarzpulver mit Impulshandlungen zu tun? Konnte man im neunzehnten Jahrhundert nicht impulsiv sein?«

»Nicht mit einem Perkussionsschlossrevolver.«

Er hob die linke Hand: eine geballte Faust, ein ausgestreckter Zeigefinger, der Daumen im rechten Winkel nach oben, danach zeigte er auf das untere Daumengelenk.

»Hier sitzt das rotierende Revolvermagazin, nicht wahr?«

Als sie nickte, fuhr er fort:

»Die oberste Kammer wird mit Schwarzpulver gefüllt. Nicht zu viel, nicht zu wenig. Du musst genau die richtige Menge dosieren, dreißig Grains, wie die Amerikaner das Gewichtsmaß nennen. Und nimm um Gottes willen einen passenden Trichter und einen Maßlöffel. Dann nimmst du die Rundkugel und bestreichst sie mit Schmierfett, Mistkäfertalg zum Beispiel. Die Kugel steckst du mit einer Kugelzange in die Mündung des Zylinders und drückst sie mit dem Ladearm tiefer, langsam und sehr vorsichtig. Wenn die Kugel an Ort und Stelle liegt, befestigst du auf dem Nippel im hinteren Teil der Kammer ein Zündhütchen. Danach bringst du das Magazin zurück in seine Ausgangsposition und spannst den Hahn. Und jetzt kannst du einen Schuss abgeben.«

Er sah Claudia mit einem Lächeln auf den Lippen an.

»Nicht sonderlich impulsiv, oder?«

»Nein, wie lange dauert diese Prozedur?«

»Zwei Minuten. Bei einem erfahrenen Schwarzpulverschützen.«

»Und wenn man keiner ist?«

»Dann geht es vermutlich geradewegs zum Teufel. Wenn man das Schwarzpulver falsch benutzt, kann es zur Selbstzündung kommen. Wenn im Lauf noch Bleireste vorhanden sind, kann der Revolver explodieren. Meine Erfahrung mit Schwarzpulverwaffen ist, dass der Schütze gefährlicher lebt als sein potentielles Opfer.«

»Und so eine Waffe hat Rudqvists Mörder benutzt?«

»Ja, so eine Waffe.«

Sie wanderte jetzt zwischen dem Obduktionstisch und der weißgefliesten Wand hin und her, aus dem Augenwinkel konnte sie die dreidimensionalen Röntgenbilder im Computer sehen.

»Warum?«

Er sah sie fragend an.

»Warum was?«

»Warum sollte irgendwer einen Schwarzpulverrevolver verwenden?«

»Das weiß ich nicht.«

»Sie sind schwer zu laden, es ist schwer, damit zu schießen. Wenn man einen Schuss abgibt, ist der im ganzen verdammten Östermalm zu hören. Stinken tut es auch noch. Warum hat der Täter eine solche Waffe benutzt?«

Frank Larsson trank den letzten Schluck Kakao.

»Das weiß ich nicht.«

* * *

Zweieinhalb Stunden später war diese Frage noch immer unbeantwortet.

Claudia schaute durch die beschlagene Fensterscheibe des Toyota, links von ihr zeichnete sich der Busbahnhof vor dem Morgenhimmel ab. Das Auto fuhr langsam über das Klarabergsviadukt, Straßenarbeiten machten die Straße schwer befahrbar. Neben sich konnte sie Rolf Hedlund fluchen hören, als die Ampel beim Hauptbahnhof auf Rot umsprang. Plötzlich schaute er zum Beifahrersitz hinüber.

»Wie alt bist du? Siebenundzwanzig, achtundzwanzig?«

»Fünfunddreißig.«

»Du siehst jünger aus, ich hätte auf siebenundzwanzig getippt.«

Auf der kurzen Fahrt vom Polizeigebäude hatte er ununterbrochen geredet, über Schwarzpulver, über seine Exfrau, über die Gehaltsentwicklung bei der Polizei. Aber es ging ihm um etwas anderes, das konnte sie hören, sie las es zwischen den Zeilen und wartete. Sie musterte seine kräftigen Finger, die die Gummiknöpfe des Autoradios drehten und zwischen den Frequenzen suchten. Als die Sultans of Swing aus dem Lautsprecher schallten, fing er an, rhythmisch auf das Lenkrad zu trommeln.

»Und du kommst aus Chile, nehme ich an. Oder Spanien?«

»Chile.«

»Das hört man nicht. Du sprichst wie eine normale Schwedin.«

»Ich hatte ja auch Zeit zum Lernen. Wir sind 1979 hergekommen.«

»Neunundsiebzig?«, rief er und schlug mit der Hand aufs Lenkrad. »In dem Jahr hab ich an der Polizeihochschule angefangen. Das waren noch Zeiten, oh verdammt. Feste, Mädels, das ganze Leben hatte man vor sich.«

Sie bohrte die Fingerspitzen in den ledernen Sitzbezug, wusste, wie das alles enden würde. Jedes Wort, das Hedlunds Mund verließ, war ein Vorwurf gegen sie, jede Geste, jeder Blick. Früher oder später würde sie ihrem Zorn nachgeben, er würde in ihr aufsteigen wie der Wasserdampf in einem defekten Schnellkochtopf.

Hedlund trommelte weiter auf dem Lenkrad herum. Seine Finger schlugen zusehends fester auf den harten schwarzen Kunststoff. Ab und zu schaute er verstohlen zu ihr hinüber, gespannte Blicke, die immer häufiger kamen, als sie sich der Adresse bei Humlegården auf Östermalm näherten.

Es gibt etwas.

Etwas, das er wissen will, das er sagen will.

Etwas.

»Du hast früher draußen in Botkyrka gearbeitet, ja?«

»Ja, in der Ermittlungabteilung von Södertörn.«

»Und jetzt bist du seit ein paar Monaten bei der Zentralen Mordkommission?«

»Dreieinhalb Jahre.«

»Weißt du was, ich will dir eins erzählen. Es besteht ein verdammter Unterschied zwischen Botkyrka und der City. Da draußen geht es um Kellereinbrüche und gestohlene Fahrräder. Ausländerbanden, die sich auf einem Parkplatz prügeln. Einen iranischen Obsthändler, der keine Verkaufserlaubnis hat. Hier gelten andere Spielregeln, andere Probleme. Ich sage das, um dir zu helfen, Rodriguez. A friendly advice, wie man sagt.«

»Das ist nett von dir. Danke für den Tipp.«

Sie beobachtete seine Finger, die mit ihrem hitzigen Tanz über das Lenkrad fortfuhren.

War das schon alles?

Sie kamen vorbei an der Westseite der Königlichen Bibliothek und bogen in die Runebergsgata ein. Im Eingang von Nr. 6 stand ein Mann von vielleicht sechzig, sie hatte ihn schon in der vergangenen Nacht gesehen, im Berzelii Park. Hedlund fuhr langsamer und hielt vierzig Meter weiter vorn, und ehe sie aus dem Toyota ausstiegen, räusperte er sich.

»Du, ich hab mir eins überlegt.«

»Was denn?«

»Also, du bist doch an Botkyrka gewöhnt, oder was? Syrische Kleingangster und Jugos, die in der U-Bahn polnische Suppe verkaufen. Aber hier, hier hab ich mein Heimspiel, ich bin seit fünfunddreißig Jahren bei der Citypolizei. Ich weiß, wie man mit solchen Typen umgeht. Also lass mich das Gespräch führen, okay?«

Das war es also.

Nach zwei Sekunden antwortete sie mit einem strahlenden Lächeln, konnte den Zorn, der in ihr pulsierte, unterdrücken. Für den Moment.

»Sicher, du führst das Gespräch, Hedlund. Das wird perfekt.«

Sie stiegen aus dem Auto und schlossen die Türen, ihre Blicke begegneten einander über dem verstaubten Dach.

»Ich werde genau zuhören. Wer weiß, vielleicht kann ich ja noch was lernen.«

»Ja, vielleicht«, sagte er und erwiderte ihr Lächeln.

Sie überquerten die Fahrbahn und gingen auf den wartenden Mann zu. Er trug einen schwarzen Leinenanzug und ein malvenfarbenes Hemd, noch vom Fest des vergangenen Abends, seine Augen waren nach einer schlaflosen Nacht rotgerändert, und die schütteren Haare lagen wild durcheinander auf seinem Schädel.

»Olof Rosén, Huberts Verleger.«

Hedlund nahm seine ausgestreckte Hand.

»Wir wollten eigentlich zu Rudqvists Frau.«

»Die ist nicht hier.«

»Das sehe ich. Wo ist sie?«

Rosén zog energisch an seiner Zigarette, spielte an dem fast aufgebrauchten Stummel herum.

»Ist das wirklich notwendig? Hubert ist erst seit wenigen Stunden tot. Können wir nicht wenigstens noch ein paar …«

»Wir haben gewartet«, fiel Hedlund ihm ins Wort. »Jetzt müssen wir reden.«

Rosén schielte zu einem Wohnhaus auf der anderen Straßenseite hinüber, die Fensterreihen blickten auf sie herab wie neugierige Augen.

»Na gut, aber nicht hier.«

Er ließ den Zigarettenstummel auf den Boden fallen, trat ihn aus und gab einen vierziffrigen Türcode ein. Sie folgten ihm durch die Eingangstür und dann die gewölbte Treppe hoch. Im zweiten Stock zog er ein Schlüsselbund heraus, schloss die Wohnungstür auf und trat vorsichtig ein.

»Ich muss Sie bitten, leise zu sein. Ich will Margot nicht stören.«

»Margot?«

»Huberts Frau«, erklärte Rosén flüsternd und nickte zu einer geschlossenen Tür im hinteren Teil der Diele hinüber. »Sie ist im Schlafzimmer, ihre Töchter und der Arzt sind bei ihr. Sie steht unter einem schweren Schock und darf absolut nicht belästigt werden.«

»Wir müssen mit ihr reden.«

»Das ist ausgeschlossen, sie hat es entsetzlich schwergenommen. Der Arzt hatte dafür einen Namen, akute Stressreaktion. Sie hat ein Beruhigungsmittel bekommen und schläft jetzt.«

»Das ist schon in Ordnung«, sagte Claudia. »Wir können hier mit Ihnen sprechen, das reicht doch. Oder nicht, Rolf?«

Hedlund machte eine kurze Kopfbewegung, die unmöglich zu deuten war.

»Super«, sagte sie. »Gibt es ein Zimmer, wo wir ungestört reden können?«

Rosén nickte, eine Andeutung von Dankbarkeit in seinen graugesprenkelten Augen.

»Hier entlang.«

Sie gingen durch die geräumige Diele. Die Wände waren mit gerahmten Fotos geschmückt, Kinder und Enkelkinder, ein Portrait der Mitglieder der Schwedischen Akademie, etliche berühmte Künstler und Schriftsteller. Claudia erkannte die südafrikanische Nobelpreisträgerin Nadine Gordimer, versuchte, die Widmung ganz unten auf dem Foto zu lesen, aber es war unmöglich, die eigenwillige Schrift zu entziffern.

Als sie das Wohnzimmer betraten, blieb Hedlund stehen und musterte die dunklen Mahagoniregale. Die Regale waren bis an den Rand gefüllt mit seltenen Veröffentlichungen und Büchern. Goldschnittbände und Ganzleinenbände, Kalbfellrücken mit eingestanzten Mustern und Goldornamenten.

»Rudqvist scheint ja viel gelesen zu haben?«

»Er war einer der bedeutendsten Literaturkenner Europas«, erwiderte Rosén. »Zudem war er ein leidenschaftlicher Bibliophiler.«

Rosén ging zum Erker weiter und zeigte auf die drei Carl-Malmsten-Sessel, das schwarze Kalbsleder knarrte, als sie sich niederließen.

»Also, was möchten Sie wissen?«

Rolf Hedlund schlug die kräftigen Arme übereinander, feuchtete sich die Lippen an, wie als Ansatz zur Befragung. Aber noch ehe er den Mund öffnen konnte, beugte Claudia sich in ihrem Sessel vor und fragte:

»Rudqvist war gestern Abend im Berns, oder?«

Sie konnte Hedlunds wütenden Blick ahnen, spürte, wie er ihren suchte, dass er brannte wie glühendes Eisen, aber sie ließ den Verleger nicht aus den Augen.

»Ja«, antwortete Rosén.

»Im Berns Salonger gab es ein großes Jubiläumsbankett.«

»Das Strindbergfest?«

»Wir hatten eine Hundertjahrfeier für August Strindberg, ja. Hubert war einer der Ehrengäste und hat eine einzigartige Rede gehalten, aber das ist ja jetzt wohl kaum von Bedeutung.«

»Sie waren auch da, oder? Und Rudqvists Frau?«

»Ja, Margot und ich waren auch da.«

»Aber Rudqvist hat das Fest allein verlassen? Seine Frau ist noch geblieben?«

»Ja.«

»Ist das nicht seltsam?«

»Seltsam?«

»Ehepaare verlassen doch ein Fest sonst zusammen?«

»In diesem Fall war es überhaupt nicht seltsam. Margot liebte solche Veranstaltungen, Hubert nicht. Smoking, Menschenmengen, leere Höflichkeitsphrasen. Im Laufe der Jahre hat er angefangen, das alles zu verabscheuen.«

Aus dem Augenwinkel konnte sie Hedlunds Gestalt sehen, seine Zornesblicke, die mehr sagten als Worte, aber sie achtete nicht auf ihn, sondern fragte:

»Rudqvist ist also allein weggegangen? Gleich nach Mitternacht?«

»Ja«, antwortete Rosén. »Gleich nach Mitternacht.«

»Und er wollte nach Hause?«

»Das nehme ich an. Wo hätte er denn sonst hingehen sollen?«

»Keine Ahnung. Vielleicht hatte er Lust auf eine heiße Wurst? Vielleicht hatte er ein Verhältnis mit einer anderen Frau? Vielleicht nahm er Amphetamin und wollte einen Dealer treffen?«

Rosén musterte Claudia einige Sekunden lang, dann betonte er jedes Wort seiner Antwort:

»Hubert hatte nichts mit anderen Frauen und war auch nicht drogensüchtig. Er wollte nach Hause, sonst nichts.«

»Na gut. Ist Ihnen bei Rudqvist gestern irgendetwas aufgefallen?«

»Aufgefallen?«

»War er nervös? War er wütend? Ängstlich? Hat er sich auf irgendeine Weise seltsam verhalten?«

»Nein, soviel ich sehen konnte, war er ganz normal.«

»Sie haben Rudqvist sehr gut gekannt, ja?«

»Ich war seit sechsundzwanzig Jahren sein Verleger. Wir haben uns oft im Verlag getroffen und über alles zwischen Himmel und Erde diskutiert. Literatur, Politik, Fußball. Ab und zu haben wir in der Prins-Bertils-Boulehalle Boule gespielt. Doch, man kann schon sagen, dass ich Hubert ziemlich gut gekannt habe.«

»Sie kennen also auch seinen Bekanntenkreis?«

»Einigermaßen.«

»Hatte er irgendwelche Feinde?«

»Feinde?«

»Ja. Feinde, Rivalen, Leute, die ihn nicht leiden konnten.«

»Was … was versuchen Sie da anzudeuten? Herrgott, Sie glauben doch wohl nicht, dass jemand von seinen …«

»Wir glauben gar nichts. Wir wollen nur wissen, ob Rudqvist irgendwelche Feinde hatte.«

Rosén hatte die Augen aufgerissen, seine Stimme zitterte.

»Heute Nacht habe ich mit einem Ihrer Kollegen gesprochen. Er hat gesagt, es sei ein Überfall gewesen. Ein verzweifelter Heroinsüchtiger. Oder eine Jugendbande, die es auf sein Mobiltelefon abgesehen hatte.«

»Wir sind von gewissen Standpunkten abgekommen.«

»Wie meinen Sie das?«

»Wir haben an Rudqvists Leichnam Spuren von Schwarzpulver gefunden. Alles weist darauf hin, dass die Mordwaffe ein Perkussionsschlossrevolver aus der Mitte des neunzehnten Jahrhunderts war.«

Rosén starrte den gemusterten Seidenteppich an, ließ die Mitteilung in sich einsinken.

»Schwarzpulver? Herrgott, das klingt doch wie aus einem Abenteuerroman von Alexandre Dumas. Wer zum Henker benutzt so was denn heute?«

»Das wüssten wir auch gern. Heroinsüchtige und Jugendbanden können bewaffnet sein, aber sie haben normalerweise keine antiken Perkussionsschlosswaffen in der Hosentasche. Also, hatte Rudqvist irgendwelche Feinde, von denen Sie wissen?«

»Feinde hat sicher jeder. Auch Hubert. Aber bestimmt keinen, der ihn erschossen hätte.«

»Welche Feinde hatte er?«

»Ich möchte hier keine unbegründeten Beschuldigungen vorbringen, die …«

»Welche Feinde hatte er?«

Rosén holte tief Luft, ehe er antwortete:

»Sixten Hjärpe und Hubert haben sich nicht immer verstanden, wenn man das so sagen darf. Das ist kein Geheimnis.«

»Sixten Hjärpe? Noch ein Akademiemitglied?«

»Ja, die beiden haben sich seit Anfang der siebziger Jahre ununterbrochen gestritten. Hjärpe konnte gemeine Dinge über Hubert sagen und schreiben. Bei den Treffen der Akademie, in Zeitungsartikeln. Aber er hätte ihn niemals umgebracht, das ist unmöglich.«

»Worüber haben sie sich gestritten?«

»Es ging um tiefe Meinungsverschiedenheiten, literarische Dispute. Ich will Ihre Zeit nicht damit verschwenden, dass …«

»Was für Dispute?«

»Tja, wo soll ich anfangen. Sie haben sich über fast alles gestritten. Die Bedeutung von Mallarmés Deutungen für die postmodernistische Lyrik. Jorge Luis Borges' politische Stellungnahmen. Den magischen Realismus in der südamerikanischen Literatur der siebziger Jahre. Aber vor allem hatten sie vollkommen unterschiedliche Ansichten darüber, wie die Schwedische Akademie arbeiten sollte.«

»Postmodernistische Lyrik? Die Literatur der siebziger Jahre?«

»Ja.«

»Das klingt ja nicht gerade nach blutigen Messerstechereien.«

»Es sind bedeutende Literaturprofessoren, keine Mitglieder der Hells Angels. Sie streiten sich anders, aber ebenso heftig, würde ich sagen.«

»Sie wissen nicht zufällig, ob Hjärpe eine Schwarzpulverwaffe besitzt?«

»Keine Ahnung. Da müssen Sie ihn auf Reimersholme besuchen und selbst fragen.«

»Das werden wir. Wir müssen auch mit Rudqvists Frau sprechen. So bald wie möglich.«

Claudia wollte sich schon aus dem Sessel erheben, überlegte sich die Sache aber plötzlich anders, ließ sich langsam zur Rückenlehne zurücksinken und war sich Hedlunds wütender Blicke bewusst.

»Ach, noch etwas. Sie haben vorhin gesagt, dass Rudqvist nach dem Fest nach Hause wollte.«

»Ja, das stimmt.«

»Warum ist er dann durch den Berzelii Park gegangen?«

»Wie meinen Sie das?«

»Er wohnte hier in der Runebergsgata. Wenn er hierher gewollt hätte, hätte er in die Gegenrichtung gehen müssen, vorbei am Norrmalmstorg. Aber er ist geradewegs nach Osten gegangen, durch den Berzelii Park.«

Für einen kurzen Moment irrte Roséns Blick über die Bücherregale, über Halblederbände und Ziegenfellrücken mit ziseliertem Schnitt, wich den dunkelbraunen Augen aus, die ihn beobachteten. Dann antwortete er mit großer Entschiedenheit:

»Das hängt mit privaten Dingen zusammen, die mit der Mordermittlung nicht das Geringste zu tun haben. Ich will unter keinen Umständen Huberts Ansehen schaden.«

»Vor knapp neun Stunden ist er ermordet worden, ihm wurde kaltblütig mit einem Perkussionsschlossrevolver in den

Kopf geschossen. Kann man ihm etwa noch schlimmer schaden?«

Das freundliche Lächeln war verschwunden, ihr Blick war bohrend, konzentriert.

»Wir müssen absolut alles über Rudqvist wissen. Dazu gehört auch, warum er zum Nybroplan gegangen ist, nach Osten, fort von seiner Wohnung.«

Der Sessel knarrte, als Rosén sich anders setzte, dann antwortete er mit einem leichten Schulterzucken.

»Hubert unternahm immer lange Abendspaziergänge. Immer dieselbe Runde, immer um dieselbe Zeit.«

»Abendspaziergänge? Und das soll so wahnsinnig privat sein? Und sein Ansehen beschädigen können?«

Sie beugte sich im Sessel wieder vor.

»Warum ist Hubert Rudqvist heute Nacht durch den Berzelii Park gegangen?«

Rosén schaute zur Diele hinüber und senkte die Stimme zu einem fast unhörbaren Flüstern.

»Hören Sie, das hat mit der Mordermittlung rein gar nichts zu tun und ...«

»Ob es damit zu tun hat oder nicht, entscheiden wir. Von was für privaten Dingen reden Sie denn nun?«

»Ich will wirklich nicht ...«

»Warum zum Teufel ist Rudqvist durch den Berzelii Park gegangen?«

Abermals schielte Rosén zur Diele hinüber, zur verschlossenen Schlafzimmertür.

»Um Gottes willen, seien Sie leiser.«

»Warum ist er nicht direkt nach Hause gegangen?«

Rosén holte noch einmal tief Luft und zwang die Wörter heraus, als ob sie ihm im Hals stecken blieben.

»Na gut, na gut. Aber das ist ganz unbekannt, und das muss es auch bleiben.«

Claudia nickte.

»Wohin wollte er?«

»Er wollte mit Margaretha Krook sprechen.«

»Der Schauspielerin?«

»Ja, der Schauspielerin.«

»Ich kann mich ja irren, aber ist sie nicht vor einigen Jahren gestorben?«

»Ja, das stimmt. Das war im Frühjahr 2001.«

Er fuhr sich mit der Hand über den Schädel, strich die dünnen Haarsträhnen glatt.

»Hubert hat das Theater geliebt, und Margaretha Krook war sein absoluter Schwarm. Man kann wohl sagen, dass er in sie verschossen war, wirklich verschossen. Er hat sich alle ihre Stücke angesehen, alle ihre Rollen. Als sie Mitte der neunziger Jahre Adele von Ripa spielte, saß er fast jede Woche im Publikum. Er konnte den Text wohl besser als Krook selbst. Nach ihrem Tod wurde vor dem Theater Dramaten ein Denkmal aufgestellt, eine Bronzestatue. Und seither hat Hubert sie jeden Tag besucht.«

»Sie besucht?«

»Bei seinen Abendspaziergängen ging er immer durch die Nybrogata, vorbei am Denkmal, und hat ihr eine gute Nacht gewünscht. Hat ihr vielleicht ein paar kurze Worte zugeflüstert, vielleicht auch einmal freundschaftlich ihren Arm gestreichelt. Im Laufe der Jahre ist das dann zum unverzichtbaren Ritual geworden.«

»Glauben Sie, er wollte gestern Abend zum Denkmal?«

»Davon bin ich überzeugt.«

»Dieses Ritual, wie viele wussten davon?«

»Hubert hat mir seine Gefühle anvertraut. Sonst wusste niemand von diesem … Ritual.«

»Nicht einmal seine Frau?«

»Nicht einmal sie.«

Einen Moment lang schaute er aus dem Fenster, dann schaute er abermals Claudia an.

»Es war eine lebenslange Verliebtheit, und das ist etwas Schönes. Aber in den Augen anderer kann es als bizarr erscheinen. Ganz einfach als Wahnsinn. Ich will nicht, dass Hubert anderen so in Erinnerung bleibt.«

Er sah Claudia an, flehend und entschieden.

»Ich bitte Sie, das muss zwischen uns bleiben.«

»Darauf haben Sie mein Wort.«

Sie erhob sich aus dem Sessel, machte einige Schritte auf die Wohnzimmertür zu, drehte sich dann plötzlich zu Hedlund um.

»Na gut, das wär wohl alles. Oder möchtest du noch etwas hinzufügen, Rolf?«

Drei Minuten später saß sie im Toyota, auf dem abgenutzten Lederbezug des Beifahrersitzes. Abermals jagte die Hauptstadt am Fenster vorbei, die Adolf Fredrikskirche, der Norra Bantorget. Sie schob den Sitz so weit zurück, wie das nur möglich war, und legte die Füße auf das Armaturenbrett. Neben sich konnte sie Hedlunds umfangreiche Gestalt und seine um das Lenkrad geballten Fäuste sehen.

Probleme.

Von jetzt an wird alles ein Problem sein.

Alles.

Und doch verspürte sie eine tiefe Befriedigung, genoss den Anblick von Hedlunds flammend roten Wangen, den pulsierenden Adern an seinem Hals, genoss seinen wütenden Blick.

»Das hat ja noch nicht viel gebracht. Oder was sagst du, Rolf?«

Er gab keine Antwort, sondern starrte weiter vor sich hin. Das Einzige, was zu hören war, waren die Motorengeräusche und Hedlunds heftige Atemzüge, aber er würde nicht mehr lange schweigen, sie konnte sehen, wie die Wut in seinem Brustkorb kochte. Plötzlich schlug er mit der Faust aufs Lenkrad:

»Was zum Teufel sollte das denn?«

Er schlug noch einmal zu, diesmal mit größerer Kraft.

»Ich sollte das Gespräch übernehmen, Rodriguez. Darauf hatten wir uns vorher geeinigt.«

»Entschuldige, Rolf, das habe ich wohl total vergessen. Wir haben da draußen in Botkyrka ein schlechtes Gedächtnis.«

»Verdammt, du bist genauso verrückt, wie alle sagen. Von jetzt an hältst du die Fresse, klar?«

Sie sah seine Hände an, die das Lenkrad umklammerten, die Haut spannte sich weiß und bleich über den Fingerknöcheln.

Das war noch nicht alles. Da kommt noch mehr.

»Hör mal gut zu, Rodriguez, ich will dir einen Rat geben.«

»A friendly advice?«

Mit voller Kraft knallte seine Faust auf das Lenkrad.

»Merk dir eins, es ist verdammt viel besser, mein Freund zu sein als mein Feind, das kannst du mir glauben.«

Sie schob den Sitz noch einen Tick zurück und ließ sich zurücksinken.

»Das würde ich nicht eine Sekunde lang bezweifeln.«

3

Jean-Paul Sartre

Nobelpreisträger für Literatur 1964 *

Begründung der Schwedischen Akademie:

»In Anerkennung seines schöpferischen schriftstellerischen Schaffens, dessen freiheitlicher Geist und dessen Suche nach Wahrheit einen weitreichenden Einfluss auf unser Zeitalter ausgeübt hat.«

* Sartre lehnte es ab, den Preis entgegenzunehmen.

15. Mai 2012

Leo Dorfman wurde von einer scharfen Frauenstimme aus dem Schlaf gerissen. Jemand schlug mit solcher Kraft gegen das Schaufenster, dass die Glasscheiben bebten, dann war von der Bondegata her abermals der durchdringende Ruf zu hören:

»Hallo! Ist da jemand?«

Hellwach griff er nach seinem Mobiltelefon und fand es zwischen zwei verstaubten Bücherstapeln, die Ziffern der Uhrzeit waren durch das rissige Display nur verschwommen zu sehen: 10.07. Im selben Moment wurde abermals an das Fenster gehämmert, diesmal noch energischer als zuvor.

»Verdammt!«

Er setzte sich auf und knallte mit dem Ellbogen gegen eins der überfüllten Regale in der Taschenbuchabteilung. Ein zerfledderter Krimi von James Ellroy fiel zu Boden, und für zwei Sekunden blieb er ganz still sitzen, hielt den Atem an, dann rutschte er von der abgenutzten Matratze und zog sich im Liegen Hemd und Jeans an. Mit dem Gesicht zum Boden kroch er hinter das Science-Fiction-Regal, schaute dann auf und sah durch die Buchrücken Sigrid Everts magere Gestalt. Sie stand vor dem Antiquariat und presste ihr Gesicht gegen das verstaubte Schaufenster.

»Scheiße ...«

Er robbte weiter über die Bodenbretter, zum Hintereingang. Als er dort angekommen war, zog er seine abgenutzten Turnschuhe an und ging in die Hocke. Vorsichtig drückte er auf die

Türklinke und zwängte sich durch den Türspalt, die ungebundenen Schnürsenkel schlackerten um seine Knöchel, als er auf den Hinterhof hinausstürzte. Er rannte vorbei am Fahrradständer, vorbei am Gemüsebeet, weiter zum südlichen Teil des Hinterhofs, wo er sich durch den Durchgang presste, auf die Skånegata hinauslief und dabei fast zwei junge Mädchen umgerannt hätte.

»Sorry, sorry«, keuchte er und jagte um die Ecke.

Hinter sich hörte er die Pfiffe der Mädchen und sah, dass sein Hemd noch offen stand. Er knöpfte es zu und blieb vor einem Secondhand-Laden stehen, musterte kurz sein Spiegelbild im Schaufenster, strich sich die struppigen Haarsträhnen aus der Stirn und zog seinen Kragen gerade. Dann ging er wieder bis zur Ecke und schaute zu dem gewölbten Eingangstor der Bondegata 16 hinüber. Dort stand eine Frau von vielleicht sechzig in einem rosa Trainingsoverall und hämmerte an das Schaufenster des Antiquariates.

»So ein Mist …«

Er holte tief Atem, dann ging er mit überraschter Miene um die Ecke.

»Nein, aber … hallo, Sigrid. Ach, du bist mal wieder auf dem Weg ins Fitness-Studio?«

»Ja«, antwortete sie kühl. »Mal wieder.«

»Ich bin heute ein bisschen spät dran«, sagte er und lachte. »Typisch, was? Da wohne ich eine Viertelstunde von hier entfernt und komme zu spät zur Arbeit.«

Er wischte sich mit dem Hemdsärmel den Schweiß von der Stirn und blickte Sigrid Everts fragend an.

»Hast du etwas Besonderes auf dem Herzen? Wenn du ein Buch kaufen willst, kann ich dir allerlei empfehlen. Roberto Bolaño ist richtig gut.«

Sie gab keine Antwort, sondern trat näher und starrte ihn an.

»Ich hab jemanden gesehen.«

»Jemanden gesehen?«

»Jemanden, der sich heute Nacht hier drinnen bewegt hat. In deinem Laden war jemand. Schon wieder.«

»Heute Nacht?«

»Ja, so gegen zwei.«

»Bist du dir da sicher?«

Sie nickte, ohne ihn aus den Augen zu lassen.

»Seltsam«, sagte er. »Wirklich seltsam.«

»Du warst um zwei Uhr heute Nacht also nicht im Antiquariat?«

»Nein, da war ich zu Hause und habe geschlafen wie ein Stein.«

»Du warst zu Hause?«

»Ja.«

»In deiner Wohnung?«

»Genau.«

»Und wen zum Kuckuck hab ich dann in deinem Antiquariat gesehen?«

Nachdenklich fuhr er sich mit der Hand über sein unrasiertes Kinn.

»Eine Ratte vielleicht?«

»Willst du hier Witze reißen, Dorfman? Ich sehe verdammt noch mal den Unterschied zwischen einer kleinen Ratte und einem Menschen.«

»Einige Ratten sind ganz schön groß.«

»Das war keine verdammte Ratte.«

»Es war vielleicht ein Einbrecher. Ich habe ja allerlei wertvolle Bücher. Unter anderem ein Exemplar von Dan Anderssons *Schwarze Balladen,* Erstausgabe von 1917, mit Fadenbindung und dem originalen Schutzumschlag. Signiert noch dazu. Da sehe ich ja lieber mal nach, ob das nicht gestohlen worden ist. Hast du die *Schwarzen Balladen* gelesen?«

»Jetzt hör mir mal gut zu, Dorfman. Man darf dieses Geschäft hier nicht als Privatwohnung benutzen, daran brauche ich dich ja wohl nicht zu erinnern?«

»Nicht doch, das weiß ich natürlich.«

Sie trat einen Schritt näher, und ihr Gesicht war nur noch wenige Zentimeter von seinem entfernt.

»Wenn ein Mieter unser Vertrauen missbraucht und seinen Laden als Privatwohnung verwendet, kann das zur sofortigen Kündigung führen. Das ist dir doch bekannt, oder?«

»Sicher, sicher. Ihr braucht euch da keine Sorgen zu machen. Ich habe durchaus nicht vor, mich in einem engen, zugigen Laden niederzulassen.«

Sigrid schaute ihn misstrauisch an, dann murmelte sie etwas wie *na dann,* und wanderte mit raschen Schritten in Richtung Eriksdalbad davon.

Leo schaute ihr hinterher. Wieder strich er sich die schweißnassen Haare aus der Stirn, und eine Frage schoss ihm durch den Kopf:

Wie lange kann das so weitergehen? Wie lange?

Anfang April war er aus seiner Einzimmerwohnung in der Gotlandsgata geworfen worden. Er war über ein Jahr mit der Miete im Rückstand, war mehrfach gemahnt worden, und am Ende hatte der Vermieter die Sache sattgehabt. Nach der Kündigung zog Leo ins Antiquariat, das war die einzige Lösung, und nun schlief er auf einer verschlissenen Matratze zwischen Taschenbuchabteilung und Lyrikregal. Aber da die Räume nur als Laden genutzt werden durften, schloss er jeden Abend das Antiquariat ab, wie immer in den letzten vierzehn Jahren. Er zog das Gitter vor die Schaufenster und spazierte in Richtung Gotlandsgata davon, doch sowie er die Ecke erreicht hatte, bog er nach Osten ab, in Richtung Skånegata 61. Dort öffnete er das dunkelgrüne Tor, ging über den Innenhof zurück, schloss die Hintertür des Antiquariats auf und schlich sich wie ein Einbrecher in seinen Laden.

Ab und zu verbrachte er die Nacht bei irgendeiner Frau, es gab in seinem Adressbuch mehrere, die ihn mit offenen Armen empfingen, wenn er anrief. Aber in den meisten Nächten schlief er in seinem Antiquariat; allein, versteckt zwischen den vollgestopften Bücherregalen lag er auf der Matratze und las im trüben Licht seiner aufladbaren Taschenlampe. Die Deckenlampe schaltete er niemals ein. Er wagte es auch nicht, den Computer zu benutzen oder sich am Telefon zu melden. Wenn er morgens aufwachte, wiederholte er die Prozedur des Vorabends in umgekehrter Reihenfolge.

Aber die Lebensgefährtin des Vermieters, Sigrid Everts, hatte alle Mieter der Umgebung im Blick und schon sehr bald Argwohn geschöpft. Sie hatte Leo noch nie leiden können, konnte das Antiquariat nicht leiden und sah jetzt ihre Chance, ihn loszuwerden.

Wie lange kann das so weitergehen?

Diese Frage wollte ihm nicht aus dem Kopf, als er dort in der Bondegata stand und Sigrid in ihrem rosa Trainingsoverall hinterherschaute. Nach einer Weile drehte er sich um, schob das Gitter hoch und öffnete die schiefe Tür. Sie glitt mit einem leisen Quietschen auf, und er musterte resigniert die verrosteten Angeln.

Mit müden Schritten ging er hinein, hängte das handgeschriebene OFFEN-Schild ins Fenster und ließ die Tür einen Spaltbreit offen stehen, um ein wenig frische Luft hereinzulassen. Die Matratze rollte er zusammen und versteckte sie in der Besenkammer. Den Ellroy-Roman, eine Taschenbuchausgabe von *L.A. Confidential,* hob er vom Boden auf und stellte ihn wieder ins Krimiregal.

In der engen Kochnische machte er sich dann einen Chai und schmierte sich zwei Käsebrote. Danach ließ er sich auf dem Holzstuhl hinter der Kasse nieder, legte die Füße auf den Sekretär und schaltete das alte Radio seines Vaters ein. Es rauschte bedrohlich aus den Lautsprechern, doch die Stimme des Nachrichtensprechers war zu verstehen:

»… und hier die Morgennachrichten: Der ständige Sekretär der Schwedischen Akademie, Hubert Rudqvist, ist tot. Er wurde in den späten Abendstunden im Berzelii Park in der Stockholmer Innenstadt erschossen. Rudqvist erlag seinen schweren Schussverletzungen fast unmittelbar. Die Polizei konnte noch keinen Verdächtigen festnehmen, geht aber davon aus, dass …«

Die Stimme des Nachrichtensprechers verschwand im Rauschen zwischen den Radiofrequenzen, und Leo legte sein Käsebrot weg. Langsam ließ er seinen Blick zur literaturgeschichtlichen Abteilung wandern, zum obersten Regalfach, in dem mehrere von Rudqvists Essaybänden nebeneinanderstanden. Er schüttelte den Kopf.

Hubert Rudqvist … ermordet. Was war bloß los mit der Welt?

* * *

Claudia lag mehr oder weniger in ihrem Schreibtischsessel und hatte die Füße auf den Tisch gelegt, die Stiefel wetteiferten mit einem Dutzend leerer Kaffeetassen und den nächtlichen Berichten der Fahnder um den Platz. Unterhalb des Lüftungsfensters war das Stadtviertel Kungsholm zum Leben erwacht, Geräusche und Gerüche der Großstadt drangen durch den Fensterspalt.

Vor ihr stand eine RAKEL-Einheit, ab und zu waren Stimmen aus der digitalen Kommunikationseinheit zu hören, ein Streit in einer Wohnung in Birkastan, ein Raubüberfall bei der Engebretskyrka. Sie hörte aufmerksam zu und trank ihren Pulverkaffee, der lauwarm und stark war, das Koffein kämpfte gegen die Müdigkeit in ihrem Körper.

»Na, wie läuft denn die Zusammenarbeit mit Rolf Hedlund?«

Birger Sjölins rundliche Gestalt tauchte in der Türöffnung auf. Der Chef der Zentralen Ermittlungskommission trug Jeans und eine braune Cordjacke, seine Augen waren so freundlich wie immer, aber um einiges müder. Sie beantwortete seine Frage mit einem ausdruckslosen Blick.

»So schlimm?«

»Schlimmer.«

Sjölin kam herein und setzte sich auf die Schreibtischkante.

»Na gut, lass mich raten. Er hat etwas Provozierendes gesagt. Du warst verdammt sauer und hast dich gewehrt, ziemlich heftig, so wie ich dich kenne.«

»So was in der Richtung.«

»Und jetzt leitest du eine Mordermittlung zusammen mit einem Kollegen, der sich weigert, mit dir zu sprechen?«

»Er hat seit heute Morgen kein Wort mehr gesagt. Abgesehen von Verwünschungen und Drohungen.«

Sie hob die Hände in einer Geste der Resignation.

»Ich weiß, ich weiß, aber ich konnte einfach nicht dagegen an. Ich bin wie ein verdammter Stier, wenn jemand vor meiner Nase mit einem roten Lappen wedelt, drehe ich einfach durch.«

»Ich weiß, mich hast du ja auch schon mehrmals auf die Hörner genommen.«

Sie tätschelte sein Bein, dann zeigte sie auf die RAKEL-Einheit auf dem Schreibtisch.

»Jetzt sitze ich hier und höre mir heimlich den Funk an. Ich habe keine Ahnung, was er so treibt.«

»Aber ich weiß es, und deshalb bin ich hier.«

Sie setzte sich gerade.

»Was?«

»Ich dachte doch, das könnte dich interessieren.«

»Was zum Teufel treibt er, Birger?«

»Er hat soeben zwei Einheiten losgeschickt, um die Antiquitätenläden auf Norrmalm und Östermalm zu durchkämmen. Und das Armeemuseum, das liegt ja nur einen Steinwurf vom Berzelii Park entfernt. Sie sollen feststellen, ob da kürzlich eine Schwarzpulverwaffe gestohlen wurde.«

»Die werden nichts finden. Es war keine gestohlene Waffe.«

»Wie kannst du da so sicher sein?«

»Ich habe heute Morgen mit Frank Larsson gesprochen. Er glaubt, dass der Täter sein eigenes Schwarzpulver hergestellt hat, dass er es mit der Hand in einem Mörser zerstoßen hat.«

»Wenn Frank das glaubt, dann stimmt es sicher. Aber was hat dieses Hausmannspulver mit dem Fall zu tun?«

»Wer sein eigenes Schwarzpulver herstellt, hat sicher auch seinen eigenen Schwarzpulverrevolver.«

»Mag sein, aber es ist trotzdem richtig, dass Hedlund allen Möglichkeiten nachgeht.«

Sjölin spielte an der Schreibtischkante herum, überlegte, wie er seine Gedanken formulieren sollte.

»Hedlund ist ein verdammter Idiot«, sagte er endlich, »das sehen wohl alle hier im Haus so. Aber er ist kein schlechter Kriminalkommissar. Wenn ich ihm begegne, versuche ich einfach, über sein blödes Gerede zu lachen, es ist dann viel einfacher, eine Mordermittlung durchzuziehen.«

Claudia öffnete ihre Lippen zu einem breiten Lächeln.

»Was ist los?«, fragte er. »Worüber lachst du?«

»Birger, wie lange kennen wir uns schon?«

»Weiß nicht. Dreieinhalb Jahre vielleicht, wieso?«

»Dreieinhalb Jahre, und ich habe nicht gesehen, dass du auch nur ein Mal die Beherrschung verloren hättest. Du bist nie wütend geworden, hast nie jemanden aufgefordert, den Mund zu halten. Meine Güte, ich hab ja nicht mal gehört, dass du je laut geworden wärst.«

»Du warst eben nie bei einem Spiel von Brage«, lachte er, und plötzlich war sein leichter Borlänger Akzent zu hören. »Komm einfach mal mit nach Domnarsvallen, wenn du erleben willst, wie ich schreie und fluche wie ein Irrer.«

Das runde Gesicht öffnete sich zu einem Lächeln.

»Monica und die Zwillinge weigern sich, bei den Spielen neben mir zu sitzen, hast du das gewusst? Sie finden es peinlich. Also sitze ich in Block E auf der Nordtribüne und sie …«

Er verstummte abrupt, bereute, Frau und Kinder erwähnt zu haben. Für einen Moment waren nur die kurzen metallischen Signale der RAKEL-Einheit zu hören.

Claudia kannte solche Situationen. Im Pausenzimmer redeten die Kollegen oft über ihre Familien. Über Urlaubspläne, Kitazeiten, Freitagsabsacker, Hochzeitstage, schwierige Teenager, die sich Piercings machen lassen wollten, ihre Gespräche waren noch hinten im Gang zu hören, doch sowie sie das Zimmer betrat, verstummten sie und wechselten das Thema.

»Zehn Stunden«, sagte sie plötzlich.

Sjölin sah sie an, dankbar dafür, dass sie das Schweigen gebrochen hatte.

»Zehn Stunden?«

»Die meisten Mordfälle in Schweden werden innerhalb von zehn Stunden gelöst. Danach wird die Chance mit jeder Stunde geringer.«

Sie schaute zu der hellblauen Wanduhr hoch, der Sekundenzeiger bewegte sich erbarmungslos über das Zifferblatt.

»Jetzt sind genau zehn Stunden vergangen, seit Rudqvist erschossen wurde.«

Langsam drehte sie sich zu Sjölin um und fügte hinzu:

»Es ist irgendwas mit diesem Schwarzpulverrevolver. Das geht mir nicht aus dem Kopf.«

»Was denn?«

»Weiß nicht, nur so ein Gefühl. Zu einer so besonderen Mordwaffe gehört doch eigentlich auch ein besonderes Motiv.«

Sie legte die Hände auf ihre kohlrabenschwarzen Haare, drückte die Fingerspitzen an ihre Schläfen, als könnte sie sich eine Antwort aus dem Kopf pressen.

»Weißt du noch, dieser Fünfzehnjährige?«, fragte sie nach einer Weile. »Du weißt schon, vor einigen Jahren in Upplands Väsby?«

»Der Fünfzehnjährige?«

»Ja, der Tennisknabe. Sein Papa war so ein Irrer, der beschlossen hatte, sein Sohn sollte der neue Björn Borg werden. Tennisprofi, Multimillionär. Er schrie und nervte fünfzehn Jahre lang. Brachte ihm eine Topspinvorhand bei, noch ehe der Kleine stehen konnte. Dachte sich jede Menge fieser Bestrafungen aus. Einmal musste der Sohn nackt auf Brennnesseln schlafen, weil er bei einem Kinderturnier einen Satz vergeigt hatte. Am Ende konnte der Junge es nicht mehr ertragen. Er ging mitten in der Nacht los, aus der Wohnung seiner Mutter, quer durch ganz Upplands Väsby, und zum Haus seines Vaters. Und schlug ihn mit seinem Tennisschläger tot, an die dreißig harte Schläge auf den Kopf. Erinnerst du dich daran?«

»Ein Wilson Pro Tour BLX, keine Mordwaffe, die man so schnell vergisst.«

»Dieser Junge hätte seinen Vater erschießen können. Bei der Hausdurchsuchung fanden die Ermittler zwei halbautomatische Zastavapistolen in seinem Kleiderschrank, noch dazu geladen. Aber er hatte die Pistolen nicht benutzt, er nahm seinen Tennisschläger. Vielleicht liegt es hier ähnlich.«

»Eine symbolische Handlung?«

»Ja, warum sollte der Täter sonst eine unhandliche Perkussionsschlosswaffe aus dem neunzehnten Jahrhundert benutzen? Warum sollte er Schwarzpulver und eine hundertfünfzig Jahre alte Kugel nehmen?«

»Keine Ahnung.«

»Es war eine symbolische Handlung, Birger. Ich glaube, der Mörder will uns damit etwas sagen.«

Sie starrte durch das schmutzige Lüftungsfenster.

»Die Frage ist nur: Was!«

* * *

Sonja Bergwall stellte die Teetasse weg. Sie stützte die Ellbogen auf den Küchentisch und ließ gleichzeitig ihren Blick über die Textmassen wandern, Zeile um Zeile, sie musterte jedes Wort, jedes Satzzeichen.

Vor ihr lagen abgegriffene Korrekturfahnen, an die sechshundert Blätter auf einem Stapel. Zahllose Male war dieser Stapel durch Stockholm gefahren worden, hin und zurück war es gegangen zwischen ihrer Wohnung und dem Verlag bei Vanadislunden. Nach und nach hatten sich die Seiten gefüllt mit Pfeilen, durchgestrichenen Stellen und fast unleserlichen Verweisen, Tausenden von Notizen, die in den Text hineingepfercht worden waren, ihre Bemerkungen mit schwarzem Kugelschreiber, die des Lektors mit rotem Buntstift.

In dieser Woche hatte sie noch die Möglichkeit, Korrekturen in ihrem Buch vorzunehmen, dem abschließenden Band über die Entwicklung der nordischen Sprachen. Danach würde das Manuskript an die Druckerei in Falun gehen, ihre Worte und Gedanken würden in Pappdeckel eingebunden werden, Druckerschwärze würde in weiße Papierbögen einziehen, endgültig und unwiderruflich.

Das Buch hatte ihre gesamte Aufmerksamkeit verlangt. Sie hatte sich an der Universität beurlauben lassen, hatte sich bei den Donnerstagstreffen der Akademie entschuldigen lassen, hatte auf das Jubiläumsbankett des Vorabends verzichtet. In den letzten Tagen hatte sie ununterbrochen gearbeitet, hatte den Telefonstecker herausgezogen, um in Ruhe arbeiten zu können.

Sie nippte an ihrem mit Honig gesüßten Tee und betrachtete das Nachwort, zwei besorgte Falten zeigten sich auf ihrer Stirn, als sie zum Kugelschreiber griff. Sie machte eine Notiz am rechten Rand, strich sie aber sofort wieder durch. In diesem Moment hörte sie ein vertrautes Geräusch: die Balkontür im Wohnzimmer glitt auf, und behutsame Schritte tappsten über den Parkettboden. Widerwillig riss sie ihren Blick vom einleitenden Absatz des Nachwortes, erhob sich von der Küchenbank und lief durch die Wohnung.

»Ach, jetzt kommst du also gnädigerweise nach Hause, Tolstoi? Du hast natürlich Hunger.«

Aber das Wohnzimmer war leer, der graue Abessinierkater war nirgendwo zu sehen. Sie schaute unter dem Sessel und hinter der handbemalten Truhe nach, die beiden Lieblingsplätze des Katers waren leer. Als die Bodenbretter knarrten, drehte sie sich mit einem Lächeln auf den Lippen um, aber es war nicht Tolstois zutraulicher Blick, der sie hier erwartete. Vor ihr stand eine dunkle Gestalt, ein Mann. Er trug einen schwarzen, abgenutzten Gehrock und Halbschuhe, auf dem Kopf hatte er einen Zylinder. Die Sonnenstrahlen fielen durch das Fenster über seine hohen Wangenknochen und beleuchteten die scharfen Gesichtszüge.

Sonja starrte den Mann entsetzt an, sein Gesicht, das fremd und vertraut zugleich war. Sie öffnete den Mund zu einem lautlosen Schrei, aber die Angst steckte ihr wie ein Korken in der Kehle, und sie brachte nur ein Flüstern heraus:

»D-du?«

Der Mann antwortete laut:

»Ja, das bin ich.«

Aus der rechten Rocktasche zog er dann einen Revolver mit Perkussionsschloss. Langsam hob er die Handfeuerwaffe, und mit einer leichten Daumenbewegung schob er den versilberten Hahn zurück.

»Ich bin da. Endlich.«

Als er den Zeigefinger um den Abzug schloss, ertönte ein ohrenbetäubender Knall, und die Wohnung füllte sich mit weißem Pulverrauch und erstickendem Schwefelgestank. Sonja Bergwalls Körper sank zu Boden, fiel leblos auf das Fischgrätenparkett. Die Kugel war unter ihren Wangenknochen eingedrungen, Blut strömte über ihren Hals und in den Nacken. Ihr Gesicht war zu einer grauenhaften Grimasse verzerrt, endgültig und unwiderruflich.

Die seltsame Gestalt verweilte im hinteren Teil des Zimmers und starrte ihr Opfer unverwandt an. Sorgsam steckte der

Mann dann seine Handfeuerwaffe in die rechte Rocktasche und verließ die Wohnung so, wie er hereingekommen war, durch die Balkontür, unterhalb des Katzenstieges. Danach ging er rasch und zielstrebig auf das Nordufer von Västerbron zu.

4

Joseph Brodsky

Nobelpreisträger für Literatur 1987

Begründung der Schwedischen Akademie:

»Für ein literarisches Schaffen von umfassender Breite, geprägt von gedanklicher Schärfe und dichterischer Ausdrucksstärke.«

15. Mai 2012

Claudia starrte aus dem Lüftungsfenster, und durch die Spalten der Jalousie erahnte sie Stockholms meilenweite Großstadtlandschaft. In der Fensterscheibe sah sie außerdem Birger Sjölins Silhouette, der Chef der Zentralen Mordkommission saß zwei Meter hinter ihr und lehnte sich an die Aktenschränke.

»Dieser Arsch ist irgendwo da draußen«, sagte sie, »genau vor unserer Nase.«

»Meinst du jetzt den Täter oder Hedlund?«

Ihr Mund krümmte sich zu einem müden Lächeln.

»Den Täter. Der sitzt vielleicht genau gegenüber in einer Wohnung. Oder in einem Pausenraum und teilt sich mit seinen Arbeitskollegen einen Mandelkuchen.«

»Irgendwo muss er sein.«

»Ja, irgendwo.«

Sie lehnte sich an die Fensterbank und murmelte:

»Ich hasse dieses Gefühl.«

»Welches Gefühl?«

»Dass der Mörder einfach so weiterleben kann. Als ob nichts geschehen wäre.«

Sjölin erhob sich, ging auf die Türöffnung zu, blieb vor der Schwelle aber stehen.

»Du solltest vielleicht nach Hause fahren, Claudia? Ein paar Stunden schlafen?«

»Vielleicht«, antwortete sie ohne Überzeugung.

»Du kannst doch wenigstens ein Nickerchen machen, du siehst aus, als ob du es brauchen könntest.«

»Schau mal in den Spiegel, Birger. Du siehst auch nicht besonders fit aus.«

»Ich habe an meinem vierzigsten Geburtstag aufgehört, in den Spiegel zu schauen. Es war zu deprimierend.«

Sie sahen einander an, zu erschöpft, um zu lachen oder auch nur den Mund zu verziehen.

»Na gut, na gut«, sagte dann Sjölin und machte eine resignierende Handbewegung, als er das Zimmer verließ.

Als seine Schritte auf dem Gang verhallt waren, setzte sie sich in ihren Schreibtischsessel und trank an ihrem kalten Pulverkaffee, aber nicht einmal das Koffein hatte noch irgendeine Wirkung. Die Augen schmerzten vor Müdigkeit, als sie die Stapel auf dem Schreibtisch betrachtete, Vernehmungsprotokolle, Zeugenaussagen, die ersten technischen Analysen. Langsam streckte sie die rechte Hand nach einem Papierstapel aus.

»Hier Einheit 57 … Polizeiassistent Johan Rudolfsson.«

Sie bewegte den Kopf und sah die RAKEL-Einheit an, etwas fiel ihr auf an der Stimme, die aus dem Lautsprecher kam.

Etwas.

Sie konnte die Atemzüge des Polizeiassistenten hören, die Pausen, hörte, wie er aufgeregt schluckte.

»Mein Kollege und ich haben soeben einen Notruf erhalten … aus Marieberg. In einer Wohnung haben wir eine erschossene Frau gefunden … Mitte fünfzig. Der Schuss hat ihren Hals gleich unter dem Kinn durchschlagen … und die Wunde sieht seltsam aus. Es gibt … wie soll ich das erklären …«

Aufmerksam hörte sie sich jedes Wort an, jeden Atemzug.

»Also … um das eigentliche Einschussloch sitzen schwarze Pünktchen.«

Sie stützte sich auf den Schreibtischsessel, packte das Mikrofon.

»Hier ist Claudia Rodriguez von der Zentralen Mordkommission. Wie sehen diese Pünktchen aus?«

Nach zwei Sekunden kam die Antwort.

»Es ist schwer, das bei dem vielen Blut genau zu sehen, aber der Hals der Frau ist bedeckt von kleinen schwarzen Spritzern.«

Spritzer.

Klein. Schwarz.

Diese drei Wörter jagten wie elektrische Stöße durch ihren Kopf.

»Wo seid ihr jetzt?«, rief sie. »Welche Adresse?«

»Eine Souterrainwohnung in der Wivalliusgata 11. Ganz unten bei ...«

»Ich bin in fünf Minuten bei euch!«

* * *

Die Gänge streckten sich vor ihm aus wie ein Labyrinth aus Fensterglas und Gipswänden, aber das hier war seit fünfundzwanzig Jahren sein Arbeitsplatz, und er kannte jeden Verbindungsgang, jede Schiebetür.

Rolf Hedlund riss einen grauen Notausgang auf und lief die Wendeltreppe hoch. Als er das fünfte Stockwerk erreicht hatte, ging er durch eine weitere graue Stahltür und bog nach links ab. Mit raschen Schritten lief er über den Gang, blieb endlich vor der offenen Tür des Bezirkspolizeidirektors stehen und klopfte an den Türrahmen.

Lars Lövdén saß am Arbeitstisch und schaute einen Computerbildschirm an, doch als er das Klopfen hörte, blickte er sofort auf.

»Rolf, hallo. Irgendwas Neues im Rudqvistmord?«

»Es geht vorwärts, wir haben ein paar interessante Spuren, denen wir nachgehen. Aber ich habe eine Frage.«

»Dann frag.«

Hedlund betrat das geräumige Büro, lehnte sich an Lövdéns Schreibtisch.

»Warum zum Teufel mischt sich die Zentrale Mordkommission in unsere Ermittlung ein?«

»Die mischen sich nicht ein, Rolf. Sie helfen euch mit Personal und Kenntnissen aus.«

»Weshalb?«

Lövdén stellte seinen Kaffeebecher weg, fuhr sich mit der Hand über die graumelierten Haare und antwortete energisch:

»Hubert Rudqvist war der ständige Sekretär der Schwedischen Akademie. Seit zwanzig Jahren ist er durch diese weiße Tür getreten und hat mitgeteilt, wem der Literaturnobelpreis zuerkannt worden ist. Seit zwanzig Jahren, und die ganze Welt hat zugesehen. Dieser Mord sorgt überall für Schlagzeilen, Rolf, in Schweden und im Ausland.«

Er wies auf den Bildschirm, zeigte auf die Onlineausgabe der *New York Times.* Ganz oben war ein Foto von Hubert Rudqvist im großen Saal der Börse zu sehen, darunter prangte die dunkelblaue Schlagzeile: ASSAULT ON THE NOBEL PRIZE. Member of the Swedish Academy murdered in Stockholm.

»Das hier wird keine normale Mordermittlung«, sagte er dann. »Jeder polizeiliche Einsatz wird untersucht werden, jeder Fehler wird zur Schlagzeile. Es wird von Zeitungsreportern und Fotografen nur so wimmeln. Hier im Polizeigebäude, im Berzelii Park, überall. Ich habe schon ein Dutzend Anrufe von schwedischer und ausländischer Presse erhalten. Das hier ist ein Mord, der dieselbe Aufmerksamkeit erregt wie der an

Anna Lindh. Und genau bei dieser Art von Ermittlungen soll doch die Zentrale Mordkommission mit ihren Fachleuten helfen, nicht wahr?«

»Ich habe nichts gegen die Hilfe von Fachleuten. Im Gegenteil, die heiße ich mit offenen Armen willkommen. Aber Claudia Rodriguez ist keine Expertin, und sie ist verdammt noch mal überhaupt keine Hilfe.«

Lars Lövdén musterte den kräftigen Kommissar, wägte jedes Wort ab, ehe er antwortete. Es war zwar Rolf Hedlund, der vor ihm stand, der sich an seinen Schreibtisch lehnte, aber es hätte auch der Chef der Zentralen Polizei sein können. Alles, was in diesem Zimmer gesagt wurde, würde Rod Jeglertz zu Ohren kommen, das wusste er.

»Ich habe Claudia die Ermittlungsarbeiten übertragen, zusammen mit dir. Hast du damit irgendein Problem?«

»Sie ist stellvertretende Ermittlungsleiterin in diesem Fall, oder was?«

»Das stimmt.«

»Und schon haben wir das erste Problem. Sie hat keine Ahnung, was das Wort stellvertretend bedeutet.«

»Du hast es ihr sicher erklärt, nehme ich mal an.«

»Ich habe es versucht, aber es ist schwer, mit Leuten zu reden, die nicht kapieren, was man ihnen sagt. Ich sollte vielleicht das Wort stellvertretend in einem Spanischwörterbuch nachschlagen.«

»Rolf, jetzt hör mir mal verdammt genau zu. Ich will solchen Dreck nicht hören. Claudia ist eine der besten Ermittlerinnen, die wir bei der Zentralen Kriminalpolizei haben.«

»Ich habe da was anderes gehört.«

Für einige Sekunden musterten sie einander, starr, stumm.

»Ich habe alle Gerüchte gehört«, sagte Hedlund dann endlich. »Sie ist ein Problem, seit sie aus Södertörn gekommen ist, oder nicht? Ist eine Einzelgängerin, hat Probleme bei der Zusammenarbeit.«

Er machte eine hastige Bewegung mit der linken Hand.

»Don't get me wrong. Sie war sicher bei der Ermittlungsabteilung in Botkyrka einsame Klasse, und darum geht es mir ja gerade. Sie gehört da draußen in die Vororte, hier in der City ist sie ein verdammtes Sicherheitsrisiko.«

»So siehst du das also?«

»Ja, so sehe ich das. Claudia Rodriguez hätte niemals in diese Ermittlung einbezogen werden dürfen, und ich bin sicher, dass Jeglertz das auch sagen wird.«

»Aber ich treffe hier die Entscheidungen, nicht Rod Jeglertz.«

»Das werden wir ja sehen«, erwiderte Hedlund.

Damit verließ er das Zimmer und verschwand auf den endlosen Gängen des Polizeigebäudes.

* * *

Die Reifen kreischten auf dem Asphalt, als sie vor dem graublassen Wohnhaus in der Wivalliusgata 11 zum Halten kam. Sie sprang vom Motorrad und rannte über den Wendehammer, vorbei an dem dort abgestellten Streifenwagen. Der Schweiß lief ihr über das Gesicht, als sie sich den Helm vom Kopf riss, die rabenschwarzen Haare klebten ihr an der Stirn.

In derselben Sekunde, in der sie die Glastür aufriss, nahm sie den scharfen Geruch wahr, der Schwefelgestank brannte ihr in der Nase. Sie lief die Betontreppe hinunter, drei Stufen auf einmal, ihre Schritte und Atemzüge hallten im Treppenhaus wider. Bei der offenen Wohnungstür im Souterrain wartete eine Polizeiassistentin.

»Wo ist sie?«, keuchte Claudia und zeigte ihren Dienstausweis. »Wo ist die erschossene Frau?«

»Im Wohnzimmer.«

Sie lief in die Wohnung, durch die Diele, weiter zum Wohnzimmer, wo sie zwei Personen vorfand: mitten auf dem Boden lag eine bewegungslose Frauengestalt, daneben stand ein junger Polizeiassistent, die Wände um sie herum waren von überquellenden Bücherregalen bedeckt.

»Sie sind Johan Rudolfsson?«

»Ja, das bin ich.«

»Erzählen Sie mir, was Sie wissen.«

»Vor einer Viertelstunde hat der Nachbar der Frau den Notruf verständigt, er hatte einen lauten Knall gehört. Sie waren einige Minuten später hier. Es roch seltsam, und wir hörten in der Wohnung eine Katze jammern. Niemand machte auf, als wir klingelten, deshalb haben wir die Tür aufgebrochen und die erschossene Frau gefunden. Natürlich haben wir sofort Bericht erstattet. Das ist alles.«

Claudia ging neben dem leblosen Körper in die Knie, musterte den dunklen Pulverschlamm am Hals der Frau, das fast unsichtbare Einschussloch an der Luftröhre, das klaffende Austrittsloch. Vorsichtig beugte sie sich weiter vor, hielt ihr Ohr an den halboffenen Mund der Frau, legte die Finger um ihr linkes Handgelenk. Kein Puls, kein Atem.

»Was wisst ihr über die Frau? Wie heißt sie?«

»Weiß nicht, aber an der Tür steht Bergwall.«

Sie drehte sich zu der Polizeiassistentin um.

»Stellen Sie fest, wer in der Wivalliusgata 11 wohnt, in der Souterrainwohung. Sehen Sie auch in Regalen und Schreibtischschubladen nach, ob Sie eine Brieftasche oder eine Rechnung finden, irgendetwas, worauf der Name der Frau steht.«

Dann sah sie wieder Rudolfsson an.

»Habt ihr mit dem Nachbarn gesprochen?«

»Nein, sollen wir das jetzt machen?«

»Noch nicht. Stand die Balkontür offen, als ihr gekommen seid?«

»Ja.«

»Sie sagten, die Katze habe gejammert, war die in der Wohnung?«

»Ja, die saß neben der Frau.«

»Gibt es irgendwelche Hinweise auf einen Raubüberfall? Aufgebrochene Schmuckschatullen? Geöffnete Schreibtischschubladen?«

»Glaub ich nicht, aber wir haben noch nicht so genau nachsehen können.«

Claudia erhob sich und strich sich die schweißnassen Haarsträhnen aus der Stirn. Dann warf sie noch einen Blick auf die Tote auf dem Boden.

»Hat sie genau so gelegen, als ihr gekommen seid? In genau dieser Haltung?«

»Ja, genau so.«

»Da irgendwo müsste die tödliche Kugel liegen«, sagte Claudia und zeigte auf ein Bücherregal im hinteren Teil des Zimmers. »Vermutlich eine mit Fett eingeschmierte Bleikugel, eine kleine Rundkugel aus dem neunzehnten Jahrhundert. Versuchen Sie, sie zu finden.«

»Wie … können Sie wissen, wie die Kugel aussieht?«

Claudia gab keine Antwort, sondern fragte:

»Sind noch weitere Einheiten unterwegs hierher?«

»Sie können jeden Moment hier sein.«

»Sagen Sie ihnen, sie sollen die nächste Umgebung durchsuchen, und zwar verdammt genau. Der Täter hat vermutlich deutliche Pulverflecken an seinen Händen, vielleicht auch im Gesicht.«

»Sie heißt Sonja Bergwall. Geboren 1962.«

Claudia fuhr herum und sah die Polizeiassistentin an. Diese stand in dem bogenförmigen Durchgang zum nächsten Zimmer und las vom Bildschirm ihrer RAKEL-Einheit ab.

»Sonja Bergwall?«

»Ja, nur sie ist an dieser Adresse gemeldet. Sie ist Professorin für Nordische Sprachen an der Universität von Stockholm und seit 2011 Mitglied der Schwedischen Akademie, wo sie …«

Das Adrenalin explodierte in Claudias Brustkorb, breitete sich wie eine Sturzwelle durch ihren Körper aus. Mit einer blitzschnellen Bewegung riss sie ihr Mobiltelefon hervor, und ihre Finger jagten über die Tasten. Nach zwei Klingeltönen meldete sich eine gehetzte Stimme.

»Ja … Lövdén.«

»Hier ist Claudia, wir haben eine verdammte Krisensituation. Noch ein Akademiemitglied ist erschossen worden, vermutlich mit derselben Schwarzpulverwaffe.«

Sie konnte hören, wie ihr Vorgesetzter nach Luft schnappte.

»Noch eins? Ein Mitglied der Schwedischen Akademie?«

»Ja, Sonja Bergwall.«

Lövdéns Stimme drang wie ein Zittern durch die Leitung.

»Die Akademie hat achtzehn Mitglieder, oder nicht?«

»Jetzt nur noch sechzehn.«

»Herrgott, glaubst du, irgendein Verrückter versucht …«

»Ich weiß nicht, aber es geht wahrscheinlich um jede Sekunde. Wir müssen alle Mitglieder unter Polizeischutz stellen, und solche Befugnisse hast nur du. Und Jeglertz.«

»Ich werde das sofort in die Wege leiten.«

Sie beendete das Gespräch und merkte, wie ihr Herz schlug,

rhythmische Stöße, die in Brustkorb und Gehörgang pulsierten. Für einen Moment starrte sie auf den Park hinaus, dann weiter über den Riddarfjärd, richtete ihren Blick auf die kupferroten Dächer. Sie konnte sie auf dem anderen Ufer sehen, hinter den Baumkronen von Långholmen, und ein einziger Gedanke blitzte durch ihren Kopf, ein Wort.

Vielleicht.

Sie drehte sich zu den beiden anderen um.

»Hierbleiben. Nichts anfassen.«

Mit dem Mobiltelefon in der Hand rannte sie aus der Wohnung, die Betontreppen hoch und wählte die Durchwahl der Ermittlungsleitung. Als sie aus dem Haus stürzte, hörte sie Per Falkmanns norrländische Stimme in der Leitung.

»Ha, hallo?«

»Hier ist Claudia«, rief sie, um den Wind zu übertönen. »Der Autor Sixten Hjärpe wohnt auf Reimersholme, besorg die genaue Adresse.«

Es dauerte nur zwei Sekunden, dann hörte sie die Stimme des Ermittlungsleiters:

»Er wohnt im Anders Reimers väg 9, sechs Treppen hoch. Das liegt …«

»Ich weiß.«

Sie steckte das Telefon in die Jackentasche und stieg auf ihre Honda, die aufdröhnte, als sie den Motor anließ und die Ausfahrtstraße entlangfuhr, nach Västerbron, nach Reimersholme.

5

Thomas Mann

Nobelpreisträger für Literatur 1929

Begründung der Schwedischen Akademie:

»Vornehmlich für seinen großen Roman ›Die Buddenbrooks‹, der im Laufe der Jahre eine immer größere Anerkennung als klassisches Werk zeitgenössischer Literatur gewonnen hat.«

15. Mai 2012

Die Vormittagssonne fand einen Weg durch die dunkelgrünen Samtportieren und leuchtete in Sixten Hjärpes düsteres Wohnzimmer, lange Sonnenstreifen wanden sich wie vergoldete Schlangen über die Bodenbretter.

Die vier Akademiemitglieder hatten sich in der Sitzgruppe vor der Fensterwand niedergelassen. Ihre Gesichter waren rot vom Weinen, blass vor Verzweiflung.

Beatrice Elmsten stieß einen Seufzer aus, gefolgt von einer verwirrten Kopfbewegung. Ihr chronischer Star war mit jedem Jahr schlimmer geworden, und jetzt starrten die blinden Augen ins leere Nichts. Langsam beugte sie sich vor, fuhr mit den Fingern über das goldgelbe Nackenfell ihres Blindenhundes.

»Ich kann nicht fassen, dass Hubert tot ist. Sicher, wir sind alle in dem Alter, in dem der Tod hinter der nächsten Ecke auf der Lauer liegt, in den letzten Jahren war ich häufiger auf Beerdigungen als auf Geburtstagsfesten. Das ist ja auch ganz normal, Unglücksfälle und Krankheiten treffen uns alle, das ist der Lauf des Lebens. Aber ein Mord!«

Resigniert und verbittert schüttelte sie den Kopf.

»Kein Tod hat mich so hart getroffen wie der von Hubert. Es ist das eine, wenn das Schicksal, oder Gott, wenn man so will, beschließt, dass unsere Tage gezählt sind. Aber ein Mord, ausgeführt von Menschenhand!«

Orvar Scheele nickte zustimmend und nippte an dem dampfenden aufgebrühten Kaffee.

»Ich habe gestern im Berns lange mit Hubert gesprochen. Es war sicher halb zwölf, und eine knappe Stunde später wurde er also erschossen. Er hat über sein Sommerhaus gesprochen. Er wollte es falunrot streichen lassen, das war das Letzte, was er gesagt hat.«

Sixten Hjärpe hatte lange geschwiegen. Seine Hautfalten hingen schläfrig über seine Wangenknochen, wie eine viel zu große Gesichtsmaske, die schweren Atemzüge hätten mit Schnarchen verwechselt werden können, aber sein Blick war wachsam, durchdringend, wie der eines Raubvogels. Als er sich räusperte, verstummten die anderen sofort.

»Wie ihr wisst, hatten Hubert und ich unsere Scharmützel, wie sich das gehört, sollte ich wohl hinzufügen. Mehr als dreißig Jahre lang haben wir diskutiert. Ich sage diskutiert und nicht gestritten, denn zwischen beidem besteht bekanntlich ein wesentlicher Unterschied. Wir haben dermaßen diskutiert, dass Kuchen und Verwünschungen durch die Börse und die Lokale von Gyldene Freden flogen. Einmal, Orvar, daran möchte ich erinnern, haben du und Wilhelmsson mich mit Gewalt zurückgehalten, als ich den noch jungen Rudqvist handgreiflich von der Überlegenheit der Mallarmé-Deutungen und ihrer Bedeutung für unsere zeitgenössische Lyrik überzeugen wollte.«

Ein trauriges Lächeln trat auf Hjärpes Lippen. Und nun lächelten auch die anderen, die sich an diesen Zwischenfall erinnerten.

»Hubert und ich waren nicht immer einer Ansicht. Manche haben uns für Feinde gehalten, und das mag wohl so sein. Aber, und das sollten sich alle klar vor Augen halten, Hubert Rudqvist war mein bester Feind. Um es mit seinem messerscharfen Intellekt aufnehmen zu können, habe ich dreißig Jahre lang meine Feder und meine Argumente gewetzt. Ich werde ihn ganz schrecklich vermissen.«

Stille senkte sich über die Runde, alle schlugen die Augen nieder, versanken in ihren eigenen Gedanken. Als die Türklingel ein schrilles, gedehntes Signal ertönen ließ, schaute Sixten Hjärpe auf die Wanduhr.

»Das muss Sonja sein. Sie hat, wie so oft, darf ich wohl sagen, ihr Telefon ausgeschaltet. Aber ich habe ihr eine Mitteilung auf dem Anrufbeantworter hinterlassen und sie gebeten, herzukommen. Klas, du bist noch jung und kräftig, würdest du bitte die Tür aufmachen.«

Klas Fahlén, der kürzlich seinen siebzigsten Geburtstag gefeiert hatte, erhob sich vom Sofa.

»Aber natürlich. Wir Jünglinge helfen doch gern.«

Mit mühsamen Schritten ging er durch das Lesezimmer, verschwand dann hinter dem gewebten Vorhang, der die Diele abtrennte. Ein Klirren ertönte, als er die Sicherheitskette abnahm und die Wohnungstür öffnete. Bald waren Stimmen aus der Diele zu hören, die eine war die bekannte von Klas, die andere gehörte einem Fremden. Plötzlich dröhnte eine Explosion durch die Wohnung, und grauweißer Rauch drang durch den Vorhang.

»Klas, was um Himmels willen ist da los?«

Die beiden Männer starrten zur Tür hinüber. Beatrice Elmsten richtete ihre trüben Augen in dieselbe Richtung und nahm gleichzeitig den scharfen Schwefelgestank wahr.

Im selben Moment wurde der Vorhang zur Seite geschlagen, und eine Gestalt trat ins Lesezimmer, ein Mann mit einem Gehrock mit doppelter Knopfreihe und einem ein wenig zurückgeschobenen Chapeau Claque. In der Hand des Mannes lag ein Perkussionsschlossrevolver mit gravierten Seitenflächen, und Rauchfäden stiegen aus dem gebläuten Lauf. Als er die Anwesenden sah, blieb er stehen und musterte sie, ohne sich zu bewegen.

Sixten Hjärpe fing seinen Blick ein und erhob sich mit großer Mühe aus seinem Sessel.

»Was zum Teufel soll das bedeuten?«

Der Fremde stand ganz still, sein Gesicht unter der Hutkrempe war ausdruckslos. Dann verzogen sich seine Lippen zu einem überaus zufriedenen Lächeln, und mit fester Hand hob er seine Waffe, richtete sie auf Hjärpes Brustkorb und drückte ab. Der Schuss war ohrenbetäubend laut, Rauch quoll aus dem Revolverlauf, und Flammen schlugen aus der rotierenden Kammer. Hjärpe wurde von zwei Bleikugeln getroffen, sein Flanellhemd färbte sich durch den pulsierenden Blutstrom karminrot, und sein umfangreicher Körper sank leblos in den Ledersessel.

Nun erhob sich Orvar Scheele vom Sofa. Neben ihm bleckte der Blindenhund die Zähne und bellte wütend.

Für den Bruchteil einer Sekunde zögerte der Eindringling, dann drehte er sich rasch nach links und gab zwei weitere Schüsse ab, die erste Bleikugel traf die Betonwand, die andere durchbohrte das linke Auge des Labradors. Sofort verstummte das Gebell, und der Blindenhund sank zu Boden. In diesem Moment konnte Scheele den Eindringling am Ärmel packen, er bohrte ihm die Fingerspitzen in den Unterarm und griff nach seiner Kehle. Aber der Mann riss sich los und verpasste Scheele einen heftigen Schlag mit dem Revolverkolben. Der Kolben traf Scheeles Stirn, und der alternde Historiker fiel mit einer klaffenden Wunde über den Augenbrauen nach hinten. Benommen versuchte er, auf die Beine zu kommen.

Der Mann hob nun ungehindert seine Schwarzpulverwaffe, zielte und gab einen weiteren Schuss ab. Als die Bleikugel das linke Jochbein zerschmetterte, wurde Scheele rückwärtsgeschleudert und knallte gegen das Bücherregal. Danach wurde es ganz still im Raum. Im Erker saß Beatrice Elmsten, sie fuhr ohnmächtig mit den Händen durch die Luft. Vor ihren blinden Augen ahnte sie jemanden, tiefe Atemzüge, Bewegungen, die Bodenbretter, die unter dem Gewicht eines Menschen knackten.

»S-Sixten? Orvar? Was … was ist denn los? Klas! Sagt doch was! Antwortet! Wo ist Nemo?«

Anfangs war die Stille die einzige Antwort, die sie erhielt, dann füllte der Raum sich mit einer fremden Männerstimme.

»Ihre Freunde sind tot, Ihr Hund ebenfalls. Es war natürlich nicht meine Absicht, den Hund zu töten. Aber daran kann ich jetzt nichts mehr ändern. Ich bitte um Entschuldigung.«

»W-wer sind Sie? Was haben Sie … getan?«

»Eine lange Wartezeit ist zu Ende«, antwortete die Stimme. »Die Zeit ist gekommen.«

Plötzlich war aus dem hinteren Teil des Zimmers ein Geräusch zu hören. Sixten Hjärpe stieß ein schrilles, fast tierisches Wimmern aus. Langsam kroch er über den Boden und hob den Blick zu seinem Henker, danach öffnete er den Mund, und Blut, Gallenflüssigkeit und Verwünschungen quollen heraus.

»I-ich habe dich immer verachtet … du verdammtes selbstgerechtes Schwein.«

Der Mann achtete nicht auf die Beschimpfung. Mit großer Ruhe hob er abermals die Handfeuerwaffe und drückte mit dem Zeigefinger auf den versilberten Abzug, doch diesmal war nur ein leises Klicken aus dem Zylindermagazin zu hören. Eine leichte Gereiztheit zeigte sich in den blaugesprenkelten Augen des Mannes. Ohne zu zögern, griff er mit der linken Hand in die Rocktasche und zog eine Dose aus Marinemessing heraus, deren Deckel von der sorgfältig gravierten Inschrift J. A. geziert wurde.

Er drehte den Deckel herunter. In der Dose lagen kohlschwarzes Pulver, ein fingergroßer Maßlöffel und in einem Seitenfach Zündhütchen und Munition. Der Mann nahm den Maßlöffel und füllte die oberste Kammer des Revolvermagazins mit dem schwarzen Pulver. Danach legte er eine runde Bleikugel in die Kammeröffnung und drückte sie mit Hilfe des Ladearms nach unten, energisch und sorgfältig. Am Ende befestigte er das Zündhütchen auf dem Nippel im hinteren Teil des Magazins.

Sixten Hjärpe lag bewegungslos auf dem Boden, sein Blick war erfüllt von Zorn und Ohnmacht. Als der Mann die geladene Schusswaffe hob, machte er den Versuch, etwas zu sagen, doch über seine Lippen kamen nur Blut und Galle.

Abermals füllten das Dröhnen der Pulverexplosion und der Schwefelgestank die Wohnung. Die Bleikugel drang in den offenen Mund des alten Schriftstellers, und Rauchstreifen wanden sich um seinen Körper.

Voller Entsetzen presste Beatrice Elmsten sich in ihren Sessel, nur einen Meter von ihrem toten Freund entfernt. Ihre Hände zitterten hilflos, und in ihren blinden Augen sammelten sich Tränen.

»Bringen Sie mich nicht um … bitte, erschießen Sie mich nicht.«

»Warum um alles in der Welt sollte ich Sie erschießen?«

Das ehrliche Erstaunen in der Stimme des Mannes war nicht zu überhören.

»Sie haben nichts zu befürchten, das können Sie mir glauben.«

Dann verließ er die Wohnung mit eiligen Schritten. Elmsten

saß noch immer im Sessel und hörte, wie der Mann sich durch das Trepppenhaus entfernte, danach füllte das Lesezimmer sich mit einer unerträglichen Stille. Sie saß bewegunglos, vor Schreck gelähmt. Ihre Atemzüge kamen stoßweise, ihre Finger krampften sich um die Armlehne des Sessels.

Etwa dreißig Sekunden vergingen, eine Minute. Dann wurde die Wohnungstür wieder geöffnet, die abgenutzten Angeln quietschten. Beatrice Elmsten konnte die Bodenbretter knarren hören, dann näherten sich behutsame Schritte.

»Nein, töten Sie mich nicht. Lassen Sie mich in Ruhe!«

Aber es war nicht der Fremde, der antwortete, sondern eine Frauenstimme, die dicht an ihrem Ohr sagte:

»Ich tue Ihnen ja nichts. Ich bin Claudia. Ich bin Polizistin.«

Claudia hockte sich neben die Blinde. In der rechten Hand hielt sie ihre Dienstwaffe, eine Sig Sauer P 226. Sie richtete die Waffe zuerst auf die beiden Türöffnungen des Raumes, dann auf die grünen Samtportieren, mit der linken Hand streichelte sie die zitternden Finger der alten Frau, und sie sagte mit kaum hörbarer Stimme:

»Befindet der Täter sich noch in der Wohnung?«

»E-er ist weg. Ehe Sie gekommen sind, nur eine M-minute …«

Weg.

Nur eine Minute.

Claudia fluchte in Gedanken, als ihr aufging, wie nahe sie ihm gewesen war. War sie auf dem Hofplatz an dem Mörder vorbeigelaufen? War er in der Menschenmenge an der Bushaltestelle der Linie 66 gewesen? In einem Auto auf Västerbron? Für den Moment wischte sie diese Überlegungen beiseite und zog ihr Telefon hervor.

Lars Lövdén antwortete sofort.

»Claudia, wo steckst du?«

»In Sixten Hjärpes Wohnung auf Reimersholme, aber ich bin zu spät gekommen. Schick Verstärkung und Krankenwagen, hier sind drei erschossene Personen und eine Überlebende.«

Der Bezirkspolizeidirektor schnappte nach Luft, fand aber nach einem Augenblick seine Stimme wieder.

»Ist bei dir alles in Ordnung?«

»Ja.«

»Gut, wir leiten alles in die Wege, und jetzt wissen wir ja, dass der Mörder sich in Stockholm aufhält. In wenigen Minuten werden alle Akademiemitglieder unter Polizeischutz stehen.«

Alle, die noch am Leben sind.

Claudia beendete das Gespräch und schaute sich um. Die beiden Männer lagen in den Ecken des Lesezimmers, und an der Haustür hatte sie einen weiteren Männerleichnam gesehen. Auf dem Boden zu Füßen der Blinden lag ein Blindenhund, er schien zu schlafen, die Nase zwischen die Pfoten gedrückt, aber das klaffende Loch um sein linkes Auge verriet die Wahrheit. Claudia fasste nach der abgemagerten Hand der Frau.

»Wissen Sie, wer das getan hat?«

»Nein … ich weiß nicht, w-wer … wer der Mörder ist …«

Nach einem tiefen Atemzug fügte sie hinzu:

»Aber Sixten hat es gewusst.«

»Woher wissen Sie das?«

»Ehe … ehe er gestorben ist, hat Sixten etwas geflüstert. Er sagte: »*Ich habe dich immer verachtet … du verdammtes selbstgerechtes Schwein.*«

Claudia prägte sich die letzten Worte des ermordeten Schriftstellers ein, dann wandte sie sich wieder der Frau zu:

»Darf ich Ihnen eine Frage stellen? Können Sie das vertragen? Es ist sehr wichtig.«

Die alte Frau nickte.

»Also«, begann Claudia. »Dieser Mörder hat fünf Mitglieder der Schwedischen Akademie erschossen. Aber Sie nicht. Warum nicht?«

Tränen liefen über Beatrice Elmstens Wangen.

»Ich weiß nicht«, antwortete sie. »Ich weiß nicht.«

6

Gabriel García Márquez

Nobelpreisträger für Literatur 1982

Begründung der Schwedischen Akademie:

»Für seine Romane und Erzählungen, in denen sich das Phantastische und das Realistische in einer vielfältigen Welt der Dichtung vereinen, die Leben und Konflikt eines Kontinents widerspiegeln.«

15. Mai 2012

Claudia ging durch das Lesezimmer und achtete genau darauf, auf welche Stellen des handgeknüpften Seidenteppichs sie ihre Füße setzte. Die Toten waren entfernt worden, sie sollten im Universitätskrankenhaus von Linköping einer virtuellen Leichenschau unterzogen werden, doch auf Teppich und Boden hatten sie eine Menge Spuren der Geschehnisse hinterlassen.

Mit vorsichtigen Schritten ging sie um die rostroten Blutflecke herum und blieb bei dem Sessel stehen, musterte den ergrauten Mann, der danebenhockte. Zwischen Daumen und Zeigefinger der rechten Hand hielt Frank Larsson eine kleine runde Bürste und verstrich eine dünne Schicht Magnetpulver auf der geschwungenen Armlehne des Sessels.

»Ich muss los.«

Larsson antwortete, ohne den Blick zu heben.

»Ich weiß.«

»Ruf an, wenn ihr etwas findet.«

»Alles klar.«

»Egal was, eine Augenwimper, eine Fußspur im Hinterhof. Ruf mich jedenfalls sofort an.«

»Schon gut, Claudia. Fahr jetzt, du hättest schon vor zehn Minuten da sein müssen.«

Ein letztes Mal ließ sie den Blick durch das Lesezimmer wandern, über die Betonwände, über das zentimeterbreite Einschussloch der Bleikugel. Ein letztes Mal hörte sie sich das Stimmengewirr an, das in allen Teilen des Raumes geführt wurde. Das Waffenteam des SKL, die kriminaltechnische Einheit, die beiden Gerichtsmediziner, alle diskutierten mit gedämpfter Stimme. Jedes Wort war ein Fragment des Wahnsinnspuzzles, das sie während der Nacht zu legen begonnen hatte.

Es werden immer mehr Stücke.

Und das Puzzle wird immer größer.

Danach verließ sie Sixten Hjärpes Wohnung und lief die unebenen Treppen des Punkthauses hinab. Als sie aus dem Eingang trat, sah sie die Konturen von etwa hundert Menschen, hinter den Sperren standen Zeitungsleute, Fotografen, Fernsehteams. Ein Kriminalreporter des Schwedischen Rundfunks erkannte Claudia und rief hinter ihr her, aber sie verschwand in die Gegenrichtung, ohne sich umzudrehen.

Zum zweiten Mal innerhalb von fünfzehn Stunden bückte sie sich unter ein blauweiß gestreiftes Plastikband hindurch, das einen Tatort abgrenzte. Sie sprang auf den sonnenheißen Ledersattel der Honda und ließ den Motor an. Ehe der Rundfunkreporter bei ihr angekommen war, war sie auch schon zwischen den aprikosenfarbenen Häusern aus den vierziger Jahren verschwunden. Das Motorrad legte sich schräg, als sie durch die westlichen Teile der Hauptstadt fuhr, über Västerbron, vorbei am Fridhemsplan, und weiter durch das viel befahrene Kungsholmsviertel. Hier hielt sie unterhalb des Kronobergsparks und entfernte sich schnellen Schrittes vom umlagerten Haupteingang des Polizeigebäudes, wo sich vielleicht dreißig Presseleute aufhielten, die sich vor den Glastüren zusammendrängten. Sie nahm den Personaleingang in der Polhemsgata, fuhr mit dem Fahrstuhl in den sechsten Stock und lief dann weiter zum Besprechungsraum.

Dort herrschte eine erstickende Hitze, der rechte Ventilator funktionierte nicht, der linke gab ein mechanisches Geräusch von sich, während er sich über dem Tisch langsam drehte.

Am Fenster stand Frida Zetterlund, die Chefkoordinatorin im Stab des Bezirkspolizeidirektors, und führte abwechselnd auf Englisch und auf Französisch ein gehetztes Telefongespräch. Claudia hörte die Wörter »responsabilité« und »killing spree«. Auf einem mit Stoff überzogenen Stuhl an der Längsseite des Tisches saß Birger Sjölin, der Chef der Zentralen Mordkommission, und machte sich auf zwei losen Blättern Notizen.

»Da draußen ist der Teufel los«, brachte er heraus, als Claudia sich an den Tisch setzte.

»Gute Zusammenfassung. Wo ist Lövdén?«

»Der ist unterwegs. In den letzten Stunden war er in der Regierungskanzlei und hat den Ministerpräsidenten und den Justizminister über die Lage informiert. Alles in Ordnung bei dir, Claudia?«

»Ja. Und bei dir?«

»So was hab ich noch nie erlebt. Seit vier Stunden herrscht hier das totale Chaos.«

»Kann ich mir vorstellen.«

Sie griff zur Thermoskanne und goss sich dampfenden Maschinenkaffee in einen weißen Plastikbecher, dann nippte sie vorsichtig an dem brennend heißen Getränk. Im selben Moment wurde die Tür geöffnet, und Lars Lövdén kam herein, atemlos, seine Stirn glänzte vor Schweiß, während er sich an Claudia wandte.

»Was Neues? Irgendeine Spur von dem Arsch?«

»Nicht die geringste. Aber alles weist auf einen einzelnen Täter hin, gestern und heute jedenfalls. Wie war es bei der Regierung?«

Lövdén ließ sich am Besprechungstisch nieder und antwortete mit einer müden Kopfbewegung, Resignation lag wie graubleicher Puder auf seinem Gesicht.

»Seit dem Lasermann hatten wir in Stockholm keinen Serienmörder mehr. Und das ist zwanzig Jahre her, und rein technisch gesehen war er ja gar kein Serienmörder. Er hat nur einen Menschen umgebracht, und dieser Irre ist schon bei fünf angekommen.«

Schon.

Ist das nur der Anfang?

Dieser furchtbare Gedanke jagte Claudia durch den Kopf, aber sie behielt ihn für sich.

»Dreizehn Mitglieder der Schwedischen Akademie sind noch am Leben«, sagte der Bezirkspolizeidirektor und schaute Frida Zetterlund aus müden Augen an. »Sag, wo die sich aufhalten, wie sie beschützt werden. Ich will alles wissen.«

»Das ist eine ganze Menge«, antwortete sie.

»Ich weiß, aber erzähl trotzdem.«

Zetterlund blätterte in ihren Notizen, die Seiten des Blockes raschelten zwischen ihren Fingerspitzen, Mengen von Telefongesprächen in Notizen zusammengefasst zogen sich über die Seiten.

»Na gut«, sagte sie. »Fangen wir mit Stockholm an.«

»Es gibt hier in der Umgebung von Stockholm sechs Akademiemitglieder, ja?«

»Das stimmt. Nils T. Flodström, Kristine Dahlberg, Jan Koskinen und Göran Wallin befinden sich hier im Polizeigebäude, in der Sicherheitsabteilung unten im Keller. Dort hält sich auch Beatrice Elmsten auf. Sie wird ebenso wie die anderen bewacht werden, auch wenn der Täter sie aus irgendeinem Grund verschont hat. Wir wollen natürlich kein Risiko eingehen.«

Lövdén nickte.

»Alle stehen unter Schock, vor allem Koskinen und Elmsten zeigen Anzeichen von psychischer Traumatisierung. Unsere Vernehmungsleiter und Psychologen sprechen bereits mit ihnen, haben die dringlichsten Fragen gestellt. Zum Beispiel ob es in letzter Zeit konkrete Drohungen gegen die Schwedische Akademie gegeben hat, aber dabei ist nichts von Interesse herausgekommen.«

»Gar nichts?«, fragte Claudia überrascht.

»Nein.«

»Keine Drohbriefe? Keine wütenden Anrufe?«

»Nichts.«

»Und die anderen Mitglieder, wo stecken die?«

Birger Sjölin stützte die Ellbogen auf die Tischplatte, als er antwortete:

»Es gibt noch ein Akademiemitglied in Stockholm, die Lyrikerin Lisbeth Hansson. Sie ist vorige Woche an einer schweren Blutvergiftung erkrankt und liegt jetzt auf der Intensivstation des Karolinska Krankenhauses, wo sie künstlich beatmet wird.«

»Sie kann nicht verlegt werden?«

»Nein«, antwortete Sjölin. »Sie muss rund um die Uhr behandelt werden, und die entsprechende Ausrüstung gibt es offenbar nur im Karolinska. Aber sie wird gut überwacht. Es gibt nur ein Treppenhaus und einen Fahrstuhl zu dieser Station, beide werden bewacht von Personenschutzeinheiten der Säpo. Neben Hanssons Zimmer haben wir zudem weitere Sicherheitskräfte postiert.«

»Wie viele?«

»Vier, außerdem gibt es auf dem Krankenhausgelände mehrere Streifen und Zivilbeamte von der Norrmalmspolizei. Die private Sicherheitsfirma, die im Krankenhaus eingesetzt wird, ist ebenfalls einbezogen. Ihre Leute sind über die

Situation informiert worden und stehen im Bedarfsfall zu unserer Verfügung. Wir haben natürlich auch Zugriff auf sämtliche Überwachungskameras, die im Krankenhaus und auf dem Krankenhausgelände angebracht sind.«

Claudia runzelte besorgt die Stirn.

»Das gefällt mir nicht. Ein Krankenhaus ist schwer zu bewachen, der Mörder kann mit einem Verband um den Kopf hineinspazieren, ohne Verdacht zu erwecken.«

»Daran lässt sich nichts ändern. Hansson ist siebenundachtzig Jahre alt und schwebt zwischen Leben und Tod. Der Oberarzt schätzt ihre Überlebenschance auf weniger als fünfzig Prozent. Der Mörder ist im Moment nicht ihr größtes Problem.«

»Nein, das wohl nicht. Und wie sieht es unten an der Westküste aus?«

Nach einem kurzen Blick auf ihre Notizen antwortete Frida Zetterlund:

»Da haben wir Siv Persson McKenzie, Vilgot Emander und Leif Linder. Im Moment stehen sie in ihren Wohnungen unter Bewachung, aber die Säpo kann das nicht über einen längeren Zeitraum durchziehen. Nicht nach den heutigen Ereignissen.«

»Was bedeutet das?«

»Dass sie verlegt werden müssen. Morgen früh werden sie in die Militäranlage K bei Karlsborg gebracht, alle Beteiligten haben sich auf diese Lösung geeinigt. Dort wird den drei Akademiemitgliedern ein Wohnhaus zugewiesen werden, das etwa fünfhundert Meter von der öffentlich zugänglichen Umgebung entfernt liegt. Die Anlage ist von einem vier Meter hohen elektrischen Stacheldrahtzaun umgeben, und das besagte Wohnhaus ist mit Panzerglas gesichert. Auf dem Gelände werden sich rund um die Uhr mindestens zwei Personenschutzeinheiten der Säpo aufhalten, dazu kommen noch etwas siebzig Berufsmilitärs und ein Stab Fallschirmjäger. Ich habe mit dem Stabschef des Regimentes gesprochen, und er versichert, dass sie die Wachen verstärken und höchste Alarmbereitschaft ausrufen werden. Sie halten diese Krisensituation ehrlich gesagt für die perfekte Militärübung.«

»Das klingt gut. Und dieser Sprachforscher?«

»Hans Ekberg?«

»Ja, wohnt der nicht in Dalarna?«

»Doch. Hans Ekberg hält sich auf seinem Hof zwischen Borlänge und Falun auf. Dort wird die Polizei von Borlänge sich die Bewachung mit Säpo-Einheiten teilen. Außerdem haben wir da draußen auf dem Hof Hilfe.«

»Hilfe?«

Ein müdes Lächeln huschte über Zetterlunds Lippen.

»Die Familie Ekberg hat fünf Dobermänner«, erklärte sie. »Und die laufen da mehr oder weniger frei herum. Ekberg behauptet, dass sich niemand unbemerkt an diesen Hunden vorbeischleichen kann.«

»Wir brauchen alle Hilfe, die wir bekommen können«, seufzte Lövdén.

»Und Gun-Britt Höök?«, fragte Claudia. »Die ist im Ausland, oder nicht?«

»Höök weilt in ihrem Haus an der französischen Mittelmeerküste«, antwortete Birger Sjölin. »Wir haben mit den Kollegen in Frankreich gesprochen, und die waren sehr entgegenkommend. Sie haben ein halbes Dutzend Polizisten in dem kleinen Gebirgsdorf postiert. Außerdem hat die Lokalbevölkerung aus eigenem Anstoß eine Bürgerwehr gebildet, die Straßen und Plätze überwacht.«

»Nicht schlecht.«

»Aber das ist noch nicht alles, sogar der französische Präsident hat sich eingeschaltet.«

»Dieser neue? Der heute sein Amt angetreten hat?«

»Ja, als er vom Ernst der Lage gehört hat, hat er sofort vier von seinen persönlichen Leibwächtern abkommandiert. Das muss seine erste Amtshandlung als Präsident gewesen sein. Sie sind jetzt unterwegs zu Hööks Sommerhaus bei Nizza.«

»Franzosen!«, rief Lövdén und schlug mit der Hand auf die Tischplatte. »Die wissen, wie man sich in einer Krise verhält.«

Zum ersten Mal an diesem Nachmittag war auf den Lippen des Polizeidirektors ein schwaches Lächeln zu sehen.

»Na gut, das waren elf Mitglieder. Es gibt aber dreizehn.«

Sjölin und Zetterlund wechselten einen eiligen Blick.

»Mit den letzten beiden haben wir gewisse Probleme«, antwortete Frida Zetterlund.

Lövdéns Lächeln verschwand sofort.

»Was denn für Probleme?«

»Per Birkenfeldt weigert sich, Personenschutz anzunehmen.«

Clauda sprang so heftig auf, dass ihr Plastikstuhl ins Schleudern geriet.

»Er weigert sich?«

»Ja, er weigert sich.«

»Hier läuft ein verdammter Verrückter durch die Gegend, der am laufenden Band Akademiemitglieder umbringt. Fünf von seinen Kollegen sind gerade kaltblütig ermordet worden. Und da weigert er sich, sich beschützen zu lassen?«

»Birkenfeldt will nichts mit der Akademie zu tun haben«, antwortete Frida Zetterlund. »Er hat seit der Rushdie-Affaire 1989 an keinem Treffen mehr teilgenommen, er hat seit über zwanzig Jahren keinen Fuß mehr in die Börse gesetzt. Er betrachtet sich nicht mehr als Mitglied der Schwedischen Akademie.«

»Aber der Mörder sieht das vielleicht anders!«

»Wir haben ihm erläutert, dass eine überaus schwerwiegende Gefährdung vorliegt«, sagte Zetterlund. »Der Polizeichef von Strängnäs, der ihn schon als Kind gekannt hat, sagt dasselbe.«

»Und was zum Teufel antwortet Birkenfeldt darauf?«

»Er will nicht zuhören, will überhaupt nicht mit uns reden. Sechs Leibwächter von der Personenschutzeinheit der Säpo überwachen zur Stunde sein Haus in der Innenstadt von Strängnäs, zusammen mit einem Großteil der lokalen Polizei. Aber niemand darf einen Fuß auf seinen Grund und Boden setzen. Dann greift er offenbar zum Schrotgewehr seines Vaters.«

»Unglaublich«, murmelte Lövdén, »der Alte verbietet uns, ihn zu retten. So einen Unsinn hab ich noch nie gehört.«

»Es wird noch schlimmer«, sagte Birger Sjölin.

Lövdén schloss die Augen und schob sich ein Nikotinkaugummi in den Mund.

»Okay, lass hören.«

»Sigurd Wilhelmsson, ihr wisst schon, dieser jämtländische Autor mit der Trilogie über Elchjäger oben in …«

»Was zum Teufel ist denn mit dem? Hat er sich eine Zielscheibe auf die Brust gemalt?«

»Er ist verschwunden.«

»Was zum Teufel soll das denn heißen?«

»Wir haben keine Ahnung, wo er sich aufhält.«

»Dann findet es raus. Fragt jeden einzelnen Arsch in Jämtland.«

»Wir haben mit seiner Schwester gesprochen, mit seinem Verleger, mit Nachbarn, Bekannten, den anderen Akademiemitgliedern, und alle sagen dasselbe. Wilhelmsson ist irgendwo auf Wanderschaft.«

»Irgendwo?«

»Ja. Irgendwo.«

»Und niemand weiß, wo er wandert?«

»Vermutlich irgendwo in Schweden. Aber es kann auch im nordöstlichen Norwegen sein, da fährt er manchmal hin. Oder in Finnisch-Lappland.«

»Willst du mich verarschen?«

»Nein, das macht er seit Mitte der siebziger Jahre mehrmals pro Jahr. Sagt niemandem ein Wort, begibt sich einfach auf eine lange Wanderschaft, um seine Gedanken zu klären.«

Lövdén schlug die Hände vors Gesicht und fuhr sich mit den Fingern über die pockennarbigen Wangen.

»Schriftsteller ...«

Plötzlich wurde die Tür aufgerissen, und Rolf Hedlund und der Chef der Zentralen Polizei, Rod Jeglertz, betraten den Raum.

Über dem rechteckigen Arbeitstisch begegneten sich die Blicke von Jeglertz und Lövdén. Seit fast vierzig Jahren waren sie in einen erbarmungslosen Machtkampf verstrickt. Ihre Fehden hatten zu Beginn der siebziger Jahre an der Polizeihochschule eingesetzt, und seither kämpften sie um Befugnisse, Chefsessel, Frauen, und Jeglertz war aus jedem Streit als Sieger hervorgegangen.

Die beiden frisch eingetroffenen Männer ließen sich auf der hinteren Tischseite nieder, vor den Fenstern. Zwei Sekunden lang war nur das Surren des Ventilators zu hören, dann brach Lövdén das Schweigen.

»Gut, dass ihr kommt, Rod. Wir haben gerade die Lage zusammengefasst, und es lässt sich ...«

Jeglertz hob die linke Hand, um Schweigen zu gebieten, sagte aber kein Wort. Stattdessen griff er zu einer Fernbedienung und schaltete den an der Wand befestigten Fernseher ein.

Sondersendungen jagten vorüber, auf einem Sender nach dem anderen, Sekundenfragmente in einem halben Dutzend Sprachen, Korrespondenten, die direkt von den Steintreppen vor der Börse in Gamla stan berichteten, die Stufen waren mit Blumen, brennenden Kerzen und Beileidsbriefen bedeckt. Als die Fernsehkameras über den Stortorg schweiften, konnte man eine Menschenmenge sehen, Hunderte von trauernden Menschen, die gekommen waren, um ihre Solidarität zu zeigen.

Am Ende hob Rod Jeglertz die Fernbedienung und schaltete den Fernseher aus.

»SVT, CNN, BBC News, RAI, das französische TV 2, die Deutsche Welle, sogar Al-Dschasira, zum Teufel. Alle berichten sie direkt aus Stockholm. Das hier sind dicke Nachrichten auf der ganzen Scheißwelt, und das wird so bleiben, bis wir den Mörder haben.«

Langsam wanderte der Blick des Polizeichefs im Halbkreis um den Besprechungstisch.

»Das hier ist so groß wie der Palme-Mord, vermutlich größer. Die nächsten Tage werden über unsere Karriere entscheiden. Wir werden bei diesem Fall alle in Erinnerung bleiben, entweder als Helden oder als untaugliche Scheißnullen.«

Er richtete den Blick auf Lövdén und flüsterte fast unhörbar:

»Ich habe nicht vor, als untaugliche Scheißnull in Erinnerung zu bleiben. Hast du das kapiert, Lars?«

Die beiden Männer starrten einander wütend an. Endlich senkte Lövdén den Blick und nahm sich noch ein Nikotinkaugummi. Jeglertz wandte sich nun an Claudia.

»Und du bist also Rodriguez?«

»Ja, das bin ich.«

»Okay, Rodriguez, dann zeig jetzt mal, was du kannst. Es gibt da draußen einen Verrückten, der die Mitglieder der Schwedischen Akademie abknallt. Fünf sind bereits ermordet worden, mit einer verdammten Steinzeitwaffe erschossen. Die ganze Welt verfolgt dieses Drama. Die ganze Polizeitruppe arbeitet an der Sache, aber wir haben keinen Täter, keine Spur, keinen verdammten Scheißdreck. Also, Rodriguez, da frage ich dich doch. Was zum Teufel sollen wir jetzt machen?«

»Wir brauchen einen Experten.«

Der Polizeichef verzog nicht eine Miene, sagte kein Wort, aber Rolf Hedlund beugte sich vor, mit einem aasigen Grinsen im Gesicht.

»Im Polizeigebäude wimmelt es nur so von Experten. You name it. Kriminaltechniker. Psychologen, die ein Täterprofil vorbereiten, Waffenspezialisten, die …«

»Aber einer fehlt«, fiel Claudia ihm ins Wort. »Wir brauchen einen Literaturexperten.«

7

Sigrid Undset

Nobelpreisträgerin für Literatur 1928

Begründung der Schwedischen Akademie:

»Vornehmlich für ihre mächtigen Schilderungen aus dem mittelalterlichen Leben des (skandinavischen) Nordens.«

15. Mai 2012

Leo Dorfman blies auf seinen dampfenden Chai und ließ sich den Wasserdampf ins Gesicht steigen.

Die Strahlen der Abendsonne suchten sich einen Weg durch das verstaubte Schaufenster des Antiquariates, fielen über den Radioapparat in der Fensternische und wurden von den Kupferbeschlägen zurückgeworfen. Es war ein altes Transistorradio, ein Grundig 941 WS, das sein Großvater in der Mitte der fünfziger Jahre gekauft hatte, aber es funktionierte noch immer hervorragend. Ab und zu verschwanden die Sendungen von P 1 im Rauschen zwischen den Frequenzen, dann tippte er mit der rechten Handfläche gegen den schrägen Lautstärkeregler, und sofort war der Ton wieder da. In den Nachmittagsstunden hatte die Nachrichtenredaktion ununterbrochen über die tödlichen Schüsse in der Stockholmer Innenstadt berichtet.

Leo nippte an seinem Kräutertee und biss in sein Käsebrot, hörte aufmerksam dem Pressesprecher der Säpo zu, einer müden Stimme, die aus dem Drei-Watt-Lautsprecher des Radios drang.

Dann bimmelte die Türglocke des Antiquariats, und die Tür öffnete sich mit rostigem Knarren. In der Türöffnung erschien ein übergewichtiger Mann von Mitte fünfzig in einem abgenutzten Flanellhemd und einer Cordhose mit zahllosen ausgeblichenen Stellen. Seine Mähne fiel struppig über seine Schläfen und über den fast kahlen Kopf, am rechten Ohrläppchen klebte vertrockneter, von der morgendlichen Toilette übriggebliebener Rasierschaum. Mit schweren Schritten kam der

Mann auf den Antiquar zu. Er machte einen Versuch zu grüßen, war jedoch zu sehr außer Atem, ein heftiges Keuchen war alles, was aus seinem offenen Mund quoll.

Leo schaltete das Radio aus und musterte seinen Stammkunden mit ernster Miene.

»Tag, Brynolfsson. Du hast wohl schon von den Akademiemorden gehört?«

Brynolfsson stützte sich auf den Sekretär und nickte, noch immer außer Atem. Am Ende keuchte er seine Frage heraus, die er seit drei Wochen fast jeden Tag gestellt hatte.

»H-hast … hast du ihn aufgetrieben?«

»Ja, ich hab ihn aufgetrieben. Endlich.«

»Wirklich?«

Leo nickte.

»Du … du machst keine Witze?«

»Nein, mache ich nicht«, antwortete Leo und nahm ein Buch mit Fadenbindung hervor und legte es auf den Sekretär.

Das Buch war eine guterhaltene Erstausgabe von Stieg Trenters Debütkrimi aus dem Jahre 1942, *Niemand kann den Tod aufhalten*. Nach drei Wochen Suche und vielen Verhandlungen hatte er das seltene Stück endlich für zweitausendfünfhundert Kronen von einem gotländischen Sammler kaufen können.

Brynolfsson betrachtete den Kriminalroman mit leuchtenden Augen.

»Perfekt. Das ist einfach perfekt.«

Er griff mit beiden Händen nach dem Buch, ließ die Finger über das marmorierte Vorsatzblatt wandern, über den grünen Halbleinenrücken, über den Aufkleber aus rotem und gelbem Ziegenleder auf dem Rücken. Danach schlug er die Titelseite auf und musterte den Kolophontext überaus genau.

»Erste Auflage, erster Druck, erstes bis drittes Tausend.«

Er flüsterte das alles andächtig wie die Zeilen eines Gebetes.

»Stimmt genau«, sagte Leo. »Wie viele Exemplare hast du noch mal schon?«

»Zwei, beide von meinem Großvater geerbt. Aber das sind Schrottausgaben, Dutzendexemplare, wie man sie auf Flohmärkten oder bei Bücherbörsen für einen Fünfziger kaufen kann.«

Plötzlich blickte er Leo forschend an:

»Kannst du raten, welche beiden Ausgaben ich habe, Dorfman? Das müsstest du, wenn du dich Antiquar nennen willst.«

»Zwei Schrottausgaben, hast du gesagt? Von *Niemand kann den Tod aufhalten*?«

»Ja, zwei echte Schrottausgaben.«

»Na gut, die eine muss die Ausgabe des ICA-Verlags von 1948 sein, mit Klebeheftung. Die hatte doch in der Nachkriegszeit jeder zweite Schwede im Regal stehen.«

»Wenn du das nicht geschafft hättest, Dorfman, dann hätte ich unsere Bekanntschaft aufkündigen müssen. Aber die andere ist um einiges schwieriger.«

Leo dachte kurz nach, dann zuckte er mit den Schultern.

»Keine Ahnung. Vielleicht eine Ausgabe von B. Wahlström? Von Mitte der sechziger Jahre vielleicht?«

»Njet. Aber es war schon gut geraten, das muss ich sagen.«

Brynolfsson grinste, wartete mit der Antwort aber noch zwei Sekunden, um den dramatischen Effekt zu erhöhen.

»Die andere«, sagte er dann feierlich, »ist ein in Leder gebundenes Exemplar der Serie *Krimi des Monats* von neunzehnhundert…«

»1979!«, rief Leo und griff sich mit beiden Händen an die Stirn. »Verflixt, das hätte ich wissen müssen.«

»Ja, hättest du.«

Leo legte eine Hand auf Brynolfssons breite linke Schulter und klopfte zweimal sanft darauf.

»Jetzt hast du jedenfalls das Original.«

»Ja, endlich.«

Abermals fuhr Brynolfsson mit den Fingerspitzen über das graugrüne Titelbild, über den schattigen Berghang, über die geheimnisvolle weibliche Gestalt, die ganz oben stand. Aber dann tauchte zwischen seinen Augenbrauen eine besorgte Furche auf, und sofort legte er den Kriminalroman wieder hin.

»Der Preis! Wir haben noch nicht über den Preis gesprochen, Dorfman!«

Leo schaute verstohlen zu Brynolfsson hinüber, dem Stammkunden, der sein ganzes Gehalt, seine gesamten Ersparnisse für Bücher und Zeitschriften aus den vierziger, fünfziger und sechziger Jahren ausgab, am liebsten in der ungeöffneten Originalverpackung, am besten mit der seltenen Kennzeichnung R. R. R. oder R. R., aber niemals weniger als r. r.

»Sollen wir sagen, zweitausend?«

Die Furche auf Brynolfssons Stirn wurde noch tiefer.

»Du bist ein harter Geschäftsmann, Leo, ein sehr harter.«

Er biss sich nachdenklich in die Unterlippe, danach zog er widerwillig vier zerknitterte Fünfhundertkronenscheine aus der Gesäßtasche und legte sie auf den aufgeklappten Deckel des Sekretärs.

»Aber man gönnt sich ja sonst nichts, oder?«

»Meine Rede«, sagte Leo lächelnd. »Hör mal, möchtest du einen Schluck Tee? In der Kanne ist noch frischer. Oder vielleicht ein Käsebrot?«

»Keine Zeit, muss weiter.«

Brynolfsson fasste Trenters Debütroman mit den Fingerspitzen und verstaute ihn sorgfältig in seiner riesigen Hemdentasche, hob dann die rechte Hand zu einem zerstreuten Gruß.

»Do svidaniya, Dorfman!«

Die Ladentür fiel hinter Brynolfssons riesiger Gestalt zu, und Leo sah seinen Stammkunden in der Bondegata verschwinden, in Richtung Nytorg. Er beugte sich auf seinem Holzstuhl vor, nahm die zerknitterten Geldscheine, faltete sie zusammen und stopfte sie in eine Blechdose hinter der Lyrikabteilung: In dieser angerosteten Teedose bewahrte er sein ganzes Geld und seine Wertsachen auf. Meistens war die Dose leer, aber wenn er doch einige Hunderter hatte, rochen sie immer nach russischem Chai. Er presste den Plastikdeckel darauf und stellte die Dose wieder hinter Werner Aspenströms zerlesene *Ausgewählte Gedichte*.

Nun bimmelte die Türglocke ein weiteres Mal, und die Tür wurde aufgerissen. Leo nahm an, es sei Brynolfsson, der sich die Sache anders überlegt hatte und den Trenter zurückbringen wollte. Vielleicht hatte er im Buch ein störendes Eselsohr gefunden, vielleicht hatte er auf der Vignettenseite einen Riss entdeckt, vielleicht einen Feuchtigkeitsflecken. Aber es war nicht der beleibte Stammkunde, der dort auf der Schwelle stand, sondern eine Frau, die Leo vor vielen Jahren geliebt hatte.

»Hallo, Leo«, sagte Claudia Rodriguez und betrat das Antiquariat.

Sie hatten einige Sommermonate lang eine kurze Beziehung gehabt, eine Jugendliebe, als er vierundzwanzig gewesen war, sie zwanzig. Sie hatten sich zufällig auf einem Mittsommernachtsfest kennengelernt, wo beide sich nicht wohlfühlten, alles hatte mit eingelegtem Hering und Sackhüpfen begonnen und endete damit, dass sie sich im Vitabergspark unter dem Nachthimmel liebten.

Claudia und Leo waren so verschieden, wie das überhaupt nur möglich ist, und gerade das schürte ja die Verliebtheit, aber als der Herbst kam, sagte sie das, was er befürchtet, das, was er erwartet hatte. Sie saßen in ihrem Stammcafé, Gunnarssons Konditorei beim Nordausgang der U-Bahn-Haltestelle Skanstull. Dort verzehrten sie ein spätes Frühstück, während die beiden älteren Damen am Nachbartisch sich ein frühes Mittagessen bestellten. Claudia erledigte ihr Schinkenbrötchen in wenigen raschen Bissen und wischte sich die Krümel mit dem Pulloverärmel ab.

»Du, Leo, das läuft nicht.«

»Nein, ich weiß.«

Er nippte an seinem heißen Johanniskrauttee, dann fragte er:

»Warum nicht?«

»Warte. Ich zeig's dir.«

Sie zog einen Schreibblock und einen Bleistift aus ihrem Rucksack, dann legte sie eine sorgfältige Tabelle an und trug ihre persönlichen Eigenschaften ein, als wäre ihre Beziehung eine mathematische Gleichung, die man berechnen könnte, ein Diagramm, aus dem alle Fehler deutlich hervorgingen:

CLAUDIA	*LEO*
Liebt gegrilltes Fleisch	*Isst kein Fleisch*
Hat gerne Gesellschaft	*Einzelgänger*
Katholisch (ab und zu)	*Atheist (immer)*
Reist gerne	*Verlässt Södermalm nie*
Liebt Tiere (vor allem Hunde)	*Allergisch gegen Felle*
Treibt oft Sport	*(vor allem von Hunden)*
Will Chinesisch lernen	*Verabscheut Sport*
Liegt am liebsten oben	*Will Elfisch lernen*
Liest gern Paulo Coelho	*Liegt auch am liebsten oben*

Mitglied bei den Schwedischen Jungsozialisten	*Weigert sich, den* Alchimisten *zu lesen*
	Hat zweimal hintereinander ungültig gestimmt

Er sah sich die Tabelle aufmerksam an, griff dann nach dem Bleistift und schrieb noch etwas in seine Spalte: *Liebt Claudia.* Sofort übernahm sie den Bleistiftstummel und schrieb in ihre Spalte: *Liebt Leo!!!*

»Aber das reicht auf die Dauer nicht«, fügte sie dann mit entschiedener Stimme hinzu.

Sie fuhr mit den Fingerspitzen über seine Wange, über sein unrasiertes Kinn. Dann verließ sie Gunnarssons Konditorei, und seither hatten sie sich nicht wiedergesehen.

Das war fünfzehn Jahre her.

Jetzt stand sie in der Tür des Antiquariates, in der Abendsonne, und sah ihn aus erschöpften Augen an.

»Hallo«, sagte er und hob seine nackten Füße vom Sekretär.

Claudia schloss hinter sich die Tür und musterte die Regale, die das Lokal füllten, gebohnerte Birkenholzregale, die unter dem Gewicht der vielen Tausenden von Büchern zusammenzubrechen drohten.

»Endlich sehe ich dein berühmtes Antiquariat. Ich hab mich schon oft gefragt, wie es wohl aussieht.«

»Ach, du hast gewusst, dass ich ein Antiquariat habe?«

»Ich google dich ab und zu.«

Aufmerksam schaute sie sich um und stellte fest, dass der Laden leer war.

»Ich muss etwas mit dir besprechen.«

»Kein Problem. Komm rein, Claudia, komm rein.«

Seine Hemdsärmel flatterten, als er zur Höganäskanne auf der Fensterbank hinüberzeigte.

»Möchtest du einen Tee?«

Hektisch schüttelte sie den Kopf.

»Oder vielleicht etwas zu essen? Ich hab irgendwo noch Walnussbrot.«

»Tut mir leid, ich hab es schrecklich eilig.«

Er versuchte, seine Enttäuschung zu verbergen, indem er einen großen Bissen von seinem Käsebrot nahm.

»Also«, sagte er mit vollem Mund. »Worüber willst du mit mir reden?«

»Ich nehme an, du hast von den Morden an den fünf Akademiemitgliedern gehört?«

Die Frage überraschte ihn.

»Doch … sicher. Warum?«

»Ich bin an den Ermittlungen beteiligt, deshalb bin ich hergekommen.«

Einige Sekunden lang sahen sie einander an, dann erklärte sie:

»Ich bin Ermittlerin bei der Zentralen Mordkommission, und wir brauchen einen Literaturexperten. Jemanden, der alles über die Schwedische Akademie weiß, alles über die Mitglieder, alles über ihre Bücher. Was sagst du, Leo, willst du uns helfen?«

Langsam fuhr er sich mit der linken Hand durch die Haare, dann brach es aus ihm heraus:

»Sicher, sicher. Natürlich.«

»Super!«

Claudia lief zur Ladentür, drehte das OFFEN-Schild um und legte den Riegel vor.

»Diese tödlichen Schüsse waren kein Zufall. Der Mörder hat ein Motiv, davon bin ich überzeugt. Etwas, das ihn antreibt.

Warum sollte jemand die Mitglieder der Schwedischen Akademie umbringen wollen? Leo, kannst du dir einen Grund vorstellen?«

Er biss sich in die Unterlippe, wanderte langsam zwischen den Bücherregalen hin und her, zwischen verstaubten Stapeln aus Taschenbüchern und Monatszeitschriften.

»Einen Grund«, murmelte er vor sich hin, »einen Grund, die Mitglieder der Schwedischen Akademie umzubringen.«

Claudia sah ihn ungeduldig an, registrierte jede Körperbewegung, wartete.

Nichts hat sich verändert. Nichts.

Das Wandern, das Murmeln, die lange aschblonde Mähne, die ihm immer wieder in die Augen fiel, alles war wie damals. Am Ende trat sie vor ihn.

»Hat sich die Akademie in letzter Zeit zu irgendeinem umstrittenen Thema geäußert?«

»Sie äußern sich nie zu irgendwelchen Themen, und zu umstrittenen schon gar nicht.«

»Hat ein Mitglied einen umstrittenen Zeitungsartikel veröffentlicht? Etwas gesagt? Ein Buch geschrieben, über das andere sich ärgern?«

»Es gibt immer Leute, die sich ärgern, aber es hat keine Kontroversen gegeben, die ...«

»Was für Leute?«

»Das sind nur Kleinigkeiten. Nichts, das zu Mord in fünf ...«

»Was für Kleinigkeiten, Leo?«

»Tja, in den siebziger Jahren wurde zum Beispiel Klas Fahléns Lyrik von vielen Linksradikalen kritisiert.«

»Kritisiert? Warum denn?«

»Sie fanden, seine Gedichte müssten die großen politischen Fragen behandeln. Warum schrieb er über sonnenwarme Steine am Vänern und nicht darüber, dass die USA Nordvietnam mit Napalm bombardierten? Warum schrieb er über die Wälder von Värmland und nicht über den Beitrag der CIA zu Pinochets Putsch? Einmal haben Aktivisten der KPML sein Haus bei Filipstad mit fünfhundertvier Eiern beworfen.«

»Mit fünfhundertvier Eiern?«

»Ja, eines für jeden Menschen, der beim Massaker von Song My ums Leben gekommen war. Aber das war im Herbst 1972, und seit vierzig Jahren hat sich niemand mehr dafür interessiert.«

Sie nickte, noch hektischer.

»Na gut, aber haben die Akademiemitglieder noch andere umstrittene Bücher geschrieben? Etwas, das erst kürzlich veröffentlicht worden ist?«

»Warte mal …«

Er verschwand zwischen den Regalen, seine nackten Füße liefen fast lautlos über den Eichenboden. Nach einer Weile kam er mit dem Arm voller Bücher und alter Zeitschriften zurück. Als er alles auf den Boden legte, stob eine Staubwolke hoch und leuchtete im Licht der Dämmerung auf.

»Ich habe natürlich nicht alles, was die Akademiemitglieder geschrieben haben, aber doch eine ganze Menge.«

Er schaute sich im Antiquariat um, von einem Regal zum anderen, und nahm noch ein Dutzend Bücher heraus. Bald war der Boden um den Sekretär bedeckt mit Lyriksammlungen, zerlesenen Romanen, Essays und Dissertationen. Nun setzte er sich wieder auf den Holzstuhl und zeigte auf die Bücherstapel.

»Ich blättere erst mal darin.«

»Das ist aber ganz schön viel zu lesen.«

»Mir nur recht. Wer weiß, vielleicht kann ich einen Hinweis finden. Irgendwo muss man doch anfangen, oder nicht?«

»Zwei Hinweise haben wir schon. Drei der Morde sind in Sixten Hjärpes Wohnung auf Reimersholme begangen worden, das hast du sicher schon gehört.«

»Im Radio ist von nichts anderem die Rede. Alle Menschen auf der Welt haben wohl von den Morden gehört.«

»Vermutlich, aber nicht von den seltsamen Umständen.«

»Von was denn für Umständen?«

»Der Täter hat Beatrice Elmsten nicht erschossen, er hat sie verschont.«

»Verschont?«

»Ja, er ist in Hjärpes Wohnung auf Reimersholme eingedrungen. Dort hielten sich vier Akademiemitglieder auf. Orvar Scheele, Klas Fahlén. Beatrice Elmsten und natürlich Hjärpe selbst. Der Täter hat die drei Männer ermordet, kaltblütig, ohne zu zögern. Er hat auch Elmstens Blindenhund erschossen. Aber als Elmsten um ihr Leben flehte, sagte er: *Warum um alles in der Welt sollte ich Sie erschießen? Sie haben nichts zu befürchten. Das können Sie mir glauben.* Dann verließ er die Wohnung.«

Langsam wiederholte Leo die Worte des Mörders, suchte nach einer zwischen den Zeilen verborgenen Mitteilung, nach einer Botschaft.

»Leo, gibt es irgendetwas, wodurch sich Beatrice Elmsten von den übrigen Mitgliedern unterscheidet?«

»Ja, eins gibt es.«

»Was denn?«

»Erinnerst du dich an die Rushdie-Affaire?«

»Ende der achtziger Jahre?«

»Genau, damals hat Ayatollah Khomeini eine Fatwa gegen Salman Rushdie erlassen, ein religiöses Todesurteil. Einige Wochen darauf verlangten Beatrice Elmsten und Per Birkenfeldt, die Schwedische Akademie sollte dieses Todesurteil öffentlich verdammen. Das war im Herbst neunundachtzig, wenn ich das richtig in Erinnerung habe. Als sie sich mit dieser Forderung nicht durchsetzen konnten, wollten sie an den Aktivitäten der Akademie nicht mehr teilnehmen. Birkenfeldt hat seither keinen Fuß mehr in die Börse gesetzt, Elmsten ist Mitte der neunziger Jahre in die Akademie zurückgekehrt.«

Claudia zog einen Notizblock aus ihrer Lederjacke und machte einige rasche Notizen, unterstrich das Wort »Todesurteil« und den Namen »Per B«.

»Doch«, sagte sie. »Ich wusste, dass Birkenfeldt aus der Akademie ausgetreten ist.«

Doch nun schüttelte Leo energisch den Kopf.

»Wer einmal aufgenommen worden ist, kann nicht austreten, niemals. Man gehört der Schwedischen Akademie an, bis man stirbt.«

»Bis man stirbt?«

»Genau. Das steht in den Statuten, die Gustav III. gegen Ende des achtzehnten Jahrhunderts aufgestellt hat. Es gibt nur zwei Möglichkeiten, die Akademie zu verlassen, durch Ausschluss oder Tod.«

»Und was passiert, wenn ein Mitglied stirbt?«

»Dann wählen die anderen ein neues Mitglied, einen Autor oder einen Gelehrten oder so was. Und das neue Mitglied muss auf dem Stuhl sitzen, auf dem sein Vorgänger gesessen hat.«

»Der Tod scheint in der Schwedischen Akademie eine wichtige Rolle zu spielen.«

Obwohl sie im Antiquariat allein waren, senkte sie die Stimme, als sie hinzufügte:

»Ich wollte noch etwas mit dir besprechen. Sixten Hjärpe kannte den Täter und hat ihn verabscheut.«

»Woher weißt du das?«

»Ehe Hjärpe starb, hat er zu dem Mörder gesagt: *Ich habe dich immer verachtet… du verdammtes selbstgerechtes Schwein.* Beatrice Elmsten saß daneben, sie konnte natürlich nichts sehen, aber sie hat alles gehört, jedes Wort.«

Claudia packte Leos Hemdsärmel, als ob sie ihm mit Gewalt eine Antwort entlocken könnte.

»Zu wem kann Hjärpe das gesagt haben? Hatte er einen Feind, jemanden, den er wirklich verabscheute?«

Leo dachte über die letzten Worte des berühmten Schriftstellers nach, murmelte sie vor sich hin.

»Sixten Hjärpe hatte viele Feinde, hunderte vermutlich. Aber es gab einen Menschen, den er inniger verabscheute als alle anderen.«

»Wen denn?«

Leo antwortete mit einem Grinsen.

»Hubert Rudqvist. Aber der war ja schon tot, als der Mörder Hjärpe erschossen hat, das hilft uns also auch nicht weiter.«

»Ja, der Tod ist ein wunderbares Alibi, aber ganz sicher kann man nie sein.«

Sie schaute zu der orangen Uhr aus den siebziger Jahren an der Klinkermauer hoch, der Minutenzeiger war in der Mitte durchgebrochen, die Ziffern so abgenutzt, dass sie kaum noch zu erkennen waren.

»Du, Leo. Es tut mir leid, dich einfach so zu überfallen, dich noch dazu in eine Mordermittlung hineinzuziehen. Nachdem ich mich vierzehn Jahre lang nicht gemeldet habe.«

»Fünfzehn«, korrigierte er.

Sie lächelten unwillkürlich, alle beide.

»Das ist schon in Ordnung, Claudia. Es freut mich, dass du gekommen bist.«

Sie packte sein linkes Handgelenk, drückte fest zu.

»Ich muss jetzt los. Aber wenn dir etwas Interessantes über die Mitglieder auffällt oder über die Schwedische Akademie, dann ruf mich sofort an. Egal, wann.«

»Gut, wird gemacht.«

Sie musterten einander noch einen Moment.

»Du, es war nett, dich wiederzusehen, Claudia.«

»Danke, gleichfalls.«

»Vielleicht schaffst du nächstes Mal einen Tee?«

»Vielleicht.«

Dann legte sie ihre Visitenkarte auf den Sekretär und verließ das Antiquariat ohne ein Abschiedswort, ohne zu winken, genau wie damals vor fünfzehn Jahren.

»Niemals ein Gruß«, flüsterte Leo.

Er ging zum Schaufenster und schaute Claudia hinterher, wie sie davonlief, auf ihr silberschwarzes Motorrad stieg und in hohem Tempo davonfuhr, durch die in der Abendsonne feuerrot leuchtende Östgötagata. Nach einer Weile kehrte er zurück zum Sekretär, der Holzstuhl knackte, als er sich setzte. Er trank einen großen Schluck nur noch lauwarmen Chai, hob ein abgegriffenes Buch vom Boden auf, schlug es irgendwo auf und fing an zu lesen.

* * *

Werner Stolte stand mitten in dem unterirdischen Raum. Über seinem Kopf hing der Leuchter, das schwarze Gusseisen war im Dämmerlicht kaum zu sehen, und die Kerzen schienen im Halbdunkel zu schweben. Die Flammen zuckten im Luftzug, und Schattenbilder tanzten über die Granitwände.

Überaus vorsichtig hielt er einen in der Mitte durchgerissenen und stark verfärbten Pergamentbogen in den Händen. Die achtlose Handschrift war schwer zu deuten, die Tinte schlängelte sich über das Papier wie ein wütender schwarzer Lindwurm, aber Stolte kannte jeden Buchstaben, jedes Satzzeichen, diese Abschiedsworte hatte er sich bereits mit zehn Jahren eingeprägt.

Damals, vor über siebzig Jahren, hatten sein Vater und sein Großvater neben ihm gestanden, hier im Kellergewölbe, und hatten aufmerksam zugehört. Seit damals hatte er oft über den Inhalt der Worte nachgedacht.

Langsam richtete er den Blick auf die Gegenstände, die das Gewölbe enthielt, Hunderte von Briefen und Manuskripten, die in Glaskästen und Aktenschränken aufbewahrt wurden. Die Mehrzahl davon war ein Vermögen wert, wurde von Forschern und Sammlern in aller Welt gesucht, aber nichts davon war so wertvoll wie das abgegriffene Schriftstück in Stoltes Händen.

Die älteren Texte waren in der zweiten Hälfte des neunzehnten Jahrhunderts auf Lumpenpapier gedruckt worden und in hervorragendem Zustand, aber der Bogen, der in Stoltes Händen ruhte, stammte aus dem zweiten Jahrzehnt des zwanzigsten Jahrhunderts, es war mit der Hand hergestelltes Schreibpapier aus Lessebos Werkstatt im südöstlichen Småland. Die Leinenfasern waren von der französischen Gallapfeltinte angefressen und lösten sich um die Buchstaben herum langsam auf. Mit jedem Jahr wurde das Papier brüchiger. Sie waren zusammen gealtert, Werner Stolte und diese Handschrift, und nun würde beider Zeit bald zu Ende sein. Er betrachtete den Bogen ein letztes Mal, legte ihn dann in den Glaskasten auf die karminrote Seidendecke.

Hinter ihm, in den schwarzen Ziegenfellsesseln, saßen die Frau und der Mann, die seine Geheimnisse und seine Gelübde teilten. Angst und schlaflose Nächte hatten tiefe Spuren in ihren Gesichtern hinterlassen.

Auf dem Teakholztisch vor ihnen lagen aufgeschlagene Tageszeitungen aus vielen Ländern, die allesamt von der Wahnsinnstat des vergangenen Tages berichteten. Auf dem Tisch stand zudem eine Taschenflasche, die im Feuerschein des Kamins goldrot funkelte. Die Flasche war aus Marinemessing hergestellt und wies an ihrem langen schmalen Hals eine Inschrift auf, zwei elegante Anfangsbuchstaben: J. A. Der Mann im Sessel ließ die Messingflasche nicht aus den Augen.

»Jetzt muss es doch wohl vorbei sein? Glaubt ihr nicht?«

Die Frage schwebte durch das Kellergewölbe, drang in jeden Winkel ein, blieb aber unbeantwortet. Nun riss der Mann die Augen von der Flasche los und schaute Werner Stoltes graudunkle Silhouette an.

»Die Polizei kennt natürlich nicht alle Umstände, aber sie wissen sicher genug. Alles wird jetzt ein Ende nehmen, davon bin ich überzeugt.«

Ein tiefer Seufzer kam aus Stoltes Kehle.

»Ich weiß es nicht, mein Freund. Ich weiß es nicht.«

»Aber die Akademiemitglieder stehen unter Polizeischutz. Er kann ihnen nichts mehr tun, das ist unmöglich.«

»Nichts ist unmöglich«, erwiderte Stolte.

Nun beugte die Frau sich in ihrem Sessel vor, nahm Stoltes kraftlose Hand in ihre.

»Werner, ich kenne ihn so gut wie du, und eines ist über jeden Zweifel erhaben. Er ist kein Mörder, im tiefsten Herzen nicht. Er ist nicht so ein Mensch.«

Werner Stolte nickte traurig.

»Nein, er hat nicht Seele und Gemüt eines Mörders, da hast du wirklich Recht.«

Dann fügte er hinzu: »Aber er hat fünf Menschen getötet. Und Gott möge verhüten, dass es noch mehr werden.«

8

1940–43

Kein Nobelpreis vergeben.

16. Mai 2012

Per Birkenfeldt hielt die Kaffeemühle mit festem Griff, seine Hände schlossen sich um das emaillierte Blechgerät. Mit energischen Bewegungen drehte er den Griff, und der wunderbare Duft frischgemahlenen Kaffees breitete sich in der Küche aus.

Ab und zu warf er einen Blick aus dem mehrfach unterteilten Fenster. Draußen waren zwei der Leibwachen von der Säpo zu sehen, ihre Silhouetten zeichneten sich ab wie in einem Schattentheater. Beim Löwentor vor dem Haupteingang zum Dom standen etliche Bereitschaftspolizisten, ihre dunklen Uniformen waren durch die Sträucher zu erkennen. Er hatte sie gebeten, zu verschwinden, sich dahin zu scheren, wo der Pfeffer wächst, aber sie wanderten weiterhin wie Gespenster um sein rotes Holzhaus. Ab und zu hörte er ihre Schritte auf dem Kopfsteinpflaster, ihre kurzen Gespräche neben dem Haus.

Als die Bohnen ausreichend zermahlen waren, stellte er die Kaffeemühle weg und machte mit geübten Griffen den Kaffee fertig. Am Ende füllte er die beiden Tassen, gab in die eine ein wenig Milch.

»Bitte sehr, Agnes.«

An der Längsseite des Tisches saß seine Frau, sagte nichts und schaute in die Tasse. Den ganzen Morgen hatte sie noch kein Wort gesprochen, noch nicht einmal seine Blicke erwidert. Jetzt schaute sie auf, nahm die Diskussion wieder auf, die sie am Vortag ohne Unterbrechung bis in die Nachtstunden hinein geführt hatten.

»Per, du musst mir jetzt zuhören, dir wirklich anhören, was ich zu sagen habe. Ein Irrer hat fünf von deinen Freunden erschossen und …«

»Sie waren nicht meine Freunde, das weißt du nur zu gut.«

»Aber sie sind tot, das steht jedenfalls fest. Erschossen, und wenn du nicht auf den Rat der Polizei hörst, dann …«

»Das kommt nicht in Frage. Ich lasse mich nicht ins Bockshorn jagen, weder von Verrückten noch von der Polizei. Und ich will kein Wort mehr darüber hören.«

»Aber du kannst doch …«

»Kein Wort mehr, Agnes. Nicht ein verdammtes Wort mehr!«

Der Zorn sprühte aus Birkenfeldts Augen, und die Adern an seinem Hals pulsierten. Eine Sekunde lang schloss er die Augen, dann ließ er sich seiner Frau gegenüber am Esstisch nieder. Vorsichtig hob er die Tasse an den Mund, ließ den bitteren Kaffee über seine Zungenspitze spülen. Dann wurde sein Blick wieder ruhig, und die Wut, die ihn eben noch beherrscht hatte, war wie weggeblasen, seine Stimme klang fast liebevoll.

»Agnes, trink jetzt, solange der Kaffee noch heiß ist. Lauwarmer Kaffee schmeckt doch nicht.«

Er schnitt zwei Scheiben Graubrot ab, machte sich ein Brot mit selbstgemachter Johannisbeermarmelade und biss energisch hinein.

»Es wird ein hervorragendes Beerenjahr«, sagte er mit vollem Mund. »Das hat diese nette junge mollige Frau im Konsum gesagt, du weißt schon.«

Danach schaute er durch das Fenster, vorbei an der Sicherheitspolizei, vorbei am Fliederstrauch. Diesen Anblick hatte er schon als Kind gehabt, und abgesehen von den Fernsehantennen hatte sich seit Anfang der vierziger Jahre nichts geändert. Über den Dächern konnte er den Dom von Strängnäs sehen, der Turm zeichnete sich vor dem klaren Morgenhimmel ab.

»Weißt du was, im Sommer können wir sicher die ganze Tiefkühltruhe im Keller mit Himbeeren und Johannisbeeren füllen, meinst du nicht?«

In diesem Moment tauchte auf seinem Brustkorb ein Punkt auf, ein Kreis von knapp einem Zentimeter Durchmesser. Der Punkt vibrierte und leuchtete rötlich, bewegte sich hastig über seinen Kehlkopf und das Nasenbein und hielt endlich auf der Stirn an. Seine Frau entdeckte den rotleuchtenden Punkt, und ein Schrei formte sich in ihrem Hals, konnte den Mund aber nicht mehr verlassen.

Die Hohlspitzkugel durchschlug das kleinsprossige Fenster und durchbohrte Birkenfeldts Stirn, mit gewaltiger Kraft wurde er in einem Schwall aus Holzsplittern und Glasscherben nach hinten geschleudert und sank dann über der Tischplatte in sich zusammen. Als der Schrei seiner Frau endlich herauskam, war der Esstisch bereits bedeckt von Blut und Lymphflüssigkeit, und Per Birkenfeldt starrte seine Lebensgefährtin ausdruckslos an.

Einige Sekunden darauf brachen zwei Säpomänner die verriegelte Haustür auf und stürzten in die Küche. Mit gezogenen Automatikwaffen stürzten sie sich beim Fenster zu Boden und rissen Birkenfeldts leblosen Körper vom Tisch. Einer presste den Zeigefinger auf den Hals des erschossenen Literaturwissenschaftlers, gegen den Kehlkopf, horchte vergeblich auf ein Lebenszeichen. Der andere packte die Frau und riss sie zu Boden, unter den Spülstein. Dann hockte er sich vor das Fenster, spähte nach Nordosten zum Dom und den Eichen hinüber.

»Der Schütze muss da oben sein. Schnell. Schnell, verdammt!«

Die Leibwächter und Polizisten, die sich in der Nähe des Holzhauses befanden, rannten sofort in die genannte Richtung, quer über den Hofplatz, zwischen den Holzhäusern, vorbei an den wildwachsenden Eichen hinter dem Hofplatz. Unten vor dem Kyrkberg kamen sie zu einem Steinhaus, weiße Mauern ragten vor ihnen auf. Oben im Haus stand ein Dachbodenfenster offen, dort konnten sie deutlich den vorderen Teil eines Gewehrlaufes sehen.

Der Befehlshaber der Leibwächter erteilte den anderen lautlos Befehle, zeigte ihnen genau, wie sie sich um das weiße Gemeindehaus herum aufstellen sollten, danach richtete er eine Sig 552 auf das Dachbodenfenster.

»Hier ist die Sicherheitspolizei! Legen Sie sofort die Waffe nieder. Treten Sie mit deutlich erhobenen Händen ans Fenster.«

Seine Mitteilung wurde mit Schweigen beantwortet, nur die rauschenden Baumwipfel und der schwere Atem der Polizisten waren zu hören. Der Mann wiederholte den Befehl, lauter diesmal, aber die Position des Gewehrs blieb unverändert, niemand zeigte sich in der Fensteröffnung, niemand beantwortete seinen Ruf. Nun winkte er drei weitere Leibwächter von der Personenschutzeinheit der Polizei heran. Bildete eine quadratische Formation, rannte zum kupferroten Hauseingang, drückte auf die Klinke, die Tür ging langsam auf. Die vier Sicherheitspolizisten entsicherten ihre Waffen und schlichen vorsichtig über die Schwelle, durch die dunkle Diele und die unter ihrem Gewicht knackende Holztreppe hoch.

Der Dachboden war groß und dunkel. Es gab vier Türen, eine für jede Himmelsrichtung, und die Tür ganz hinten stand einen Spaltbreit offen, ein Sonnenstrahl suchte sich einen Weg durch den Spalt. Die Leibwächter traten langsam näher, ihre Waffen und Blicke auf die Türen gerichtet. Zwei flankierten die

Kammer, die beiden anderen nahmen Anlauf, hoben die Waffen und traten die halboffene Holztür ein.

Instinktiv schrien sie ihre Befehle, aber der Bodenraum war leer, es gab nur ein Stativ mit einem aufmontierten Scharfschützengewehr.

* * *

Eine knappe Dreiviertelstunde später war über dem Mälartal Motorendröhnen zu hören. Ein EC135-Hubschrauber flog über das weißschäumende Wasser auf dem Ulvshjällfjärden, dann dicht über den Dächern von Strängnäs, drehte eine Runde um den Turm des Doms und landete am Südosthang des Kyrkbergs.

Die vordere Tür wurde aufgerissen, und Claudia sprang heraus. Sie wurde begrüßt von Jan Magnusson, dem Befehlshaber der Personenschutzeinheit der Säpo. Sie duckten sich unter den kreischenden Rotoren und liefen am Zaun entlang, vorbei am Löwentor der Kirche. Nach fünfzehn Metern legte Claudia sich die rechte Hand an den Mund und schrie, um das Motorendröhnen zu übertönen:

»Habt ihr ihn erwischt?«

Magnusson schüttelte traurig den Kopf, sein linker Ärmel war noch nass von Birkenfeldts Blut.

»Alle Einheiten im Polizeibezirk Södermanland sind einberufen worden«, rief er als Antwort. »Sie durchsuchen den Ortskern von Strängnäs und die nähere Umgebung. Zwei Straßensperren haben wir schon auf der E 20 in beiden Fahrtrichtungen aufstellen können, zwei an der Straße 55, eine bei Hjulstabron im Norden von Märsön, die andere bei der Kreuzung in Malmköping.«

Sie nickte ungeduldig, das wusste sie alles schon.

»Aber habt ihr irgendeine Spur von dem Schützen?«

»Nein.«

»Gar keine?«

»Er hat sein Repetiergewehr zurückgelassen, ein PSG 90 mit Laser und allerlei Zubehör. Das ist alles.«

Sie überquerten die Gyllenhjelmsgate und gingen weiter über den Platz aus dem Spätmittelalter. Aus der Ferne waren wütende Rufe zu hören, und etwa sechzig Meter weiter sahen sie ein Gewimmel aus Gestalten, auf der Straße drängten sich Streifenwagen und Polizisten.

»Das ist Birkenfeldts Haus«, sagte Magnusson und zeigte auf ein rotes Holzhaus.

Sie eilten am Dom vorbei und durch die Altstadt, die Pflasterstraßen schlängelten sich zwischen den Sträuchern und den Häusern aus dem 17. Jahrhundert dahin. Endlich standen sie vor der weißen Steinfassade des Gemeindehauses. Claudia schaute nach Südosten, dann hinüber zum Haus des Akademiemitglieds.

»Von hier aus kann man unmöglich schießen, einfach unmöglich.«

»Ja.«

»Es gibt keine freie Sicht.«

»Nein …«

»Aber wie zum Teufel hat er Birkenfeldt dann erschießen können?«

»Sie müssen es mit eigenen Augen sehen, um das zu verstehen.«

Sie gingen durch die weit offenen Türen in das Gemeindehaus und stiegen die Holztreppe hoch, nickten den Polizisten in dem dunklen Gang zu. Dann gingen sie durch die Türöffnung und schauten sich in dem leeren Dachbodenraum um.

Abgesehen von dem Scharfschützengewehr und dem Stativ gab es dort rein gar nichts. Die Bodenbretter waren morsch und die Samttapeten vom Schimmel angefressen, ein fauliger Geruch erfüllte den Raum und jetzt auch ihre Nasenlöcher. Spinngewebe, tote Insekten und Rattenkot in jeder Ecke. Hinten im Raum waren einige Bodenbretter ausgehoben worden und legten ein Versteck im Hausinneren bloß. Magnusson nickte zu der schmalen Nische hinüber.

»Es ist noch zu früh, um das zu sagen, aber das sieht doch wirklich aus wie ein Versteck. Es ist genauso lang und schmal wie das PSG. Es ist keine allzu kühne Theorie, dass das Gewehr dort aufbewahrt worden ist. Wir haben auch Ballistikkarten, optische Richtmittel und drei Magazine mit Munition gefunden. 7,62 Millimeter Hohlspitzkugeln.«

»Das ist die Ausrüstung, die die Küstenjäger bei der schwedischen Armee anwenden, oder nicht? Die Scharfschützengruppe.«

Magnusson nickte als Antwort.

»Der Mörder hat also seine Schwarzpulverwaffe mit einem der modernsten Scharfschützengewehre auf der Welt vertauscht?«

»Ja, sieht so aus«, antwortete Magnusson. »Er scheint auch noch andere Fähigkeiten zu besitzen.«

»Wie meinen Sie das?«

Magnusson führte Claudia zum Fenster und reichte ihr ein Fernglas.

»Schauen Sie sich das mal an«, sagte er und zeigte nach Südosten.

Sie griff nach dem Fernglas und spähte durch das enge Fenster. Auf dem eine halbe Stunde dauernden Hubschrauberflug hatte sie sich gefragt, wie ein erfahrener Leibwächter wie Magnusson etwas so Grundlegendes hatte übersehen können:

ein Fenster mit freiem Blick auf die Küche der zu beschützenden Person. Nun wusste sie, warum.

Großer Gott.

Auf dem Hofplatz vor dem weißen Gemeindehaus stand eine Eiche, deren Krone die Sicht aus dem Dachbodenfenster versperrte, doch die Äste in der Mitte waren sorgfältig beschnitten worden, die Zweige abgehackt, die Blätter entfernt. Jetzt zog sich eine offene, fast unsichtbare Passage quer durch das wildwuchernde Laubwerk.

Hinter der Eiche, an die hundert Meter den Hang hinab, zwischen Dachfirsten und gemauerten Schornsteinen, konnte sie Per Birkenfeldts Küchenfenster erahnen.

Sie brachte nur mit Mühe etwas heraus.

»Das … das hier ist der perfekte Standort für einen Scharfschützen.«

Magnusson schaute resigniert in dieselbe Richtung wie Claudia.

»Ich habe so was noch nie gesehen, habe noch nie von so was gehört.«

Plötzlich wurde an den Türrahmen geklopft, drei eilige Schläge. Claudia drehte sich um und sah in der engen Türöffnung zwei Personen, den Polizeichef von Strängnäs und eine zivilgekleidete Frau von vielleicht fünfundsechzig. Das Gesicht der Frau war entstellt von Tränen und verschmierter Wimperntusche.

»Das ist Britta Åhman«, stellte der Polizeichef vor. »Sie ist Organistin hier nebenan im Dom, und das Haus gehört ihr.«

Britta Åhman machte zwei unsichere Schritte auf Claudia zu.

»St-stimmt das wirklich? Ist Per erschossen worden? Ist er … t-tot?«

»Ja, das ist leider so.«

»Wir waren gut bekannt, Per und ich. Wir sind zusammen zur Realschule gegangen, unten bei Sörgärdet, und …«

Der Polizeichef legte der Frau die rechte Hand auf die Schulter und unterbrach sie behutsam.

»Britta, ich verstehe ja, wie verzweifelt du bist. Aber wir wollten über etwas anderes reden, war das nicht so?«

Sie nickte, aber als sie den Mund öffnete, war nur ein Wimmern zu hören, mehr nicht. Der Polizeichef streichelte beruhigend ihre Schulter und wandte sich an Claudia.

»Also, ich habe eben mit Britta gesprochen, und sie hat mir etwas erzählt, das von größtem Interesse ist. Nämlich, dass dieser Dachbodenraum seit einiger Zeit vermietet ist.«

Claudia stürzte zu der Frau vor und packte ihre Hände.

»Wer hat den Raum gemietet? Wie heißt er? Wie sieht er aus?«

»Ich … i-ich weiß nicht. Ich bin ihm nie begegnet.«

»Er hat diesen Raum von Ihnen gemietet, aber Sie sind ihm nie begegnet? Nicht ein einziges Mal?«

Britta Åhman schüttelte den Kopf und wischte sich mit dem Mantelärmel die Tränen aus dem Gesicht.

»Aber Sie haben sicher miteinander gesprochen?«

»Ja, einmal. Als er auf die Vermietungsanzeige hin angerufen hat.«

Claudia sah die weinende Frau an und nickte ungeduldig, wartete darauf, dass sie weitersprach.

»Wir hatten seit einer Ewigkeit versucht, den Raum zu vermieten, mein Sohn und ich«, sagte sie dann endlich. »Aber er ist so schlecht in Schuss, dass niemand ihn haben wollte. Wir haben oft im *Eskilstunakurir* annonciert, ohne auf Interesse zu stoßen. Aber dieser Mann wollte den Raum nicht einmal sehen. Er wollte ihn ungesehen mieten, egal, wie hoch die Miete war.«

»Haben Sie keinen Mietvertrag?«

Die Frau wand sich und schaute verstohlen zum Polizeichef hinüber.

»Wir haben nur eine mündliche Abmachung, das wollte er so. Und wir wollten den Raum doch unbedingt vermieten.«

»Aber Sie müssen doch irgendetwas über ihn wissen? Eine Telefonnummer, eine Adresse? Auf irgendeine Weise haben Sie doch kommuniziert.«

»Nein, das nicht. In der Hinsicht war er sehr entschieden. Wenn ich eine Mitteilung oder eine Mieterhöhung hätte, sollte ich sie unter der Tür durchschieben.«

»Und wie wollte er die Miete bezahlen?«

»Monatlich. Am Morgen an jedem Ersten lag ein brauner Umschlag in meinem Briefkasten, und darin war die ganze Miete, zweitausend Kronen.«

»Gab es auf dem Umschlag keinen Absender? Keine Briefmarke, keinen Poststempel?«

»Nein, nichts.«

»Er war also überaus geheimnisvoll, dieser Mann. Sind Sie da nie misstrauisch geworden?«

Britta Åhman lief rot an und starrte zu Boden.

»Ich dachte, er nutzt den Raum als Ort für … also, Sie wissen schon … Rendezvous.«

Claudia konnte ihre Enttäuschung nicht verbergen, als sie dem Polizeichef und der Frau zunickte.

»Na gut, danke für Ihre Hilfe.«

Britta Åhman sagte etwas, aber ihre Worte verschwanden in ihrem Taschentuch zwischen ihren Tränen. Sie putzte sich zweimal die Nase, dann ging sie langsam auf die Türöffnung zu.

»Moment noch!«

Claudias Ruf hallte im Bodenraum wider, und mit raschen Schritten lief sie hinter der Frau her.

»Wann hat dieser Mann den Dachboden gemietet?«

»Ach, das ist schwer zu sagen. Ich muss erst mal in meinen Unterlagen nachsehen, um das genau feststellen zu können.«

»Aber so ungefähr. War es vor einer Woche? Einem Monat? Zwei Monaten?«

»Nein, nein, es ist viel länger her«, antwortete Britta Åhman. »Ich würde sagen, so ungefähr fünf Jahre.«

Fünf Jahre!

Diese Auskunft traf Claudia wie ein Fausthieb, sie schnappte nach Luft. Erschüttert schaute sie dann über die Dachfirste hinüber zu Per Birkenfeldts zersplittertem Küchenfenster, und ein kalter Schauer lief ihr Rückgrat hinab.

Der Mörder hatte seine Tat seit fünf Jahren geplant!

Alles ist durchdacht.

Alles ist möglich.

9

Imre Kertész

Nobelpreisträger für Literatur 2002

Begründung der Schwedischen Akademie:

»Für ein schriftstellerisches Werk, das die zerbrechliche Erfahrung des Einzelnen gegenüber der barbarischen Willkür der Geschichte behauptet.«

16. Mai 2012

Der ohrenbetäubende Lärm der Rotoren schloss sich wie eine Mauer um Claudia. Der Pilot drehte sich zu ihr um, sagte etwas, aber seine Stimme konnte das Motorendröhnen nicht durchdringen. Sie flogen über Stockholm dahin, und die Nachmittagssonne strahlte durch das Fenster in die enge Pilotenkabine. Claudia musste sich die Hand schützend über die Augen legen, als sie nach unten schaute, das Wasser des Mälar zog sich zwischen den Inseln dahin wie die Adern durch einen riesigen Körper.

Etwa achtzig Meter unter ihnen fegte der Schatten des Hubschraubers duch den Rålambspark, über vergilbte Rasenflächen, über das Auto, das am Rand des Parks auf sie wartete. Sie flogen in einem weiten Kreis über den Stadtpark, senkten sich dann immer tiefer über die Rasenfläche. In dem Moment, in dem sie auf den Boden aufsetzten, schob sie die Tür auf und sprang hinaus, rannte geduckt auf den silbergrauen Volvo zu. Als sie die Vordertür des Wagens aufriss, saß der Leiter der Zentralen Mordkommission hinter dem Lenkrad.

»Was machst du denn hier? Bist du zum Chauffeur degradiert worden?«

»Ich musste einfach mal raus aus dem Irrenhaus«, antwortete Birger Sjölin. »Wenn du in einer zweistündigen Besprechung mit Jeglertz gesessen hättest, würde es dir auch so gehen.«

»Vermutlich«, sagte sie und nahm neben ihm Platz.

Sjölin ließ den Motor an und fuhr über den verstaubten Parkweg auf den Ortskern von Kungsholmen zu.

»Wie geht's dir denn, Claudia?«

Sie antwortete nur mit einem Schulterzucken.

»Du hast seit drei Tagen nicht geschlafen, oder?«

»Du auch nicht.«

»Ich habe kleine Kinder«, er lächelte. »Ich schlafe nie.«

Sie erwiderte dieses Lächeln nicht, starrte nur durch das Fenster, mit den Gedanken noch immer in Strängnäs.

»Ich kapiere nicht, wie der Arsch das gemacht hat. Es müsste doch unmöglich gewesen sein, von da wieder wegzukommen.«

»Ich weiß.«

»Total verdammt unmöglich, Birger.«

»Ja.«

Für einige kurze Sekunden schloss sie die Augen, sah in der Dunkelheit unter ihren Lidern das weiße Haus neben dem Dom, sah das zerbrochene Fenster, das Scharfschützengewehr.

»Über dreißig Mann standen in der Gegend um Birkenfeldts Haus Wache. Nicht eine Fliege wäre da unentdeckt durchgekommen.«

Wütend schlug sie mit den Fingerknöcheln auf das Armaturenbrett.

»Das ganze verdammte Mälartal war abgesperrt. Kriminaltechniker und Suchhunde haben jedes Moped in Södermanland angeguckt, alle Männer über achtzehn wurden auf Pulverschlamm überprüft. Die Svealandsbahn wurde angehalten, die Regionalbusse gestoppt. Das war verdammt noch mal der größte Polizeieinsatz in der schwedischen Kriminalgeschichte.«

Sjölin nickte und bog nach rechts in Richtung Nordmälarstrand ab.

»Und doch ist er entwischt.«

»Ja. Und doch.«

Claudia schaute hinaus auf den Riddarfjärden, folgte einer der weißschäumenden Wellen, bis sie an den Kai schlug.

»Fünf Jahre, Birger. Er hat das hier seit fünf Jahren geplant und nichts dem Zufall überlassen. Die Kriminaltechniker haben jeden Gegenstand in dem Dachbodenraum mit Magnetpulver untersucht. Gewehrkolben, Fensterbank, Laserzielfernrohr, alles. Und kein verdammter Fingerabdruck, alles klinisch rein. Sogar die Rückstoßfeder wies Spuren von einem Reinigungsmittel auf.«

Erschöpft ließ sie sich auf dem Sitz zurücksinken.

»Du hättest diese verdammte Eiche sehen sollen. Die Passage geht quer durch die Baumkrone, absolut gerade, und man kann sie nur von diesem Fenster da oben aus sehen. Aus keinem anderen Winkel.«

»Ja, der Arsch macht alles total sorgfältig, und das gilt nicht nur für Eichen und Rückstoßfedern.«

»Wie meinst du das?«

»Vor fünf Jahren hat der Mörder bei Britta Åhman angerufen, um den Dachbodenraum zu mieten und …«

»Ich weiß.«

»Aber du weißt nicht, dass wir das Gespräch zurückverfolgt haben.«

Sie fuhr auf dem Beifahrersitz hoch.

»Von wo aus hat er angerufen? Habt ihr eine Privatnummer ausfindig machen können?«

»Er hat eine Telefonzelle in der U-Bahn-Zentrale benutzt, hat in diesem langen Tunnel zwischen der Blauen Linie und dem Ausgang hoch zur Bryggargata telefoniert.«

»Da muss es doch Überwachungskameras geben. Habt ihr mit der Sicherheitsgesellschaft gesprochen?«

»Ja, das haben wir.«

»Und?«

Sjölin bremste plötzlich und hielt vor der östlichen Längsseite des Kronobergsparks. Sie stiegen aus, liefen zum Personaleingang in der Polhemsgata, und er antwortete keuchend:

»Im April 2007 gab es im Bahnhofsbereich zwölf Telefonzellen. Elf davon wurden von den Überwachungskameras der Firma Panaxia Security erfasst, die zwölfte war hinter einem dicken Betonpfeiler versteckt. Rate mal, von welchem Telefon aus der Mörder angerufen hat.«

»Vom zwölften?«

»Ja, und das war ja wohl kaum ein Zufall.«

»Nein.«

Sie riss die Tür auf und lief über den Granitboden der Vorhalle, in das labyrinthische Gangsystem des Polizeigebäudes, hinter sich konnte sie Sjölins schweren Atem hören.

»Treppen oder Fahrstuhl?«

»Treppen«, antwortete sie und klopfte ihm auf den Bauch. »Du brauchst Bewegung.«

Sie öffnete die linke Stahltür und lief die engen Fluchttreppen hoch, zwei Stufen auf einmal.

»Etwas Neues über Sigurd Wilhelmsson?«

Eine halbe Treppe hinter ihr antwortete Sjölin keuchend:

»Vor sechs Tagen hat er an einer Tankstelle in Bispgården seine Kreditkarte benutzt.«

»In Bispgården? Das ist doch bloß ein paar Kilometer von seinem Haus entfernt, oder nicht?«

»Ja, und dort hat er neunundzwanzig Tüten Trockenfutter und achtzig Liter Benzin erstanden, das ist die letzte Spur, die wir von ihm haben.«

»Mit achtzig Litern kommt man weit.«

»Ja.«

»Da kann er doch in Österlän oder oben in Nordwestfinnland sein.«

»Oder an der norwegischen Westküste«, keuchte Sjölin. »Oder in Niedersachsen in Nordwestdeutschland, da war er auch schon mal.«

Gereizt schlug er mit der linken Hand auf das Treppengeländer und stieg dann weiter in dem verglasten Treppenhaus nach oben.

»Hast du neunundzwanzig Tüten Trockenfutter gesagt?«

»Ja, neunundzwanzig.«

»Dann hat er eine lange Wanderung vor.«

»Sieht so aus.«

»Habt ihr irgendwas von den Nationalen Einsatztruppen gehört?«

»Die suchen noch immer mit Hubschraubern über den Gegenden, wo er früher schon gewandert ist, aber es gibt da ein großes Problem.«

»Was denn?«

»Wilhelmsson, der ist das Problem.«

Sie blieb stehen, starrte zu Sjölin hinunter, der sich im blendend hellen Treppenhaus nach oben kämpfte.

»Wie zum Teufel ist das denn gemeint?«

»Er zieht zu diesen Wanderungen los, um seine Ruhe zu haben. Um den verdammten Menschen zu entgehen, wie seine Schwestern das ausgedrückt haben.«

»Wir suchen also nach jemandem, der nicht gefunden werden will.«

»Den Schwestern zufolge ist Wilhelmsson ein Spezialist für die Wildnis, ein echter einsamer Wolf. Wenn er auch nur die kleinste menschliche Spur sieht, geht er in die Gegenrichtung. Wenn er einen Fahndungshubschrauber sieht, wird er sich vermutlich als Wacholderstrauch oder so was tarnen.«

»Diese Scheißschriftsteller.«

»Du nimmst mir das Wort aus dem Munde.«

Der Schweiß trat ihr auf die Stirn, als sie die Tür zum sechsten Stock aufriss und in die Räumlichkeiten der Ermittlungsgruppe weiterlief. Sie ging durch die hektische Bürolandschaft, durch das Chaos, drängte sich vorbei an den provisorischen Arbeitstischen, vorbei an Mitarbeitern von der Zentralen Mordkommission.

Ganz vorn im Raum liefen vier Fernseher. SVT, CNN, Deutsche Welle und französisches Fernsehen brachten ununterbrochen Berichte über die Wahnsinnstaten in Schweden. Auf einem der Plasmaschirme konnte sie die alten Wohnviertel von Strängnäs erkennen, wo sie sich nur vierzig Minuten zuvor ebenfalls aufgehalten hatte.

Ganz hinten in dem riesigen Raum blieb sie vor Frida Zetterlunds überladenem Schreibtisch stehen. Die Chefkoordinatorin im Stab des Bezirkspolizeichefs telefonierte mit zwei Apparaten, beendete jedoch beide Gespräche, als sie Claudia sah.

»Etwas Neues aus Strängnäs?«

Claudia schüttelte den Kopf.

»Und hier? Ihr habt nicht zufällig Wilhelmsson auf einer Bank im Hagapark gefunden?«

»Der Mensch ist einfach unauffindbar«, sagte Zetterlund resigniert. »Da könnten wir auch gleich nach dem Monster von Loch Ness suchen.«

»Und die Vernehmungen seiner Schwestern haben nichts erbracht?«

»Nada.«

»Seine anderen Verwandten?«

»Die wussten rein gar nichts.«

Zetterlund wurde etwas leiser.

»Wir haben eben mit seinem Vetter gesprochen. Der heißt Holger Pärsson, ein totaler Gierschlund. Hat vermutlich alle Kuchen im ganzen Polizeigebäude gefressen und …«

»Ist der Vetter hier? Hier im Haus?«

»Ja, er sitzt dahinten in der Teeküche und stopft sich mit Himbeerstreusel voll und …«

»Ich rede mal kurz mit ihm.«

»Claudia, die Vernehmungseinheit hat schon zweimal mit ihm geredet, und bald kommt noch ein Verhaltensspezialist von …«

Zetterlunds Stimme ging im Stimmgewirr unter, als Claudia durch den Raum der Ermittlungseinheit rannte, dann über den Gang und in die enge Teeküche hinein. Am Klapptisch saß ein untersetzter Mann von Mitte sechzig, er hatte einen krummen Rücken, und der Tisch war bedeckt mit Kuchenkrümeln und Plätzchenpapier.

Sie ging zur Querseite des Tisches und ließ sich auf der Küchenleiter nieder, streckte die Hand aus.

»Claudia Rodriguez, Ermittlerin bei der Zentralen Mordkommission.«

Die Hand des Mannes war warm und feucht, er erwiderte kurz ihren Blick, sagte aber nichts.

»Und Sie sind Holger Pärsson, ja? Der Vetter von Sigurd Wilhelmsson?«

»Drei Stunden«, sagte er. »Ich sitze hier schon seit drei Stunden.«

Sein Blick wanderte zu der kahlen Lampenkugel unter der Decke, dann zum Ventilator.

»Zuerst habe ich mit einer Frau gesprochen, Vernehmungsleiterin hat sie sich genannt. Danach mit einem Mann, der dieselben Fragen gestellt und dieselben Antworten bekommen hat. Und jetzt soll ich offenbar auch noch mit Ihnen sprechen. Glaubt die Polizei eigentlich, ich hätte alle Zeit der Welt?«

»Es war ein seltsamer Tag.«

»Ja, das kann man wohl sagen.«

Sie griff zur Pumpkanne, die mitten auf dem Tisch stand, und füllte einen grauen Becher bis an den Rand.

»Möchten Sie noch Kaffee? Einen Schuss?«

»Kaffee hab ich schon. Mehr Tassen, als ich zählen kann. Jetzt stellen Sie schon Ihre Fragen.«

Langsam hob sie den Becher an den Mund, trank einen Schluck von dem bitteren, fast kalten Maschinenkaffee. Sie wartete, versuchte, Holger Pärssons Blick einzufangen, aber der war die ganze Zeit in Bewegung.

»Mir ist ja klar, dass Sie diese Frage schon mehrmals gehört haben, aber ich fange trotzdem damit an. Haben Sie irgendeine Ahnung, wo Ihr Vetter sein kann?«

»Wie ich schon den anderen gesagt habe, der Frau und dem Mann, kann Sigurd wirklich überall sein.«

»Sie kennen ihn sehr gut, oder? Sie waren doch schon als Kinder zusammen, wenn ich das richtig verstanden habe.«

»Ja, stimmt. Wir sind gleich alt, Sigurd und ich, und waren unser Leben lang zusammen. Selbe Schulklasse, selbe Fußballmannschaft. Aber er war kein guter Fußballer. Er war mehr für die Wildnis geschaffen.«

»Ja, das ist uns auch bekannt. Aber wie sucht er sich seine Reiseziele aus? Hat er das jemals gesagt?«

»Sigurd sagt nicht viel. Er macht den Mund nur auf, wenn es um Jagd oder Fisch geht. Wie viel die Forelle wiegt, das darf man fragen. Ob jemand in Stor-Lövberget Bärenspuren gesehen hat, darüber kann er stundenlang reden. Über andere Dinge sagt er kein Wort.«

Plötzlich beugte er sich über den Klapptisch vor und sah Claudia an.

»Sie wissen doch, dass er an Krebs stirbt? Darmkrebs, glaube ich.«

»Ja, das ist uns bekannt.«

Wieder ließ er sich zurücksinken und die Blicke über die kahlen Küchenwände schweifen.

»Er hat es niemandem gesagt, müssen Sie wissen. Sein Arzt hat sich auf einem Fest in Ragunda versprochen. Da traf er Sigurds Schwester und wollte wissen, wie es dem Kranken geht. Dem Kranken?, fragte sie. Dabei kam dann heraus, dass Sigurd drei Monate zuvor seine Diagnose erhalten hatte. Der Krebs sitzt in seinem Bauch, und die Ärzte können nichts tun. Er hat noch einige Monate, vielleicht ein halbes Jahr. Sie verstehen also, Akademiemörder hin oder her, zum Tode verurteilt ist er auf jeden Fall.«

Claudia lehnte sich an die Wand, das feuchte T-Shirt klebte zwischen ihren Schulterblättern.

»Er liebt Jagd und Fischen, sagen Sie. Meinen Sie, er nimmt irgendeine Waffe mit auf seine Wanderung?«

In Holger Pärssons Brustkorb bildete sich ein röchelndes Lachen.

»Er geht nicht mal zum Milchladen ohne Jagdmesser und Schrotgewehr. Hier in der Großstadt halten Sie Sigurd für einen Schriftsteller, der über die Jagd schreibt. Aber er ist ein Jäger, der ab und zu mal ein Buch verfasst.«

»Dann hat er wohl Gewehr und Messer mit auf die Wanderung genommen?«

»Sigurd kann seine Hose zu Hause vergessen, das bestimmt, aber nicht das Gewehr. Das hat er immer bei sich, scharfgeladen.«

»Ist er ein guter Schütze?«

»Ich kenne Sigurd seit über sechzig Jahren. Ich hab ihn seit Anfang der fünfziger Jahre mit Pumpluftgewehr und mit Schrot schießen sehen. Aber ich habe nie gesehen, dass er danebengeschossen hätte, nie.«

»Er ist also Jäger, Fischer. Wandert er in Gebieten, wo beides möglich ist?«

»Sicher, es kommt schon vor, dass er zum Byske älv geht, wo der Lachs springt. Er ist auch gern in den Wäldern von Värmland zur Wolfsjagd. Aber, wie Sie vielleicht wissen, gibt es hierzulande viele Wälder und Gewässer. Er kann im Norden oder im Süden sein, bei Mossaträsk in Lappland oder auf der Halbinsel Falsterbo in Schonen. Wer weiß, vielleicht sitzt er am Lilldigerlemmen und angelt Saibling, nur wenige armselige Kilometer von seinem Haus entfernt.«

Er machte eine vage Handbewegung.

»Ich sage Ihnen, was ich schon Ihren Kollegen gesagt habe. Ich habe nicht die geringste Ahnung, wo er sich herumtreibt.«

Claudia musterte sein Gesicht, die bleigrauen Augen, die sich unaufhörlich in ihren Höhlen bewegten.

»Ihr Vetter schwebt vermutlich in großer Gefahr. Ein Serienmörder hat sechs von seinen Kollegen in der Akademie erschossen, aber Sie scheinen sich keine besonders großen Sorgen zu machen.«

»Alle im ganzen Land suchen Sigurd. Die Polizei sucht, die Presse sucht, die Fotografen suchen auch. Und Schwestern, Vettern und Kusinen ersten und zweiten Grades. Alle suchen Sigurd, aber niemand kann ihn finden, niemand. Wie soll das dann einem Mörder gelingen, der ihn überhaupt nicht kennt?«

Mit dem Zeigefinger der rechten Hand rührte Holger Pärsson seinen Kaffee um und leckte dann sorgfältig den Finger ab.

»Übrigens haben mein Vetter und ich uns noch nie leiden können. Es wäre mir absolut egal, wenn er nun von irgendwem erschossen würde.«

* * *

Stanislaw Kosinski saß auf einer verwitterten Bank im Vasapark. Seine gichtigen Finger umschlossen einen Zigarettenstummel, eine Marlboro Gold, die er auf dem Bürgersteig unterhalb der Atlasmauer gefunden hatte. Die Rauchfäden quollen aus seinen Nasenlöchern und umhüllten sein gerötetes, aufgedunsenes Gesicht.

Er versuchte, nicht zuzuhören, versuchte, jedes Wort auszusperren, jeden Namen, aber das war unmöglich. Das Radio stand auf dem Holztresen der Eisdiele, und es war sehr laut gestellt. Die Stimme, die aus den Lautsprechern drang, redete über die Akademiemorde.

Stanislaw spuckte einige Tabakskrümel hinter die Bank, Körner, die an seiner Zunge geklebt hatten. Dann zog er die Flasche aus der Jackentasche und nahm einen anständigen Schluck, ließ den billigen Fusel durch seine Kehle spülen.

Die gestrige Nacht ließ ihm keine Ruhe.

Die Gespräche auf der Straße, die Schlagzeilen, die entsetzlichen Träume.

Nach einigen Minuten hatte er genug und warf die Kippe weg, beschloss, den Park und das laute Radio zu verlassen. Aber etwas fing seine Aufmerksamkeit ein – ein Wort –, und er sprang von der Bank auf. Sein wehes Knie gab unter ihm nach, und der Kies stob in alle Richtungen auf, als er zur Eisdiele taumelte. Mit einer krampfhaften Bewegung presste er den Kopf durch das Fenster und starrte den alten Eismann an.

»G-gibt… gibt es eine Belohnung? Hat der im Radio fünf Millionen Kronen gesagt?«

Der Eisverkäufer musterte den Obdachlosen, sah die zitternden Finger und das rote, wunde Gesicht.

»Ja, fünf Millionen. Wollen Sie ein Eis?«

»Nein.«

Stanislaw verließ die Eisdiele und ging durch den Park. Der Schmerz hämmerte in seinem Knie, aber er kämpfte sich weiter über die St. Eriksbro, ohne anzuhalten, in Richtung Kungsholmsgata. Seit acht Jahren hatte er einen Bogen um diese Gegend gemacht, aber jetzt stieg er die Steintreppen zur Wache von Norrmalm hinunter, schob die Eingangstür auf und humpelte zum Rezeptionstresen. Seine Augen brannten vor Schnaps und Erwartung.

»Ich habe eine Auskunft. Eine wichtige Auskunft. Über den Akademiemörder.«

Langsam schaute die Rezeptionistin von ihrem Bildschirm auf.

»Dann füllen Sie bitte das hier aus.«

Er musterte den Kugelschreiber und das lange Formular, zeigte dann seine rechte Hand, den vereiterten Daumen, den gelblichen Verband, die von Wundkrusten bedeckten Fingerknöchel.

»Ich kann nicht schreiben. Im Moment nicht.«

Die Rezeptionistin seufzte leise, nahm den Kugelschreiber in die rechte Hand und drehte das Formular um.

»Wie heißen Sie?«

»Stanislaw Kosinski. S-t-a-n-i-s-l-a-w K-o-s-i-n-s-k-i. Haben Sie das richtig geschrieben? Kosinski mit s. Ich habe einen Kumpel in Wroclaw, der Kocinski mit c heißt. Der soll mein Geld ja wohl nicht kriegen.«

»Was haben Sie für Auskünfte?«

Er sah sich um und flüsterte dann geheimnisvoll:

»Ich weiß, wie der Mörder aussieht. Ich habe ihn gesehen.«

»Sie haben ihn gesehen?«

»Ja. Ich war im Park. Berzelii. Im Gebüsch. Ich wollte schlafen, aber die haben mich geweckt. Ich habe Schlafprobleme.«

»Na gut, können Sie den Mann beschreiben?«

»Er hatte einen schwarzen Hut. Und einen, wie sagt man ... plaszcz.«

Die Rezeptionistin betrachtete Stanislaws heftige Gestik, versuchte, sie zu deuten.

»Eine Jacke? Einen Rock?«

»Ja, einen Rock.«

»Hatte er noch andere Kennzeichen? Wie sah sein Gesicht aus?«

»Das ist schwer zu erklären. Aber ich weiß noch mehr.«

»Was denn?«

Er zögerte einen Moment, trommelte mit den Fingern auf dem Marmortresen, dann sagte er:

»Sagen Sie Ihrem Chef, ich will zehn Millionen. Sonst verrate ich gar nichts.«

Ein freundliches Lächeln zeigte sich auf den Lippen der Rezeptionistin.

»Wissen Sie was, das entscheidet der Ministerpräsident, und ich glaube nicht, dass der sich das so schnell anders überlegt.«

»Na gut«, sagte Stanislaw nachgiebig, »dann sagen wir fünf Millionen. Und Sie haben meinen Namen richtig geschrieben? Kosinski mit s?«

»Sicher, den habe ich aufgeschrieben. Aber wie war das nun, haben Sie noch mehr zu erzählen?«

Vertraulich beugte er sich über den Marmortresen, näher zu

der Rezeptionistin hin, ein erstickender Gestank von Zahnfäule und Fusel quoll aus seinem Mund.

»Ich weiß, was der Mörder im Berzelii Park gesagt hat. Ich weiß, was er gesagt hat, ehe er den Dichter erschoss.«

»Was denn?«

»Er hat gesagt: Die Stunde der Rache ist da, Carl Bildt.«

Die Rezeptionistin schaute auf.

»Carl Bildt? Der Außenminister?«

»Genau. Carl Bildt. Das hat der Mörder gesagt.«

10

Selma Lagerlöf

Nobelpreisträgerin für Literatur 1909

Begründung der Schwedischen Akademie:

»Aufgrund des edlen Idealismus, des Phantasiereichtums und der seelenvollen Darstellung, die ihre Dichtung prägen.«

16. Mai 2012

Claudia lief durch den verlassenen Flur, weiter zum Fahrstuhl fünfzig Meter vor ihr. Als sie an den Zimmern der Palme-Gruppe vorbeikam, musste sie einfach den Kopf ein wenig bewegen und hineinschauen. Hinter den Glastüren waren die Regale vollgestopft mit verstaubten Ordnern von für die Öffentlichkeit gesperrten Unterlagen, Hunderten von Zeitungsausschnitten und Fotografien, viele von ihnen nach Jahrzehnten zwischen diesen vier Wänden verschossen.

Ob wir in sechsundzwanzig Jahren wohl auch hier sitzen?

Mit einer unvollendeten Mordermittlung?

Sie riss ihren Blick von den abgegriffenen Ausschnitten, trank stattdessen einen Schluck von dem schwarzen Kaffee, der in ihrem Thermosbecher schwappte. Als sie das Ende des Ganges erreichte, stieg sie in den Fahrstuhl, drückte ihren Ausweis auf den Scanner und begann ihre Fahrt durch das Polizeigebäude in den Untergrund. Sie schloss die Augen, weil sie allein im Fahrstuhl stand, und lehnte sich an das Stahlgeländer, die Müdigkeit forderte nun ihr Recht und pulsierte unter ihren Augenlidern.

Als die Türen aufglitten, schlug sie mit großer Mühe die Augen auf, verließ den Fahrstuhl und lief durch den Keller, durch das Betonlabyrinth aus Gängen und fensterlosen Arbeitszimmern. Mit einer jähen Kopfbewegung grüßte sie zwei Sicherheitspolizisten, zwei Silhouetten, die im trüben Licht der Deckenlampen Wache standen. Irgendwo hinter den massiven

Betonwänden hielten sich fünf Akademiemitglieder auf, vor der Umwelt versteckt in der geschlossenen Schutzabteilung, dem Mörder entzogen, den Hohlspitzpatronen und den Rundkugeln aus Blei. Als der Gang sich aufteilte, ging sie weiter nach links, durch einen schmaleren Gang, und betrat dann endlich das kriminaltechnische Labor.

Frank Larsson saß am Untersuchungstisch, gebeugt über ein silbernes Leica-Mikroskop. Ohne den Blick von der Linse zu heben, murmelte er:

»Wenn du Kaffee willst, auf dem Gang steht ein Automat.«

»Ich hab schon.«

Sie setzte sich auf einen hölzernen Hocker und betrachtete den Arbeitstisch. Neben dem großen Becher mit dem heißen Kakao lagen auf der Tischplatte etwa ein Dutzend Gegenstände. Sechseckschlüssel, abmontierte Laserzielfernrohre, Patronen, optische Richtmittel, Ballistikkarten. Auf einem Schreibblock konnte sie Franks Kritzelschrift sehen. Bleistiftbuchstaben, die sich über das Papier kringelten: *Unterkalibrig 7,62 mm – ev. Modif. Foliepressmethode. KT-M 43/KT-M 44 (NB. Eva G anrufen 21.15, vor Bespr. Ermittlergr.?!)*

Am Ende wanderten ihre Blicke zum hinteren Teil des Labortisches, zum untersten Regalfach. Dort in der Mitte, gehalten von zwei wattierten Metallklammern, ruhte das Repetiergewehr. Nur wenige Stunden zuvor hatte der Mörder den Holzkolben gepackt, sein Auge hatte durch die Linse des Zielfernrohrs geblickt, sein Zeigefinger hatte sich um den runden Abzughahn gekrümmt.

Nur wenige Stunden zuvor.

Neben sich konnte sie Frank Larssons konzentrierte Atemzüge hören, mit behutsamen Bewegungen drehte er das Mikroskop schärfer, Millimeter für Millimeter.

»Er hat sich gute Munition besorgt, Claudia. Und ein sehr gutes Gewehr.«

»Zwei gute Gewehre.«

Frank ließ das Rädchen los und schaute vom Okular auf.

»Zwei?«

»Ja, ich habe gerade mit den Kollegen in Göteborg gesprochen.«

Sie ließ die Augen nicht von der Schusswaffe und war sich dabei Larssons fragenden Blickes bewusst.

»Nach dem Mord an Birkenfeldt«, erklärte sie, »haben wir uns an alle Hausbesitzer in den Gegenden gewandt, wo Akademiemitglieder erschossen worden waren, und wir haben allen dieselbe Frage gestellt. Habt ihr einen Mieter, der die Miete bar und in braunen Umschlägen zahlt?«

»Gute Frage.«

»Vor einundvierzig Minuten hat ein Hausbesitzer in Göteborg diese Frage mit Ja beantwortet.«

Sie trank einen Schluck Kaffee und fügte hinzu:

»Sie haben gerade erst mit der Untersuchung seines Dachbodens angefangen, aber schon eine Entdeckung gemacht. Hinter einer lockeren Spanplatte in der Garderobe haben sie ein Gewehr gefunden, eine PSG 90, mit vollständigem Zubehör und Laserzielvorrichtung.«

Der Schreibtischsessel knirschte, als Frank Larsson ein wenig in sich zusammensank.

»Ich nehme an, der Dachboden hat eine gute Aussicht?«

»Eine hervorragende Aussicht«, antwortete Claudia. »Hinter dem Skanspark kann man Vilgot Elmanders zwei Wohnzimmerfenster sehen.«

Langsam fuhr Larsson sich mit den Fingern durch die ergrauenden Haare.

»Der Mörder hat sich also zwei Scharfschützengewehre beschafft.«

»Ja.«

»Das bedeutet vermutlich, dass ...«

»Dass er mehrere Gewehre hat? Davon gehe ich aus.«

Noch immer lag ihr Blick am Regalfach, an der speziell konstruierten Militärwaffe.

»Zuerst hat er einen Perkussionsschlossrevolver aus dem 19. Jahrhundert benutzt und dann ein modernes Scharfschützengewehr. Das ist ein verdammter Unterschied, Frank.«

»Ja, das ist ein gewisser Unterschied.«

Vorsichtig setzte er sich auf, massierte sich den steifen Nacken, seit Stunden saß er über Mikroskop und Waffenteile gebeugt.

»Wenn der Mörder eine primitive Schwarzpulverwaffe mit unstabilisierten Bleikugeln benutzt, muss er sehr nahe vor dem erwünschten Opfer stehen.«

»Wie nah?«

»Vielleicht zehn Meter, oder besser, noch näher.«

»Und wenn er eine PSG 90 nimmt?«

»Dann beträgt die eigentliche Reichweite achthundert Meter, aber unter günstigen Bedingungen kann ein Schütze sein Objekt auch auf eine Entfernung von mehr als zwei Kilometern treffen. Mit anderen Worten könnte er oben im Stadthaus stehen und jemanden auf Djurgårdsbron umbringen.«

»Es ist also ein richtig gutes Scharfschützengewehr?«

»Eins der weltbesten. Aber vor allem ein Detail ist interessant. Nämlich die Eigenschaft von Rost in einem Gewehrlauf.«

»Rost?«

Larsson nickte und fuhr mit der Hand am schwarzgelackten Gewehrlauf entlang.

»Gewehrläufe sind ungeheuer rostanfällig, und dafür gibt es eine einfache Erklärung: Die Kohleablagerungen des Pulvers sind hygroskopisch und enthalten zudem Salzpartikel. Das führt zu Elektrolyse, wenn die Metallablagerungen und die Bleireste miteinander …«

»Komm zur Sache, Frank.«

»Es gibt keinen Rost in diesem Gewehr.«

»Keinen Rost?«

»Dieses Gewehr ist während der vergangenen Jahre eifrig benutzt worden, sehr eifrig. Aber im Lauf gibt es keine Korrosionen, keine Mantelablagerungen, keinen einzigen Rostangriff. Ich habe so etwas noch nie gesehen.«

Sie starrte den alternden Kriminaltechniker an, folgte jeder seiner Bewegungen, als er sich aus dem Sessel erhob und zwischen den Betonwänden hin- und herlief.

»Er hat den Gewehrlauf offenbar täglich mit Kupferlösung eingerieben, hat ihn stundenlang mit einer Phosphorbronzebürste gereinigt. Rückstoßfedern und lose Teile hat er mit Waffenöl bestrichen, jede Kante, jede Schraube. Das Zielfernrohr hat er mit Millimeterpräzision auf null gestellt, die Schärfe der Okularlinse optimiert. Die Laservorrichtung hat er dazu noch perfekt kalibriert.«

»Bei dir hört sich das an wie ein verdammtes Kunstwerk.«

»Das ist ein Kunstwerk, Claudia.«

Plötzlich erscholl ein schrilles Signal, dann noch eins. Frank Larsson griff in seine Hosentaschen, seine Hemdentasche, suchte mit der Hand auf dem überfüllten Arbeitstisch. Nach dem fünften Signal fand er das Mobiltelefon unter einem aufgeschlagenen Ordner.

»Ja, hallo?«

Danach kam kein Wort, keine Frage, kein Kommentar, mit

vollkommener Aufmerksamkeit hörte er der Stimme im Telefon zu.

Claudia saß zwei Meter weiter auf ihrem Hocker und beobachtete ihn. Seit dreieinhalb Jahren arbeitete sie mit dem Forensiker zusammen, seit vielleicht einem Dutzend Mordermittlungen im ganzen Land kannte sie ihn. Aber jetzt zeigte sich etwas in Frank Larssons Blick, das sie dort noch nie gesehen hatte.

Erwartung, Erstaunen.

Als er das Gespräch beendet hatte, erhob sie sich vom Hocker und sah ihn an.

»Was ist passiert?«

Er zögerte zwei Sekunden mit der Antwort, feuchtete sich die Lippen an, stützte sich auf die Tischplatte.

»Unsere Techniker haben in Orvar Scheeles Wohnung eine Untersuchung vorgenommen«, sagte er endlich.

»Und?«

»Im Kragensaum seiner Cordjacke haben sie einen Mikrochip gefunden, einen Tracker.«

»Einen Tracker? Was bedeutet das?«

»Das«, antwortete er, »bedeutet, dass der Mörder hochtechnologische Suchausrüstung von derselben Art verwendet wie zum Beispiel die amerikanischen Nachrichtendienste.«

»Und wie zum Teufel funktioniert so ein Teil?«

»Das ist sehr einfach. Man nimmt einen digitalen Funkempfänger, und der Mikrochip fungiert als Sender. Wenn man den Chip in ein Kleidungsstück steckt, kann man den Träger dieses Kleidungsstückes ausfindig machen.«

»Soll das heißen, der Mörder kann einfach jeden finden? Wirklich jeden?«

Langsam senkte Frank Larsson den Kopf, zu einem fast unmerklichen Nicken.

Sigurd Wilhelmsson holte tief Luft, ließ den Duft von geräuchertem Barsch seine Nasenlöcher füllen. Er befand sich in einem fast ausgetrockneten Moor einige Kilometer westlich der norwegischen Grenze, in einer Mulde zwischen zwei Hochebenen. Im Nordosten, auf der schwedischen Seite, waren Bergkuppen zu sehen, karge Felsmassive, auf denen noch Schnee lag. In den übrigen Himmelsrichtungen zogen sich Tannenwälder wie grüne Wolldecken über die Landschaft.

Hier war er schon einmal gewandert, auf seiner allerersten Tour zu Beginn der siebziger Jahre. Jetzt war er zurückgekehrt, vielleicht, um einen Kreis zu schließen, dieser Gedanke sprach ihn an. Dass er, wie der Regenbogenlachs – nachdem er Tausende von Kilometern von der Flussmündung seiner Kindheit durch fremde Meere und stürmische Gewässer geschwommen war – am Ende zu dem Fluss zurückkehrte, in dem er aufgewachsen war, zu seinem Ursprung.

Das hier würde seine letzte Wanderung sein, das wusste er. Die Krankheit in seinem Körper würde solche Anstrengungen nicht mehr zulassen. Das waren Sigurd Wilhelmssons Gedanken, als er unten in der Geröllhalde beim Felskamm eine Gestalt auftauchen sah. Ihre Bewegungen waren zu regelmäßig, um einem Bären zu gehören, zu vorsichtig, das sah er sofort, und Rentiere streifen nicht allein über die Hochebenen.

Dann nahm die Gestalt Form an und danach bekannte Gesichtszüge. Es war ein Mensch, ein Mann mit einem schwarzen Gehrock, Halbschuhen und einem zurückgeschobenen Chapeau Claque. Der Mann näherte sich dem Lager mit eiligen Schritten, blieb erst zwei Meter vor ihm am Felsen stehen.

»Guten Abend.«

Wilhelmsson nickte zur Antwort, wischte sich Kautabak von der Oberlippe und musterte den Mann.

»Das ist ja eine Überraschung, ich muss schon sagen. Ich hätte nicht erwartet, hier in der Wildnis überhaupt einem Menschen zu begegnen, und dir schon gar nicht.«

Auf dem Torfboden zwischen den beiden Männern lagen vier gefällte Tannen, deren Enden über einem Steinbett lagen, zusammen schwelten sie unter einem Bündel getrockneter Wacholderzweige. Über den Baumstämmen hing ein halbes Dutzend Süßwasserfische an angespitzten Tannenzweigen.

»Ich sehe, du hast dir ein Lagerfeuer aus Baumstämmen gemacht.«

»Ja, das ist besser, wenn man viel Zeit und wenig Brennstoff hat.«

Die kleinen Fische baumelten mit aufgeschlitzten Bäuchen und aufgerissenen Rachen über dem Feuer. Wilhelmsson zeigte auf seinen geräucherten Fang.

»Hast du Hunger? Ich habe Barsche und einige Gebirgssaiblinge im See gefangen, und ich kann sie gar nicht alle aufessen.«

»Da sage ich nicht nein. Ich bin einen langen Weg gekommen und hatte keine Zeit, an solche Notwendigkeiten zu denken.«

»Nimm, was noch übrig ist.«

Der Mann ließ sich auf einem der bemoosten Steine nieder und aß schweigend, verschlang die Barsche in raschem Tempo. Auch die Haut stopfte er sich in den Mund, kaute sorgfältig, ehe er die zermalmten Knorpelteile und die Schuppen ausspuckte. Nach einer Weile schaute er auf, musterte das einige Meter weiter an einer Felswand lehnende Schrotgewehr.

»Da hast du ja ein schönes Schrotgewehr. Eine Browning B 25, wenn ich mich nicht irre.«

»Ja, stimmt.«

»Das ist eine schöne Waffe. Hat Jose Baerten den Kolben graviert?«

»Nein, Louis Vranken.«

Abermals senkte sich Stille über die Lichtung, nur ab und zu war zu hören, wie der Fremde auf eine Gräte biss oder sich die Finger ableckte.

»Was für eine Vorstellung, dass der Zufall deine Schritte hergelenkt hat, zu diesem Moor tief in der Wildnis.«

»Das hat nichts mit dem Zufall zu tun. Ich komme aus einem bestimmten Grund, ich komme, um dich zu treffen.«

Wilhelmsson fuhr sich mit der Hand langsam über die Bartstoppeln.

»Hier gibt es nur Wald und Felskuppen und Moore, so weit das Auge reicht. Um mich in dieser Umgebung zu finden, braucht man eine Witterung wie ein Wolf oder einen Blick wie ein Bussard. Hast du vielleicht eine Wolfsnase oder Bussardaugen?«

»Nein, aber ich habe das hier.«

Der Mann zog eine Dose aus der Rocktasche, einen elektronischen Apparat mit einer ausklappbaren Antenne und einem LCD-Schirm.

Wilhelmsson musterte das silberfarbene Instrument.

»Die Fortschritte der Technik sind verblüffend. Als Junge in den sechziger Jahren war ich fasziniert vom Transistorradio. Mein Vater hatte ein Luxor 4096 W, und ich durfte es immer wieder auseinandernehmen und zusammensetzen, um seine Konstruktion zu begreifen. Die Ingenieurswissenschaft ist interessant, das muss ich zugeben. Aber was zum Teufel hat ein Mikrochip in meinem Stiefel zu suchen?«

»Das ist eine Frage der Rache.«

»Rache?«

»Ja, des begangenen Unrechts.«

Wilhelmsson verlangte keine weitere Erklärung, schweigend dachte er über diese Antwort nach.

Nun beugte der Mann sich weiter vor.

»Sag mal, wie steht es denn mit deiner Gesundheit? Du hast doch zwei Krankheiten im Leib, und wenn ich das richtig verstanden habe, dann sind beide tödlich.«

Zum ersten Mal zeigte sich in Wilhelmssons Gesicht eine Spur von Erstaunen, ein leichtes Zusammenziehen der Muskeln um die Augenhöhlen.

»Über den Krebs, der sich im Dickdarm ausbreitet, weiß inzwischen halb Jämtland Bescheid, dafür hat der Arzt gesorgt. Er hat nur drei Monate dichthalten können. Aber wieso zum Teufel weißt du davon, was mein Blut angegriffen hat? Von dieser Krankheit weiß niemand. Nicht einmal meine Schwestern, und die schnüffeln doch ununterbrochen in Dingen herum, die sie nichts angehen.«

»Ich war in deiner Hütte bei Bispgården. Da, ganz unten in einer Schreibtischschublade, habe ich eine Verpackung mit einem ganz besonderen Medikament gefunden. Glivec, so heißt es doch. Es wird, wenn ich das richtig verstanden habe, in Fällen von Lymphbläschenkrebs verschrieben.«

»Ja, das stimmt. Ich habe zwei Krankheiten im Leib, und sie wetteifern untereinander darum, meinem Leben ein Ende zu setzen. Zuerst dachte ich, der Darmkrebs werde gewinnen, aber jetzt bin ich mir nicht mehr so sicher.«

»Deine Krankheiten haben mich sehr beunruhigt. Stell dir vor, du wärst dahingegangen, ehe ich Rache einfordern könnte, was hätte ich denn dann machen sollen?«

»Aber nun bist du hier, und ich bin, wie du siehst, noch am Leben. Darf ich dir eine Havannazigarre anbieten?«

»Auch dazu sage ich nicht nein.«

Wilhelmsson zog ein Blechetui aus dem Rucksack, öffnete es und zog zwei Habanos-Zigarren heraus, die eine warf er dem Mann auf der anderen Seite des Lagerfeuers zu. Sie schnitten die Zigarrenspitzen sehr sorgfältig ab, holten sich dann vom Lagerfeuer Glut. Danach betrachteten die beiden Männer einander schweigend, ihre Gesichter glänzten in der Abendsonne.

»Hier ist es sehr friedlich, ich kann verstehen, dass du hergekommen bist.«

»Ja, hier ist es schön.«

Schweigend rauchten sie weiter, ab und zu war aus der Ferne der Gesang eines Blauhähers zu hören, bisweilen knisterten die glühenden Baumstämme. Langsam wanderte die Abendsonne zu den Baumkronen herab, und der Horizont verfärbte sich von hellviolett zu blutrot.

Plötzlich erhob sich der Mann, jetzt mit übergroßer Entschiedenheit. Aus der rechten Rocktasche zog er einen Perkussionsschlossrevolver.

»Die Zeit ist gekommen. Ich muss wie gesagt Rache einfordern.«

Wilhelmssons Augen zeigten weder Angst noch Überraschung. Er saß ganz still da und schaute in den Revolverlauf, so wie ein Nutztier im letzten Moment den Schlachter ansehen mag.

Der Mann hob den rechten Arm und zielte. Als er den Finger um den Abzughahn krümmte, erscholl in der Mulde ein Schuss, und weißer Pulverrauch quoll aus der Waffe.

Im selben Moment machte Wilhelmsson einen raschen Ausfall zur Seite, die Bewegung war blitzschnell, und die Bleikugel passierte die Stelle, wo sich eben noch sein Kopf befunden hatte. Aus der Lederscheide an seiner Hüfte riss er ein Jagdmesser, und mit erhobenen Schultern stürzte er auf seinen Angreifer zu, in wildem Tempo, unvorhersagbar wie ein Vielfraß.

Noch ein Schuss fiel, und das Geschoss durchbohrte Wilhelmssons linkes Schultergelenk. Einen Moment lang geriet er aus dem Gleichgewicht, taumelte aber weiter vorwärts, als ob Kugel und Pulver ihm nichts ausmachten. Sein rechter Arm versuchte einen erneuten Ausfall und traf die Kehle des anderen mit der Messerspitze. Doch nun fiel der dritte Schuss, und diesmal durchdrang die Rundkugel seinen Brustkorb und sein Herz.

Sigurd Wilhelmsson blieb stehen. Das Messer in seiner ausgestreckten Hand berührte den Hals des Angreifers, und die Klinge zog einen blutroten Kratzer über den Kehlkopf. Danach sank der tote Schriftsteller langsam zu Boden und legte sich – ein allerletztes Mal – auf dem bemoosten Moor schlafen.

11

Hermann Hesse

Nobelpreisträger für Literatur 1946

Begründung der Schwedischen Akademie:

»Für seine inspirierte Verfasserschaft, die in ihrer Entwicklung neben Kühnheit und Tiefe zugleich klassische Humanitätsideale und hohe Stilwerte vertritt.«

16. Mai 2012

Claudia betrat das dunkle Büro im fünften Stock. Es gab nur eine einsame Lichtquelle in Form eines Rechners, der mitten auf dem Schreibtisch stand und dessen Bildschirm das Gesicht von Mikaela Dahlström in weißliches Licht tunkte.

Als Mikaela die Schritte hörte, schaute sie von der Tastatur auf und antwortete, ehe Claudia ihre Frage stellen konnte.

»Nein, hab ich gesagt«, murmelte sie und schrieb weiter.

Mit einem Lächeln auf den Lippen lehnte Claudia sich an den Türrahmen, beobachtete die Verhaltensexpertin schweigend, sah den rabenschwarzen Cure-Pullover an, die lila lackierten Nägel, die über die Tasten huschten. Mikaela war eine Einzelgängerin im Polizeigebäude, ein komischer Vogel, über den die meisten Witze rissen. Sie machten sich lustig über ihr gespensterhaft blasses Gesicht, über ihre schwarze Gothkleidung und ihre eintönige Stimme, aber Claudia hatte sofort Zuneigung zu der außergewöhnlichen Sozialpsychologin gefasst.

Mikaela Dahlström schrieb weiter in wütendem Tempo, aber nach dreißig Sekunden hörte sie auf und stöhnte ausgiebig.

»Claudia, du weißt, wie wir in der TP-Gruppe arbeiten. Wir sind noch nicht so weit.«

»Aber ihr habt angefangen, oder nicht?«

»Ja, wir haben angefangen.«

Langsam ging Claudia durch den dunklen Raum, ließ die gleichaltrige Kollegin nicht aus den Augen.

»Ich nehme an, du hast von den Mikrochips gehört?«

»Ja, ich habe mit Frank gesprochen. Elf Chips insgesamt, oder?«

»Das war vor einer halben Stunde«, antwortete Claudia. »Inzwischen haben sie siebzehn gefunden, in den Wohnungen von sechs Mitgliedern.«

Sie fügte hinzu, ohne Mikaelas Blick loszulassen:

»In zwei Minuten trifft sich die Ermittlungsgruppe. Dann brauchen wir etwas über den Mörder, um weiterzukommen.«

»Claudia, wir können seine Haarfarbe und Telefonnummer nicht aus dem Ärmel schütteln. Ein Täterprofil braucht mindestens drei Wochen …«

»In drei Wochen können alle Mitglieder tot sein. Wir brauchen ein TP jetzt, heute Abend.«

»Das ist unmöglich. Wir müssen die Tatorte genau untersuchen, das weißt du. Wir müssen uns die Obduktionsberichte und die Vernehmungsprotokolle ansehen, jede Seite im Bericht der Gerichtsmediziner lesen. Vor einer knappen Stunde hatten wir unsere erste Besprechung und haben erst eine skizzenhafte Fallanalyse erstellt, die …«

»Und was ist dabei herausgekommen?«

»Ich will keine voreiligen Schlüsse ziehen, das wäre …«

»Was kannst du über den Mörder sagen?«

»Jetzt hör mir mal gut zu, es wäre ein Dienstvergehen, wenn …«

»Mikaela, was wisst ihr bisher?«

Sie maßen einander im Dämmerlicht, zwei entschiedene Augenpaare, von denen keines weichen wollte. Am Ende verzog Mikaelas Mund sich zu einem resignierten Lächeln.

»Na gut, na gut. Streit mit dir muss ich nicht haben, Claudia, jetzt wirklich nicht.«

»Spitze. Dann erzähl von eurer Fallanalyse.«

»Das sind nur Vermutungen, das musst du dir klarmachen. Aber jedenfalls, der Tatverlauf von heute und gestern sagt uns wohl so einiges über den Täter.«

»Oder die Täterin.«

Mikaela schüttelte energisch den Kopf.

»Die drei tödlichen Schüsse in Hjärpes Wohnung wurden von einem Mann abgegeben, das wissen wir durch Beatrice Elmstens Aussage. Die Morde an Rudqvist und Bergwall wurden auf genau dieselbe Weise durchgeführt, nur wenige Kilometer voneinander entfernt, in der Stockholmer Innenstadt. Und damit können wir davon ausgehen, dass die fünf ersten Morde von ein und demselben Täter ausgeführt worden sind.«

»Und der sechste? Birkenfeldt wurde an einem anderen Ort und mit einer anderen Waffe umgebracht. Es gibt keinen einzigen Bezug zu dem Täter.«

»Doch. Seine Stimme.«

»Wie meinst du das?«

»Als Britta Åhman den Bodenraum vermietet hat, haben sie miteinander telefoniert, und sie beschreibt seine Ausdrucksweise als altertümlich und verschroben. Das stimmt damit überein, was Elmsten uns erzählen konnte. Und da ist noch etwas.«

»Ja?«

»Die Statistik«, antwortete Dahlström. »Neunundneunzig Prozent aller Serienmorde werden von Einzelgängern begangen.«

»Na gut, von mir aus. Was kannst du über ihn sagen?«

Mikaela Dahlström warf einen Blick auf ihre Notizen auf dem Bildschirm.

»Er hat Mikrochips in die Kleider der Mitglieder schmuggeln können, ja?«

»Ja.«

»Er hat zwei PSG mit großer Genauigkeit auf null gestellt. Er hat eine Baumkrone mit mathematischer Präzision beschnitten. Er benutzt hochtechnologische Ausrüstung und stellt sein eigenes Schwarzpulver her. Als er von der Telefonzelle in der U-Bahn-Station aus angerufen hat, hat er dafür gesorgt, dass die Überwachungskameras nur einen Betonpfeiler sahen. Er muss also jedes Detail über das Überwachungssystem der Panaxia Security wissen und ...«

»Ich weiß, was der Mörder getan hat«, fiel Claudia ihr ins Wort und schaute auf ihre Armbanduhr. »Aber was verrät uns das alles über ihn?«

»Normalerweise unterscheiden wir zwischen organisierten und desorganisierten Serienmördern. Organisierte Serienmörder besitzen in der Regel einen Intelligenzquotienten, der um einiges höher liegt als der des Durchschnitts, also über hundert. Bei einigen wenigen lag er knapp unter hundertvierzig, und das ist höher als bei vielen Nobelpreisträgern. Der Akademiemörder gehört offenbar in diese Kategorie, alles, was er bisher unternommen hat, weist auf einen ungewöhnlich hohen Intelligenzgrad hin.«

»Wir haben es also mit einem genialen Psychopathen zu tun?«

Mikaela schüttelte wieder den Kopf, ihre schwarzgefärbten Zöpfe wogten vor dem Bildschirm und warfen lange Schatten an die Gipswände.

»Serienmörder sind nur selten Psychopathen, ganz im Gegenteil. Oft werden sie von ihrer Umgebung als normal oder sogar als gesellig betrachtet. In der Kriminalpsychologie wird dieses Phänomen als ›the mask of sanity‹ bezeichnet, die Maske der Normalität. Von außen gesehen wirken sie wie harmonische

Personen, aber unter der Oberfläche verbirgt sich ein Monster, das zu unvorstellbaren Grausamkeiten in der Lage ist.«

»Diese Beschreibung passt auch auf den Torwart unserer Hallenhockeymannschaft.«

»Simon? Ja, der entspricht einem Serienmörderprofil ziemlich gut.«

Mikaela lächelte, rückte ihre Brille gerade und sagte dann in tiefem Ernst:

»Die Morde, die ein Serienmörder begeht, folgen fast immer einem vorher festgelegten Muster, einem so genannten Modus operandi. Dieses Muster kann zum Beispiel ausgehen vom ethnischen Hintergrund der Opfer, von ihrem Geschlecht oder ihrem Beruf. In diesem Fall haben wir einen ganz klaren Modus Operandi.«

»Alle Opfer sind Mitglieder der Schwedischen Akademie.«

»Genau, und die Wahl der Mordopfer sagt ungeheuer viel über unseren Mörder.«

»Na gut, er erschießt Akademiemitglieder. Was sagt das über ihn?«

»Das hier sind natürlich nur Mutmaßungen, aber ich glaube, er kommt aus einem intellektuellen Milieu. Er kann sehr wohl studiert haben, hat aber sein Studium wohl kaum abgeschlossen. Vermutlich treibt ihn ein tiefer Neid, eine Rachsucht, die sich gegen die literarische Elite richtet.«

»Neid? Meinst du, er ist ein erfolgloser Dichter, dessen Gedichte niemand veröffentlichen will?«

»Ich meine, dass Literatur in seinem Leben vermutlich eine zentrale Rolle spielt.«

Langsam erhob Claudia sich von ihrem Schreibtisch und ging durch das Halbdunkel, die drei schlaflosen Tage machten sich in jeder Bewegung bemerkbar. Ihre Augen schmerzten, als sie auf die Uhr schaute, auf den Sekundenzeiger, der unerbittlich über das Zifferblatt eilte.

»Wie ist er als Mensch?«

»Unmöglich zu sagen«, antwortete Mikaela. »Dagegen kann man feststellen, wie er nicht ist. Er hat keinen normalen Achtstundenjob, es ist überhaupt unwahrscheinlich, dass er arbeitet. Er hat keine Familie, keine Kinder, vermutlich keine Freunde.«

»Woher willst du das wissen?«

»Die meisten Serienmörder leiden an einer zwanghaften Persönlichkeitsstörung, die Langzeitbeziehungen und feste Arbeitsverhältnisse unmöglich macht, aber es gibt noch einen anderen Grund.«

Mikaela zeigte auf ihr linkes Handgelenk, auf die nicht vorhandene Armbanduhr.

»Zeit.«

»Zeit?«

»Ja, er hat fünf Jahre lang braune Umschläge mit der Miete in Strängnäs und Göteborg und vielleicht auch noch anderswo hinterlegt. Er hat seine Gewehrläufe stundenlang eingeschmiert. Er hat sich ein genaues Bild der Akademiemitglieder verschafft, ist bei ihnen eingebrochen, hat Mikrochips in ihrer Kleidung versteckt.«

»Ja, er scheint einen ausgebuchten Terminkalender zu haben.«

»Genau, und dann kann er nicht jeden Morgen um acht zur Arbeit gehen. Er kann die Kinder nicht um drei aus der Kita holen. Er kann kein normales Leben führen, dazu hat er ganz einfach keine Zeit. Und dann haben wir seine finanzielle Situation, die ist ebenfalls interessant.«

»Wie das denn?«

»Er gibt viel Geld aus, hat aber wohl keine Arbeit, und das wirft dann eine ganz natürliche Frage auf.«

»Wo zum Teufel nimmt er die Kohle her.«

»Genau. Entweder beschafft er sie auf kriminelle Weise, Banküberfälle oder so.«

»Wie der Lasermann?«

»Ja, oder er besitzt irgendeine Art von Vermögen, geerbtes Geld vielleicht. Eins steht fest, er hat Zugang zu hohen Summen.«

Sofort murmelte Claudia ein einziges Wort:

»Steuern.«

»Was?«

»Der Mörder hat doch seit Jahren keine einzige Krone verdient, oder?«

»Vermutlich nicht.«

»Dann hat er kein steuerpflichtiges Einkommen. Also ruf beim Finanzamt an und besorg dir eine Liste von allen, die in den letzten fünf Jahren keine Einkommenssteuer zahlen mussten. Das sind sicher Zehntausende, aber …«

»Aber es ist einen Versuch wert«, sagte Mikaela voller Überzeugung und machte sich auf ihrem Block eine Notiz.

Erschöpft schaute Claudia auf den Linoleumboden, wo sich Zeitungen aus einem Dutzend Länder stapelten: The Academy Murders. Les Assassinats de l'Académie, Akademia-tappajat, Vermoord Academie. Sie riss ihre Blicke von den schwarzen Schlagzeilen los und wandte sich wieder Mikaela Dahlström zu.

»Kannst du mir sonst noch irgendwas über den Mörder erzählen? Irgendeine Kleinigkeit, die dir noch einfällt.«

Mikaela schaute auf die lange Liste auf ihrem Bildschirm und zögerte kurz, ehe sie sagte:

»Das ist aber nur eine wilde Spekulation.«

»Lass hören.«

»Wie gesagt, es ist ins Blaue hinein geraten, es gibt keinen Beweis dafür, dass …«

»Verdammt, Mikaela. Spuck's schon aus!«

Abermals rückte Mikaela ihre Brille gerade, hob die schwarzen Bügel ein wenig.

»Ich glaube, dass der Mörder mit jemandem aus seiner engsten Verwandtschaft zusammenwohnt.«

»Warum glaubst du das?«

»Serienmörder mit Persönlichkeitsstörungen brauchen oft Hilfe, um im Alltag zurechtzukommen, allein schaffen sie das nicht.«

»Und der Akademiemörder hat so eine Störung?«

»Davon bin ich überzeugt. Er kann komplizierte Taten planen und durchführen, er benutzt hochtechnologische Geräte, um seine Opfer aufzuspüren, er entfernt seine Fingerabdrücke mit klinischer Genauigkeit. Aber einfache Dinge, wie sich im Supermarkt einen Liter Milch zu kaufen, das schafft er vermutlich nicht. Es kommt erstaunlich oft vor, dass Serienmörder mit einem Familienmitglied zusammenleben, das sich um ihre Alltagsbedürfnisse kümmert.«

»Mit jemandem, der für sie Milch kauft?«

»Ja.«

Claudia beugte sich so eilig über den Schreibtisch vor, dass der Bildschirm zitterte.

»Glaubst du, dieser Mensch kennt das Geheimnis des Mörders?«

»Vielleicht, wenn es also einen solchen Menschen gibt.«

Abermals warf Claudia einen Blick auf ihre Armbanduhr.

»Verdammt«, rief sie dann und lief zur Tür. »Ich muss los, die Besprechung hat schon angefangen.«

»Claudia, ich hab noch eine Frage, nur kurz?«

»Nein.«

»Warum bist du gerade zu ihm gegangen?«

Claudia blieb in der Türöffnung stehen, fuhr herum.

»Zu wem?«

»Diesem Buchantiquar, Leo Dorfman.«

»Wovon redest du da?«

»Du hättest zur Universität fahren können, mit einem Professor der Literaturwissenschaft sprechen. Oder einem Literaturkritiker irgendeiner Zeitung. Du hättest zu einem Dutzend anderer Experten gehen können.«

»Ich bin zu Leo gegangen, weil er der Beste ist.«

»Aber ihr hattet vor Jahren eine Beziehung, das hast du mir mal beim Mittagessen erzählt. Ihr habt euch seit Ende der neunziger Jahre nicht mehr gesehen, und jetzt suchst du ihn plötzlich auf. Ich will das ja nicht überanalysieren, aber man könnte es deuten als …«

»Mikaela, ich habe jetzt keine Zeit für solchen Scheiß.«

Gereizt lief sie aus dem Raum, ihre groben Stiefel knallten auf den Boden, als sie durch den Gang lief, vorbei am Pausenzimmer, vorbei am Fahrstuhl, auf dem Weg in den nordöstlichen Teil des Polizeigebäudes.

»Warte!«

Als sie den Ruf hörte, fuhr sie herum, sah den jungen Assistenten von der Zentralen Kriminalpolizei.

»Ja?«, fragte sie, ohne ihr Tempo zu verlangsamen.

Der Assistent versuchte, Claudia einzuholen, und sagte zwei Meter hinter ihr keuchend seinen Spruch auf.

»Also … wir haben eine Menge Fragen und Tipps aus der Öffentlichkeit bekommen.«

»Das kann ich mir denken. Und die meisten sind total verrückt, was?«

»Hör doch zu, da war so ein alter Kerl, der sofort wissen wollte, ob die Belohnung steuerpflichtig ist. Er will wissen, was er da für ein Formular ausfüllen muss und …«

»Weißt du was, ich hab es gerade verdammt eilig. Wir reden später weiter, okay?«

»Schon … aber es gibt eine Zeugenaussage.«

Claudia erstarrte.

»Von einem Augenzeugen?«

»Ja, vielleicht.«

Der Assistent von der Zentralen Kriminalpolizei hielt ihr ein zerknittertes Formular hin.

»So einen Irrsinn hab ich noch nie gehört, aber du siehst es dir besser trotzdem mal an.«

Sie riss den Bogen an sich und schnappte nach Luft, als sie den kurzen Text las.

»Das … das ist vor drei Stunden reingekommen?«

»Ja.«

Zwei Sekunden lang stand sie wie versteinert da, das Formular zitterte in ihren Händen. Dann machte sie kehrt und rannte in die Gegenrichtung davon, zurück zu den silberfarbenen Fahrstuhltüren am anderen Ende des Ganges.

* * *

Bezirkspolizeichef Lars Lövdén warf einen Blick auf seine Armbanduhr und ging durch das stickige Besprechungszimmer. Sein Gesicht war graubleich, verhärmt von einer Müdigkeit, bei der Schlaf keine Abhilfe mehr schaffen konnte. Er ließ sich an der Längsseite des Tisches nieder und flüsterte seiner Chefkoordinatorin ins Ohr:

»Wir können nicht länger warten.«

»Sie wird schon gleich kommen«, antwortete Frida Zetterlund.

Lövdén sah sich die übrigen Anwesenden an: acht Personen und ein leerer Plastikstuhl.

»Na gut, dann also los. Claudia Rodriguez kommt bald, und von nun an wird auch noch jemand von der TP-Gruppe mitmachen. Wir bilden die Ermittlungsgruppe, jeden Tag werden wir uns hier im sechsten Stock treffen, und unser Ziel ist natürlich, dass alle Einheiten über die laufenden Ereignisse informiert sind.«

»Und wie ihr wisst«, fügte Frida Zetterlund hinzu, »passiert so allerlei.«

Lövdén spuckte diskret sein Nikotinkaugummi aus und nahm sich sofort ein neues.

»Die Ereignisse des heutigen Tages haben alles verändert. Was heute Morgen als zufällige Wahnsinnstat wirkte, erscheint jetzt wie ein unerhört gut geplantes Attentat, und wir arbeiten natürlich ausgehend von einem worst case scenario. Nämlich, dass der Täter noch weitere Anschläge auf Akademiemitglieder plant. Wir können sagen, dass wir zwei Hauptziele verfolgen.«

Er hob Daumen und Zeigefinger der linken Hand.

»Erstens, den Täter festzunehmen. Zweitens, die Mitglieder zu beschützen. Was den Personenschutz angeht, so ist da natürlich Claes auf dem Laufenden.«

Claes Rothman, Leiter der Personenschutzeinheit bei der Säpo, trank einen Schluck Mineralwasser, ehe er das Wort ergriff.

»Die Mitglieder standen schon vor den Ereignissen dieses Morgens unter umfassendem Schutz. Jetzt ist dieser auf ein Niveau gehoben, wie wir es noch nie erlebt haben. Sigurd Wilhelmsson ist das einzige Mitglied, das noch nicht unter unserem Schutz steht.«

»Es ist ja auch nicht so leicht, einen alten Kerl zu bewachen, den ihr nicht finden könnt, was?«

Rothman schaute nach rechts, nickte, redete dann aber weiter, ohne auf Rolf Hedlunds Kommentar einzugehen.

»Hier bei uns, in der Sicherheitsabteilung des Polizeigebäudes, halten sich fünf Mitglieder auf. Drei weitere sind in der Militäranlage K 3 bei Karlsborg. Der Täter hat nicht die geringste Möglichkeit, sich diesen acht Schutzobjekten zu nähern. Auch Gun-Britt Höök an der französischen Mittelmeerküste ist vollständig ungefährdet, dafür sorgen die Entfernung und die französische Sicherheitspolizei. Aber es gibt zwei Mitglieder, deren Sicherheit zu wünschen übrig lässt.«

»Hans Ekberg und Lisbeth Hansson?«

»Stimmt. Der Hof der Familie Ekberg bei Borlänge wird natürlich umfassend überwacht. Wir versuchen, jeden Quadratmeter im Auge zu behalten, jeden verdammten Stall, aber wir haben es immerhin mit einem Gebiet von zweihundertvierzig Hektar zu tun.«

Die stellvertretende Leiterin der Nationalen Einsatztruppe, Lena Bouvin, stieß einen Pfiff aus.

»Das ist größer als Södermalm.«

Der Säpochef nickte.

»Achtzehn Leibwächter von der Personenschutzeinheit sind auf Ekbergs Grundstück stationiert, rund um die Uhr. Neben unseren Leuten gibt es noch zwanzig Bereitschaftspolizisten vor Ort. Aber dieser riesige Grundbesitz liegt auf einer Anhöhe, im weit offenen Gelände. An der Nordwestseite gibt es einen Nadelwald, der unmöglich vollständig überwacht werden kann. In den übrigen Himmelsrichtungen liegen Roggen- und Haferfelder.«

»Mit anderen Worten, freie Bahn für einen Scharfschützen.«

»Genau. Wenn der Täter noch ein PSG 90 hat, möglicherweise versehen mit Wärmezielfernrohr, dann ist das leider ein hervorragender Standort für einen Scharfschützen.«

Frida Zetterlund hob den Blick von ihrem Notizblock.

»Warum holen wir Ekberg nicht her? Oder an irgendeinen anderen sicheren Ort?«

»Wir haben stundenlang mit ihm gesprochen, aber er weigert sich, seinen Hof und seine Familie zu verlassen.«

Rothman trank noch einen Schluck Mineralwasser, dann sagte er:

»Was Lisbeth Hansson angeht, ist die Lage unverändert. Wir können sie nicht von der Intensivstation verlegen, wir können auch nicht das gesamte Universitätskrankenhaus absperren. Das bedeutet, sie befindet sich in einem Gebäude, in dem rund um die Uhr Tausende von Menschen kommen und gehen. Personal, Patienten, Angehörige. Das Krankenhausmilieu ist noch dazu überaus kompliziert, es ist ein Ort, wo abweichendes Verhalten als ganz normal aufgefasst wird. Alle hinken, schreien, haben einen Verband um den Kopf, sind blutverschmiert, das alles ist in einem Krankenhaus total normal. Diese Faktoren machen es leichter für den Täter und schwerer für uns.«

»Und diese verdammten Mikrochips sind uns auch keine Hilfe«, sagte Lövdén. »Wie ihr sicher schon wisst, haben die technischen Einheiten des SKL siebzehn Mikrochips gefunden und…«

Frank Larsson schüttelte den Kopf, vorsichtig, um nichts aus seinem vollen Kakaobecher auszuschütten.

»Ich habe soeben mit meiner Kollegin Eva Gunnarsson gesprochen. Inzwischen sind es achtundzwanzig Mikrochips.«

Alle Blicke richteten sich auf den grauhaarigen Kriminaltechniker.

»Achtundzwanzig?«

»Ja, und drei davon haben wir in Sigurd Wilhelmssons Kate am Indalsälv gefunden.«

Frank Larsson stellte vorsichtig seinen Becher ab.

»Vor knapp zwei Stunden haben die Kriminaltechniker vom Polizeibezirk Västernorrland mit einer Durchsuchung von Wilhelmssons Kate begonnen. Auf dem Dachboden fanden sie drei Paar Wanderstiefel, und in allen steckten zwischen Gummisohle und Absatz digitale Mikrochips. Natürlich trägt Wilhelmsson ein viertes Paar, er wird ja wohl kaum auf Socken losgewandert sein. Und in den Stiefeln steckt aller Wahrscheinlichkeit noch ein Mikrochip.«

»Der Mörder hat also die Möglichkeit, Sigurd Wilhelmsson ausfindig zu machen?«

»Ja, vermutlich.«

Es wurde still im Zimmer, nur das mechanische Geräusch des Ventilators unter der Decke war zu hören, weiß lackierte Drehflügel, die sich langsam über dem Besprechungstisch drehten. Nach vielleicht zehn Sekunden brach Lövdén mit einem resignierten Seufzer das Schweigen.

»Und wir haben nichts in der Hand, verdammt noch mal rein gar nichts.«

»Eins haben wir.«

Alle im Zimmer drehten sich zu der rundlichen Gestalt um, die an der Fensterbank lehnte. Birger Sjölin trat zwei Schritte vor und wiederholte die inzwischen bekannten Worte:

»Ich habe dich immer verachtet … du verdammtes selbstgerechtes Schwein.«

»Sixten Hjärpes letzte Worte?«

»Ja. Wir wissen, dass Hjärpe den Mörder gekannt und verachtet hat, das ist unsere einzige Spur.«

Er setzte sich an den Tisch und fügte hinzu:

»Es kann Hjärpes Nachbar sein. Es kann irgendein Schulkamerad aus den dreißiger Jahren oder eine Aushilfe im Videoladen sein, wo er sich Pornos ausgeliehen hat. Es kann ein Rezensent sein, der …«

»Alles klar, we get the point. Es kann absolut jeder hergelaufene Arsch sein. Es kann ein Würstchenverkäufer sein, der Hjärpe 1947 eine Grillwurst mit Kartoffelbrei verkauft hat.«

»Genau, Rolf. Deshalb versuchen zwei Ermittler von der Kriminalpolizei, eine Liste zu erstellen über alle, die Hjärpe über den Weg gelaufen sind. Über absolut alle, die ihm in seinem dreiundachtzig Jahre langen Leben begegnet sind, über jeden einzelnen Würstchenverkäufer.«

Ein hämisches Grinsen huschte über Rolf Hedlunds Lippen.

»Diese Liste besteht dann doch aus halb Europa, verdammt noch mal.«

»Ja, auf den ersten Blick schon, aber sie wird sich bald dezimieren. Einige haben ein hervorragendes Alibi, andere sind längst tot. Von Beatrice Elmsten wissen wir, dass der Mörder ein Mann ist, vermutlich um die vierzig, fünfzig. Wir wissen, dass er Schwedisch spricht und sich wohlartikuliert und ein bisschen altmodisch ausdrückt. Wir wissen auch, dass er mit einer Schwarzpulverwaffe umgehen kann. Außerdem ist er auf einem schmalen, schrägen Katzenstieg auf Sonja Bergwalls Balkon geklettert, das weist auf eine hervorragende Kondition hin. Wir wissen auch, dass er am 12. April 2007 in einer U-Bahn-Station in Stockholm Britta Åhman aus einer Telefonzelle heraus angerufen hat, und alle, die nachweislich anderswo waren, können wir sofort streichen. Diese Liste, die eben noch aus halb Europa bestand, hat sich schon um einiges reduziert, oder was denkst du? Am Ende wird es vielleicht noch ein Dutzend Männer geben, und einer davon ist vermutlich der Mörder. Diese Liste ist ziemlich interessant, findest du nicht, Rolf?«

Hedlund bewegte kaum merklich den Kopf, öffnete gerade den Mund zu einer Antwort, als die weißlasierte Tür aufgerissen wurde und Claudia mit einem flatternden Blatt Papier in der rechten Hand hereinstürzte.

»Wir haben einen Augenzeugen!«

Mit einer hastigen Handbewegung strich sie sich die schweißnassen schwarzen Haare aus der Stirn.

»Ich war eben bei der Rezeptionistin, die die Aussage aufgenommen hat.«

Lövdén musterte sie aus großen Augen, aus denen die Müdigkeit verschwunden war.

»Hast du schon mit dem Zeugen gesprochen?«

»Der ist vielleicht nicht so leicht zu finden.«

»Wie meinst du das?«

Sie gab keine Antwort, sondern reichte ihm den Bogen. Das kurzgefasste Formular war zerknittert, von Kaffeespritzern und Wasabisoße übersät. Lövdén griff sofort danach, las vor, und alle Anwesenden hörten aufmerksam zu.

ZEUGENAUSSAGE **Zentrale Kriminalpolizei**

PERSÖNLICHE DATEN:

Name: Stanislaw ~~Kosniski~~ Kosinski

Personenkennziffer: 590422-xxxx

Adresse: ....

Postleitzahl/Ort: ....

Telefon: ....

Mobiltelefon: ....

Mailadresse: ....

ZEUGENAUSSAGE

Kosinski sagt aus, Zeuge des Mordes an Hubert Rudqvist gewesen zu sein. Der Mörder habe einen schwarzen Hut und einen Mantel getragen. K. konnte keine weiteren Kennzeichen nennen. Der Mörder habe unmittelbar vor dem Mord gesagt: »Die Stunde der Rache ist gekommen, Carl Bildt.«

WEITERE AUSKÜNFTE

Der Mann scheint obdachlos zu sein, ist einwandfrei nicht nüchtern (vermutlich Alkohol). Die Aussage wurde auf der Wache Norrmalm am 16. Mai 2012 um 18.26 Uhr abgegeben. Die Aussage wurde entgegengenommen und aufgezeichnet von Ylva Fredin-Holmström.

Y. Fredin-Holmström

Sowie Lars Lövdén von der letzten Zeile des Dokumentes aufblickte, war im hinteren Teil des Besprechungsraumes ein Schnauben zu hören. Rolf Hedlund schüttelte den Kopf.

»Ich kenne diesen Suffkopp Kosinski. Auf dessen Gefasel brauchen wir keine Rücksicht zu nehmen, believe me. Der würde für eine kleine Flasche Wodka seine Mutter verkaufen.«

Claudia schaute für einen Moment aus dem Fenster, ihr erschöpfter Blick wanderte über die blutroten Dächer, über Schornsteine und Fernsehantennen, die sich vor dem Abendhimmel abzeichneten.

»Rolf«, sagte sie plötzlich und drehte sich um. »Dieser Kosinski lügt also meistens?«

»Always.«

»Und das macht er ziemlich gut, ja?«

»Wenn es eine WM im Lügen gäbe, würde er die Goldmedaille holen. Aber worauf willst du eigentlich hinaus, Rodriguez? Seine Scheißaussage ist doch total crazy.«

»Da bin ich ganz deiner Meinung, Rolf. Seine Scheißaussage ist total crazy, und gerade deshalb glaube ich, dass jedes Wort stimmt. Wenn er uns austricksen wollte, hätte er sich eine glaubwürdigere Nummer überlegt.«

Abermals antwortete Hedlund mit einem Schnauben. Aber Lövdén nickte nachdenklich und wandte sich an den Chef der Zentralen Mordkommission.

»Wir können bei diesem Mörder nichts außer Acht lassen, Birger. Nimm sofort Kontakt zum Außenministerium auf, sag ihnen, dass ein mögliches Bedrohungsszenario gegen den Außenminister besteht. Claes, ich nehme an, dass Carl Bildt unter Schutz steht?«

»Er hatte immer schon umfassenden Personenschutz, rund um die Uhr. Nach der Königsfamilie ist Bildt die bestbewachte Person hier im Lande, und das schon seit Mitte der achtziger Jahre.«

»Das klingt gut«, sagte Lövdén, »aber verstärkt die Überwachung trotzdem. Nicht einmal eine Fliege darf noch in seine Wohnung auf Östermalm gelangen können, und überprüft alle seine Sachen. Jedes Jackett, jede Socke. Habt ihr genug Leute?«

»Wir müssen ein paar Anrufe erledigen, einige Strippen ziehen. Aber es ist kein Problem. In zehn Minuten wird der Außenminister einen Personenschutz haben, der den höchsten Sicherheitsansprüchen genügt, das kann ich garantieren.«

»Gut.«

Rolf Hedlund stand noch immer am Fenster, sein Gesicht

leuchtete feuerrot im Sonnenuntergang, als er nun Claudia anstarrte.

»Für wen zum Teufel hältst du dich eigentlich? Du hast hier nichts zu suchen, du blöde Kuh. Comprende?«

Ehe Claudia antworten konnte, sprang Lövdén auf und trat zwischen die beiden, hob die Arme wie ein Ringrichter zwischen zwei Schwergewichtsboxern.

»Wir sind alle erschöpft. Ich glaube, niemand hier in diesem Raum hat seit Tagen auch nur eine Sekunde geschlafen, und dann vergreift man sich leicht mal im Ton. Wir können nicht rund um die Uhr arbeiten, ohne Schlaf und Pausen. Wir sind trotz allem nur Menschen, darauf müssen wir Rücksicht nehmen.«

»Nein!«

Rod Jeglertz drängte sich durch die Türöffnung und füllte das Besprechungszimmer. Dann zog er die Tür hinter sich zu.

»Wir haben es mit einem Mörder zu tun, der keinerlei Rücksichten nimmt, deshalb können wir uns das auch nicht leisten. Wir müssen ebenso rücksichtslos sein wie er.«

Lövdén blickte seinen Kollegen und Rivalen überrascht an.

»Rod, was machst du hier?«

»Ich bin niemandem Rechenschaft schuldig, Lars. Und dir schon gar nicht.«

»Aber heute Morgen haben wir gesagt, die Ermittlungsgruppe sollte …«

»Das war heute Morgen«, fiel Jeglertz ihm ins Wort.

Danach musterte er der Reihe nach die zehn Personen am Besprechungstisch.

»Von nun an werde ich die Arbeit dieser Ermittlungsgruppe leiten, alle Entscheidungen werden mit mir abgesprochen. Ich habe das letzte Wort, ohne Ausnahme.«

Mit energischen Schritten ging er zur Längsseite des Tisches und trat unter die rotierenden Flügel des Ventilators, gleich neben Claudia.

»Und dann werden wir noch eine wesentliche Veränderung vornehmen. Rodriguez wird aus der Ermittlung herausgenommen.«

Schweigen legte sich über das stickige Besprechungszimmer, vollkommene Lautlosigkeit, die schließlich von Jeglertz gebrochen wurde.

»Vielleicht brauchst du ein paar Tage Erholung, einen kleinen Urlaub. Das ist gar kein Problem, gönn dir eine Woche am Bang Saen Beach in Thailand. Danach kannst du wieder deinen normalen Dienst bei der Zentralen Mordkommission aufnehmen, deine Aufgaben hier in der Ermittlergruppe werden Rolf Hedlund übertragen.«

Claudia verzog keine Miene, während Lövdén sofort einige Schritte auf den Chef der Zentralen Polizei zutrat.

»Zum Teufel, Rod. Dieser Fall ist zu groß, um zu einer Figur im Spiel zwischen dir und mir zu werden.«

»Es gibt kein Spiel zwischen uns«, antwortete Jeglertz. »Ich habe nicht mit einem Gedanken an dich gedacht, Lars. Ich mache nur, was für die Ermittlung das Beste ist. Ich lasse eine mittelmäßige Ermittlerin fallen, die bisher an zwei Tagen rein gar nichts erreicht hat. Sie ist für einen Auftrag in dieser Größenordnung nicht qualifiziert, so einfach ist das. Sie sollte sich mit Kellereinbrüchen und Ladendiebstählen draußen in Botkyrka beschäftigen, nicht mit dem größten Scheißkriminalfall der schwedischen Geschichte.«

Dann wandte er sich wieder Claudia zu.

»Du bist aus diesem Fall raus. Wenn du noch einmal einen Fuß in die Räumlichkeiten der Ermittlungsgruppe setzt, wenn du dich in die Ermittlungsarbeit einmischst, wenn du das Wort Akademiemorde auch nur denkst, dann stecke ich dich wegen grober Dienstvergehen hinter Schloss und Riegel, ist das klar?«

Claudia stand höchstens zehn Zentimeter vom Polizeichef entfernt, so dicht, dass sie seinen Atem riechen konnte.

»Ich habe gefragt, ist das klar, Rodriguez?«

Sie erwiderte seinen blaukalten Blick, wich nicht aus, als sie nickte. Danach verließ sie den Raum.

* * *

Das Antiquariat war fast pechschwarz, vage Schatten bewegten sich zwischen den Regalreihen, und gewaltige Bücherstapel ragten wie dunkle Stalagmiten zur Decke.

Eine einsame Heizsonne erhellte den Arbeitsplatz am Sekretär und warf ihr Licht über Leo Dorfmans Gesicht. Er nippte an seinem dampfenden Tee, versuchte, die Beine auszustrecken, aber es war unmöglich, sich in dem vollgestellten Raum zu bewegen. Auf dem Sekretär lagen Klas Fahléns frühe Gedichtsammlungen, aus der ersten Hälfte der sechziger Jahre, daneben Sigurd Wilhelmssons letztes Buch, »Land der Dämmerung«, der abschließende Band der Romanserie über die Jagdgesellschaft von Öravatten. Die Bücher waren voller Lesezeichen und Eselsohren, die interessante Partien kennzeichneten, andere waren aufgeschlagen, der Rand vollgeschrieben mit Leos kurzen, fast unleserlichen Notizen.

In der linken Hand hielt er ein Exemplar der Statuten der Schwedischen Akademie, eine geleimte Zusammenstellung. Er blätterte mit der Daumenspitze um und vertiefte sich in die altertümlichen Formulierungen aus dem 18. Jahrhundert. Wenn er einen interessanten Absatz fand, stellte er den Becher weg und machte sich auf seinem Schreibblock Notizen, dann las er voller Interesse weiter.

Plötzlich bemerkte er eine grauschwarze Silhouette draußen in der Abenddämmerung, zwei dunkle Augen, die noch seine geringste Bewegung registrierten. Er fuhr zusammen, das Heft mit den Statuten wäre ihm fast in den russischen Chai gefallen, dann sprang er lächelnd auf und winkte Claudia herein. Sie nickte in der Dämmerung der Bondegata. Einige Sekunden später bimmelte die Türglocke, und sie trat durch die enge Türöffnung.

»Ich hatte gehofft, dass du noch einmal kommen würdest.«

Sie ging mit behutsamen Schritten durch das dunkle Antiquariat, stieg über Lyriksammlungen und aufgeschlagene Bände eines Konversationslexikons. Als sie näher kam, fiel der golden flammende Schein der Heizsonne in ihr Gesicht.

»Du siehst müde aus.«

»Hab seit drei Tagen nicht geschlafen.«

Er stand auf, seine Hemdsärmel flatterten, als er auf die überall verstreuten Zeitungsausschnitte und Bücherstapel zeigte, die sich in der Dunkelheit auftürmten.

»Ich habe noch keine brauchbare Spur gefunden, tut mir leid. Ich bin keine Miss Marple, das steht fest. Aber ich habe im Archiv von DA einen ziemlich interessanten Artikel entdeckt, der muss hier irgendwo liegen.«

»Leo, ich muss dir etwas sagen.«

»Nur eine Sekunde.«

Er wühlte zwischen Büchern und Notizblöcken und fand am Ende im Gewühl einen zerknitterten Ausdruck.

»Also, hier steht etwas über einen furchtbaren Streit, der im Herbst 1992 in der Akademie ausbrach. Da war Leif Linder soeben Ingvar Borgström auf Stuhl Nummer 3 nachgefolgt, und viele Sinologieprofessoren in aller Welt meinten, dass …«

»Leo«, unterbrach sie ihn. »Es war lieb von dir, mir zu helfen. Aber es wird nicht mehr nötig sein.«

»Wie meinst du das? Habt ihr den Mörder gefasst?«

»Diese Mordermittlung ist für mich abgeschlossen. Ich bin von dem Fall abgezogen worden. Ich wollte dir das nur schnell erzählen.«

»Abgezogen? Warum denn?«

»Das ist eine lange Geschichte.«

»Ich schwärme für lange Geschichten.«

»Die beiden höchsten Chefs verabscheuen sich gegenseitig. Sie streiten sich seit den siebziger Jahren, und ich bin in die Schusslinie geraten, so könnte man das Ganze zusammenfassen.«

Sie zuckte mit den Schultern. Die Erschöpfung brannte wie Feuer in ihrem Körper, und jede Bewegung verlangte eine Kraftanstrengung.

»Du, es war schön, dich wiederzusehen, Leo, aber ich muss jetzt nach Hause und schlafen. Ich kann mich kaum noch auf den Beinen halten.«

Sie streichelte seine Wange, in einem wortlosen Abschied, und ging dann auf die Tür zu. Doch er beugte sich über den Sekretär, und es brach nur so aus ihm heraus:

»Du kannst hier schlafen.«

Sie blieb stehen, ließ nach kurzem Zögern die Türklinke los und schaute sich in dem überfüllten Raum um.

»Hier?«

»Im Moment wohne ich hier im Antiquariat. Das ist ebenfalls eine lange Geschichte.«

»Das kann ich mir denken.«

»Und was sagst du? Es gibt eine Matratze und erstaunlicherweise ungeheuer saubere Bettwäsche.«

Wieder zögerte sie einen Augenblick, dann nickte sie und legte ihren Helm auf einen Zeitungsständer.

»Na gut.«

»Super. Uno momento, por favor.«

Leo verschwand hinter den Regalen im dunklen Laden und lief mit geübten Schritten zur Besenkammer. Er holte Bettwäsche und die abgenutzte Matratze hervor, schaffte es, sie in die Fantasyabteilung zu quetschen, und machte das Bett zwischen den Regalen, so gut es ging. Danach schaltete er seine Taschenlampe ein und klemmte sie zwischen zwei der Romane von Ursula Le Guin aus den siebziger Jahren.

»Es ist zwar nicht das Grand Hotel, aber es wird schon gehen, oder?«

»Es ist perfekt.«

Sie streifte die Stiefel ab, warf im Dunkeln Jeans und Lederjacke über die Bücherstapel, schlüpfte dann unter die verschlissene Decke und schloss die Augen.

»Ich werde eine Woche lang schlafen. Deine Kunden müssen über mich springen, wenn sie ein Buch von weiter hinten haben wollen.«

»Das ist kein Problem, ich hab fast keine Kunden.«

Er ließ sich im Schneidersitz neben der Matratze nieder, nahm das Lyrikregal als Rückenlehne und betrachtete ihr Gesicht: die rabenschwarzen Haare, die Wangenknochen, die Lippen, die geschlossenen Augen, alles so verändert und doch wie früher.

»Also, was hast du in den letzten fünfzehn Jahren so gemacht?«

Sie schlug die Augen auf und starrte ihn wütend an.

»Ich dachte, ich dürfte hier schlafen, statt ausgefragt zu werden.«

»Ich bin aber wirklich neugierig. Hast du zum Beispiel Kinder? Bist du verheiratet? Solche Fragen stellt man sich doch wohl, wenn man sich fünfzehn Jahre nicht gesehen hat.«

»Wahrscheinlich.«

»Also?«

»Na gut, na gut, ich werde deine verdammten Fragen beantworten. Darf ich dann schlafen?«

»Vielleicht, wenn ich mit den Antworten zufrieden bin.«

Sie schaute vom Leinenkissen auf und sagte kurz:

»Mein Mann wurde vor fünf Jahren angeschossen und liegt seitdem im Koma. Darf ich jetzt schlafen?«

Behutsam streckte Leo die Hand nach ihrer aus, riss sich aber zusammen.

»Claudia … es tut mir so schrecklich leid. Ich wollte nicht …«

»Ich weiß. Darf ich jetzt schlafen?«

»Ja …«

Abermals schloss sie die Augen und machte es sich auf der abgenutzten Matratze bequem, und wenige Sekunden darauf war sie eingeschlafen.

12

Doris Lessing

Nobelpreisträgerin für Literatur 2007

Begründung der Schwedischen Akademie:

»Der Epikerin weiblicher Erfahrung, die sich mit Skepsis, Leidenschaft und visionärer Kraft eine zersplitterte Zivilisation zur Prüfung vorgenommen hat.«

17. Mai 2012

Das Antiquariat lag im vollen Licht der Frühlingssonne, als Claudia aufwachte, Taschenbücher und gebundene Werke türmten sich um sie herum auf. Unter den Regalen sah sie Wollmäuse, Quittungen, unbezahlte Telefonrechnungen, eine leere Konservendose, die im Morgenlicht funkelte.

Für einen kurzen Moment jagten die Ereignisse des Vortags durch ihren Kopf, die Gesichter von Jeglertz und Hedlund schossen durch ihre Gedanken, dazu der Mann auf Zimmer 12 der Neurologischen Station von Huddinge.

Sie setzte sich auf und betrachtete ihren ehemaligen Liebhaber. Leo schlief auf dem kahlen Holzboden am Fußende der Matratze, eingewickelt in eine Wolldecke, eine zusammengerollte Strickjacke diente als Kopfkissen. Vielleicht hatte er ihren forschenden Blick gespürt. Er erwachte und strich sich die Haare aus den Augen.

»Guten Morgen, hast du gut geschlafen?«

»Und wie«, antwortete sie.

»Nicht mal vorhin die Müllabfuhr hat dich geweckt?«

»Nicht mal ein Erdbeben hätte mich geweckt.«

Sie streckte sich über die Matratze und legte die Füße auf das unterste Regalfach der Science-Fiction-Abteilung. Neben ihr stützte Leo sich auf die Ellbogen und hob den Oberkörper an.

»Claudia?«

»Ja?«

»Dein Mann … was passiert ist … möchtest du darüber sprechen?«

»Nein.«

»Na gut. Aber wenn du es dir anders überlegst, dann …«

»Dann kann ich dir mein Herz ausschütten.«

»Ich meine das wirklich.«

»Ich weiß. Was gibt's zum Frühstück?«

»Tja, es gibt wohl noch Brot und vielleicht ein wenig …«

Er verstummte und hob den Blick zum Schaufenster. Dann sprang er auf und machte sich hektisch am Klassikerregal zu schaffen, hinter den Zeitungsständern, unter einer aufgeschlagenen Essaysammlung. Endlich fand er unter der Wolljacke sein Mobiltelefon, auf dem gesprungenen Display konnte er die Uhrzeit erkennen. 10.14.

»Oh verdammt!«

Er packte seine Turnschuhe und die verschlissenen Jeans, wäre fast gestürzt, als er sich eilig anzog.

»Leo, was ist denn los?«

»Bleib, wo du bist, Claudia, und zieh den Kopf ein. Sie darf dich nicht sehen.«

»Wer denn?«

»Sigrid Everts.«

Mit dem Gesicht nach unten robbte er zwischen den Regalen davon, vorbei an der Kochnische, versteckte sich hinter der theologischen Abteilung und lugte über Baruch Spinozas gesammelte Werke.

»Das ist eine lange Geschichte«, flüsterte er über die abgegriffenen Buchrücken. »Ich erklär dir das, wenn ich zurückkomme.«

»Zurück? Wo willst du denn hin?«

»Ich muss das Antiquariat öffnen, es ist Viertel nach zehn.«

»Leo, wir sind schon im Antiquariat.«

»Ich weiß, es ist kompliziert«, sagte er und stürzte aus der Hintertür.

Claudia erhob sich und sah ihm durch das Lüftungsfenster hinterher, wie er über den sonnigen Innenhof davonstürzte. Als er durch das Tor verschwand, ließ sie sich gegen das Fantasyregal zurücksinken und wartete. Eine knappe Minute später tauchte er atemlos in der Bondegata vor der Ladentür auf, seine Stirn glänzte vor Schweiß, und seine aschblonden Haare standen in alle Richtungen ab. Er zog ein Schlüsselbund heraus, schloss das Sicherheitsgitter und das angerostete Schnappschloss auf, ein Windstoß fegte herein, als die Tür geöffnet wurde und Leo sein Antiquariat betrat.

»Na gut, Leo, und jetzt erzähl. Was zum Teufel ist hier eigentlich los?«

»Das ist eine lange Geschichte«, keuchte er.

»Ich schwärme für lange Geschichten.«

Atemlos setzte er sich auf die Matratze. Er atmete durch und erzählte dann, dass die Räume nur gewerblich genutzt werden durften und dass er sich hineinschlich, um die Vermieter zu täuschen. Als er fertig war, sah Claudia ihn mit ernstem Gesicht an.

»Und das machst du schon seit fünf Wochen?«

»Ja.«

»Jeden Morgen?«

»Ja.«

»Und jeden Abend?«

»Genau.«

Zwei Sekunden lang sahen sie einander schweigend an. Dann prusteten sie hemmungslos los, ließen sich auf die Matratze fallen, und die Tränen liefen ihnen über die Wangen. Zwischen den Lachsalven konnte Claudia hervorstoßen:

»Leo … hast du vor … dich so rumzuschleichen … jahrelang?«

Er nickte, konnte nichts sagen, das Lachen steckte ihm wie ein Korken in der Luftröhre. Am Ende verstummten sie beide. Und nur die Lachfältchen in ihren Gesichtern waren noch zu sehen.

»Du, was wird jetzt mit dem Frühstück? Hast du etwas Essbares?«

»Es gibt Walnussbrot, vielleicht auch ein bisschen Streichkäse.«

»Perfekt.«

Er lief in die Kochnische. Jede Menge Schrott füllte den kleinen Raum, leere Konservendosen, Sushikartons und schmutziges Geschirr stapelten sich auf dem Boden und im Spülbecken, aber endlich konnte er Kessel und Chaibüchse finden.

»Ich hab keinen Kaffee«, rief er durch die Türöffnung. »Geht auch Tee?«

Er konnte ihre Antwort hinter den Bücherregalen hören, einige spanische Verwünschungen, die er nur zu gut kannte.

Eine halbe Stunde später saßen sie auf Kissen auf der Fensterbank. Die Reste des Frühstücks standen auf dem Sekretär vor ihnen, einige Brotkrusten und Zwiebäcke, Streichkäse, eine kleine Packung Butter, zwei Zahnbürsten in dem leeren Saftglas. Die Ladentür stand offen und ließ frische Frühlingsluft und Großstadtlärm herein. Leo schaute hinaus auf die Bondegata, dann nahm er sich einen letzten Vollkornzwieback mit Käse und wischte sich die Krümel aus den Bartstoppeln.

»So, und was passiert jetzt?«

»Zuerst trinke ich diesen dünnen Kräutertee auf. Dann gehe ich in irgendein Café und hole mir einen großen Caffè Latte.«

»Ich hab die Ermittlung gemeint.«

»Ich weiß, was du gemeint hast.«

Sie beugte sich zum Schaufenster vor, eine kurze Irritation war in ihren Augenwinkeln zu sehen, als sie die Antwort des Vortags wiederholte.

»Das ist für mich ein abgeschlossenes Kapitel. Finito.«

Während des Frühstücks hatten zwei Personen das Antiquariat betreten. Der Erste, ein Literaturstudent, hatte in allen Büchern von David Foster Wallace geblättert, aber kein einziges gekauft. Die andere, eine Frau mittleren Alters, hatte nach dem Weg zur Konditorei Wivel gefragt. Jetzt kam ein dritter Besucher herein, ein Mann von vielleicht achtzig in Leinenhose und blaukariertem Hemd. Vermutlich war er in seiner Jugend ein kräftiger Mann gewesen, jetzt war er rundlich, und seine hellblauen Augen musterten Claudia und Leo auf der Fensterbank.

»Ach, störe ich beim Mittagessen?«

»Beim Frühstück«, korrigierte Leo. »Aber Sie stören überhaupt nicht. Womit kann ich Ihnen behilflich sein? Suchen Sie ein gutes Buch?«

»Nein, im Gegenteil.«

»Im Gegenteil?«

Der Mann trat näher, nickte.

»Meine Frau, Astrid, ist vor kurzem gestorben. Sie hatte Alzheimer.«

»Das tut mir aber leid.«

»Die letzten Jahre waren schwer, das muss ich sagen. Aber vorher war sie voller Leben und klar im Kopf. Ein richtiger Bücherwurm, wissen Sie. Ich selbst hab ja nie viel gelesen, aber Astrid saß immer mit einem Buch im Sessel. Sie hat im Laufe der Jahre eine ganze Bibliothek angehäuft.«

»Das klingt doch herrlich.«

»Ja, das war es auch.«

Für einen Moment verlor der Mann den Faden, verschwand in alten Erinnerungen, dann aber lachte er glucksend.

»Aber ich darf hier ja nicht träumen! Ja, ja, jetzt stehen ihre Bücher zu Hause und sammeln Staub, und da dachte ich …«

»Natürlich, ich seh sie mir gern mal an. Wo wohnen Sie denn?«

»Gleich um die Ecke, in der Katarina Bangata. Woher wussten Sie, was ich sagen wollte?«

»Ich habe das Antiquariat seit vierzehn Jahren«, antwortete Leo lächelnd. »Wollen wir sofort gehen?«

»Sicher, das kommt mir wie gerufen. Ich warte draußen.«

Leo erhob sich, blies die Kerzen aus und zog die Turnschuhe an die nackten Füße, aufgeregt wie ein kleines Kind hockte er sich neben Claudia und flüsterte:

»Ich seh mir so gern die Bücherregale anderer Leute an, diese Veranlagung hat fast etwas Sexuelles. Was sagst du, kommst du mit?«

»Klar doch. Diese Veranlagung will ich mir genauer ansehen.«

»Schön, dann komm.«

Er nahm einen Filzstift aus dem Sekretär und schrieb auf die Rückseite einer Telefonrechnung GLEICH WIEDER DA/LEO, klebte den Zettel an die Innenseite der Tür und schloss hinter sich ab. Dann wanderten sie durch die Bondegata und bogen um die Ecke, gingen drei Straßen weiter nach Süden. In der Allee dort hob der alte Mann den Kopf, schaute hoch zu der Vormittagssonne, die durch die Baumwipfel lugte, und wandte sich dann an Claudia.

»Ist der Frühling nicht herrlich?«

»Und wie.«

»Astrid und ich haben im Frühling geheiratet, am 19. April 1958. Ich heiße übrigens Sven-Olof.«

»Nett, Sie kennenzulernen. Ich heiße Claudia, und das da ist Leo.«

Auf Höhe von Hausnummer 38 in der Katarina Bangata blieb er stehen und zog einen zerknitterten Zettel hervor, auf dem vier Ziffern standen.

»Das Gedächtnis ist auch nicht mehr so, wie es einmal war«, erklärte er und gab den Code ein.

Der alte Mann führte sie ins Haus und die Treppe hoch. Claudia und Leo blieben eine halbe Treppe unter ihm, und als sie am zweiten Stock vorbeigingen, packte sie Leo am Arm und flüsterte ihm ins Ohr:

»Meinst du, in den Bücherregalen da oben ist ein Schatz zu finden?«

»Kaum. Aber es ist immer wieder spannend, danach zu suchen.«

Ganz oben im Haus, im fünften Stock, schloss Sven-Olof eine grün angestrichene Tür auf und bat sie, einzutreten.

»Kommen Sie einfach rein, die Schuhe brauchen Sie nicht auszuziehen.«

Sie gingen vorbei am Badezimmer, vorbei an der Garderobe, ein vager stickiger Essensgeruch füllte die Wohnung. Ganz hinten in der länglichen Diele blieb Sven-Olof stehen und zeigte auf eine Tür.

»Sehen Sie sich nur in aller Ruhe um, ich bin so lange in der Küche. Ich habe leere Plastiktüten auf das Bett gelegt. Wenn Sie interessante Bücher finden, packen Sie die einfach ein.«

»Alles klar, vielen Dank.«

Nachdem er in der Küche verschwunden war, gingen die beiden ins Schlafzimmer und entdeckten die Teakregale an den

Längsseiten. Leo lief zum nächststehenden und musterte die Buchrücken, sah sich ein Fach nach dem anderen voller sonnengebleichter Titel an.

»Wow…«

Die Bücher standen da wie ein Museum der englischsprachigen Kriminalliteratur der zwanziger und dreißiger Jahre. Margery Allingham, G. K. Chesterton, Agatha Christie, Ngaio Marsh, Dorothy L. Sayers, die Pseudonyme Patrick Quentin und Quentin Patrick, Ronald Knox, Hunderte von Autorinnen und Autoren, alphabetisch geordnet, die Titel chronologisch.

»Unglaublich. Die ganze Lord-Peter-Wimsey-Serie! Mit dem grünen Schutzumschlag von Penguin Crimes!«

»Das also ist deine Veranlagung? Ausgediente Bücher?«

»Besser kann es gar nicht werden.«

Mit großem Eifer nahm er einen Kriminalroman nach dem anderen aus dem Regal und steckte alle in die Tüten, die Sven-Olof bereitgelegt hatte. Lose Seiten fielen zu Boden, als er blätterte, geleimte und geklammerte Rücken, die sich gelockert hatten. Die Bücher waren gefüllt mit Unterstreichungen und kleinen Eselsohren, übersetzten Wörtern am Rand, hier und dort waren Tee- und Marmeladeflecken zu sehen.«

»Glaubst du wirklich, dass irgendwer die kaufen will?«

»Spinnst du? Die kann man nicht mal verschenken.«

»Aber was willst du dann damit?«

»Lesen natürlich. Ich bin richtig süchtig nach einigen davon, vor allem Georgette-Heyer-Krimis aus den dreißiger Jahren. *Why shoot a butler* war ein Meisterwerk, wenn ich das richtig in Erinnerung habe.«

»Du hast es also schon gelesen?«

»Mit achtzehn oder neunzehn. Aber ich weiß nicht mehr, wer der Mörder ist.«

»Leo, darf ich dir eine Frage stellen?«

»Sicher«, antwortete er und suchte weiter zwischen den Büchern.

»Diese Frage wird dir aber nicht gefallen.«

»Vermutlich nicht, aber frag trotzdem.«

»Wie zum Teufel kannst du von dem Antiquariat leben?«

»Diese Frage wird mir oft gestellt, sehr oft.«

»Und was antwortest du dann?«

»Ich zucke einfach mit den Schultern und lächele geheimnisvoll«, antwortete er und lächelte.

»Ist das dein geheimnisvolles Lächeln?«

»Jawoll.«

»Du musst noch an dem Lächeln arbeiten. Du siehst aus wie Jim Carrey in *Dumm und dümmer.*«

»Hast du noch mehr über meine Geschäftsführung zu sagen?«

»Jede Menge, aber ich weiß nicht, ob das hier unter Geschäftsführung geht. Du scheinst ja nichts zu verkaufen.«

»Vorgestern habe ich ein Buch für dreitausend Kronen verkauft. Edith Södergrans *Rosenaltar,* eine Erstausgabe von 1919.«

»Für dreitausend Kronen?«

»Si, señora.«

»Und wie viel hattest du selbst dafür bezahlt?«

Er zuckte mit den Schultern und lächelte so geheimnisvoll, wie er nur konnte. Dann nahm er noch eine Plastiktüte vom Bett und füllte sie mit weiteren ausgewählten Kriminalromanen. Nach einigen Minuten schaute Sven-Olof herein und musterte zufrieden die vollgestopften Plastiktüten.

»Wie gut, Sie haben also etwas Lesbares gefunden.«

»Genau, hier gibt es jede Menge Goldstücke.«

»Wunderbar.«

»Aber ich kann leider nicht mehr als einen Tausender pro Tüte bezahlen. Vielleicht zwölfhundert.«

Sven-Olof machte eine abwehrende Handbewegung.

»Keine Krone will ich haben. Sie tun mir doch einen Gefallen.«

»Aber fünfhundert können Sie doch …«

»Kommt nicht in Frage. Trinken Sie einen Kaffee?«

»Gern, aber wir wollen keine Umstände machen.«

»Der Kaffee ist schon fertig. Ich hab auch Plätzchen. Gekaufte«, fügte er mit bedauerndem Tonfall hinzu. »Astrid hat jede Woche mehrmals gebacken, aber ich bin da total unbegabt.«

»Kaffee wäre wunderbar«, sagte Claudia und nickte zu Leo hinüber. »Der da hat in seinem Antiquariat nur Kräutertee.«

»Astrid hat immer Tee getrunken und ich Kaffee. Sie mochte am liebsten Tee mit Milch und Honig, vor allem abends. Kommen Sie, ich habe hier gedeckt.«

Sie folgten ihm durch das Wohnzimmer zur Küche, wo braune Farbtöne dominierten: die Kaffeemaschine, die Sitzkissen, die karierten Boråstapeten, alles war braun. Auf der Fensterbank stand ein Radio, Brahms' *Sonate 2a* für Violoncello und Klavier erklang aus den Lautsprechern. Sie ließen sich um den Esstisch herum nieder. Sven-Olof füllte drei Tassen mit Kaffee und zeigte auf die Plätzchenschüssel.

»Greifen Sie einfach zu. So viel Sie wollen.«

»Danke.«

Claudia nahm sich sofort einen Keks, Leo zwei.

»Also, wohnen Sie hier auf Södermalm?«

Leo schüttelte den Kopf, wollte schon seine alte Wohnung in der Gotlandsgata erwähnen, nur einen Steinwurf entfernt, aber so weit kam er nicht.

»Söder ist schön«, sagte Sven-Olof. »Ich bin in Bergsundsstrand geboren und aufgewachsen, drüben bei Hornstull. Aber als ich neun war, sind wir in die Bjurholmsgata umgezogen, und seither wohne ich hier in der Gegend. Sehen Sie die Statue da unten?«

Leo nickte, ohne hinzuschauen.

»Die Nacka Skoglundsstatue?«

»Genau, und haben Sie gewusst, dass die eine Ecke darstellt, die Nacka geradewegs ins Tor geschossen hat? Wir waren mit unserem Ältesten bei diesem Spiel, das war 1964 gegen Karlstad, wenn ich mich richtig erinnere. Und Sie beide?«

Claudia schluckte ihren Kaffee hinunter.

»Wieso wir beide?«

»Sind Sie schon lange ein Paar?«

»Wir sind kein Paar.«

»Ach was. Sie wirken so …«

Er beendete den Satz nicht, sondern machte nur eine Handbewegung.

»Wir kennen uns schon lange«, sagte Leo.

In diesem Moment knisterte es im Radioapparat. Die *Sonate 2a* von Brahms verstummte abrupt, und eine ernste Männerstimme meldete sich zu Wort:

»Wir unterbrechen die Sendung für einen Sonderbericht der Nachrichtenredaktion. Heute Morgen ist ein weiteres Mitglied der Schwedischen Akademie tot aufgefunden worden.«

Claudia stellte die Kaffeetasse mit einem Knall auf den Tisch und starrte das Radio auf der Fensterbank an.

»Am frühen Morgen, gleich nach sieben Uhr, fand eine Gruppe norwegischer Vogelbeobachter den Leichnam von Sigurd Wilhelmsson zwei Kilometer westlich der schwedisch-norwegischen Grenze. Die Polizei hat noch keine Einzelheiten über den Todesfall bekanntgegeben, aber schon jetzt steht fest, dass Wilhelmsson

erschossen wurde, vermutlich von demselben Täter, der bereits sechs Mitglieder der Schwedischen Akademie ermordet hat. Die Pressesprecherin der Polizei, Viveka Östling, will sich dazu nicht äußern, solange noch keine technische Analyse vorliegt, aber heute Mittag um dreizehn Uhr wird es im Polizeipräsidium von Stockholm eine Pressekonferenz geben. Wir werden eine Direktschaltung vornehmen und Sie in den nächsten Stunden über die weiteren Entwicklungen auf dem Laufenden halten. Sigurd Wilhelmsson ist tot. Er war siebenundsechzig Jahre alt.«

Die Nachrichten waren beendet, und die Brahmssonate ging dort weiter, wo sie unterbrochen worden war, nach dem zweiten Allegro.

»Das ist eine grauenhafte Geschichte«, sagte Sven-Olof und trank einen Schluck Kaffee. »Wirklich grauenhaft.«

Leo nickte, versuchte, Claudias Blick einzufangen, aber sie starrte aus dem Fenster.

»Wir müssen jetzt gehen«, sagte er und erhob sich. »Wer weiß, es könnte ja Kundschaft kommen.«

Sven-Olof konnte seine Enttäuschung nicht verbergen, er hätte gerne noch ein wenig länger geplaudert.

»Natürlich, natürlich. Aber Sie können gern zurückkommen. Vielleicht finden Sie ja noch weitere interessante Bücher.«

»Das kann ich, natürlich.«

Dann traten sie in die Diele, Leo mit den vollen Einkaufstüten in den Händen. Er stellte eine davon ab und schüttelte Sven-Olof die Hand, dankte ihm für die Bücher.

»Das war doch nicht der Rede wert. Und wie gesagt, Sie sind immer willkommen.«

Claudia schaute den alten Mann kurz an, nickte, sagte aber nichts. Erst im Treppenhaus machte sie den Mund auf, fluchte vor sich hin, während sie die schmale Betontreppe hinunterlief.

»Sieben Stück. Dieser Arsch hat sieben Mitglieder ermordet, und er wird weitermachen … bis wir ihn aufhalten.«

»Wie hat er Wilhelmsson finden können?«

Sie schaute sich überrascht um, sie hatte fast vergessen, dass Leo hinter ihr auf der Treppe war.

»Was?«

»Die Polizei hat Wilhelmsson doch mit Spürhunden und Hubschraubern gesucht. Schulklassen und Seniorenvereine haben Suchketten gebildet, aber niemand hat auch nur eine Spur von ihm gefunden. Wie zum Teufel hat der Mörder das geschafft?«

»Mit Mikrochips.«

»Machst du Witze?«

»Wir haben in der Kleidung der Mitglieder ungefähr dreißig Mikrochips sichergestellt. Sie steckten in den Nähten, unter den Schuhabsätzen, unter einem Hutband. Der Mörder hat sie in den vergangenen fünf Jahren angebracht. In dieser Zeit hat er die Mitglieder der Akademie auf dem ganzen Erdball ausfindig machen können.«

»Der scheint sich ja ungeheuer sorgfältig vorbereitet zu haben, dieser Akademiemörder.«

Claudia seufzte verbittert als Antwort, als sie durch die Haustür gingen und in die Katarina Bangata abbogen.

»Diese Ermittlung zieht jeden Tag größere Kreise«, murmelte sie und lief weiter durch die Allee. »Jetzt ist sogar der Außenminister hineingezogen worden.«

»Der Außenminister?«, keuchte Leo mit einer schweren Tüte in jeder Hand. »Wieso das denn?«

»Wir haben einen Augenzeugen für den Mord an Rudqvist, einen alkoholisierten Obdachlosen. Und dem zufolge hat der Mörder gesagt: *Die Stunde der Rache ist gekommen, Carl Bildt.*«

»Carl Bildt?«

»Ja.«

»Ist das nicht seltsam?«

»Doch, sehr, aber ich glaube, die Aussage stimmt.«

Bei der Östgötagata bogen sie um die Ecke und gingen am Lebensmittelladen vorbei.

»Ich weiß, es klingt komisch, aber kann es eine Verbindung zwischen Bildt und der Schwedischen Akademie geben? Irgendeinen Berührungspunkt?«

»Glaub ich nicht«, antwortete Leo.

»Kann er irgendein Mitglied kennen?«

»Nicht dass ich wüsste.«

»Hat Carl Bildt sich jemals zu Literatur oder Büchern überhaupt geäußert?«

»Ich bilde mir ein, dass Lars Gustafsson sein Lieblingsautor ist. Er hat wohl irgendwann in den siebziger Jahren *Die Tennisspieler* gelesen, aber das ...«

Plötzlich blieb er stehen.

»Carl Bildt? Hat der Mörder Carl Bildt gesagt?«

»Ja ...«

»Kann das möglich sein?«

»Was denn?«

»Vielleicht stimmt meine Erinnerung ja nicht.«

»Wovon zum Teufel redest du da, Leo?«

Er gab keine Antwort, sondern lief weiter zur Bondegata, während die Tüten hin und her schlugen. Das letzte Stück rannte er, riss den Schlüsselbund aus der Hosentasche und machte sich am verrosteten Schloss zu schaffen. Als er endlich die Haustür öffnen konnte, hatte Claudia ihn eingeholt.

»Leo, was zum Teufel ist denn los?«

»Muss nur schnell was nachsehen ...«

Im Laden stellte er die Tüten ab und lief atemlos zu einem Bücherregal ganz hinten. Im obersten Fach fand er ein gebundenes Nachschlagewerk, der Einband aus Ziegenleder war abgenutzt, aber die in Gold geprägten Buchstaben funkelten im Sonnenschein: NORDISCHES FAMILIENBUCH BAND III, Biene bis Bruno. Seit vielen Jahrzehnten hatte niemand mehr dieses Buch umgeblättert, die gefalzten Bögen zischten, als er das Buch auf den Sekretär legte und es aufschlug. Endlich fand er mitten im Nachschlagewerk einen Eintrag.

»Da!«

Mit dem Zeigefinger folgte er den Zeilen ganz unten auf der Seite. Claudia las über seiner Schulter, betrachtete den kurzen Eintrag:

> **Carl Nils Daniel Bildt** *(1850–1931), schwedischer Kammerherr, Historiker und Schriftsteller. Dr. phil. h. c. in Uppsala. Vertreter am Internationalen Gerichtshof im Haag. Ab 1901 Mitglied der Schwedischen Akademie auf Stuhl 1.*

»Herrgott …«

Staub wirbelte durch die Luft, als er das Lexikon zuschlug und zu Claudia aufschaute.

»Was, wenn der Mörder diesen Carl Bildt gemeint hat? Ein Akademiemitglied, das vor hundert Jahren gelebt hat.«

Claudia starrte ihn an.

»Dieser Carl Bildt, also das Akademiemitglied, weißt du irgendwas über den?«

»Nicht viel. Zu Anfang des 20. Jahrhunderts war er Diplomat, wenn ich das richtig in Erinnerung habe. In Rom ist sogar eine Straße nach ihm benannt worden, die Via Carlo de Bildt. Aber als Autor ist er total vergessen. Ich beschäftige mich seit zwanzig Jahren mit Literatur, aber ich habe niemals irgendwen seine Bücher erwähnen hören.«

»Aber was bedeutet das alles? *Die Stunde der Rache ist gekommen, Carl Bildt.* Was kann der Mörder damit gemeint haben?«

»Keine Ahnung, aber ich weiß, wo die Antwort vielleicht zu finden ist.«

»Wo denn?«

»In einem gut bewachten Kellergewölbe unter der Börse, da hat die Schwedische Akademie ihr Archiv. Wenn es irgendwo eine Antwort gibt, dann da.«

Claudia schloss die Augen. Als sie sie zehn Sekunden später wieder aufschlug, hatte sie die schwerste Entscheidung ihres Lebens getroffen.

»Ich fahre hin. Jetzt sofort.«

»War das nicht ein abgeschlossenes Kapitel für dich?«

»Das dachte ich, ja. Aber ich muss mir dieses Archiv ansehen.«

»Na gut. Ich komme mit.«

Sofort packte sie ihn, bohrte ihm die Finger in den Unterarm.

»Das ist eine Mordermittlung, Mann, kein Lesezirkel.«

»Claudia, das Archiv besteht aus Tausenden von Notizen, die während der Besprechungen gemacht wurden, mit Bezeichnungen, die seit der vorletzten Jahrhundertwende kein Mensch mehr benutzt. Du wirst mich da brauchen.«

»Aber hör mal zu, Jeglertz hat mir verboten, mit der Ermittlung weiterzumachen. Er hat mir mit einer Anzeige wegen groben Dienstvergehens gedroht. Nicht nur Dienstvergehen, sondern grobes Dienstvergehen, begreifst du, was das bedeutet?«

»Keine Ahnung.«

»Für ein Dienstvergehen gibt es ein paar Tagessätze. Für ein grobes Dienstvergehen kann man sechs Jahre Gefängnis kriegen.«

Sie trat näher an ihn heran, ihr Gesicht war seinem so nah, dass sie einander fast berührten.

»Jeglertz würde nicht zögern, mich einbuchten zu lassen. Und wenn du mitkommst, wird er ebenso brutal mit dir verfahren, verstehst du, Leo? Das hier ist kein verdammtes Spiel.«

Er erwiderte ihren Blick für einen Moment, dann griff er zu dem GESCHLOSSEN-Schild und hängte es an die Ladentür.

»Komm, los geht's.«

* * *

Knapp zehn Minuten später stellte Claudia ihre Honda Shadow bei Köpmanbrinken ab, einer kurvenreichen Querstraße, die unterhalb des Südostflügels des Königlichen Schlosses gelegen war. Hinter ihr stieg Leo vom Motorrad, und zusammen liefen sie durch die gepflasterten Gassen von Gamla stan, durch das Gewimmel von Touristen und die Wohlgerüche aus den Cafés.

Der Stortorg war seit dem Hochmittelalter der Mittelpunkt der Stadt gewesen, ihr Herz und ihre Bühne. Hier waren während des Stockholmer Blutbades Adlige und ihre Diener hingerichtet worden, hier hatten die Bewohner der Stadt sich zu königlichen Hochzeiten und zu Krönungen versammelt, aber niemals hatte er ausgesehen wie jetzt.

Auf dem Platz wimmelte es nur so von Journalisten, Fotografen und Kameraleuten, Berichte in zwei Dutzend Sprachen hallten über dem mittelalterlichen Marktplatz wider. Radioreporter versuchten, einander zu übertönen, ein wildes Handgemenge war zwischen deutschen und norwegischen Tontechnikern ausgebrochen.

Überall auf dem Platz saßen Leute, die in den Büchern der Akademiemitglieder blätterten, die Trost in den Romanen und Gedichtbänden der Toten suchten. Ein Dutzend Studenten hatte sich beim Brunnen auf dem Pflaster niedergelassen, Literaturkundige von der Universität, die einander laut aus Sigurd Wilhelmssons Erstlingsnovelle »Blutsbande« vorlasen. Über allem erhob sich die Börse wie ein wachsames Elternteil, die pastellfarbene Rokokofassade erstrahlte im Sonnenschein. Die Treppe, die zum großen Börsensaal hochführte, war bedeckt mit Blumen, Beileidsbriefen und im Frühlingswind flackernden Kerzen.

Claudia und Leo drängten sich durch die Menschenmenge, vorbei an den Übertragungswagen der Fernsehgesellschaften, weiter zur weißangestrichenen Tür an der Südwestseite des Gebäudes. Leo musterte die verschnörkelte Türklinke.

»In dem Moment, in dem wir hier reingehen, begehst du ein grobes Dienstvergehen, danach kannst du nicht mehr zurück. Claudia, bist du dir ganz sicher?«

»Nein.«

Danach drückte sie auf den obersten Knopf der Gegensprechanlage, unter dem Plastiküberzug waren mit der Maschine geschriebene Buchstaben zu sehen: SEKRETARIAT DER SCHWEDISCHEN AKADEMIE. Fast sofort wurde die Holztür aufgerissen, und ein weißhaariger Mann trat in die Öffnung.

»Gehen Sie weg! Go away! Die Akademie ist derzeit geschlossen, aus Gründen, auf die ich ja wohl nicht näher einzugehen brauche. The Academy is closed. Geschlossen! Die Presse muss sich an andere Institutionen wenden.«

Ohne auf Antwort zu warten, wollte er die massive Holztür

schließen, aber Claudia streckte ihren rechten Stiefel über die Schwelle. Im Türspalt konnte sie das wütende Gesicht des Mannes sehen.

»Wir sind nicht von der Presse«, erklärte sie gelassen. »Ich bin Ermittlerin bei der Zentralen Mordkommission. Ich heiße Claudia Rodriguez, und ich bin im Zusammenhang mit den ermordeten Akademiemitgliedern hier.«

Der Mann sah sich den Dienstausweis in Claudias ausgestreckter Hand sorgfältig an, dann öffnete er die Tür und ließ sie ins Innere der Börse treten. Langsam gingen sie über den Kalksteinboden, weiter durch die geräumige Vorhalle, während der Mann hinter ihnen die Tür verriegelte.

»Ich leite des Sekretariat der Schwedischen Akademie«, erklärte er, als er sie eingeholt hatte. »Bitte, verzeihen Sie den unfreundlichen Empfang. Aber die letzten Tage, das verstehen Sie sicher, waren ganz einfach …«

Ihm blieben die Worte in der Kehle stecken.

»Ja, das verstehe ich«, sagte Claudia und legte ihm die Hand auf den Arm. »Es muss schrecklich gewesen sein.«

Der Büroleiter holte tief Atem und fasste sich ein wenig.

»Ja, ganz furchtbar, und heute Morgen kam dann noch die Nachricht, dass auch Sigurd erschossen wurde. Ermordet hoch oben im norwegischen Hochgebirge, stimmt das?«

»Es tut mir leid.«

Sie schaute sich im Treppenhaus um und zum Obergeschoss hoch.

»Sind Sie allein hier?«

»Ja, der Kanzleileiter konnte nicht herkommen und der Zahlmeister auch nicht. Sie stehen zu sehr unter Schock, und das gilt auch für das restliche Personal. Das Nobelmuseum ist ebenfalls geschlossen. Mir machen die Morde natürlich ebenso sehr zu schaffen wie den anderen, aber irgendwer muss doch die verdammten Journalisten fernhalten.«

»Ja, es ist schwer, denen zu entgehen«, sagte Leo. »Die sind wie eine hungrige Wolfsmeute, die eine Beute wittert.«

»Ja, wie eine Wolfsmeute, da haben Sie ganz Recht. Diese so genannten Journalisten sind gewissenlose Raubtiere. Gestern Nacht ist einer an der Hausfassade hochgeklettert, so ein Paparazzo, Sie wissen schon. Wie ein Affe hat er sich an der Regenrinne im Obergeschoss angeklammert und versucht, den Börsensaal zu fotografieren. Aber ich konnte ihn mit einem Schürhaken vertreiben. Er war wohl Franzose, dieser unverschämte Kerl. Die Verwünschungen, die er beim Sturz nach unten von sich gegeben hat, waren jedenfalls französisch, und fein waren sie nicht, das kann ich Ihnen sagen.«

Danach machte er eine fragende Handbewegung.

»Also, womit kann ich der Polizei behilflich sein?«

»Wir brauchen Zugang zum Archiv der Schwedischen Akademie.«

Sofort verschwand die Freundlichkeit aus dem Gesicht des Mannes.

»Das kommt nicht in Frage. Das Archiv ist keine Stadtbücherei, in die alle Welt hineinspazieren kann, und …«

»Wir sind aber nicht alle Welt. Wir arbeiten an einer Mordermittlung.«

»Niemand«, fauchte er. »Absolut niemand außerhalb der Schwedischen Akademie darf dieses geschlossene Archiv besuchen. Das war das Erste, was Hubert Rudqvist mir eingeschärft hat, als ich vor dreiundzwanzig Jahren hier meinen Dienst angetreten habe.«

Claudia antwortete leise, fast flüsternd, aber ihre Stimme war in der riesigen Vorhalle deutlich zu hören.

»Hubert Rudqvist ist tot. Er wurde vor drei Tagen ermordet, mit einem Perkussionsschlossrevolver in den Kopf geschossen. Sechs weitere Mitglieder sind dem Mörder ebenfalls zum Opfer gefallen. Wenn Sie uns nicht in Ihr Archiv lassen, werden vielleicht noch andere ihr Leben verlieren. Wollen Sie das auf Ihrem Gewissen haben?«

Der Büroleiter senkte den Blick, starrte die steinernen Bodenplatten an und schüttelte langsam den Kopf.

»Dann öffnen Sie jetzt das Archiv«, sagte sie, »und lassen Sie uns reingehen.«

Er zögerte noch zwei Sekunden, dann zeigte er auf einen Gang, der unten im Untergeschoss verschwand.

»Hier entlang.«

Sie wanderten durch den Gang und blieben endlich vor einer niedrigen Eisentür stehen, die ins Mauerwerk eingelassen war. Der Büroleiter betrachtete die Tür für einen Moment, dann zog er ein dichtbesetztes Schlüsselbund hervor und öffnete die beiden Schlösser. Ein leises Quietschen füllte das Untergeschoss, als er die Kellertür aufschob und an einem Haken in der Mauer befestigte.

»Hier unten«, sagte er, »werden die bedeutendsten literarischen Schätze des Landes aufbewahrt. Sie müssen überaus vorsichtig behandelt werden.«

»Machen Sie sich keine Sorgen«, antwortete Claudia. »Die Bücher werden in guten Händen sein.«

Sie nickte zu Leo hinüber.

»In seinen Händen.«

Der Büroleiter schaute rasch zu Leo hinüber. Dann gingen sie eine Steintreppe unter dem engen Gewölbe aus dem 18. Jahrhundert hinunter. Am Fuße der Treppe öffneten sich drei unterirdische Kammern, und einige einsame Glühbirnen verbreiteten ihr goldbraunes Licht. Die drei Kammern lagen hintereinander an der Westseite der Börse, durch die vergitterten Kellerfenster waren die Gassen von Gamla stan zu sehen, ein Gewimmel von Beinen, die oben vorübereilten.

»Hierher haben noch nicht viele Außenstehende einen Fuß gesetzt, das können Sie sich vielleicht denken.«

Als der Büroleiter weiter durch die Räume wanderte, hallten seine Schritte unter der gewölbten Steindecke wider, und der Stolz war ihm deutlich anzusehen und anzuhören.

»Das hier ist das geschlossene Archiv der Schwedischen Akademie, eine der bedeutendsten Schatzkammern der literarischen Welt. Ich erweise Ihnen ein großes Vertrauen, wenn ich Sie hier einlasse und Ihnen Zugang zu den Geheimnissen der Akademie gewähre.«

Er sah sie an.

»Missbrauchen Sie dieses Vertrauen nicht.«

Leo legte ihm die linke Hand auf die Schulter.

»Das werden wir nicht, darauf haben Sie unser Wort.«

Der Büroleiter musterte Leo und nickte, ein wortloses Freundschaftsband schien zwischen ihnen geknüpft zu werden.

»Wenn Sie etwas von mir wollen, dann bin ich im Büro, gleich neben dem Börsensaal. Und wenn Sie mehr Licht brauchen, in der Vitrine stehen tragbare Leselampen.«

Er machte einige Schritte durch den Archivraum, blieb dann aber auf der untersten Treppenstufe stehen und drehte ein wenig den Kopf.

»Und fangen Sie diesen verdammten Mörder, mehr will ich doch gar nicht.«

Dann stieg er die ausgetretenen Steinstufen hinauf, seine Schritte kamen von immer weiter her, und bald waren sie gänzlich verhallt.

Mitten im Archiv standen Claudia und Leo, umgeben von Bücherregalen und Tausenden von geheim gehaltenen Schriftstücken. Eine feierliche Stimmung ruhte über dem Kellergewölbe, etwas Beängstigendes, die kühle Luft umstrich sie wie Wiedergänger in einer heimgesuchten Grabkammer. Tote Schriftsteller lebten noch immer in den Aktenschränken wie Gespenster aus Lumpenpapier und Tinte. Altertümliche Bücher, Protokolle, Korrespondenzen, vor Jahrhunderten von Dichtern und königlichen Hoheiten mit der Hand geschrieben.

»Was machen die Mitglieder eigentlich hier in der Börse?«

Leo antwortete flüsternd, wie in einer Friedhofskapelle.

»Jeden Donnerstag haben sie eine Zusammenkunft, um Punkt siebzehn Uhr. Dann treffen sie sich im Sitzungssaal, genau über uns, und zu diesen Sitzungen haben nur die Akademiemitglieder Zugang.«

»Sonst niemand?«

»Nein, niemand, nicht einmal der König oder die Königskinder. So steht es nämlich in den Statuten.«

»Bestimmt würden viele gern wissen, was da oben gesagt wird.«

»Die meisten Kulturjournalisten und Literaturwissenschaftler würden ihre rechte Hand dafür geben, bei den Treffen der Akademie Mäuschen spielen zu dürfen.«

»Du auch, nehme ich mal an.«

»Vermutlich«, antwortete er mit einem Lächeln.

»Worüber reden die denn bei diesen Treffen?«

»Ihre wichtigste Aufgabe ist es, einen Preisträger für den Literaturnobelpreis zu finden. Sie sitzen jeden Donnerstagabend da oben und reden einige Stunden lang, und der ständige Sekretär schreibt alles Wichtige in sein Sitzungsprotokoll.«

»Aber niemand erfährt jemals, was gesagt wird?«

»Alle Nobelpreisnominierungen und Begründungen sind für fünfzig Jahre gesperrt, danach werden sie in Sammelbänden veröffentlicht, die über den normalen Buchhandel zu kaufen sind. Aber die handgeschriebenen Protokolle des Sekretärs enthalten die wirklich großen Geheimnisse. Sie werden hier unten im Kellergewölbe aufbewahrt, und niemand außerhalb der Schwedischen Akademie darf sie jemals lesen.«

»Niemand außer dir.«

Leo nickte nachdenklich. Er musterte die Tausenden von Schriften, die die Mauern verdeckten, fuhr mit der Hand über Kalbslederrücken und gewebte Einbände mit Spitzendekoration.

»Wir können uns natürlich furchtbar irren, aber vielleicht steht hier etwas über das Akademiemitglied Carl Bildt, etwas, das erklärt, warum der Mörder seinen Namen genannt hat.«

»Ja, vielleicht.«

Langsam wanderte er an den Regalen entlang, studierte die goldgestanzten Titel auf den Buchrücken.

»Carl Bildt wurde 1901 in die Schwedische Akademie gewählt, und das war ein ganz besonderer Zeitpunkt in der Geschichte der Akademie.«

»Warum das?«

»In diesem Jahr wurden die ersten Nobelpreise vergeben.«

»Na gut, Bildt wurde also 1901 gewählt. Und wie lange war er danach Mitglied?«

»Bis zu seinem Tod im Jahre 1931.«

»Dreißig Jahre, mit anderen Worten?«

»Jawohl.«

»Das bedeutet, dass du dreißig Jahresbände lesen musst. Ich hoffe, du hast richtig Leselust.«

Er antwortete mit einem breiten Lächeln. Dann wanderte er

zwischen den Regalen umher und entdeckte bald die richtige Abteilung: ein kupferrotes Mahagoniregal im hinteren Teil des Raumes.

»Hier haben wir die Sitzungsberichte der ständigen Sekretäre seit der Zeit Gustavs III. bis heute.«

Die drei obersten Regalfächer waren bis zum Rand gefüllt mit umfangreichen, chronologisch geordneten Jahresbänden. Leo nahm einen aus dem mittleren Fach, die vergoldeten Titelbuchstaben waren im Licht der Glühbirnen deutlich zu sehen: *Jahresband der Schwedischen Akademie, 1901.* Er hielt das Buch mit beiden Händen, behutsam, wie ein neugeborenes Kind.

»Stell dir das doch bloß vor«, flüsterte er. »Nur ganz wenige Menschen haben im letzten Jahrhundert dieses Buch berührt. Wer weiß, vielleicht bin ich der Erste, der diese Notizen liest, seit sie aufgezeichnet wurden.«

Er nahm eine Leselampe aus der Vitrine. Dann setzte er sich in einen Sessel und blätterte vorsichtig, las die Notizen, die seit mehr als einem Jahrhundert in dem Marokkineinband geheim gehalten worden waren. Claudia nahm ihm gegenüber Platz.

»Wonach suchen wir eigentlich?«

Vorsichtig las er die Sitzungsnotizen des ständigen Sekretärs, die schwer zu entziffernde Handschrift schlängelte sich über das Lumpenpapier, eine Seite nach der anderen, Hunderte von Notizen, durchgestrichene Stellen, unleserliche Korrekturen, Tintenkleckse.

Nachdem er eine gute Stunde gelesen hatte, schlug er vorsichtig den bronzefarbenen Einband zu und erhob sich, streckte die eingeschlafenen Beine.

»Hast du etwas Interessantes gefunden?«

»Jede Menge, aber nichts über Carl Bildt.«

Er stellte den Jahresband zurück ins Regal und nahm sich

den Folgeband, dann vertiefte er sich in die Aufzeichnungen des Jahres 1902.

Auf diese Weise verbrachten sie den Tag im Kellergewölbe der Börse, Stunde um Stunde. Einmal kam der Büroleiter ins Archiv herunter und musterte Leo, der gerade mit dem Jahresband für 1911 begonnen hatte.

»Ich sehe, Sie blättern sehr vorsichtig um, ohne die Seiten dort zu belasten, wo sie von der Tinte angefressen worden sind. Sie haben nicht zum ersten Mal wertvolle Schriftstücke in der Hand, das ist leicht zu sehen.«

»Aber noch nie dermaßen wertvolle.«

Der Büroleiter nickte, dann ging er zu dem runden Holztisch zwischen den Sesseln und stellte dort zwei Flaschen Mineralwasser und eine Obstschale ab.

»Ich dachte, Sie könnten hungrig sein, Sie sitzen doch schon einen ganzen Arbeitstag lang hier.«

»Vielen Dank, wie nett von Ihnen«, sagte Claudia und streckte die Hand nach einem Apfel aus.

»Haben Sie schon etwas gefunden, das weiterhelfen kann?«

»Nein, nichts.«

»Noch nicht«, fügte Leo mit dem Mund voll Banane hinzu.

»Sagen Sie Bescheid, wenn ich Ihnen irgendwie behilflich sein kann. Hier unten kenne ich mich besser aus als irgendjemand sonst.«

»Natürlich«, antwortete Leo. »Wir melden uns sofort… wenn es nötig wird.«

Für einen kurzen Moment blieb der Büroleiter noch im Kellergewölbe stehen, wartete vielleicht auf eine Frage nach der komplizierten Struktur des Archivs, nach der verwirrenden Nummerierung der Regalsektionen, aber die beiden Gäste saßen schweigend in ihren Sesseln und aßen Obst.

»Wie gesagt, melden Sie sich einfach.«

Damit verließ er das Archiv. Claudia biss energisch in ihren zweiten Apfel, schaute zur Steintreppe hinüber und wartete, bis die Schritte des Büroleiters verhallt waren.

»Ich hab wohl noch nie solchen Hunger gehabt.«

»Ich auch nicht.«

In Minutenschnelle hatten sie alles Obst gegessen und die Flaschen bis zum letzten Tropfen geleert. Leo studierte weiter den aufgeschlagenen Jahresband, die endlosen Textblöcke, und bald meldete der Abend sich zu Wort. Die Abenddämmerung senkte sich vor den Kellerfenstern, die Beine der Vorübergehenden wurden immer weniger, die Stimmen vom Stortorg immer leiser.

Plötzlich bemerkte Claudia Leos Gesichtsausdruck, sah, dass er nachdenklich am Rand des Einbandes herumspielte.

»Hast du was gefunden?«

»Weiß nicht«, murmelte er als Antwort. »Vielleicht.«

»Steht da etwas über Carl Bildt?«

»Ja. Und nein.«

»Wie meinst du das?«

»Carl Bildt«, antwortete er, »wird in den Jahresbänden nicht erwähnt. Nirgendwo. Aber in diesem Text hier kommt seine Stuhlnummer vor.«

Sie verließ ihren Sessel und hockte sich neben ihn.

»Was ist das für ein Text?«

»Das ist eine Notiz von 1911, aufgezeichnet von Carl David af Wirsén.«

»Wirsén? Wer war das?«

»Er war am Ende des 19. und am Anfang des 20. Jahrhunderts der Ständige Sekretär der Akademie, und hier scheint er etwas über den Nobelpreis geschrieben zu haben.«

Beide beugten sich über das aufgeschlagene Protokoll und lasen die Sitzungsnotizen, schwarze Tintenbuchstaben, die sich über gelbbleiches Papier schlängelten.

Nathan Söderblom – Professor der Theologischen Enzyklopädie an der Universität Uppsala und Pfarrer der Gemeinde Helga Trefaldighet – hat, mit fast zweiwöchiger Verspätung, eine Nominierung für den Literaturnobelpreis des Jahres 1911 eingereicht. Er nominiert den uns allen bekannten Verfasser und Schriftsteller August Strindberg.

Soll die Schwedische Akademie, obwohl der Vorschlag nicht fristgerecht eingereicht wurde, besagten Verfasser als Kandidaten für den Literaturpreis des Jahres 1911 nominieren?

In diesem Zusammenhang haben wir – am Donnerstag, dem 2. Februar – beschlossen, über diese Frage eine offene Abstimmung abzuhalten. Alle Mitglieder werden hiermit in Übereinstimmung mit Alfred Nobels Testament gebeten, die Nationalität sorgfältig zu bedenken. Es war Nobels ausdrücklicher Wunsch, dass der Preis Skandinaviern nicht häufiger zufallen sollte als anderen Kandidaten. Zwei Personen schwedischer Nationalität stehen bereits auf der vom Nobelkomitee aufgestellten Nominierungsliste. Nr. 13, Gustaf Fröding, vorgeschlagen von Adolf Noreen und S. J. Boëthius, Professoren in Uppsala. Sowie Nr. 23, Verner von Heidenstam, vorgeschlagen von Fredrik Wulff, Professor in Lund. Außerdem ist die Literaturpreisträgerin des Jahres 1909, Selma Lagerlöf, ebenfalls schwedischer Herkunft.

Die Abstimmung bezog sich auf folgende Frage: Soll August Strindberg für den Literaturnobelpreis des Jahres 1911 nominiert werden? Das Ergebnis lautete wie folgt.

Stuhl Nr. 1: nein
Stuhl Nr. 2: ja
Stuhl Nr. 3: ja
Stuhl Nr. 4: nein
Stuhl Nr. 5: ja
Stuhl Nr. 6: ja
Stuhl Nr. 7: ja
Stuhl Nr. 8: nein
Stuhl Nr. 9: ja
Stuhl Nr. 10: nein
Stuhl Nr. 11: ja
Stuhl Nr. 12: nein
Stuhl Nr. 13: nein
Stuhl Nr. 14: nein
Stuhl Nr. 15: ja
Stuhl Nr. 16: ja
Stuhl Nr. 17: nein
Stuhl Nr. 18: nein

Das Ergebnis der Abstimmung ergibt, wie aus obigem hervorgeht, neun Stimmen dafür und neun dagegen. Wenn eine Abstimmung kein eindeutiges Ergebnis erbringt, schreiben die Statuten der Schwedischen Akademie ein eindeutiges Verfahren vor: die Stimme des ständigen Sekretärs soll in dieser Frage entscheiden. In diesem Fall stimmte der Sekretär auf Stuhl Nr. 8 mit: nein. Damit kann die Frage als beantwortet gelten.

A. Strindberg wird nicht für Alfred Nobels Literaturpreis für das Jahr 1911 nominiert. Der Antragsteller, Professor Nathan Söderblom, soll baldestmöglich davon in Kenntnis gesetzt werden, dass sein Vorschlag nicht in Betracht gezogen wird, da er nach Ende der Nominierungsfrist eingereicht worden ist.

Carl David af Wirsén,
Ständiger Sekretär der Schwedischen Akademie
2. Februar 1911

Leos Blick fegte über die Handschrift, über die ein Jahrhundert alte Abstimmungsliste, und als er das in Wirséns sorgfältigen Aufzeichnungen versteckte Muster entdeckte, fingen seine Hände zu zittern an.

»Herrgott …«

»Was denn?«

»Das kann kein Zufall sein, das ist unmöglich.«

»Wovon zum Teufel redest du da?«

»Warte mal …«

Er riss einen Zettel mit den Namen der aktuellen Mitglieder aus der Hosentasche und legte ihn neben die Abstimmungsliste. Danach verglich er beide Listen und nahm mit einem Bleistiftstummel eilige Unterstreichungen vor.

Mitglieder 2012	*Mitglieder 1911*
Stuhl Nr. 1: Hubert Rudqvist	*Stuhl Nr. 1: nein*
Stuhl Nr. 2: Beatrice Elmsten	*Stuhl Nr. 2: ja*
Stuhl Nr. 3: Leif Linder	*Stuhl Nr. 3: ja*
Stuhl Nr. 4: Sixten Hjärpe	*Stuhl Nr. 4: nein*
Stuhl Nr. 5: Kristine Dahlberg	*Stuhl Nr. 5: ja*
Stuhl Nr. 6: Nils T. Flodström	*Stuhl Nr. 6: ja*

Stuhl Nr. 7: Jan Koskinen	*Stuhl Nr. 7: ja*
Stuhl Nr. 8: Sonja Bergwall	*Stuhl Nr. 8: nein*
Stuhl Nr. 9: Lisbeth Hansson	*Stuhl Nr. 9: ja*
Stuhl Nr. 10: Sigurd Wilhelmsson	*Stuhl Nr. 10: nein*
Stuhl Nr. 11: Hans Ekberg	*Stuhl Nr. 11: ja*
Stuhl Nr. 12: Gun-Britt Höök	*Stuhl Nr. 12: nein*
Stuhl Nr. 13: Orvar Scheele	*Stuhl Nr. 13. nein*
Stuhl Nr. 14: Per Birkenfeldt	*Stuhl Nr. 14: nein*
Stuhl Nr. 15: Göran Wallin	*Stuhl Nr. 15: ja*
Stuhl Nr. 16: Siv Persson McKenzie	*Stuhl Nr. 16: ja*
Stuhl Nr. 17: Vilgot Elmander	*Stuhl Nr. 17: nein*
Stuhl Nr. 18: Klas Fahlén	*Stuhl Nr. 18: nein*

Als er damit fertig war, legte er den Bleistiftstummel weg und flüsterte mit kaum hörbarer Stimme:

»Er ermordet keine Mitglieder …«

»Was?«

»Er ermordet Stühle.«

»Stühle?«

»Ja, schau mal.«

Leos Zeigefinger glitt hastig über die erste Reihe der Abstimmungsliste, danach zeigte er auf dieselbe Reihe auf seinem Zettel.

»Siehst du das Muster?«

»Ja«, antwortete sie leise. »1911 saß Carl Bildt auf Stuhl Nr. 1. Hundert Jahre später saß Hubert Rudqvist auf diesem Stuhl.«

Leo nickte, sein Gesicht war totenbleich.

»Der Mörder bringt die Stuhlnummern um, die mit ›nein‹ gestimmt haben. Er bringt die um, die August Strindberg 1911 nicht für den Nobelpreis nominieren wollten.«

Claudia lief jetzt im Archiv hin und her, ihr Schatten flog über die Mauern.

»Alles also eine Racheaktion«, murmelte sie. »Eine wahnsinnige hundert Jahre alte Rache.«

Plötzlich blieb sie stehen und sah sich die Liste der aktuellen Akademiemitglieder an.

»Der Mörder hat schon sieben von den Neinstimmen erschossen, da bleiben nur noch zwei Stühle. Nummer 12 und Nummer 17.«

Leo nickte, seine zitternde Stimme füllte das Kellergewölbe.

»Ja, und auf diesen Stühlen sitzen Vilgot Elmander und Gun-Britt Höök.«

ZWEITER TEIL

O CRUX AVE SPES UNICA

13

Pablo Neruda

Nobelpreisträger für Literatur 1971

Begründung der Schwedischen Akademie:
»Für eine Poesie, die mit der Wirkung einer Naturkraft Schicksal und Träume eines Kontinents lebendig macht.«

17. Mai 2012

Der Friedhof lag im Dunkeln. Über den Baumwipfeln war die Sankt-Johannes-Kirche zu sehen, ein blassgrüner Turm vor dem Nachthimmel, das gewaltige Spitzbogenfenster spiegelte den Mondschein. Die Klinkerfassade wurde von Granitfiguren geschmückt, Aposteln, einer Christusgestalt, körperlose Gesichter, die über den Friedhof hinwegstarrten. In der Dunkelheit sahen alle gleich aus, beängstigend und rachsüchtig.

Stanislaw Kosinski zog seine Schnapsflasche hervor und setzte sich näher an den alten Glockenturm unterhalb der Kirche. Hier suchte er oft Schutz vor der Nacht, Gräber und Spukgeschichten machten ihm keine Angst. Der Friedhof war ein ausgezeichneter Ruheplatz für Lebende und Tote, Schnaps und alte Zeitungen würden ihn während der Nachtstunden wärmen. Langsam hob er die Flasche an seine rissigen Lippen und ließ sich den Fusel durch die Kehle laufen, dann lehnte er sich an den Granitsockel zurück.

In diesem Moment entdeckte er zwei Gestalten am gusseisernen Zaun um den Friedhof. Sie waren hinter den Bäumen kaum zu erkennen, aber ihre Absicht war klar, in der stillen Nacht konnte er hören, wie sie seinen Namen nannten. Zielstrebig näherten sie sich jetzt dem unterhalb der Kirche gelegenen Rasen, näherten sich dem Glockenturm, ihre Blicke wanderten zu Stanislaw, und ihn überkam Entsetzen. Ihm trat der Schweiß auf die Stirn, als er sich erhob und durch das Halbdunkel davontaumelte, sein verletztes Bein schleifte über den Kiesweg.

Als er sich umdrehte, konnte er die beiden Gestalten noch immer sehen, jetzt zwischen den Grabsteinen etwa vierzig Meter von ihm entfernt. Mit aller Kraft versuchte er, die Schnapsflasche nach ihnen zu werfen, seine einzige Waffe, aber sie zerbrach an einem Grabstein hinter ihm, noch ehe er losgelassen hatte, und die Scherben bohrten sich in seine Hand. Mit blutenden Knöcheln hinkte er durch die David Bagares gate, vorbei an dunklen Eingängen, vorbei an dem verlassenen Parkhaus. Wenn er sich umschaute, schienen die Gestalten verschwunden zu sein, verschlungen von der Dunkelheit, aber er ging deshalb nicht langsamer. Mit schwankenden Schritten lief er weiter durch die Stockholmer Nacht, kam an einer Reihe von Taxis mit blinkenden Neonschildern vorbei, Menschenstimmen und dumpfe Tanzrhythmen füllten die Birger Jarlsgata, quollen aus den Nachtclubs. Beim Stureplan tauchten die Gestalten wieder auf, wie Gespenster kamen sie aus dem Nichts und versperrten ihm den Weg.

»Stanislaw«, sagte die Frau, »Sie brauchen keine Angst zu haben. Wir tun Ihnen doch nichts. Ich heiße Claudia und arbeite bei der Polizei. Das hier ist Leo. Wir wollen nur mit Ihnen reden.«

Als Leo ihm zwei Taschentücher hinhielt, griff er danach, noch immer misstrauisch, und wickelte sie hastig um seine verletzten Hände.

»Wir suchen Sie schon eine ganze Weile«, sagte Claudia, »hier und auf Södermalm. Eine Frau von der Stadtmission, Lottie, glaube ich, hat gesagt, dass Sie oft bei der Johanneskirche sind. Deshalb haben wir Sie gefunden.«

Stanislaw atmete schwer, und das rote, aufgedunsene Gesicht glänzte vor Schweiß.

»Friedhöfe sind gute Orte«, keuchte er als Antwort.

»Das kann ich verstehen.«

Vorsichtig trat Claudia näher und legte ihm die Hand auf den zitternden Arm.

»Stanislaw, wir wissen, was Sie im Berzelii Park gesehen haben. Können Sie uns alles erzählen, woran Sie sich aus jener Nacht noch erinnern? Könnten Sie das für uns tun?«

»Ich hab doch schon alles gesagt.«

Sie zog zwei Hunderter aus der Hosentasche und legte sie in seine linke Hand.

»Erzählen Sie noch einmal.«

»Okay«, sagte Stanislaw und steckte die Scheine in die Jackentasche. »Es ist sehr schnell gegangen, aber ich habe alles gesehen. Der Mörder hat wohl hinter einem Baum gewartet. Oder einem Busch. Als der Dichter kam, sprang er vor und sagte: *Die Stunde der Rache ist gekommen, Carl Bildt.*«

»Wurde sonst nichts gesagt?«

»Glaub ich nicht.«

»Würden Sie den Mörder wiedererkennen, wenn Sie ihn noch einmal hörten?«

»Vielleicht. Weiß nicht.«

»Na gut, was ist dann passiert?«

»Dann hat er den Dichter erschossen. Mit einem Revolver. Hier, mitten in die Stirn.«

»Können Sie sich sonst noch an etwas erinnern?«

»An eins. Der Revolver des Mörders war sehr alt. Mein Opa in Wrocław hatte so einen. Und als er geschossen hat, da … stank es.«

»Nach Schwefel?«

»Ja, nach Schwefel. Es stank nach Schwefel, und es kam Rauch. Jede Menge Rauch. Mehr weiß ich nicht. Nachdem der Mörder geschossen hatte, ging er weg, in Richtung Norrmalmstorg.«

»Wie sah er aus? Können Sie ihn beschreiben?«

»Er hatte einen Hut.«

»Einen Hut?«

»Ja. Einen großen schwarzen Hut.«

»Wissen Sie noch mehr über sein Aussehen? Hatte er noch andere besondere Kennzeichen?«

Die Neonschilder und Straßenlaternen des Stureplan spiegelten sich in Stanislaws Gesicht, als er den Kopf schüttelte, die Unsicherheit in seinem Blick war deutlich zu sehen.

»Er hatte einen Schnurrbart. Vielleicht. Oder einen Bart. Und ich glaube …«

Plötzlich blieb ihm das Wort in der Kehle stecken, wie verhext starrte er über Claudias Schulter und zeigte.

»So sieht er aus. So!«

Er taumelte über die Steinplatten, weiter zur Buchhandlung Hedengren und presste die Handflächen gegen die Fensterscheibe. Im beleuchteten Schaufenster standen Neuausgaben von *Das rote Zimmer* und *Die Beichte eines Toren*, Biographien und Auswahlbände aus Anlass der Hundertjahrfeier. Die gebundenen Bücher waren meterhoch aufgestapelt, dazwischen hing ein vergrößertes Bild in Sepiatönen, ein Foto des Jubilars. Stanislaw zeigte auf das hundert Jahre alte Portrait.

»So sieht der Mörder aus!«

Leo trat näher und musterte das Foto des berühmten Autors.

»Hat der Mörder Ähnlichkeit mit August Strindberg?«

Stanislaw schüttelte den Kopf, und als er sprach, verbreitete sich der Übelkeit erregende Geruch von Wacholderschnaps.

»Keine Ähnlichkeit. Das da ist der Mörder!«

* * *

Eine knappe halbe Stunde wanderte Lars Lövdén durch die mitternächtliche Dunkelheit des Kronobergparks. Zwischen seinen Fingern hing eine brennende Gauloise, die himmelblaue Packung lugte aus seiner Brusttasche. Langsam hob er den Zigarettenstummel an die Lippen und zog daran. Danach ging er weiter nach Westen den einsamen Hang hinab, weiter zu seinem BMW Coupé, das vor dem rund um die Uhr geöffneten Fitness-Center in der Sankt Göransgata stand. Als er am Fliederstrauch vorbeikam, hörte er aus der Dunkelheit eine Stimme:

»Du rauchst nicht mehr, hast du das vergessen?«

Der Bezirkspolizeichef erstarrte und drehte sich zu den im Schatten liegenden Büschen um. Weißer Zigarettenrauch quoll aus seinem Mundwinkel, als er flüsterte:

»Claudia?«

Knirschende Schritte waren aus dem Gebüsch zu hören, und zwei Personen tauchten zwischen den weißblühenden Zweigen auf. Die Müdigkeit war sofort aus Lars Lövdéns Augen verschwunden.

»Alles in Ordnung bei dir?«

»Ja«, antwortete Claudia. »Aber ich musste dir hier auflauern. Ich hoffe, ich habe dich nicht erschreckt.«

»Ich war den ganzen Tag mit Rod Jeglertz zusammen, danach graut mir vor nichts mehr.«

»Hat sich etwas Neues ergeben?«

»So einiges«, antwortete Lövdén, »aber nichts von Bedeutung. Die Kriminaltechniker haben noch elf Mikrochips gefunden, allesamt in Schuhen und Kleidern von …«

»Gun-Britt Höök?«

»Woher zum Teufel weißt du das?«

»War nur geraten«, antwortete sie grinsend.

Dann zeigte sie nach rechts, auf den großen schlanken Mann an ihrer Seite.

»Das hier ist Leo Dorfman.«

»Claudias alter Freund? Der Buchantiquar?«

»Ja, stimmt genau. Nett, Sie kennenzulernen.«

»Danke, gleichfalls.«

Lövdén nahm Leos ausgestreckte Hand und wandte sich dann wieder Claudia zu.

»Ich habe heute mehrmals versucht, dich anzurufen, aber du warst nicht zu erreichen. Was habt ihr denn angestellt?«

Langsam trat sie aus dem Gebüsch. Im Licht der Straßenlaternen konnte Lövdén das Leuchten in ihren dunkelbraunen Augen sehen.

»Was wir angestellt haben? Na, das wirst du gleich erfahren.«

14

Winston Churchill

Nobelpreisträger für Literatur 1953

Begründung der Schwedischen Akademie:

»Für seine Meisterschaft in der historischen und biographischen Darstellung sowie für die glänzende Redekunst, mit welcher er als Verteidiger von höchsten menschlichen Werten hervortritt.«

17. Mai 2012

Schweigen füllte das Besprechungszimmer. Alle aus der Ermittlungsgruppe waren anwesend, und ihre Blicke, erschöpft und überrascht, richteten sich auf den Bezirkspolizeidirektor, der soeben über seine Begegnung mit Claudia Rodriguez und Leo Dorfman berichtet hatte.

Bei der Fensternische, einige Meter weiter, stand Rod Jeglertz und schaute auf die nachtschwarze Hauptstadt hinunter. Die Gedanken des Polizeichefs waren unmöglich zu erraten. Am Ende brach Lena Bouvin, die Leiterin der Nationalen Einsatztruppe, das Schweigen.

»Das ist doch der pure Wahnsinn. Der Mörder erschießt also die Mitglieder, oder vielleicht sollte ich sagen, die Stuhlnummern, die 1911 den Nobelpreis nicht an August Strindberg vergeben wollten? Habe ich das alles richtig verstanden?«

»Ja«, antwortete Lars Lövdén. »Bei den Morden scheint es sich um eine Racheaktion zu handeln, für einen ausgebliebenen Nobelpreis.«

»Und alles weist darauf hin, dass der Mörder sich als August Strindberg verkleidet?«

»Stimmt.«

»Claudia hat gewusst, wovon sie redet«, sagte Birger Sjölin. »Wir brauchen einen Literaturexperten.«

Seine Worte hingen unwidersprochen in der Luft. Nach einer Weile sagte dann Lövdén:

»Durch das, was wir heute Nacht erfahren haben, haben wir

die Antwort auf viele Fragen erhalten. Wir wissen zum Beispiel, warum der Mörder Beatrice Elmsten verschont hat.«

Claes Rothman, der Vertreter der Säpo, nickte.

»Sie sitzt also auf einem Stuhl, der 1911 für Strindbergs Nobelpreisnominierung gestimmt hat?«

»Genau. Wir wissen auch, was Sixten Hjärpes letzte Worte bedeuten sollten. *Ich habe dich immer verachtet… du verdammtes selbstgerechtes Schwein.* Damit war kein Literaturkritiker irgendeiner Zeitung gemeint und auch kein lauter Nachbar aus einem Mietshaus. Er hat mit Schwedens größtem Schriftsteller aller Zeiten gesprochen.«

»Sixten Hjärpe war da aber offenbar anderer Meinung.«

Lövdén verzog den Mund zu einem Lächeln.

»Leo Dorfman konnte eine interessante Episode vom Ende der achtziger Jahre erzählen. Damals wurde der Augustpreis eingeführt, und in diesem Zusammenhang hat Hjärpe im Expressen einen viel diskutierten Artikel veröffentlicht. Er nannte August Strindberg einen Schandfleck der schwedischen Literatur und forderte die Leser auf, seine Bücher dazu zu benutzen, wozu sie sich am besten eigneten, als Brennholz und Klopapier. Er schlug zudem vor, die neue Auszeichnung Selmapreis zu nennen, nach Selma Lagerlöf.«

Die Rückenlehne des Kunststoffstuhls knarrte, als er sich zurücksinken ließ.

»Alles, was der Mörder unternimmt, erscheint als kleine Teile eines riesigen Puzzles.«

»Ja«, sagte Birger Sjölin. »Und da muss man doch sofort an das Datum denken.«

»Das Datum?«

»Hubert Rudqvist wurde am 14. Mai 2012 erschossen, ja? Das ist auf den Tag genau hundert Jahre nach August Strindbergs Tod. Der Mord wurde zudem einen Steinwurf von Berns Salonger begangen, wo an diesem Abend die Hundertjahrfeier für Strindberg stattfand, und das können ja wohl kaum Zufälle sein.«

Frank Larsson nickte zustimmend.

»Und dieser Schwarzpulverrevolver, den der Mörder benutzt hat, ist ein Remington New Model Army, vermutlich um 1860 in Ilion an der Ostküste der USA produziert. Das haben unsere Techniker in Linköping festgesellt. Strindberg wurde 1849 geboren, wenn mein altes Schulwissen mich nicht im Stich lässt. Er stammt also aus derselben Epoche wie die Mordwaffe, und auch das ist sicher kein Zufall.«

Claes Rothman schnaubte.

»Der Mörder verkleidet sich als Strindberg, redet wie Strindberg, benutzt einen Schwarzpulverrevolver aus dem 19. Jahrhundert. Zum Teufel, es ist doch so, als wäre August Strindberg selbst aus dem Grab gestiegen, um sich zu rächen.«

Rod Jeglertz stand noch immer vor dem nachtschwarzen Lüftungsfenster, doch nun musterte er die Anwesenden aus seinen berüchtigten silberblauen Augen, die niemals blinzelten. Als er die linke Hand hob, verstummten sofort alle im Raum.

»Wir stehen vor einem Kreuzweg. Wir müssen uns entscheiden, und zwar sofort. Sollen wir diese Information an die Öffentlichkeit bringen?«

Die Frage blieb für einen Moment unbeantwortet, dann schüttelte Claes Rothman den Kopf.

»Die Nachteile liegen auf der Hand. Derzeit weiß der Mörder nicht, dass wir sein Motiv und seine Verkleidung kennen. Jetzt haben wir zum ersten Mal einen Schritt Vorsprung vor dem Arsch, wir wissen etwas, das er nicht weiß.«

»Vielleicht«, sagte Lena Bouvin. »Aber irgendein Mensch in diesem Land muss doch die Strindbergfaszination des Mörders kennen. Jemand muss ihn mit Strindbergschnurrbart gesehen oder gehört haben, wie er hasserfüllt über den Nobelpreis sprach, den Strindberg niemals bekommen hat. Deshalb finde ich, wir sollten veröffentlichen, was wir wissen.«

»Ich sehe das auch so«, sagte Lövdén. »Die Vorteile überwiegen die Nachteile. Wir müssen so schnell wie möglich eine Pressekonferenz abhalten, auf der wir absolut alles sagen, was wir wissen.«

»Die Frage ist noch, wie wir es sagen.«

Aller Augen richteten sich auf Birger Sjölin.

»Wie meinst du das?«

»In den letzten Monaten war doch überall der totale Strindbergzirkus. Die Hundertjahrfeier hat das ganze Land beschäftigt, das Ausland übrigens auch. In Zeitungen und im Fernsehen haben wir jede Menge Fotos von Strindberg gesehen. Die Theater im Land haben *Fräulein Julie* und *Der Vater* aufgeführt, und wie diese Stücke alle heißen. Börje Ahlstedt hat in Dramaten einen alternden Strindberg gespielt. Shanti Roney spielt im Stadsteatern einen jungen Strindberg, ich war vor kurzem selbst in der Premiere. Seine bekanntesten Romane sind neu aufgelegt worden, und überall sind Bilder von ihm auf dem Umschlag. Es gibt Schwarzweißfotos und farbige Gemälde. Ab und zu ist Strindberg ein Jüngling mit flaumigem Schnurrbart, dann wieder ein Greis mit buschigen Augenbrauen und Runzeln. Kurz gesagt, es gibt Hunderte von Strindbergbildern. Wir brauchen unser eigenes.«

Frida Zetterlund beugte sich über den Besprechungstisch.

»Hier im Polizeigebäude gibt es einen Spezialisten, der digitale Portraits konstruieren kann. Er heißt Anders Fredin.

Er benutzt ein Computerprogramm namens E-FIT. Wenn jemand ein korrektes Bild herstellen kann, dann er.«

Lövdén spielte an einer hellblauen Gauloisepackung herum.

»Fredin muss mit Stanislaw Kosinski sprechen, um eine genaue Beschreibung zu bekommen. Dann kann er ein Bild des Mörders in Strindberggestalt erarbeiten, so eine Art Phantombild.«

Die meisten am Tisch nickten zustimmend, nur Claes Rothman runzelte die Stirn.

»Wir haben schlechte Erfahrungen mit Phantombildern gemacht. Der Hagamann, der Palmemord, der Lasermann, in allen diesen Fällen haben Phantombilder die Ermittlungsarbeiten doch eher behindert als erleichtert.«

Plötzlich trat Rod Jeglertz an den Arbeitstisch und schlug mit der Faust darauf, dass der Kaffee in den Bechern hochspritzte.

»Holt diesen E-FIT-Spezialisten und den polnischen Penner, und zwar ganz schnell. Morgen früh halte ich eine Pressekonferenz ab, auf der wir alles veröffentlichen. Dann müssen die Phantombilder fertig sein.«

Er ließ seinen Blick in der Runde wandern und zischte dann:

»Dieser Arsch muss doch irgendeine Spur hinterlassen haben.«

Mikaela Dahlström, die Verhaltensforscherin, zupfte am Kragen ihres verwaschenen Sister-of-Mercy-Hemdes, unsicher und nicht an solche Situationen gewöhnt. Zum ersten Mal bei dieser Besprechung öffnete sie den Mund, sie sprach so leise, dass alle sich vorbeugen mussten, um ihre eintönige Stimme zu verstehen.

»Das hat er bestimmt getan«, sagte sie. »Spuren hinterlassen, meine ich. Er erscheint nämlich als typische CWS-Person.«

»CWS?«

»Celebrity Worship Syndrome. In der Psychiatrie ist vor allem die Rede von CWS-Personen in der Populärkultur und im Sport. Normalerweise sind das Leute, deren Verehrung eines Stars oder Fußballspielers, wie Madonna oder David Beckham, extreme Ausdrucksformen annimmt. Der Akademiemörder passt haargenau zu dieser Diagnose.«

Mit einer vorsichtigen Bewegung rückte Mikaela ihre schwarze Brille zurecht und wurde ein wenig lauter.

»Die Weltgeschichte ist voll von CWS-Personen, die im Namen ihres Idols gewalttätig wurden. John Hinckley jr. ist ein klassisches Beispiel dafür, das in der Rechtspsychiatrie oft angeführt wird. Hinckley bewunderte die Schauspielerin Jodie Foster, und 1981 schoss er auf Ronald Reagan, um sie zu beeindrucken. Ein anderer bekannter Fall ist …«

»Schon gut, wir haben verstanden«, fiel Rolf Hedlund ihr ins Wort. »Diese CWS-Typen sind lebensgefährliche Idioten. Außerdem haben sie einen unmöglichen Filmgeschmack. Aber was bedeutet das für unsere Ermittlung? Hat dein Scheiß-Psychologiegefasel dazu irgendwas zu sagen?«

Mikaela Dahlströms Wangen wurden tiefrot, dann rückte sie abermals ihre Brille zurecht und holte tief Luft, ehe sie antwortete:

»Der Mörder hat diese Morde seit mindestens fünf Jahren geplant, aber seine Faszination für Strindberg muss sehr viel weiter zurückreichen. In der TP-Gruppe sind wir zu der Annahme gelangt, dass er mittleren Alters ist, vermutlich zwischen vierzig und fünfundvierzig. Deshalb können wir auch davon ausgehen, dass er in großen Teilen seines Erwachsenenlebens ein ganz besonderes Verhältnis zu Strindberg hatte, denn CWS-Personen machen nichts halbherzig. Alles in ihrem Leben dreht sich um ihr Idol. Sie sind ganz einfach ungeheuer extrem.«

Mikaela ließ Rolf Hedlund nicht aus den Augen, ihre Stimme wurde mit jedem Wort fester.

»Vielleicht kann der Akademiemörder *Die Leute auf Hemsö* auswendig. Vielleicht hat er den Kleiderschrank voller Strindberganzüge und falscher Schnurrbärte. Vielleicht hat er sich schon einmal mit einem Nachbarn geprügelt, der das *Rote Zimmer* nicht gut findet. Vielleicht hat er sich am ganzen Leib mit berühmten Strindbergzitaten tätowieren lassen. Was ich jetzt beschreibe, ist wahrscheinlich der Alltag unseres Mörders, seine Wirklichkeit, und so ein Mensch muss doch im Laufe der Jahre Aufmerksamkeit erregt haben. Es würde mich gar nicht wundern, wenn wir morgen nach der Pressekonferenz etliche brauchbare Tipps erhielten.«

Mikaela sah den Hauptkommissar quer über den Tisch hinweg an.

»Das, Rolf, hat mein Scheiß-Psychologiegefasel zu sagen.«

Mit einem angedeuteten Lächeln musterte Rod Jeglertz die junge Verhaltensforscherin.

»Okay«, sagte er. »Für die nächsten Stunden haben wir also zwei Hauptaufgaben. Die eine ist, ein Phantombild zu erstellen und morgen auf der Pressekonferenz alle Informationen zu veröffentlichen. Die andere ist, den Personenschutz für alle Akademiemitglieder zu überprüfen, vor allem für die beiden, die noch auf der Liste des Mörders stehen. Für Gun-Britt Höök und Vilgot Elmander mit anderen Worten, ihre Sicherheit ist unsere höchste Priorität.«

Dann wandte er sich an den Leiter der Personenschutzeinheit bei der Säpo. »Claes, nimm sofort Kontakt zur K 3 in Karlsborg und der französischen Sicherheitspolizei auf. Informiere sie über die derzeitige Situation, damit alle nötigen Korrekturen vorgenommen werden können.«

Rothman nickte sofort.

»Ich kann natürlich nicht für unsere französischen Kollegen sprechen, aber was Vilgot Elmander betrifft, kann ich mitteilen, dass er bereits den bestmöglichen Personenschutz bekommt. Die Militäranlage K 3 ist von einem elektrischen Stacheldrahtzaun umgeben, und auf dem Gelände halten sich zwei der besten Gruppen von der Personenschutzeinheit der Säpo auf, außerdem wird die Umgebung von mobilen Einheiten des Polizeibezirks Västra Götaland und Jonköpings län bewacht. Sprengstoffhunde und Suchhunde sind rund um die Uhr im Einsatz. Wir haben außerdem Fingerabdruckidentifizierung, IR-Kameras und an die vierzig Bewegungsdetektoren, die nachts aktiviert werden.«

Rothman breitete die Arme aus, ein zufriedenes Lächeln breitete sich auf seinem Gesicht aus.

»Es ist einfach vollkommen unmöglich für den Mörder, da …«

Rod Jeglertz stürzte vor und packte Rothmans Arm.

»Hör zu, und hör verdammt gut zu. Dieser Arsch hat mitten vor unserer Nase sieben Menschen ermordet. Er ist entkommen, obwohl jeder Polizist im ganzen Land ihn jagt, er spielt Katz und Maus mit uns. Wenn er noch mehr Mitglieder erschießen kann, wird diese Mordermittlung, und damit alle, die hier in diesem Raum sitzen, als das größte Fiasko der europäischen Kriminalgeschichte in Erinnerung bleiben.«

Langsam ließ er den Arm des Säpochefs wieder los.

»Verdoppele die Überwaschung sofort und wag ja nicht, so zufrieden auszusehen, solange der Mörder nicht in einer Hochsicherheitszelle sitzt oder eine Kugel im Kopf hat, ist das klar?«

Claes Rothman nickte und starrte wie ein gescholtener Schuljunge auf die Tischplatte.

»Gut, dann wissen jetzt alle, was Sache ist«, endete Jeglertz und ging zurück in seine Fensternische.

Abermals schaute er hinaus auf die schlafende Hauptstadt. Er konnte zwei Zeitungsreporter erkennen, sie lungerten auf ihrer Jagd nach einer Schlagzeile beim Polizeigebäude herum, in wenigen Stunden würde sich ihr Wunsch erfüllen.

Nun räusperte sich Lars Lövdén und erhob sich, sah den Chef der Zentralen Polizei an.

»Die Ergebnisse dieser Nacht sind unser größter Durchbruch bei der Ermittlungsarbeit, unser einziger Durchbruch, und alles hat Claudia ausgegraben, zusammen mit Leo Dorfman, dem Literaturexperten. Alles ist ihr Verdienst.«

Jeglertz nickte sofort.

»Rod, wir müssen sie wieder in die Ermittlungsarbeit einbeziehen. Sie verfügen über einzigartige Kompetenz, die wir jetzt brauchen. Was sagst du, soll ich sie anrufen und herkommen lassen?«

»Nein.«

Jeglertz wandte sich an Rolf Hedlund und erklärte gelassen:

»Dorfman hat sich in der Börse als Polizist ausgegeben. Und Rodriguez hat, trotz ausdrücklichen Verbotes, eigenmächtig weitergearbeitet. Sie setzen die ganze Ermittlung aufs Spiel. Und deshalb bleibt uns nur eins übrig.«

Abermals schaute er hinaus in die nächtliche Dunkelheit.

»Wir müssen sie beide festnehmen, und zwar sofort.«

15

Naguib Mahfouz

Nobelpreisträger für Literatur 1988

Begründung der Schwedischen Akademie:

»Dessen nuancenreiches Werk, das sowohl von kritischer Realitätsnähe als auch suggestiverer Vieldeutigkeit geprägt ist – eine arabische Erzählkunst von Allgemeingültigkeit geschaffen hat.«

18. Mai 2012

Das Licht der Straßenlaternen drang zwischen den Buchrücken hindurch, dünne Lichtstreifen zwischen den besten Horrorgeschichten H. P. Lovecrafts. Dahinter, auf dem Boden, stand eine einsame Wachskerze und leuchtete ein wenig in der nächtlichen Dunkelheit des Antiquariates.

Claudia hatte die Stiefel abgestreift und saß auf der abgenutzten Matratze zwischen den Regalen, lehnte sich gegen die vollgestopfte Abteilung L der Science-Fiction. Ihre nackten Füße ruhten auf einem Stapel betagter Ausgaben des *New Yorker*.

Neben ihr saß Leo. Mit konzentrierten Bewegungen rührte er im Teekessel und schaute zur alten Wanduhr aus den siebziger Jahren hinüber, folgte der Wanderung des Sekundenzeigers um das Zifferblatt.

»Nicht zu kurz, nicht zu lange. Die Chaiblätter brauchen genau drei Minuten und fünfzehn Sekunden.«

»Drei Minuten und fünfzehn Sekunden?«

Ohne den Sekundenzeiger aus den Augen zu lassen, antwortete er ernsthaft:

»Ja, das ist wissenschaftlich bewiesen. Ich habe es durch Experimente belegt.«

Als der Zeiger die richtige Position einnahm, füllte er die Becher mit dampfend heißem Kräutertee, reichte Claudia den einen und hob den anderen.

»Prost.«

»Prost, Leo, und meinen Glückwunsch. Dein Einsatz heute

war vermutlich der bedeutendste in der schwedischen Kriminalgeschichte. Ganz schön gut für einen Buchantiquar.«

Sie stießen klirrend mit ihren Bechern an und nippten an dem heißen russischen Tee.

»Nicht schlecht, was?«

»Wird schon gehen. Hätte noch ein paar Sekunden ziehen können.«

Er antwortete nur mit einem Grinsen und sah die im Dunkeln flackernde Kerzenflamme an.

»Also, was wird die Polizei jetzt unternehmen? Werden sie die Öffentlichkeit über den als Strindberg verkleideten Mörder unterrichten?«

»Ich vermute, dass Jeglertz morgen früh eine Pressekonferenz abhält, und dabei wird er wohl alles sagen.«

»Und was passiert dann? Glaubst du, sie kriegen ihn?«

»Keine Ahnung, er ist anders als alles, was wir je erlebt haben. Er hat alles bis ins kleinste Detail geplant.«

Sie zuckte mit den Schultern und nippte dann wieder an dem dampfenden Tee.

»Jeder Polizist im ganzen Land ist einbezogen. Der französische Sicherheitsdienst und Interpol, so etwas haben wir nie auch nur im Entferntesten …«

Plötzlich schüttelte Leo den Kopf, seine Augen funkelten im Halbdunkel.

»Was ist los? Ist was?«

»Nein, nein«, antwortete er, »mir ist nur gerade aufgegangen, wie seltsam das alles ist. Hier sitze ich, ein abgebrannter Buchhändler, und nehme an einer gewaltigen Mörderjagd teil.«

Seine Mähne flog hin und her, während er den Kopf schüttelte.

»Normalerweise sitze ich den ganzen Tag hier im Antiquariat, trinke Tee und lese Bücher. Ab und zu kommt ein Kunde, wenn ich Glück habe, wenn ich noch mehr Glück habe, kauft er auch etwas. Vielleicht einige abgegriffene Romane von John Fowles für fünfzehn Kronen das Stück. Das Spannendste, was passieren kann, ist, dass Brynolfsson, mein Stammkunde, im Konversationslexikon einen lustigen Druckfehler entdeckt.«

»Das klingt doch nach einem geruhsamen Dasein.«

»Es gefällt mir ja auch, es ist ruhig und angenehm. Aber überleg doch mal, heute haben wir im Geheimarchiv der Schwedischen Akademie herumgeschnüffelt. Wir sind nach Mitternacht über einen Friedhof geschlichen, wir haben den Augenzeugen aufgespürt und das Mordrätsel gelöst. Ich komme mir vor wie die Hauptperson in einem Krimi von Raymond Chandler.«

»Leo, das hier ist eine Mordermittlung, kein blöder Krimi in deiner Taschenbuchabteilung.«

Das Bücherregal drohte zu kippen, als sie sich zurücklehnte. Die Dunkelheit umschloss sie, aber ihr vorwurfsvoller Blick war im Schein der Wachskerze deutlich zu sehen.

»Ich hätte dich da nicht reinziehen dürfen. Ich hätte nicht …«

In diesem Augenblick wurde an die Fensterscheibe gehämmert, von draußen ertönten laute Rufe, und blendende Lichtkegel fegten durch das Antiquariat. Claudia schaute zur vergitterten Tür hinüber und sah Rolf Hedlunds Gestalt aus der nächtlichen Dunkelheit auftauchen. Hinter Hedlund standen etliche uniformierte Polizisten, ausgerüstet mit Scheinwerfern und Brecheisen, und einer hob seine halbautomatische Dienstwaffe. Plötzlich hallte Hedlunds Stimme zwischen den dunkelgrauen Hausfassaden der Bondegata wider.

»Rodriguez, du weißt, weshalb wir hier sind. Mach die Scheißtür auf, sonst schlagen wir sie ein.«

Langsam richtete Claudia sich auf, die Bodenbretter knarrten unter ihren nackten Füßen, als sie sich der verriegelten Ladentür näherte. Dann standen sie einander gegenüber, Hedlund und sie, nur durch ein Türfenster und ein verrostetes Eisengitter voneinander getrennt. Hinter der dünnen Glasscheibe verzog sich Hedlunds Gesicht zu einem Grinsen.

»Rodriguez, Schluss jetzt. Du weißt, was dich erwartet.«

Sie konnte zwar nicht hören, was er sagte, verstand aber jedes Wort. Er zog Handschellen hervor und schlug damit gegen das Gitter, das metallische Klirren verbreitete sich durch die Nacht.

»Rodriguez, willst du sie selbst anlegen oder soll ich das übernehmen?«

Sie zählte in aller Eile die dunklen Silhouetten, die sich auf der anderen Seite des Schaufensters verbargen, musterte ihre Waffen, betrachtete die Fahrzeuge, einen gepanzerten Einsatzwagen und einen Streifenwagen, einen Ford Mondeo. Dann ging sie zurück zur Science-Fiction-Abteilung, zog ihre Stiefel an und blies die Kerze aus.

»Leo«, flüsterte sie. »Wir müssen uns entscheiden. Jetzt gleich.«

»Ich glaube, wir haben uns schon entschieden, oder?«

Sie holte tief Luft.

»Na gut …«

Dann griff sie Leos Hand und rannte mit ihm durch das Antiquariat, durch die Hintertür und quer über den stockdunklen Hinterhof, vorbei an den Mülltonnen, vorbei am Fahrradschuppen. Von der Bondegata her konnte sie Hedlunds Flüche hören, dazu rasche Schritte und Automotoren, die in der Frühlingsnacht aufdröhnten.

»Leo, schalt dein Mobiltelefon aus und nimm den Akku raus! Sonst können sie uns orten.«

Sie rannten zum hinteren Teil des Hofes, rissen die Durchgangstür auf und stürzten hinaus in die Skånegata, nur wenige Meter weiter stand das Motorrad. Sie sprangen auf den Ledersitz, und Claudia ließ den Motor an, mit einem Aufdröhnen jagten sie los, nach Osten, durch die einsamen Straßen von Södermalm. Als sie am Nytorg vorbeikamen, sahen sie fünfzig Meter weiter die Polizeifahrzeuge, vorneweg den silberfarbenen Ford, gleich dahinter den Mannschaftsbus. Der Motorenlärm hallte in Leos Gehörgängen wider, und der Wind peitschte ihm ins Gesicht, aber er konnte Claudias Rufe doch verstehen.

»Halt dich fest! So fest du kannst!«

Die Reifen kreischten über den Asphalt, als sie den Platz umrundete. Sie bog in die Renstiernas gata ab und schoss zwischen zwei Taxis hindurch, dann ging es weiter durch die Lilla Lejtens gränd in den Vitabergspark. Leo bohrte ihr die Finger in den Arm und brüllte, um das Motorendröhnen zu übertönen:

»Bist du verrückt? Wenn wir hier reinfahren, kommen wir doch nie wieder raus.«

Er bekam keine Antwort, stattdessen beschleunigte sie noch und jagte vorbei an Malmgården, den Hang hoch, weiter zur in den Nachthimmel ragenden Sofia-Kirche. In wildem Tempo fuhren sie vorbei am Kirchenportal und zum Nordwestteil des Parkgeländes und den unter Denkmalschutz stehenden Holzhäusern, in denen gegen Ende des 19. Jahrhunderts die ganz Armen von Stockholm gewohnt hatten. August Strindberg hatte das Elendsviertel um die Bergsprängargränd in *Das rote Zimmer* geschildert, jetzt, hundertvierzig Jahre später fuhren Claudia und Leo durch dieselben Seitenstraßen.

Plötzlich hallte Leos Stimme durch die Nacht:

»Das hier ist eine Sackgasse.«

»Weiß ich!«

Sie bremste so plötzlich, dass der Kies nach allen Seiten aufstob. Hinter dem Stahlzaun, einen halben Meter vor ihnen, fielen die Felsen steil zur Renstiernas gata ab. Der silberfarbene Streifenwagen näherte sich in hohem Tempo, und durch die Fliederbüsche konnten sie das weiße Dach des Mannschaftsbusses sehen.

»Halt dich an mir fest!«, rief Claudia. »Das wackelt gleich ganz schön.«

Dann ließ sie das Motorrad langsam die Holztreppe hinunterrollen, über die zentimeterhohen Stufen. Die Treppe zog sich an der West- und Nordflanke des Berges dahin, schräg und steil, und einmal musste sie das Geländer wegtreten, um weiterfahren zu können.

Leo hielt sich mit der rechten Hand krampfhaft am Ledersattel fest und hatte den linken Arm um Claudias Taille gelegt. Hinter sich hörte er Schritte und wütende Rufe, und als er sich umdrehte, sah er oben auf der Treppe zwei Polizisten. Sie kamen rasch näher, waren jetzt nur noch zwei Meter hinter ihnen, aber als das Motorrad die letzte Stufe erreichte, riss Claudia den Gashebel herum, und mit voller Fahrt schossen sie durch die Renstiernas gata. Gleich darauf waren die Polizisten und der Vitabergspark nicht mehr zu sehen, nur der Kirchturm war über den Dächern noch zu erkennen, als sie mit irreführenden Haken durch die Stadt fuhren, nach Norden, nach Osten, nach Nordwesten. Bei der Viererkreuzung bei Slussen bogen sie in die Horngata ab und tauchten dann ins gelbliche Licht des Söderledstunnels, weg vom labyrinthischen Unterführungssystem der südlichen Umgehungsstraße. Zwei Minuten später befanden sie sich auf der E 4 und jagten mit hundertsechzig Stundenkilometern nach Südwesten.

Es war eine sehr dunkle Nacht, aber nun suchten die ersten Sonnenstrahlen sich ihren Weg zwischen den Hochhäusern von Botkyrka, und der Himmel färbte sich purpurrot. Sie wurden langsamer und hielten vor einem sechsstöckigen Haus mitten in Alby. Claudia riss ein Schlüsselbund aus dem Rucksack und schloss die massive Kellertür auf. Rasch rollte sie das Motorrad über die Stahlrampe und stellte es in einem Kellerraum voller Kinderwagen, Kartons und defekter Stereoanlagen ab. Dann zeigte sie auf eine abgenutzte Eisentür.

»Da entlang.«

Sie stiegen die schmalen Treppen hoch, zwischen den Betonwänden hing der Geruch von Zigarrenrauch und persischem Gewürzbrot. Im fünften Stock blieb Claudia bei einer beigegelben Sicherheitstür stehen und drückte zweimal auf den Klingelknopf. Sofort waren in der Wohnung schwere Schritte zu hören, und die Tür wurde aufgerissen. In der Türöffnung stand ein seltsamer Mann, er trug verschlissene Filzpantoffeln und Boxershorts in den Farben der griechischen Flagge, mehr nicht.

Giorgios Papadakis starrte sie an, hellwach und erschrocken.

»Claudia … was ist passiert? Etwas ist gewaltig schief gegangen, das sehe ich doch.«

Sie packte seine riesige Faust.

»Ja, das kann man wohl sagen.«

* * *

Als Leo die Augen öffnete, musste er sie gleich wieder zusammenkneifen. Er hob die Hand, um sich vor der Morgensonne zu schützen, die durch das Fenster strahlte und auf das Sofa schien, wo er die Nacht verbracht hatte. Hinter der verschlossenen Küchentür konnte er Claudia und Giorgios hören. Sie sprachen mit leisen Stimmen, aber er verstand die Wörter »Scheiß« und »Jeglertz«.

Das Wohnzimmer, in dem er lag, war vollgestopft mit griechischen LPs, Topfblumen und Boxutensilien. An den Wänden hing ein halbes Dutzend Paar Boxhandschuhe, ein abgenutzter linker Handschuh war signiert von Ingemar Johansson, schwarze Filzstiftstriche auf gerissenem Leder.

Plötzlich wurde die Küchentür geöffnet, und Claudia und Giorgios kamen herein.

»Guten Morgen«, sagte Claudia und setzte sich auf die breite Armlehne des Sofas.

Giorgios trug immer noch Boxershort und Pantoffeln, hatte dazu nun aber ein blaues Netzhemd angezogen. Als er sah, dass Leo wach war, lief er zu ihm und umarmte ihn begeistert.

»Aha, der Siebenschläfer ist erwacht. Hast du gut geschlafen, mein Freund?«

Leo nickte, konnte gerade noch in Giorgios' kräftiger Umarmung ein Wimmern unterdrücken.

»Ja, danke ... sehr gut«, würgte er heraus.

»Hervorragend, hervorragend. Claudia hat mir alles erzählt. Das war ja vielleicht eine Nacht, was?«

»Das kann man wohl sagen.«

Ohne Leo aus den Augen zu lassen, setzte Giorgios sich in einen Sessel.

»Und, interessierst du dich für Boxen?«

»Tja, nicht so sehr. Aber ich habe *The fight* von Norman Mailer gelesen, über den Titelkampf zwischen Muhammad Ali und George Foreman im Kongo, 1974.«

»The Rumble in the Jungle! Vielleicht der beste Boxkampf aller Zeiten. Was sagst du zu Alis Fünfschlagkombination in der achten Runde?«

»Ich habe den Kampf nicht gesehen, nur darüber gelesen.«

Mit leichter Verblüffung erhob sich Giorgios und zog eine Videokassette aus dem obersten Fach des Bücherregals.

»Boxen muss man erleben, nicht darüber lesen. Nach dem Frühstück sehen wir uns den Kampf zusammen an, okay?«

»Okay, super.«

»Du musst wissen, über Boxen zu lesen, ist ebenso dumm, wie mit einem Buch zu boxen.«

Giorgios lächelte.

»Du hörst schon, ich bin ein Philosoph. Alle großen Philosophen waren Griechen, das weißt du doch wohl? Sokrates, Platon, Aristoteles.«

»Heraklit, Pythagoras«, fügte Leo hinzu.

Giorgios betrachtete ihn mit gesenkten Augenbrauen und konzentriertem Blick, als ob sie soeben einen Boxkampf begonnen hätten.

»Na gut, Alter, wenn du glaubst, du würdest mehr griechische Philosophen kennen als ich, dann bist du aber schief gewickelt.«

Er setzte sich im Sessel bequemer hin, knackte mit den Fingerknöcheln und fing an aufzuzählen:

»Archimedes, Sophokles … Zenon.«

Leo nahm die Herausforderung an und fügte eilig hinzu:

»Demokrit, Anaximenes, Epikur, Aischylos, Euklid.«

Mit besorgter Miene kratzte Giorgios über seine unrasierten Wangen. Erst schien er geschlagen zu sein, knock-out, aber dann rief er plötzlich:

»Amalthea!«

»Amalthea? Den kenn ich nicht.«

»Die«, erklärte Giorgios. »Sie war meine Großmutter. Eine sehr kluge Frau.«

Dann schlug er Leo mit voller Wucht in den Rücken, und sein herzliches Lachen füllte das Wohnzimmer. Claudia konnte ein Lächeln nicht unterdrücken.

»Gut gemacht, Giorgios, das Match hast du gewonnen. Kannst du uns jetzt ein bisschen Frühstück besorgen? Wir sind fast verhungert, und du machst schließlich das beste Rührei von ganz Botkyrka.«

»Das beste von ganz Schweden«, korrigierte er.

Dann wandte er sich aufgeregt Leo zu, wie ein Kind, das einen spannenden neuen Spielkameraden gefunden hat.

»Jetzt wirst du ein Rührei kennenlernen, wie du es niemals für möglich gehalten hättest. Schwarze Oliven, frisches Basilikum, in Olivenöl angebratener Knoblauch, und ganz zuletzt als Krönung: Feta. Echten Feta. Nicht das Zeug, das hier im Supermarkt verkauft wird. Dieser hier kommt von meinem Kumpel Sakis. Er hat auf Skärholmen einen griechischen Laden. Ich werde euch miteinander bekannt machen, Leo. Er liebt Bücher, genau wie du. Er hat acht Lyrikbände veröffentlicht, der neueste heißt *Skiés koiláda.* Das bedeutet Schatten …«

Mit einem blitzschnellen linken Haken traf Claudia seinen Arm.

»Giorgios, wenn du so weiterredest, gibt's das Rührei zum Mittagessen statt zum Frühstück.«

Er sah sie an und nickte voller Bewunderung.

»Guter Schlag. Schnell, überraschend. Aber du hast Recht, es ist Zeit zum Frühstück.«

Mit langen Schritten ging er hinüber zur Küche. In Minutenschnelle füllte sich die Wohnung mit Kochdampf und dem Klappern von Quirl und gusseisernen Pfannen, ein Duft nach frischen Knoblauchzehen drang unter der Tür durch.

»Schmeckt sein Rührei so gut, wie es riecht?«

»Besser.«

Mit einer geschmeidigen Bewegung glitt sie von der Armlehne und streckte sich über das Sofa, ihre Zehenspitzen streiften Leos rechtes Bein, aber beide ignorierten diese Berührung und redeten einfach weiter.

»Also, was sagst du zu Giorgios? Ein richtiges Original, was?«

»Ich würde lieber nicht gegen ihn boxen, das steht jedenfalls fest.«

»Das wäre aber auch kein Problem. Giorgios ist der beste Trainer der Welt, aber als Boxer total unfähig.«

»Unfähig? Mir tut nach seiner Umarmung noch immer alles weh.«

»Ach, das bildest du dir bloß ein.«

Sie schüttelte den Kopf.

»Giorgios ist viel zu lieb. Er hat in seinem ganzen Leben noch niemandem ein Veilchen verpasst, noch nicht mal eine kleine Schramme. Im Ring muss man ein Raubtier sein. Man muss dem Gegner schaden wollen, sonst ist man als Boxer unfähig.«

»Bist du als Boxerin unfähig?«

Sie zögerte kurz mit ihrer Antwort.

»Ich habe drei Schwedische Meisterschaften gewonnen, alle mit k.o.«

»Hab ich mir fast gedacht.«

In diesem Moment kam Giorgios aus der Küche gestürzt, mit einem Glas schwarzen Kalamatoliven in der einen und einem Mobiltelefon in der anderen Hand.

»Ich hab eben mit Elena gesprochen«, keuchte er. »Die Polizei hält eine Pressekonferenz ab, sie fängt gerade an.«

Er schaltete den altmodischen kleinen, von Tomatenranken

eingeklemmten Fernseher ein, und Claudia und Leo ließen sich einen knappen Meter davor nieder. Auf dem Bildschirm konnten sie den engen Hörsaal im Untergeschoss des Polizeigebäudes sehen. Der Saal war bis zum Bersten gefüllt, und auf dem Podium ganz vorn stand Rod Jeglertz, der Chef der Zentralen Polizei, seine silberblauen Augen schauten über die Menge von Journalisten.

»Willkommen hier im Polizeigebäude und zu dieser außerplanmäßigen Pressekonferenz. Welcome to this press conference. I will first make a statement in Swedish and after that in English. Our press spokesman, or spokeswoman, rather, Viveka Östling, will make the same statement in German and French afterwards.«

Jeglertz trank einen Schluck Mineralwasser, dann redete er weiter:

»Die Jagd auf den Akademiemörder ist in eine neue Phase eingetreten. Heute Nacht, nach einem außergewöhnlichen Polizeieinsatz, haben unsere Ermittler wichtiges Beweismaterial gesichert. Wir haben, wie man so schön sagt, einen break through erzielt, und wir kennen jetzt Motiv und Aussehen des Mörders.«

Der Saal explodierte in Fragen und Blitzlichtgewitter. Journalisten und Fernsehreporter fuchtelten mit den Händen, hoben Mikrofone, Diktafone, Digitalkameras.

»Welches Motiv hat der Mörder?«

»Is there a suspect? Do you know who the Academy killer is?«

»Woher haben Sie diese Informationen?«

Jeglertz hob die Arme und wartete, bis im Hörsaal wieder Ruhe eingekehrt war.

»Diese entsetzlichen Morde sind ein Racheakt gegen die Schwedische Akademie. Rache, weil 1911 beschlossen wurde, den Literaturnobelpreis nicht dem Schriftsteller August Strindberg zu geben.«

Abermals explodierte der Hörsaal von Hunderten von Fragen und Ausrufen, und Jeglertz hob seine Stimme ein wenig.

»Wenn ich fertig bin, in wenigen Minuten, können Sie gern Ihre Fragen stellen. Wer sich nicht an diese einfache Regel hält, wird aus dem Polizeigebäude geleitet und danach von allen zukünftigen Pressekonferenzen ausgeschlossen.«

In Jeglertz' Augen lag eine Unerbittlichkeit, die Presseleute aus aller Welt verstehen konnten. Als im Saal abermals Stille eingekehrt war, nickte er.

»Was das Aussehen des Täters angeht, so wissen wir eins. Er war, jedenfalls bei vier, vielleicht auch bei allen Morden, als August Strindberg verkleidet. Unsere technische Abteilung hat deshalb ein digitales 3-D-Bild konstruiert, ein Phantombild, wenn Sie so wollen. Es baut auf Augenzeugenberichten auf und stellt den Mörder in Strindbergmaskierung dar. So hat der Mörder wohl bei den Morden ausgesehen, die in Stockholm in der Nacht des 14. Mai und am Morgen des 15. Mai begangen wurden.«

Auf einem Plasmabildschirm hinter Jeglertz war jetzt ein Gesicht zu sehen, ein Mann mittleren Alters, der große Ähnlichkeit mit August Strindberg hatte. Er hatte den gleichen üppigen dunkelblonden Haarwuchs, den gleichen typischen Schnurrbart, die gleichen betonten Wangenknochen. Unter dem nach hinten geschobenen Hut schauten zwei Augen mit der gleichen blauen Nuance wie die des berühmten Schriftstellers hervor, aber etwas im Blick war fremd.

Das ist Strindberg. Aber nicht August.

Claudia und Leo betrachteten das Phantombild.

»So sieht er also aus, der Akademiemörder.«

Claudia nickte.

»Anders Fredin hat gute Arbeit geleistet, er kann ja nicht viele Stunden gehabt haben.«

Die ganze Zeit starrte sie den Bildschirm an, aber es war nicht das dreidimensionale Phantombild, das ihre Aufmerksamkeit einfing, sondern der blauäugige Mann auf dem Podium. *Rod Jeglertz.* Sein Name jagte wie eine Verwünschung durch ihren Kopf.

»Er hat sich entschlossen«, flüsterte sie.

»Wie meinst du das?«

»Jeglertz wird sich niemals davon abbringen lassen. Er wird uns rund um die Uhr hetzen, durch das ganze Land, wenn es sein muss. Wir können uns nur auf eine Weise retten.«

»Wie denn?«

Langsam hob sie die rechte Hand zum Fernseher hin und zeigte auf das Phantombild.

»Indem wir den Akademiemörder schnappen.«

8. Juni 1865

Johan August Strindberg kroch zwischen Blaubeer- und Wacholdersträuchern herum. Die Sommersonne fiel durch die Baumwipfel, wärmte seinen Nacken. Er war sechzehn Jahre alt, ebenso sehr Knabe wie Mann, noch zierte nur ein leichter Flaum seine Oberlippe. Die blauen Augen waren voller Schüchternheit und Neugier.

Um ihn herum waren die anderen Mitglieder von Stockholms freiwilliger Scharfschützengilde zu sehen, sie waren zur Waffenübung auf Tyresö. Der Tannenwald breitete sich nach allen Seiten aus, und Strindberg schlich sich vorsichtig vorwärts, stieg über trockene Zweige, um seine Stellung den angeblich feindlichen Truppen nicht zu verraten. Dann blieb er vor einem steilen Felshang stehen, ließ seine Waffe auf einem Steinklotz ruhen. Die meisten in der Kompanie hatten sich für vierzig Reichstaler Vorderlader des 1860er Modells beschafft, doch Strindberg musste sich mit einem geerbten Schwarzpulverrevolver begnügen.

Das Scharfschützenbataillon zog weiter, und bald war der Feind erreicht. Das Bataillon gab sofort Feuer, der Wald hallte von Schüssen wider, und die Elstern flatterten verängstigt davon. Aber der junge Strindberg stand noch immer da oben vor dem Felshang und ließ den Blick über die Schärenlandschaft wandern.

Wie verhext.

Dieser Anblick des Schärengürtels sollte sein Leben, sein Werk prägen. In diese Inselwelt würde er viele seiner Gestalten setzen, Carlsson und Madame Flod, die Hauptpersonen der Leute auf

Hemsö, sollten hier leben und sterben. Das galt auch für den romantischen Glöckner Alrik Lundstedt. Strindberg selbst würde große Teile seines Lebens auf Dalarö und Kymendö im südlichen Teil des Schärenlandes verbringen.

Die Zukunft würde ihn zum bedeutendsten und umstrittensten Schriftsteller seines Landes, vielleicht Europas machen. Aber das alles – die Meisterwerke, die Ehen, die Scheidungen, die Sittlichkeitsskandale, die Morddrohungen, die Depressionen, die Wahnsinnsverschwörungen, die Selbstmordgedanken, die Fehden, die Frauengeschichten – das alles lag noch weit vor ihm.

Noch war August Strindberg ein Jüngling von sechzehn Jahren, der eine Scharfschützenuniform trug. Er lag auf einer Felskante auf Tyresö, und die sonnenwarmen Felsen wärmten seinen Leib, der Perkussionsschlossrevolver ruhte schwer in seiner Hand.

Plötzlich sah er eine Heringsmöwe, mit Blicken folgte er dem Flug des Vogels über die Meereswellen. Er hob den Revolver, einen Remington New Army, den sein Vater von einem Schwager übernommen hatte, und gab eine Serie von Schüssen ab. Dicke weiße Rauchschwaden quollen aus dem Lauf der Schusswaffe. Der ohrenbetäubende Knall hallte über Felsen und Schären wider, und der beißende Geruch von Schwefel und Holzkohle drang in seine Nasenlöcher.

Die Bleikugel verfehlte ihr Ziel, die Möwe flog weiter über die rauschenden Wellen des Schärengürtels.

August Strindbergs Augen funkelten in der Morgensonne, erleichtert und erbost zugleich.

16

Boris Pasternak *

Nobelpreisträger für Literatur 1958

Begründung der Schwedischen Akademie:

»Für seine bedeutende Leistung sowohl in der zeitgenössischen Lyrik als auch auf dem Gebiet der großen russischen Erzähltradition.«

* Pasternak durfte den Preis nicht annehmen.

18. Mai 2012

Sören Edhlund, der Polizeichef von Strängnäs, wanderte an der schattigen Seite des Doms entlang, vorbei am Löwentor, vorbei an dem roten Holzhaus, in dem Per Birkenfeldt gelebt hatte. Als er den Hofplatz erreicht hatte, schaute er hinauf in das Laubwerk der Eiche.

Es waren Neugierige von weit her gekommen, um diesen berühmten Baum zu sehen, aus Oslo, Stockholm, Luleå. Innerhalb von zwei Tagen war die Eiche zur bedeutendsten Sehenswürdigkeit der Stadt geworden, vielleicht zur einzigen, der beschnittene Wipfel war im Fernsehen und in Zeitungen in aller Welt gezeigt worden. Am Vortag hatte die französische Zeitung *Le Figaro* ein Foto auf der ersten Seite gebracht. Eine angehende Hebamme aus Eskilstuna war noch weiter gegangen und hatte gegen Bezahlung eine Gruppe von niederländischen Rentnern durch die Altstadt geführt. Dort hatte sie ihnen Birkenfeldts Holzhaus, die beschnittene Eiche, die Positionen der Wachtposten und das weiße Haus gezeigt, in dem der Mörder sein Scharfschützengewehr aufbewahrt und abgefeuert hatte.

An den vergangenen Tagen war Sören Edhlund immer wieder von schwedischen und ausländischen Journalisten angerufen worden, und eine Frage war ihm häufiger gestellt worden als alle anderen.

Wie konnte der Akademiemörder aus Strängnäs fliehen?

Diese Frage hatte ihm nachts den Schlaf und tagsüber die Tatkraft geraubt.

Er duckte sich unter dem Absperrband durch, grüßte die Wachen vor der lokalen Polizeistation und ging durch die Holztür des Gemeindehauses. Langsam durchquerte er die Diele, und bei jedem Schritt knarrten die Bodenbretter in der Dunkelheit, ein Geräusch nach morschem Holz.

Gleich über ihm befand sich der Dachboden, den der Mörder gemietet hatte, die Mordwaffe war im Steinboden über dem Wohnbereich aufbewahrt worden. Ein verzweifelter Seufzer löste sich aus Sörens Kehle, dann schaute er zu dem Zimmer hinüber, in dem sich die Pfadfinder trafen, die Stimmen der Kinder waren durch den Türspalt deutlich zu hören. Als er das Zimmer betrat, sah er etwa ein Dutzend Kinder im Grundschulalter, die sich morgens hier aufhalten durften. Alle trugen blaue Pfadfinderhemden.

»Hallo, Elsa, ich störe hoffentlich nicht.«

Die Pfadfinderführerin, eine Frau von Mitte vierzig, lächelte ihn freundlich an.

»Nein, gar nicht. Komm rein, Sören. Willst du sehen, wie man einen Palstekknoten knüpft?«

»Nein, aber ich lerne ja gern. Man weiß nie, wann man einen richtig guten Knoten brauchen kann.«

Danach trat er dichter an die Frau heran.

»Du, darf ich den Kindern ein paar Fragen stellen? Es dauert bloß eine Minute.«

»Natürlich. Frag einfach.«

Er drehte sich zu den Kindern um und erwiderte ihre neugierigen Blicke. »Hallo allesamt.«

»Hallo«, antworteten die Kinder im Chor.

»Wie ihr sicher wisst, ist hier in der Gegend so allerlei passiert. Schlimme Dinge, und wir von der Polizei müssen denen auf den Grund gehen.«

Sofort sprang ein blondes Mädchen auf.

»Da war ein Mörder, und der hat durch das Fenster den Schriftsteller im roten Haus erschossen«, sagte sie und zeigte auf das Fenster. »Dahinten.«

»Das stimmt. Hier ist ein Mord begangen worden, und diesen Mord versuchen wir von der Polizei jetzt aufzuklären. Deshalb würde ich euch gern ein paar Fragen stellen. Wer weiß, vielleicht könnt ihr uns helfen, dieses Rätsel zu lösen, so ungefähr wie Ture Sventon. Oder vielleicht Batman? Wollen wir einen Versuch machen?«

Enthusiastische Rufe wurden laut.

»Jaaaa!«

Sören musste lachen.

»Wie schön.«

Er zog einen sorgfältig zusammengefalteten Zettel aus der Jackentasche.

»Wisst ihr was, habt ihr mal irgendwann einen fremden Mann hier im Haus gesehen? Vielleicht einen, der so aussah?«

Er hielt das Phantombild hoch, und die Kinder musterten es sorgfältig aus allen Winkeln, runzelten nachdenklich die Stirn, diskutierten untereinander mit unhörbarem Flüstern und schwer zu deutenden Gesten, aber am Ende schüttelten alle den Kopf.

Dann zeigte ein Junge auf.

»Den Mann da hab ich hier nicht gesehen. Aber einmal war hier eine alte Oma.«

* * *

Claudia stand am Wohnzimmerfenster, unter ihr erstreckten sich die grauen Häuser aus den sechziger Jahren in alle Richtungen, Kilometer um Kilometer. Jeder Block bedeutete eine Kindheitserinnerung, eine kleine Scherbe aus ihrem Leben. Hinter dem Einkaufszentrum konnte sie ihre alte Schule sehen. Bei der Würstchenbude beim südlichen U-Bahn-Ausgang hatte sie sich mit ihrem ersten Freund zusammengetan, drei Tage später hatte sie am Nordausgang Schluss gemacht. Zweihundert Meter weiter im Norden lag die lokale Wache, ihr erster Arbeitsplatz.

Mit einer gereizten Kopfbewegung riss sie sich vom Anblick der Erinnerungen und von Botkyrkas Betonlandschaft los. Aus dem Duschkabinett des Badezimmers hörte sie Giorgios singen, wie sie das ihr ganzes Leben lang fast jeden Tag gehört hatte. Viele dieser Lieder konnte sie auch selbst singen, in wohlklingendem Griechisch, auch wenn sie kein Wort verstand. Jetzt versuchte sie, das rhythmische Rembetikalied auszusperren, und lief im Wohnzimmer hin und her wie ein Tier im Käfig.

»Hier können wir nicht bleiben«, murmelte sie.

»Nein.«

»Hedlund wird uns hier finden, früher oder später.«

»Vermutlich.«

Leo lag auf dem Sofa und hatte die Hände unter dem Kopf verschränkt, sah sie unter seinem Pony an und folgte ihren wütenden Schritten. Dann schielte er zum Videogerät unter dem Fernseher hinüber, die Ziffern auf dem Display leuchteten klargrün: 13.08.

»Ich hätte vor drei Stunden das Antiquariat öffnen müssen.«

Claudia gab keine Antwort. An der Wand zwischen den Boxhandschuhen hatte sie an die fünfzig Klebezettel in unterschiedlichen Farben angebracht. Ihr Blick jagte über die kurzen Notizen und wanderte an den Stichwörtern auf und ab.

»Der Mörder muss Spuren hinterlassen haben.«

»Ja.«

»Irgendwo muss er einen Fehler gemacht haben.«

»Alle machen Fehler.«

Claudia setzte ihre ruhelose Wanderung zwischen Bohnenkrügen und über den Boden verstreuten Boxutensilien wieder fort. Leo lauschte auf ihre raschen Schritte, die bloßen Füße, die über den Kunststoffboden klatschten. Dann hob er den Blick und musterte einen der hellblauen Klebezettel: TP DES MÖRDERS. Darunter gab es eine Liste von Stichpunkten, ein Dutzend neongrüne Zettel, die sich über die geblümte Tapete nach unten zogen:

Alter: 35–60 Jahre, (verm. 40–45)
Mann
Mittelgroß (ca. 180 cm?)
Intellektuelles Umfeld
Pathologisch genau
Gute Kondition
Hoher IQ (extrem hoch?)
Morde nicht von sexueller Natur
The Mask of Sanity (normal, sympathisch?)
Bücher, Literatur (extremes Interesse)
Finanziell unabhängig
Zahlt keine Steuern?

Den ganzen Vormittag hatte er diese Liste betrachtet, hatte sie genau studiert, auf der Jagd nach einem Hinweis, einem Zeichen. Jetzt schmerzten seine Augen vor Müdigkeit und Frustration. Langsam streckte er die Beine über die Sofakissen, summte zu Giorgios' lautem Gesang aus dem Badezimmer. Er hatte diese melodischen Lieder von Haris Alexiou so oft gehört, dass er jetzt die Melodie der meisten kannte. Erschöpft schloss er die Augen und summte mit bei dem schmissigen Refrain, bewegte zu dem wohlklingenden Rembetikarhythmus die Zehen.

Plötzlich, mitten im Refrain von »Ta Tango tis Nefelis«, hörte er auf, mit den Zehen zu wackeln, und stellte das Summen ein. Er setzte sich auf dem Sofa auf und sah die Klebezettel an.

»Der Mörder liebt offenbar Bücher, oder nicht?«

»Ja. Sieht so aus.«

»Er ist offenbar ein Bücherwurm, nicht wahr? Ein extrem genauer Bücherwurm.«

Claudia trat näher und sah ihn an.

»Was ist los, Leo? Hast du eine Idee?«

Fünfundzwanzig Minuten darauf hielt eine silberschwarze Honda Shadow in der Tulegata, nur zwei Meter vor dem gusseisernen Zaun, der das Norra-Real-Gymnasium umgab. Claudia und Leo stiegen vom Motorrad und liefen mit raschen Schritten an dem langgestreckten Klinkerbau entlang durch die Markvardsgata.

»Glaubst du, er arbeitet heute?«

»Das will ich doch hoffen«, sagte Leo. »Sonst sind wir übel dran.«

Als sie den Sveaväg erreicht hatten, schlugen ihnen Verkehrslärm und die gleißende Nachmittagssonne entgegen. Sie überquerten die Straße und gingen weiter vorbei am nordöstlichen Teil des Parks Observatorielunden, vorbei am Springbrunnen, vorbei an einem Dutzend Menschen, die im kühlen Brunnenwasser ihre Füße badeten. Nach knapp hundert Metern bogen sie nach links ab und gingen die breite Steintreppe hoch, zur Eingangshalle der Stadtbibliothek, das berühmte Asplundhaus erhob sich über ihnen wie ein Heiligtum. Sie gingen durch das Tor und liefen dann die schmale Treppe hoch, vorbei an den grauschwarzen Reliefs in den Granitwänden: die Krieger der Ilias mit ihren Schlachtrössern schienen in dem dunklen Treppenhaus zum Leben zu erwachen.

Oben im Treppenhaus öffnete sich die Rotunde, der riesige Hauptsaal. Die Gäste bewegten sich leise durch die Bibliotheksräume, Fragen und Antworten wurden nur geflüstert oder diskret gezeigt. In den angrenzenden Lesesälen saßen Gelehrte und Studierende tief versunken in ihre Arbeiten, ihre Gesichter angeleuchtet von grünlackierten Fagerhultlampen. Unter dem Linoleumboden, in den Katakomben und Magazinen, wurden Hundertausende von Veröffentlichungen aufbewahrt, viele hatten seit dem Bau der Bibliothek um 1930 das Tageslicht nicht mehr erblickt.

Als Claudia und Leo den Ausleihtresen erreicht hatten, beugte sich Leo über das dunkle Holz vor und musterte den Bibliothekar, der am Aktenschrank stand und in den Karteikarten blätterte. Seine Cordhose war so oft geflickt, dass sie an einen Flickenteppich erinnerte, das rotkarierte Flanellhemd war halb geöffnet, seine Schultern und der gewaltige Brustkorb waren übersät von Schuppen und Kuchenkrümeln.

Leo beugte sich noch weiter vor.

»Bonjour.«

Das verschlissene Flanellhemd flatterte, als Brynolfsson sich umdrehte.

»Dorfman, was machst du denn hier? Hast du dieses Flugblattlied gefunden, über das wir gesprochen hatten?«

»Njet, heute sind die Rollen umgekehrt, heute musst du mir helfen.«

Dann zeigte er auf seine rechte Seite.

»Das hier ist Claudia.«

»Hallo«, sagte sie. »Nett, dich kennenzulernen.«

Brynolfsson nahm ihre ausgestreckte Hand und grüßte verwirrt, als ob das ein seltsamer Ritus wäre, mit dem er sich nicht so richtig auskannte. Danach wandte er sich wieder Leo zu.

»Dir helfen? Womit denn?«

»Wir müssen darüber reden«, sagte er und fügte flüsternd hinzu: »Irgendwo, wo wir … ungestört sind.«

Dieser Wunsch schien Brynolfsson nicht im Geringsten zu überraschen.

»Sicher, sicher«, murmelte er. »Ich habe doch ein Büro, kommt mit.«

Sie verließen die Rotunde und wanderten in den westlichen Teil der Bibliothek, vorbei an der kleinen Bronzestatue des Lyrikers Gunnar Ekelöf, weiter auf den weißen Notausgang zwischen Lyrikabteilung und Sondersaal 3 zu. Brynolfssons Umfang hatte kaum Platz zwischen den Geländern, als sie die Wendeltreppe hinunterstiegen, zu den unterirdischen Gängen, die sich unter dem Hauptgebäude verzweigten. Sie folgten diesem Gang etwa vierzig Meter und blieben dann vor einer graugesprenkelten Metalltür stehen.

»Willkommen in meinem Büro.«

»Danke«, sagte Claudia und ging durch die niedrige Türöffnung.

Sie befanden sich in einem fensterlosen Lagerraum. Grauweiße Abflussrohre zogen sich an den Betonwänden entlang, und die Leuchtröhren unter der Decke surrten und flimmerten. Die Regale waren vollgestopft mit Kartons. MAKULIERTE KURSLITERATUR stand auf einem. WASSERSCHÄDEN, Fc. 00, auf einem anderen. Um die Kartons herum lagen Wollmäuse, Bonbonpapiere, Adressenaufkleber und tote Insekten, auf einer Versandkiste in der Ecke stand ein eingestaubter Dell-Computer, und zwischen den Regalen waren Hunderte von Bildern von Spiderman angeklebt.

»Du stehst auf Spiderman, sehe ich.«

Brynolfsson drehte sich zu Claudia um und verkündete mit leiser Stimme:

»William Shakespeare und Stan Lee, der Schöpfer von Spiderman, sind die beiden größten Genies in der Geschichte der Menschheit.«

»Brynolfsson«, erklärte Leo, »hat Europas größte Sammlung von Spidermangeschichten.«

»Ein Belgier in Antwerpen behauptet, seine sei noch größer, aber das kommt darauf an, wie man zählt. Er setzt auf Quantität, ich auf Qualität. Ich habe unter anderem ein guterhaltenes Exemplar von Amazing Fantasy Nr. 15 von 1962.«

Dann musterte Brynolfsson seine Gäste nachdenklich.

»Also, worüber wollt ihr mit mir sprechen?«

Leo zeigte auf den abgenutzten Schreibtischsessel.

»Setz dich, es wird eine Weile dauern.«

Innerhalb von zehn Minuten fassten Claudia und Leo die Ereignisse zusammen. Brynolfsson sah sie zuerst nur an, doch als Leo den Besuch im verschlossenen Archiv der Schwedischen Akademie erwähnte, konnte er sich nicht länger halten.

»Hab ich richtig gehört? Du warst im Archiv der Schwedischen Akademie?«

»Du hast ganz richtig gehört.«

»Wir reden also vom geheimen Kellergewölbe der Akademie. Das, was unter der Börse versteckt ist? In Gamla stan?«

»Genau.«

Brynolfsson wischte sich Schweißtropfen von der Oberlippe. Er war atemlos, obwohl er doch ganz still in seinem Schreibtischsessel gesessen hatte.

»Und du hast die handgeschriebenen Sitzungsprotokolle gelesen? Die außerhalb der Akademie niemand einsehen darf?«

»Stimmt genau.«

»Dorfman, ist dir klar, was das bedeutet? Das ist, als ob du Atlantis auf dem Meeresgrund entdeckt hättest. Als ob du auf einem fernen Planeten Leben gefunden hättest. Als ob … dir Elvis Presley begegnet wäre.«

»Ich weiß.«

Claudia verzog die Lippen zu einem Lächeln.

»Willst du hören, was wir da unten im Kellergewölbe entdeckt haben?«

Brynolfsson nickte, er brachte kein einziges Wort heraus, die Begeisterung steckte ihm noch immer wie ein Pfropf in der Kehle.

Claudia setzte sich auf einen Karton und erzählte von Wirséns Aufzeichnungen, von der Rache für den ausgebliebenen Nobelpreis, von der Strindbergverkleidung des Mörders, und Brynolfssons Faszination wuchs von Minute zu Minute. Als sie ihren Bericht beendet hatte, stand ihm der Mund weit offen.

»Aber … warum seid ihr hier … bei mir?«

»Wir brauchen natürlich deine Hilfe.«

»Wir wissen nicht viel über den Mörder«, sagte Leo, »aber eins wissen wir: Bücher sind wichtig für ihn, und vielleicht können wir ihn dadurch finden. Durch die Bücher.«

»Durch die Bücher? Wie denn?«

»Der Mörder ist sehr genau«, erklärte Claudia. »Deshalb hat er vermutlich die Bücher der Akademiemitglieder gelesen. Es würde mich nicht wundern, wenn er alles gelesen hätte, was sie geschrieben haben, von vorn bis hinten. Jeden Roman, jede Gedichtsammlung.«

»Die Frage ist, woher hat er die Bücher«, fügte Leo hinzu.

»Er kann sie im Internet bestellt haben. Vielleicht hat er sie als Sonderangebot oder auf einem Flohmarkt in Växjö gekauft. Oder, wenn wir Glück haben, dann hat er …«

»Die Bücher in einer Bibliothek ausgeliehen«, rief Brynolfsson.

»Genau. Wenn es jemanden gibt, der mehrere Bücher von Akademiemitgliedern ausgeliehen hat, dann haben wir vielleicht den Mörder.«

Brynolfsson schaltete sofort seinen Standrechner ein, nickte dann so eifrig, dass die Kuchenkrümel von seinem Hemdenkragen auf die Tastatur regneten.

»Das kann klappen«, keuchte er. »Das kann wirklich klappen.«

Der Rechner rauschte auf, als das System in Gang kam. Dann loggte Brynolfsson sich mit seinem Benutzernamen ein: DR. OCTOPUS.

»Bei unserem Suchmotor gibt es nur eine Methode. Wir müssen jedes Exemplar durchgehen und nachsehen, ob irgendwer dieses Buch gerade ausgeliehen hat.«

»Na gut«, sagte Claudia. »Mit welchem fangen wir an?«

Leo zuckte mit den Schultern.

»Wie wäre es mit Sigurd Wilhelmssons Debütroman *Blutsbande*?«

»Perfekt«, sagte Brynolfsson. »Ein Klassiker.«

Seine Wurstfinger tanzten über die Tastatur. Er schrieb in das graue Suchfeld: *Blutsbande, Sigurd Wilhelmsson, swe Hc*, und sofort erschien auf dem Bildschirm eine lange Tabelle. Er sah sich die Liste sorgfältig an.

»In den vierundvierzig Bibliotheken in Stockholm gibt es insgesamt siebenunddreißig Exemplare von Wilhelmssons Debütbuch. Davon ist etwas über die Hälfte ausgeliehen, fast alles aber wurde erst nach seinem Tod geordert, das ist ein häufiges Phänomen. Nur ein Exemplar war schon ausgeliehen, ehe der Akademiemörder zugeschlagen hat. Es wurde am 29. April in der Bibliothek von Hjorthagen entliehen.«

»Wie funktioniert eure Suchmaschine?«, fragte Claudia. »Kannst du feststellen, wer es entliehen hat?«

»Ich kann alles feststellen. Everything, alles, tout.«

Er packte die Maus und klickte auf »ID-NUMMER«, und sofort zeigte sich mitten auf dem Bildschirm ein Karo.

»Die Entleiherin heißt Charlotta Hallén Göransson und wohnt in der Artemisgata 49 c.«

»Hat sie noch andere Bücher von Akademiemitgliedern ausgeliehen?«

Mit einer raschen Fingerbewegung klickte Brynolfsson AUSGELIEHEN an.

»Nein, sie hat noch fünf weitere Bücher zu Hause, vier sind Kinderbücher, das fünfte ist *Kunststücke* von Jorge Luis Borges, und das weist auf einen hervorragenden Geschmack hin. Aber von Akademiemitgliedern hat sie sonst nichts.«

»Dann mal weiter«, sagte Leo. »Wie sieht es aus mit Gun-Britt Hööks *Das Liebesbataillon – eine wahre Lügengeschichte?*«

»Nicht mein Lieblingsbuch, aber von mir aus.«

Brynolfssons Hände flogen abermals über die Tastatur, und die Information erschien auf dem eingestaubten Rechner. Sieben Personen hatten vor dem 14. Mai 2012 das *Liebesbataillon* ausgeliehen, sechs davon waren Frauen. Eine von ihnen hatte noch einen weiteren Roman von Gun-Britt Höök entliehen, *Nacht in Buenos Aires,* aber keine hatte andere von Akademiemitgliedern geschriebene Werke.

Auf diese Weise machten sie bis tief in den Nachmittag hinein weiter, für ein Buch nach dem anderen. Einmal klopfte ein Kollege von Brynolfsson an die Tür und wollte wissen, was sie da eigentlich trieben. Brynolfsson erklärte, mit einer Freundlichkeit, die Leo und Claudia überraschte, dass er in einer brandeiligen Angelegenheit ein im Magazin aufbewahrtes Buch von Carl Love Almqvist von 1846 suche.

Nach weiteren zwei Stunden im Ausleihverzeichnis der Stadtbibliothek hatten sie noch immer nichts Interessantes gefunden, keine dubiosen Ausleiher, keine seltsamen Entleihungen, aber Brynolfsson machte mit demselben Eifer wie vorher weiter.

»Na gut, Dorfman, wen jetzt? Klas Fahlén vielleicht? Eine von seinen frühen Gedichtsammlungen?«

»Nimm *Winterschlaf* von 1969, das ist mein Lieblingsbuch.«

Brynolfsson gab die Suchworte WINTERSCHLAF, KLAS FAHLÉN, swe. Hc. O3 in das hellgraue Suchfeld und betrachtete die Auskünfte, die auf dem Bildschirm erschienen.

»Fahlén steht nicht gerade auf den Bestsellerlisten, wie ihr seht. Von *Winterschlaf* gibt es in ganz Stockholm nur drei Exemplare, eines davon wurde hier in der Stadtbibliothek ausgeliehen.«

Abermals klickte er ID-NUMMER an, dann AUSGELIEHEN. Als die Trefferliste erschien, schnappte er nach Luft.

»Herrgott! Ich – ich glaube, wir haben ihn!«

Leo stürzte zum Rechner. Er starrte auf die lange Trefferliste und las einen Titel nach dem anderen.

»*Von Vorschwedisch zu Rinkebyschwedisch* von Sonja Bergwall. *Scherben* von Sixten Hjärpe, *Frau Bodéns überraschendes Schicksal* von Vilgot Elmander. *Der Rektorenstreit* von Per Birkenfeldt.«

Brynolfsson sah die Liste mit großen Augen an.

»Auf dieser Liste stehen neunundvierzig Bücher, allesamt von Mitgliedern der Schwedischen Akademie.«

»Und er hat sie ausgeliehen?«, rief Claudia. »Hol den Namen!«

Brynolfsson drückte auf die Maus, und Name und Adresse des Entleihers erschienen auf dem Bildschirm. Claudia starrte den Namen und die Norrmalmer Adresse an und flüsterte mit kaum hörbarer Stimme:

»Arvid Falk, Drottninggata 85.«

Ihre Augen leuchteten glücklich, als sie sich umdrehte.

»Wir haben es geschafft. Wir haben Namen und Adresse des Mörders.«

Aber Leo und Brynolfsson starrten weiter auf den Bildschirm, musterten das graue ID-Feld, und die Enttäuschung in ihren Blicken war nicht zu übersehen.

»Das ist nicht der richtige Name des Mörders«, sagte Leo. »Und auch nicht seine Adresse.«

»Woher willst du das wissen?«

Er drehte sich zu Claudia um.

»Drottninggata 85 war Strindbergs letzte Adresse. Da ist er gestorben.«

»Und Arvid Falk«, sagte Brynolfsson, »ist die Hauptperson im *Roten Zimmer.*«

17

John Steinbeck

Nobelpreisträger für Literatur 1962

Begründung der Schwedischen Akademie:

»Für seine einmalige realistische und phantasievolle Erzählkunst, gekennzeichnet durch mitfühlenden Humor und sozialen Scharfsinn.«

18. Mai 2012

Ein schwarzlackierter Mercedes Benz S 600 fuhr vor dem Regierungsgebäude Rosenbad an und jagte über Stadshusbron durch die Stockholmer Innenstadt. Das dunkel getönte Panzerglas funkelte in der Abendsonne, als sie nach Westen in die Hantverkargata abbogen, zwischen den Fahrbahnen, vorbei an dem stillstehenden Feierabendverkehr, vorbei an der Polhemsgata, vorbei an Hunderten von Menschen, die sich vor dem Polizeigebäude drängten: Journalisten und Fernsehreporter ohne Akkreditierung für die Pressekonferenz, die in sieben Minuten im Hörsaal beginnen würde.

Das schwarze Auto bog auf den Drottningsholmsväg ab, vorbei an Wachhäuschen und Schranken, fuhr durch den langgestreckten Tunnel, der sich unter dem Kronobergspark dahinzog. Endlich erreichten sie die trübe beleuchtete Tiefgarage unter dem Polizeigebäude, wo ganz hinten die dunkle Gestalt des Bezirkspolizeidirektors wartete. Als der Mercedes neben ihm hielt, wurde die linke Hintertür geöffnet, und Rod Jeglertz stieg aus.

»In sechseinhalb Minuten beginnt die Pressekonferenz. Und vorher will ich alles über diesen kleinen Pfadfinder da in Strängnäs hören.«

Er rannte durch das Halbdunkel davon, dicht gefolgt von Lars Lövdén. Die Schritte der beiden Rivalen hallten im Parkhaus wider, der scharfe Geruch von Abgasen und Benzin hüllte sie ein.

»Sjölin hat mich heute Morgen angerufen, vor der Besprechung mit dem Ministerpräsidenten, und hat von der Aussage des Kleinen erzählt. Was ist seither passiert?«

»Eine ganze Menge«, keuchte Lövdén.

»Ich will jedes Detail hören, du hast sechs Minuten und zehn Sekunden.«

Jeglertz öffnete eine Eisentür und lief weiter durch den Betongang, dieser Eilmarsch war mehr, als Lövdén durchhalten konnte.

»Alles hat heute Morgen um neun angefangen«, japste er. »Da hat der Polizeichef von Strängnäs unser Phantombild einer Gruppe von Pfadfindern gezeigt, die sich im Gemeindehaus treffen. Und da hat ein Junge etwas Interessantes erzählt. Vor ungefähr einem Monat hat er eine ältere Frau ins Haus gehen sehen, und er konnte sie deutlich erkennen, obwohl es schon spätabends war. Sie war runzlig und grauhaarig, sie trug einen Rock, einen dunkelbeigen Mantel und, wie der Junge es ausdrückte, echte Omaschuhe.«

»Aber was ist dann passiert? Haben wir jetzt irgendeine Spur?«

Lövdén nickte, als sie die Betontreppe hochstiegen, seine schweren Atemzüge hallten im Treppenhaus wider.

»Der Junge hat sich unser DVR-Filmmaterial angesehen.«

Oben an der Treppe gab es eine Sicherheitstür. Jeglertz tippte den vierziffrigen Code ein, riss die Tür auf und betrat den Raum auf der anderen Seite. Der war bis zum Bersten gefüllt, ein Dutzend Kameraleute und Tontechniker hetzten zwischen Bildschirmen, Schaltvorrichtungen und Scheinwerfern umher, von der Decke hingen Leitungen und Kabel aller Art wie Schlingpflanzen in einem Regenwald. In der Sekunde, in der Jeglertz in die Tür trat, kam eine Produzentin vom Schwedischen Fernsehen zwischen den Redigiertischen angerannt.

»Das wird aber auch Zeit, Rod. Wir gehen in vier Minuten und zwanzig Sekunden auf Sendung. Das hier wird in mehr als dreißig Ländern direkt übertragen, und da …«

Jeglertz hob die rechte Hand, um sich Ruhe zu verschaffen, dann ging er in die provisorische Garderobe, die im Anschluss an den Hörsaal eingerichtet worden war. Die Kammer war eng und stickig, die Hitze der Hundertwattlampen unangenehm. Kaum hatte Jeglertz sich hingesetzt, als auch schon eine Kosmetikerin anfing, ihm Stirn und Wangen zu pudern.

»Was für ein Scheiß-Filmmaterial?«, fragte er.

Lövdén war nach dem Eilmarsch durch das Polizeigebäude noch immer außer Atem und lehnte sich an einen Kleiderschrank.

»Am 16. Mai, direkt nach dem Mord an Per Birkenfeldt, hat die Polizei von Södermanland in der Mälarregion acht Straßensperren aufgestellt. Bei jeder Sperre gab es eine Überwachungskamera. Heute, nachdem der Junge seine Aussage gemacht hatte, haben so allerlei IT-Fredis sich das Filmmaterial aus diesen Kameras angesehen. Es geht um insgesamt zweihundert Stunden unredigiertes Filmmaterial. Alle Frauen, die mit der Beschreibung des Jungen übereinstimmen, wurden registriert und untersucht. Außerdem haben wir Elias das Filmmaterial gezeigt, also dem Pfadfinder, der Arme hat den halben Tag in Strängnäs auf der Wache gesessen und sich Hunderte von alten Omas angesehen. Man kann einen Frühlingstag auch angenehmer verbringen, findest du nicht? Aber wir haben ihn mit Eis und Süßigkeiten bei Laune gehalten.«

»Lars, mir ist scheißegal, ob der Knabe sich amüsiert oder nicht. Hat er die verdammte Oma gefunden?«

Lövdén nickte.

»Nach zwei Stunden hatten wir einen Treffer. Eine Überwachungskamera, die auf Märson, hatte Bilder einer älteren Frau in einem weinroten Saab 99 Turbo. Als Elias sie sah, hätte er sich fast an seiner Lakritzkugel verschluckt. Er war sofort sicher, dass das dieselbe Oma war, die er vorigen Monat vor dem Gemeindehaus gesehen hatte.«

Plötzlich wurde die Tür aufgerissen, und Frank Larsson, der Kriminaltechnische Experte des SKL, kam herein.

»Entschuldigt, dass ich so spät komme. Ich habe eben mit meiner Kollegin gesprochen, die gerade in Strängnäs ist. Sie hat mir einen ausführlichen Bericht über die Arbeit der vergangenen Stunden geliefert.«

Er legte einen Fotoausdruck auf den Schminktisch.

»So sieht der Mörder aus. Manchmal.«

Das Foto zeigte eine Frau von vielleicht achtzig, sie stand vor einem dunkelroten Saab 99 und stützte sich auf einen Gehstock aus dunklem Holz. Ihre ergrauten, fast weißen Haare lagen dünn und strähnig über ihrem Schädel. Sie hatte einen krummen Rücken und ein eingesunkenes, runzliges Gesicht. Sie war schlicht, aber gediegen gekleidet, ein beiger Mantel im Stil der fünfziger Jahre, ein grüner Rock, unter dem karierten Schal konnte man die Konturen der Brustpartie erahnen.

Neben das Foto legte Frank das Phantombild, eine vom Alter gezeichnete Frau und ein Strindberg in mittleren Jahren waren zu sehen. Die beiden Gestalten sahen sich absolut nicht ähnlich, doch Blick und Form der Wangenknochen waren genau dieselben.

»Herrgott«, keuchte Lars Lövdén. »Das muss er doch sein … verkleidet.«

»Ja.«

Frank Larsson zeigte kurz auf das Foto, auf das angerostete Auto, das am rechten Bildrand teilweise zu sehen war.

»Wie ihr hier seht, kann man ein kleines Stück vom Nummernschild des Saab erkennen. Wir haben uns den ganzen Nachmittag damit beschäftigt und konnten sämtliche Ziffern und Buchstaben des Schildes rekonstruieren. Vor wenigen Minuten konnten wir den Namen der Besitzerin ausfindig machen. Frida Uhl heißt sie.«

In diesem Moment kam die Produzentin des Schwedischen Fernsehens hereingestürzt.

»Eine Minute und dreißig Sekunden bis zur Sendung.«

Jeglertz achtete nicht weiter auf sie.

»Habt ihr schon mit dieser Frida Uhl gesprochen? Ist ihr Auto gestohlen worden? Oder hat sie es verliehen?«

»Weder noch, möchte ich annehmen«, antwortete Lövdén. »Frida Uhl ist wohl kaum eine existierende Person.«

»Was zum Teufel weißt du denn darüber, Lars?«

»Ich bin ja kein Strindberg-Experte, aber ein paar Dinge weiß ich doch noch von der Schule her. Frida Uhl war Strindbergs zweite Frau, oder?«

Frank Larsson nickte.

»Stimmt. Der Mörder hat sich eine alternative Identität zugelegt, ein weibliches Alter Ego. Er hat Frida Uhl eine Mailadresse und eine Telefonnummer gegeben. Sie ist sogar mit einer Adresse hier in Stockholm registriert, Riddarholmshamnen 12.«

Jeglertz schlug so wütend mit der Faust auf den Schminktisch, dass die Puderdosen zu Boden fielen.

»Dieser Arsch muss doch irgendwo einen Fehler gemacht haben, eine Spur hinterlassen. Diese verdammte Adresse zum Beispiel, die muss überprüft werden.«

»Haben wir schon. Riddarholmshamnen 12 ist das Haus, in

dem August Strindberg geboren wurde. Das Haus wurde um die Mitte des 19. Jahrhunderts abgerissen, als Strindberg drei Jahre alt war, seit hundertsechzig Jahren steht da kein Haus mehr.«

Die Produzentin schaute abermals herein, sie hatte die Augen weit aufgerissen, und in ihrer Stimme lag Panik.

»Rod … noch fünfundvierzig Sekunden bis zur Sendung …«

Langsam beugte Jeglertz sich über den Ausdruck, seine blaugrauen Augen starrten klar und kalt wie Eis.

»Dieser Arsch hat uns also schon wieder ausgetrickst? Wir wissen noch immer rein gar nichts über ihn.«

Die Fernsehproduzentin schielte auf die Armbanduhr an ihrem zitternden Handgelenk.

»Fünfundzwanzig Sekunden …«

Jeglertz machte keinerlei Anstalten, die Kammer zu verlassen, stattdessen knüllte er den Ausdruck zusammen und schleuderte ihn auf den Boden. Dann packte er Lövdéns Unterarm und fauchte fast unhörbar:

»Wenn das hier zum Teufel geht, Lars. Wenn dieser Arsch uns davonkommt, wenn ich als verdammter Versager in Erinnerung bleibe, dann werde ich dich mit mir in die Scheiße ziehen, damit du's weißt.«

Die beiden Männer starrten einander an, maßen unhörbar ihre Kräfte miteinander.

»Zehn Sekunden«, keuchte die Produzentin.

Langsam ließ Jeglertz Lövdéns Arm los, dann erhob er sich langsam aus dem Schminksessel und verließ den Raum.

Durch die Türöffnung war zu hören, wie der Hörsaal sich mit Stimmen und Blitzlichtern füllte.

Frank Larsson bückte sich und hob das Foto auf.

»Wir wissen aber doch so einiges über den Mörder.«

Mit behutsamen Bewegungen strich er das zerknitterte Papier wieder glatt.

»Es ist zum Beispiel durchaus möglich, ja, sogar wahrscheinlich, dass er in diesem Moment hinter dem Lenkrad eines weinroten Saab 99 Turbo sitzt, mit Perücke und Faltenrock, und zu seinem nächsten Ziel fährt.«

Für einen kurzen Moment schloss Lars Lövdén die Augen, dann seufzte er:

»Frank, bitte, ruf die Sicherheitsverantwortlichen im K 3 bei Karlsborg und die Sicherheitspolizei an der französischen Mittelmeerküste an. Sag ihnen, sie sollen nach einer grauhaarigen Oma Ausschau halten.«

* * *

Gun-Britt Höök schaute aus dem Schlafzimmerfenster, unten vor den Felsen breitete sich das Mittelmeer wie ein Mosaik aus blauen Farbtönen und weißschäumenden Wellen aus. An den Felswänden konnte sie Kakteen und Pinien erkennen, die Meeresluft füllte sich mit den Wohlgerüchen der Brasserie und dem Gesang der Grillen. Hier, zwischen den Berggipfeln, lag der Ort Èze aus dem Spätmittelalter.

Normalerweise kamen die Besucher der Riviera auch nach hier oben, besuchten die Kunstgalerien und den exotischen Garten bei der Burgruine, doch nun waren Markt und Pflasterstraßen menschenleer und geprägt von einer gespenstischen Stille. Die Polizeibehörden in Nizza hatten die schmale Bergstraße geschlossen, die sich oberhalb der Felsen dahinschlängelte, nur die Anwohner durften passieren, die Touristen mussten beim Stadttor kehrtmachen.

Vor der Brasserie saß der Bürgermeister, François Rocheteau, mit einem scharfgeladenen Pumpluftgewehr in der Hand. Neben ihm auf der Bank aus Zedernholz saßen seine beiden Schwestern. Die ältere, Mathilde, war bewaffnet mit einem soliden Nudelholz. Die alternden Geschwister hatten die berühmte Bürgerwehr gegründet. Alle französischen Zeitungen und Fernsehsender hatten von ihrem Heldenmut und ihrer Tatkraft berichtet, dass sie auf Straßen und Plätzen Streife gingen, um die schwedische Schriftstellerin zu beschützen, die einen so großen Teil ihres Lebens hier in Èze Village verbracht hatte.

Nur wenige Dutzend Personen wohnten dauerhaft in dem kleinen Gebirgsdorf, und nun gab es hier mehr Leibwächter als Bürger. Hinter der Brasserie konnte man dunkle Gestalten ahnen, drei schwarzgekleidete Leibwächter von der französischen Sicherheitspolizei DST. Bei der Kirche Notre Dame de l'Assomption aus dem 18. Jahrhundert standen zwei weitere Leibwächter, Gun-Britt Höök konnte sie von der Fensternische oben in ihrem Schlafzimmer aus deutlich sehen.

Vorsichtig schob sie die Spitzengardine zur Seite, trat dann näher ans Fenster heran, um einen Blick auf den aprikosenfarbenen Turm der Barockkirche zu werfen. Sofort trat einer der Wächter vom DST in die Tür, er trug einen schwarzen, sorgfältig gebügelten Anzug und ein weißes Leinenhemd.

»Madame Höök, je vous prie. Ne vous tenez pas près de la fenêtre.«

Sie nickte, trat zwei Schritte zurück, schaute aber noch immer auf die schäumenden Wellen des Mittelmeers.

Dieses Steinhaus aus dem Mittelalter war seit fast zwanzig Jahren ihre Freistätte, hier hatte sie die meisten ihrer Romane und Theaterstücke geschrieben, hier hatte sie ihren zweiten Ehemann geheiratet, den Aquarellmaler Olov Hultén, hier hatte sie sich vor der schwedischen Presse versteckt. Die Riviera – die

Côte d'Azur – war ihr Zufluchtsort gewesen. Jetzt war sie ihr Gefängnis.

»Weißt du was«, hatte sie in der vergangenen Nacht Olov zugeflüstert. »Auch der Graf von Monte Cristo wurde hier an der französischen Südküste gefangen gehalten, in einer Festung vor Marseille.«

Er hatte seine Hand auf ihre gelegt.

»Ja, und ihm ist die Flucht gelungen, nicht wahr? Er hat es geschafft, und das werden wir auch.«

Einen Moment lang hatte sie mit dem Gedanken gespielt, den Freund des Grafen zu erwähnen, den Abbé Faria, dem die Flucht aus dem Gefängnis nicht gelungen war und der in der Gefangenschaft sterben musste. Aber das hatte sie nicht getan. Jetzt stand sie am Schlafzimmerfenster und schaute auf die nackten Klippen und die Brandung des Mittelmeers, genau wie es der Graf in seinen Gefängnisjahren wohl getan hatte.

Plötzlich hörte sie ein knarrendes Geräusch, sie sah sich um und sah Olovs hohe, schlanke Gestalt in der Türöffnung. Er lächelte sie an.

»Gun-Britt, möchtest du etwas essen? Wir haben Kartoffelsalat im Kühlschrank.«

»Ich hab keinen Hunger.«

»Wir haben auch eine Flasche Wein. Château de Bellet, wenn ich es richtig in Erinnerung habe. Ein kleiner Roter wäre vielleicht jetzt nett?«

»Nimm du dir ein Glas, Olov. Ist schon in Ordnung so.«

Behutsam strich er mit der Hand über ihren von der Sonne gebräunten Arm, schien dann das Schlafzimmer verlassen zu wollen, blieb aber stehen.

»Ach, übrigens, jetzt fängt die Pressekonferenz an. Willst du sie dir nicht ansehen?«

»Ich kann nicht mehr ertragen, heute nicht.«

An diesem Vormittag hatte sie das Gesicht des Mörders gesehen, das digitale Phantombild, das die Stockholmer Polizei veröffentlicht hatte. Das Gesicht von August Strindberg war auf dem Bildschirm aufgetaucht, hatte sie mit leeren Augen angestarrt. Dieser Mann, *l'Assassin de l'Académie,* wie die französischen Zeitungen ihn nannten, hatte sieben von ihren Kollegen ermordet, er hatte sie kaltblütig erschossen, auch Orvar Scheele, ihren engsten Freund. Jetzt wollte sie nicht mehr sehen, keine Zeitungsartikel, keine Fernsehdiskussionen, keine Pressekonferenzen.

Als die Stimme des Polizeichefs aus dem Fernsehzimmer herüberdrang, schloss sie die Schlafzimmertür, aber sofort wurde sie von einem der Leibwächter des DST wieder geöffnet.

»Non, madame, ne fermez pas la porte.«

»Bien sûr«, antwortete sie. »Je l'avais oublié.«

Langsam ging sie zu dem in die Mauer eingelassenen Kalksteinsims, nahm ihre Bibel herunter und setzte sich auf die Bettkante. Die meisten ihrer Habseligkeiten hatte die Personenschutzeinheit des DST aus dem Haus entfernt, doch von dieser Bibel hatte Höök sich einfach nicht trennen wollen. Die Bibel gehörte ihr seit dem 18. Mai 1959. Damals, vor genau dreiundfünfzig Jahren, war sie in der Kirche von Skållerud am Vänern im südöstlichen Dalsland konfirmiert worden.

Sie fuhr mit der Hand über den abgenutzten Ziegenledereinband, betastete die Ornamente, die einst golden gewesen waren. Dann schlug sie das vierzehnte Kapitel des Matthäusevangeliums auf und fing an, über den schrecklichen Tod Johannes des Täufers zu lesen, über die Enthauptung in den düsteren Kerkerlöchern des Herodes. Sie formte jedes Wort in der Mundhöhle, ließ es wie ein Gebet über ihre Lippen schweben.

Sie benutzte die Bibelübersetzung des Freibaptisten Helge Åkesson aus dem Jahre 1911. Sie kannte Åkessons umstrittenen Text auswendig, wollte aber dennoch jeden Vers still für sich lesen. Der Text erinnerte sie an das Leben, kraftspendend und vergänglich, erinnerte sie an ihre Mutter.

Sie feuchtete den Zeigefinger mit der Zungenspitze an, blätterte um und las weiter. Dabei raschelten die gefalzten Blätter leise. Sie las einen Absatz nach dem anderen, ein Kapitel nach dem anderen, wie schon damals mit vierzehn Jahren. Plötzlich spürte sie eine Starre um ihren Kiefer, die Worte des Matthäusevangeliums erstarrten auf ihren Lippen, blieben ihr im Hals stecken.

Sie schrie, aber ihre Zunge bildete keinen Ton.

Sie atmete, aber ihre Lunge füllte sich nicht mit Luft.

Sie fuchtelte mit den Armen, aber die lagen unbeweglich auf der Tagesdecke.

Langsam glitt Åkessons Bibel aus ihren Händen und schlug auf den Kalksteinboden auf. Sofort erschienen in der Türöffnung zwei Leibwächter vom DST.

»Appelez un médécin! Vite, vite!«

Zwei weitere Leibwächter stürmten mit gezogenen Dienstwaffen herein, einer schrie Befehle in sein Funkgerät. Gleich danach stürzte Olof Hultén ins Schlafzimmer, er warf sich neben seiner Frau auf den Boden und packte ihre starren Hände. Ihre Blicke trafen sich.

»Gun-Britt! Verlass mich nicht! Ich brauche dich!«

»Ich liebe dich auch«, antwortete sie. »Ich liebe dich auch.«

Aber anstelle von Worten quollen Schaum und blutroter Speichel aus ihrem weit offenen Mund, und eine Sekunde später war sie tot.

18

Orhan Pamuk

Nobelpreisträger für Literatur 2006

Begründung der Schwedischen Akademie:

»Der auf der Suche nach der melancholischen Seele seiner Heimatstadt Istanbul neue Sinnbilder für den Zusammenstoß und die Verflechtung der Kulturen gefunden hat.«

18. Mai 2012

»Arvid Falk!«

Claudia spuckte den Namen aus wie einen Fluch, eine Verwünschung, sie ballte so hart die Fäuste, dass die Haut um die Fingerknöchel spannte. Sie saß auf einem Wellpappekarton mit makulierten Kursunterlagen, die transparente Blasenfolie unter dem Deckel knirschte, als sie sich zum Bildschirm umdrehte und das Feld mit dem erfundenen Namen anstarrte.

Fragen anstelle von Antworten.

Eine Romanfigur anstelle eines Mörders.

Verbittert riss sie ihren Blick vom Bildschirm los. Dann zog sie *Die schwedische Gesellschaft, 800–1720* aus dem Karton und fächelte sich mit der ausrangierten Kursliteratur zu. In dem Lagerraum unter der Stadtbibliothek war es immer wärmer geworden, die Atemluft war stickig, große Kondenstropfen bildeten sich an dem vergitterten Luftschacht über ihr.

Auf einem anderen Karton, einen Meter weiter, saß Brynolfsson. Sie konnte seine Atemzüge hören und roch bitteren Schweiß. Sein rotkariertes Flanellhemd war unter den Armen und im Kreuz nass, und als er nun etwas sagte, fielen zwei Schweißtropfen von seiner Kinnspitze.

»Der ist wirklich ein cleveres Kerlchen, dieser Akademiemörder. Er erinnert ein bisschen an The Vulture, einen der übelsten Feinde von Spiderman.«

»Er hat uns ausgetrickst«, hörte er Leo hinten im Raum sagen. »So einfach ist das.«

Plötzlich bildete sich eine Furche zwischen Brynolfssons buschigen Augenbrauen, er packte die Maus und klickte ein Fenster im digitalen Katalog der Stadtbibliothek an. Abermals eilten seine Finger über die Tastatur. Er murmelte vor sich hin, aber Claudia verstand das Wort *seltsam* und beugte sich sofort zu ihm hin.

»Hast du etwas gefunden?«

Brynolfsson gab keine Antwort, sondern setzte seine fieberhafte Suche im Katalog fort. Plötzlich schnappte er nach Luft.

»D-die ... die sind überfällig ...«

»Was denn?«

»Die Bücher, die der Mörder ausgeliehen hat, er muss Verspätungsgebühren von über fünftausend Kronen bezahlen.«

»Verspätungsgebühren?«

Brynolfsson nickte und redete atemlos weiter:

»In Stockholm darf man fünfzig Bücher auf einmal ausleihen, das ist die Obergrenze. Arvid Falk hat derzeit neunundvierzig, und alle, absolut alle, hätten schon vor drei Jahren zurückgebracht werden müssen.«

Er las weiter in den Bestandslisten und verzog dann den Mund zu einem Lächeln.

»Er hatte noch ein weiteres Buch ausgeliehen, also fünfzig Bücher.«

»Hatte?«

»Ja, hatte, und ich weiß, wo sich das fünfzigste Buch jetzt befindet.«

»Wo denn?«

»Hier, in unserer belletristischen Abteilung. Es steht brav und ordentlich im Regal E, gleich über unseren Köpfen.«

»Bist du sicher?«

»Oui, das Buch wurde vor genau zehn Tagen hier in der Stadtbibliothek zurückgegeben.«

Mit den Hemdsärmeln wischte er sich den Schweiß von der Stirn und redete dann atemlos weiter:

»Meine Kollegin hat es angenommen, Anette Fredriksson heißt sie. Leo, du weißt sicher, wer sie ist. Sie ist groß, schlank, rothaarig, elegant, so um die fünfzig, trägt immer einen türkisen Skarabäus um den Hals.«

»Ja, die hab ich gesehen.«

»Anette ist so eine kleine Paragraphenreiterin, sieh mal, was sie geschrieben hat, als sie Falks Buch in ihren Händen hatte.«

Brynolfsson presste den Zeigefinger auf das hellgraue Mitteilungsfeld:

> Bei meinem Vormittagsdienst am Ausleihtresen passierte etwas Seltsames.
> Ein älterer Herr gab seine ausgeliehenen Bücher zurück (4 St). Eins davon – Vilgot Elmander/vf Zur See//ti (Hc swe) – war aber von einem anderen Kunden ausgeliehen worden, nämlich von **ARVID FALK (ID GLY 9010370MN)**. Das Computersystem reagierte sofort, und das rote Warnlämpchen leuchtete auf. Ich habe dann sofort Arvid Falks Ausleihstatus überprüft. Es stellte sich heraus, dass dieser Falk seit über **DREI JAHREN** nicht weniger als **FÜNFZIG** Bücher ausgeliehen hatte (NB! Obergrenze!!!) und dass er uns insgesamt **5180 KRONEN** schuldet. Als der ältere Herr das hörte, tat er etwas, das mich überraschte und auch freute ☺. Obwohl es ihn ja gar nichts anging, bestand er darauf, für das zurückgegebene Exemplar von Elmanders *Zur See* das Bußgeld zu entrichten. »Recht muss Recht

bleiben«, sagte er, und da kann ich ihm nur zustimmen. Wie schön, wenn alle unsere Ausleiher so pflichtbewusst und sympathisch wären wie dieser ältere Herr.

Ich habe – vergeblich – versucht, Arvid Falk zu erreichen (08-555 351 45 ist **NICHT** in Gebrauch).

/Anette Fredriksson, Einkaufschefin vom Dienst bei der Stadtbibliothek, 8. Mai 2012

Claudia sprang von ihrem Wellblechkarton und packte Brynolfssons schweißnasses Hemd.

»Ein älterer Herr? Können wir im Computersystem feststellen, wie er heißt? Können wir irgendwelche Informationen über ihn auftun?«

»Für einen einfachen Bibliothekar ist es total unmöglich, solche Informationen zu erlangen.«

Dann fügte er mit einem Grinsen hinzu:

»Aber für mich gibt's da no problems.«

Er trat sich auf seinem Schreibtischsessel vom Boden ab und rollte dann zu der grauen abgenutzten Eisentür und schloss ab.

»Das dürfen meine Kollegen nicht sehen«, flüsterte er dann und überzeugte sich davon, dass die Tür abgeschlossen war.

Danach rollte er zurück zum Computer und erklärte mit gedämpfter Stimme:

»In diesem Winter hat die Leiterin der Stadtbibliothek einmal zum Mittagessen so ein libanesisches Gericht mit vielen Schälchen kommen lassen. Und dazu hat sie den Rechner im Personalraum benutzt und ihr Passwort eingegeben. Big mistake! Ihre fettigen Fingerabdrücke waren auf der Tastatur deutlich zu sehen, und seither habe ich Zugang zu allen Geheimnissen der Bibliothek.«

Er gab ihr Passwort ein, JariKurri17, und loggte sich in den Server der Verwaltungsabteilung ein. Sofort erschien auf dem Bildschirm ein Überblick über eine Menge Ordner.

»Hier kann man alles sehen, Gehaltszahlungen, eingekaufte Bücher, Makulierungskosten, Honorare für Lesungen, Cateringpreise für das Betriebsfest, alles, und schaut her.«

Zuerst klickte er auf »Bußgelder« und danach auf den Unterordner »Einzahlungen«. Als das Verzeichnis auf dem Bildschirm auftauchte, scrollte er sich durch die lange Liste.

»Yes, da haben wir's. Am 18. Mai um 10.52 Uhr wurde hier in der Stadtbibliothek eine Zahlung per Karte vorgenommen. Es ging um genau hundertvierzig Kronen, und das Geld wurde vom Konto 8327-864 471 333-4 abgebucht.«

»Gibt es nur eine Kontonummer, keinen Namen, keine Adresse?«

»Nix«, antwortete Brynolfsson enttäuscht. »Nur die Nummer.«

Claudia setzte sich im Schneidersitz auf den wackligen Karton, beugte sich zum Computer vor und streckte die Hand aus.

»Gib mir dein Telefon.«

Brynolfsson nahm das schnurlose Telefon aus seiner Gürteltasche und reichte es ihr. Eilig schlug sie die zentrale Nummer der Polizei nach, und als sich jemand meldete, bat sie mit freundlicher, ein wenig verstellter Stimme, zu Jan Wideman in der Wirtschaftsabteilung durchgestellt zu werden.

Das Gespräch wurde weitergeleitet, und nach vier Klingeltönen antwortete eine röchelnde Männerstimme.

»Janne«, sagte sie. »Hier ist Claudia Rodriguez. Ich brauche deine Hilfe und zwar sofort. Ich muss wissen, wer die Kontonummer 8327-8 64 471 333-4 hat. Das klingt nach einem ganz normalen Konto bei der Swedbank, oder? Kannst du das mal feststellen?«

Während sie auf Widemans Antwort wartete, spielte sie ungeduldig an der rissigen Oberfläche des Kartons herum.

»Kein Problem«, sagte sie endlich. »Ich warte.«

Leo und Brynolfsson sahen sie neugierig an, und im Archiv war nur das eintönige Rauschen der korrodierten Abflussrohre zu hören. Nach einer guten Minute hörte Claudia abermals Widemans raue Stimme. Sie lauschte aufmerksam und machte sich einige Notizen auf der Rückseite einer Kaugummipackung.

»Vielen Dank, Janne. Bei unserer nächsten Begegnung geb ich ein Bier aus. Staropramen, ja?«

Lächelnd hörte sie sich Widemans Antwort an.

»Okay, okay, zwei Bier. Bis dann!«

Sie legte das Telefon weg und sah die beiden Männer an.

»Jetzt haben wir den Namen.«

Sie legte die Kaugummipackung auf die Tischplatte, und jetzt konnten sie ihre hastigen Notizen sehen, die dünnen Bleistiftstriche glänzten im Licht der Neonröhren.

Werner Stolte

Strandväg 31

* * *

Im siebten Stock des Polizeigebäudes, an seinem überladenen Schreibtisch, saß Birger Sjölin. Sein Gesicht war blass, die kupferroten Haare wogten leicht im Windzug des Ventilators.

In den vergangenen drei Stunden hatte er auf holprigem Schulfranzösisch mit etlichen Chefs des französischen Sicherheitsdienstes gesprochen, es waren chaotische Telefongespräche gewesen, voller Missverständnisse und Sprachprobleme. Jetzt sollte er in wenigen Minuten diese drei Stunden zusammenfassen. Mit müden Augen sah er die anderen aus der Ermittlungsgruppe an und hob dann sechs Finger, einen für jedes Schwarzpulveropfer.

»Rudqvist, Bergwall, Hjärpe, Fahlén, Scheele und Wilhelmsson. Diese sechs Akademiemitglieder konnte der Mörder aus drei oder vier Meter Entfernung mit einem alten Perkussionsschlossrevolver erschießen. Bei Per Birkenfeldt war die Lage ganz anders. Sein Haus, ja, ganz Strängnäs, wurde von der Personenschutzeinheit der Säpo überwacht. Es war unmöglich, Birkenfeldt mit einer Schwarzpulverwaffe und unstabilisierten Bleikugeln zu erschießen. Also benutzte der Mörder eines der avanciertesten Scharfschützengewehre, die es überhaupt gibt, ein PSG 90. Er konnte deshalb den tödlichen Schuss aus einer Entfernung von genau hundertsiebzehn Metern abgeben.«

Lars Lövdén nickte, begriff, worauf Sjölin hinauswollte.

»Gun-Britt Höök«, sagte er dann, »hielt sich an die zweitausend Kilometer entfernt auf, an der französischen Mittelmeerküste. Und da hilft nicht einmal ein gutkalibriertes PSG 90.«

»Genau«, sagte Sjölin. »Der Mörder wusste, dass Höök sich an der französischen Riviera aufhalten würde, wie immer in den Frühlingsmonaten. Er wusste, dass sie unter dem Schutz der französischen Sicherheitspolizei stehen würde. Er wusste, dass er selbst sich in Schweden aufhalten und von jedem einzelnen Polizisten im ganzen Land gejagt werden würde. Er musste Höök also ermorden, ohne in der Nähe zu sein. Deshalb hat er ihre Bibel vergiftet, genauer gesagt, die Ecken des Matthäusevangeliums, Kapitel 14 bis 18.«

Alle Anwesenden schauten auf.

»Nur das Matthäusevangelium?«

»Ja.«

»Kapitel 14–18?«

»Ja, es geht um fünf oder möglicherweise sechs Seiten.«

Ein schnaubendes Geräusch kam aus Rolf Hedlunds Nasenlöchern.

»Woher konnte der Arsch das denn alles wissen? Dass Höök ihre alte Bibel mit nach Frankreich nehmen und außerdem ausgerechnet das Matthäusevangelium lesen würde. Sie hätte sich doch auch den Ersten Korintherbrief oder die Offenbarung vornehmen können, und warum sollte sie es gerade heute tun? Sie hätte das doch verdammt noch mal schon vor fünf Monaten lesen können, zu Weihnachten zum Beispiel.«

Birger Sjölin stützte die Ellbogen auf die Tischplatte, zwei Sekunden lang überlegte er, wie er die komplizierte Folge der Ereignisse erklären sollte. Am Ende holte er tief Luft und fing an:

»In den vergangenen Stunden haben Experten vom DST mit Gun-Britt Hööks Mann gesprochen, dem Künstler Olof Hultén. Er steht natürlich unter schwerem Schock, aber die Vernehmungen sind gut gelaufen, den Umständen entsprechend gut, und ein immer deutlicheres Bild der Ereignisse nimmt Gestalt an. Nichts war ein Zufall, alles war geplant, der Mörder wusste genau, was er tat.«

Sjölin trank ausgiebig an seinem Mineralwasser, ehe er weiterredete.

»Gun-Britt Höök wurde mit vierzehn konfirmiert. Der Konfirmationsgottesdienst fand am 18. Mai 1959 in der Kirche von Skållerud statt, und während des Gottesdienstes sollte Höök einige Kapitel vorlesen, die der Pastor für sie ausgesucht hatte.«

»Matthäus vierzehn bis achtzehn?«

»Genau. Sie hatte von ihrer Mutter zur Konfirmation eine alte Bibel geschenkt bekommen. Jeden Abend, mehrere Wochen lang, las sie abends diese Kapitel. Am Konfirmationstag konnte sie alles nur so herunterleiern. Sie stand da in der

Kirche, zusammen mit den übrigen Konfirmanden, und wartete darauf, dass sie an die Reihe kam. In den Bankreihen sah sie viele Verwandte und Freunde, aber eine fehlte. Und dann wurden plötzlich die Kirchentüren aufgerissen. Zwei Polizisten kamen herein und hatten eine grauenhafte Mitteilung zu machen. Hööks Mutter war auf dem Weg zum Gottesdienst bei einem Autounfall ums Leben gekommen, sie war unmittelbar vor Mellerud mit einem Milchlaster zusammengestoßen. Seither hat Gun-Britt Höök jedes Jahr dieses Ritual durchgeführt. Am 18. Mai nimmt sie sich ihre Bibel vor, das Konfirmationsgeschenk ihrer Mutter. Dann liest sie diese fünf Kapitel des Matthäusevangeliums. Das hat sie seit 1959 so gemacht, und heute eben auch.«

Lena Bouvin runzelte verblüfft die Stirn.

»Aber wie ist sie vergiftet worden? Wissen die Franzosen darüber irgendwas?«

»Gun-Britt Höök hatte beim Lesen eine besondere Angewohnheit«, antwortete Sjölin, »oder eine Unsitte, sollte ich vielleicht sagen. Sie hat immer ihren Zeigefinger an der Zungenspitze angefeuchtet, ehe sie umblätterte. Nachdem sie das zweimal getan hatte, hatte sie sich eine tödliche Dosis des Giftstoffes zugeführt, den der Mörder auf die unteren Ecken der Seiten gestrichen hatte.«

Alles schwieg. Nach einer Weile erhob sich Lars Lövdén und sagte:

»Der Mörder muss also alles gewusst haben. Dass Hööks Mutter am 18. Mai 1959 bei einem Autounfall ums Leben gekommen war, dass Höök jedes Jahr an diesem Tag diese Bibelstellen liest, dass sie auf diese Weise umblättert, indem sie ihren Zeigefinger anleckt.«

»Ja«, antwortete Sjölin. »So sieht es aus.«

»Er muss sie also viele Jahre lang sorgfältig beobachtet haben.«

»Das ist die einzige Erklärung.«

»Welchen Giftstoff hat er denn verwendet?«, fragte Lövdén. »Wissen wir das schon?«

Zum ersten Mal bei dieser Besprechung blieb Birger Sjölin die Antwort schuldig. Er wollte gerade erklären, dass die französischen Kriminaltechniker ihre Analyse noch nicht beendet hätten, als von der Tür her eine Männerstimme zu hören war:

»Batrachotoxin.«

Frank Larsson trat in die Tür.

»Das Gift heißt Batrachotoxin«, sagte er und betrat das Zimmer. »Und das ist das Hautsekret eines Pfeilgiftfrosches.«

Mit einem bis zum Rand mit Kakao gefüllten Becher in der Hand ging der Kriminaltechniker durch den Besprechungsraum und ließ sich am Tisch nieder.

»Pfeilgiftfrosch?«, rief Claes Rothman. »Sind das diese südamerikanischen Frösche, die die Indianer zur Jagd benutzen?«

»Stimmt, die Emberá-Indianer im westlichen Dschungel von Kolumbien kennen seit vielen Jahrhunderten das Sekret dieser Frösche. Sie tunken ihre Blasrohrpfeile ins Gift und schießen dann auf Affen und Vögel, und die sterben sofort nach der Berührung mit dieser Pfeilspitze.«

Frank legte eine Pause ein und nippte an seinem dampfenden Kakao.

»Der Mörder zeigt eine seltsame Genauigkeit bei allem, was er unternimmt. Wie er sein Scharfschützengewehr pflegt, wie er die Eiche in Strängnäs beschnitten hat, wie er die Mikrochips in Kleidern und Schuhen versteckt hat. Aber nichts war bisher so genau durchdacht wie die Wahl der Giftsubstanz.«

Rolf Hedlund starrte den Kriminaltechniker wütend an.

»Was zum Teufel ist denn so besonders an diesem Froschgift? Es gibt doch jede Menge lebensgefährliche Giftstoffe. Strychnin, Saringas, Kaliumcyanid, VX, Arsen, Milzbrand. You name it! Da kann man doch einfach nach Herzenslust zugreifen. Der Akademiemörder hätte genauso gut Blausäure nehmen können, das war in den letzten Jahren der meistverbreitete Giftstoff.«

Mit erhobenen Augenbrauen sah Frank Larsson Hedlund an und erklärte dann geduldig wie ein Lehrer einem begriffsstutzigen Schüler:

»Als Mordwaffe hat Blausäure mehrere Nachteile, unter anderem gibt sie einen starken Geruch ab. Ja, auf gut Schwedisch gesagt: Sie stinkt wie die Pest. Es kommt durchaus vor, dass angehende Mordopfer den Bittermandelgeruch bemerken und deshalb ihr Leben retten können. Es kann zudem bis zu drei Minuten bis zum Tod des Opfers dauern, und es gibt etliche Gegengifte, Natriumsulfat zum Beispiel.«

»Das bedeutet also«, sagte Lövdén, »dass ein fähiger Arzt das Opfer noch retten kann.«

»Genau, und das gilt auch für Milzbranderreger, Strychnin, VX und das Nervengas Sarin. Diese ganzen Giftsubstanzen haben bekannte Gegengifte, und das will der Akademiemörder natürlich vermeiden.«

Frank Larsson trank einen großen Schluck Kakao.

»Rolf, du hast Blausäure erwähnt, und das ist natürlich eine unerhört giftige Substanz. Fünfzig Milligramm reichen aus, um einen erwachsenen Menschen zu töten. Aber es ist ein viel stärkeres Giftpräparat vonnöten, wenn es so eingenommen wird, wie Gun-Britt Höök das getan hat, indem man nur einige Male den Zeigefinger an der Zungenspitze anfeuchtet. Eigentlich gibt es nur sehr wenige Substanzen auf der Welt, die mit einer so kleinen Dosis eine tödliche Wirkung hervorrufen können.«

Frank Larsson zählte an den Fingern seiner linken Hand ab.

»Botulinumtoxin, Ricin, das Dioxin TCDD und einige hämotoxinische Schlangengifte. Aber alle diese Giftstoffe haben auch klare Nachteile. Einige verlieren ihre Wirkung, wenn sie mit Luft in Berührung kommen, andere müssen injiziert oder eingeatmet werden, um tödlich zu wirken. Und deshalb bleibt am Ende auf der ganzen Welt nur eine Substanz übrig, die allen Anforderungen entspricht, die der Akademiemörder offenbar gestellt hat. Und zwar Batrachotoxin, das Hautsekret des Pfeilgiftfroschs.«

Frank Larsson zog aus der Hemdentasche einen Fotoausdruck und legte ihn auf den Tisch. Das Foto zeigte einen kleinen gelblichen Frosch.

»Das hier ist das gefährlichste Tier der Welt. Phyllobates terribilis, der Schreckliche Pfeilgiftfrosch.«

»So einen hätte man ja lieber nicht als Haustier, oder?«

»Kaum. Gun-Britt Höök wurde mit dem Sekret eines solchen Frosches getötet. Das Batrachotoxin dieses Giftfrosches ist ungeheuer stark. Nur vierzig Mikrogramm reichen, um einen erwachsenen Menschen zu töten, das entspricht zwei Körnern normales Tafelsalz. Es gibt auch kein Gegengift, und das Opfer stirbt innerhalb von Sekunden. Es ist also egal, wie tüchtig die Ärzte sind, zu denen der französische Sicherheitsdienst an der Riviera Zugang hat. Da Gun-Britt Höök vierzig Mikrogramm von diesem Gift bekommen hatte, war der Tod unvermeidlich.«

»Zwei Körner Tafelsalz?«, fragte Lena Bouvin. »Das ist nicht viel.«

»Nein, und das Hautsekret des Pfeilgiftfrosches hat noch einen Vorteil, es ist nämlich eine relativ unbekannte Giftsubstanz. Es ist noch nie in militärischen Zusammenhängen oder von Terroristen benutzt worden. Kein Sicherheitspolizist und kein Spürhund suchten danach. Außerdem ist das Gift schwer zu entdecken und gibt keinen besonderen Geruch ab. Es verändert sich auch nicht im Kontakt mit Sauerstoff oder einem anderen Material. Im Gegenteil, dieses Gift ist noch ein Jahr lang tödlich, nachdem es die Drüsen des Pfeilgiftfrosches verlassen hat.«

Frank Larsson hob in einer Abschlussgeste die Hände.

»Kurz gesagt, Batrachotoxin ist das perfekte Gift.«

»Wie wirkt dieses Froschgift denn nun?«, fragte Claes Rothman.

Frank verzog verstimmt das Gesicht.

»Gun-Britt Höök hatte einen schnellen, aber furchtbaren Tod. Ihre Muskulatur hörte auf zu funktionieren, die Atemfunktion der Lunge wurde eingestellt. Ihr Körper war vollständig gelähmt, und alle Nervenimpulse wurden unterbrochen. Sie war bei vollem Bewusstsein, konnte aber nicht mehr sprechen oder sich bewegen. In den letzten Sekunden ihres Lebens war sie in ihrem Körper eingesperrt, in sich selbst gefangen. Danach starb sie innerhalb von fünfzehn Sekunden.«

»Na gut«, sagte Lena Bouvin. »Der Mörder hat also das Sekret eines Pfeilgiftfrosches benutzt. Bedeutet das, dass er so einen zu Hause hat?«

»Das ist unwahrscheinlich«, antwortete Frank Larsson. »In der Gefangenschaft produziert der Pfeilgiftfrosch kein Gift. Er muss in seiner natürlichen Urwaldumwelt in Südamerika leben und sich von einer besonderen Käferart ernähren, die sehr, sehr kleine Dosen Batrachotoxin enthält. Pfeilgiftfrösche müssen ganz einfach jede Menge Käfer verzehren, um ihre Drüsen mit Gift zu füllen.«

»Das bedeutet also, dass der Mörder im vergangenen Jahr in Südamerika gewesen sein muss, um sich das Gift zu besorgen.«

»Ja, vermutlich.«

Lars Lövdén wandte sich an die Chefkoordinatorin beim Stab des Zentralen Polizeichefs.

»Frida, nimm Kontakt zu allen Fluggesellschaften auf, die nach Südamerika fliegen. Stell fest, ob sie im vergangenen Jahr einen Fluggast namens Frida Uhl hatten.«

Frida Zetterlund nickte und machte einige rasche Notizen auf ihrem Block.

Langsam hob Lena Bouvin den Blick zu dem an der Wand befestigten DIN-A4-Bogen, musterte die neun Namen, die dort verzeichnet waren: acht dieser neun waren mit schwarzem Filzstift durchgestrichen.

»Er hat noch ein Mitglied der Schwedischen Akademie umgebracht. Das ist eine Katastrophe, einfach eine Katastrophe.«

»Wieso denn?«

Rod Jeglertz hatte bisher geschwiegen. Jetzt drehte er sich zu Lena Bouvin um.

»Warum sollte der Mord an der Höök eine Katastrophe sein? Wir waren nicht für sie verantwortlich, das waren die Franzosen.«

Der Chef der Zentralen Polizei wanderte jetzt um den Besprechungstisch herum, sein Blick war konzentriert, seine Stimme beherrscht.

»Diese Mordserie begann in der Nacht auf den 15. Mai, seither wurden acht Mitglieder der Akademie ermordet. Aber uns, den schwedischen Polizeibehörden, kann keiner dieser Morde zur Last gelegt werden, kein einziger. Die ersten fünf tödlichen Schüsse fielen, ehe der Zusammenhang bekannt war. Das sechste Mordopfer, Birkenfeldt, wollte nichts mit der Personenschutzeinheit der Säpo zu tun haben. Wilhelmsson war in der Wildnis spurlos verschwunden. Und Höök, die heute vergiftet worden ist, stand unter dem Schutz der französischen Sicherheitskräfte, nicht unter unserem.«

Er blieb an der Querseite des Tisches stehen und hob den rechten Zeigefinger.

»Jetzt steht nur noch ein Mitglied auf der Liste, eine einzige Person.«

»Vilgot Elmander.«

Jeglertz nickte und sah dann Claes Rothman an.

»Diesem Mann darf kein Haar gekrümmt werden.«

Ohne Jeglertz' Blick zu erwidern, nickte der Säpochef und sah sich in der Runde um.

»Vilgot Elmander ist, wie ihr alle wisst, im K 3 bei Karlsborg. Natürlich ist das Gelände streng abgeriegelt. Seit gestern haben wir einige Dinge neu bewertet. Lisbeth Hansson liegt noch immer auf der Intensivstation des Karolinska-Krankenhauses, aber wir haben ihren Personenschutz reduziert. Sieben der Leibwächter, die zu Hanssons Einheit gehörten, sind jetzt ins K 3 verlegt worden, und das gilt auch für Hans Ekbergs Hof bei Borlänge. Dort haben wir die Personenschutzeinheiten von vier auf eine reduziert, stattdessen haben wir die Bereitschaftspolizei verstärkt und mit größeren Befugnissen versehen. Und hier bei uns, in der Sicherheitsabteilung des Polizeipräsidiums, halten sich weiterhin die fünf Mitglieder auf, die …«

Plötzlich wurde die Tür aufgerissen, und ein Polizeiassistent kam hereingestürzt:

»Wir haben den Arsch! Der Mörder ist gefasst!«

* * *

Eine Dreiviertelstunde später tauchte etwa zehn Kilometer im Nordosten von Borlänge ein Hubschrauber auf. Darunter breitete sich der Tannenwald aus, wildwachsend und viele Meilen weit, die kupferrote Dämmerung senkte sich über das Tal.

Der Hubschrauber dröhnte durch die abendliche Dunkelheit, drehte eine Runde über den Ställen und landete auf einem Heidestreifen zwischen Haferfeldern, sofort wurden die Türen geöffnet, und zwei Männer sprangen heraus. Rod Jeglertz und Rolf Hedlund liefen über das Feld. Aus den umliegenden Wäldern stiegen Dunkelheit und Abendnebel auf, die Nebelschwaden strichen um ihre Beine wie zutrauliche Bauernkatzen. Als der Hubschrauber hinter ihnen verstummt war, legten die Insekten los, und der Sommerabend füllte sich mit der wilden Paarungsmusik der Laubheuschrecken. Mitten auf der Heide trafen sie auf einen Mann von vielleicht vierzig, er war schwarzgekleidet, aber sein geschorener Kopf war in der Dämmerung deutlich zu sehen.

»Mattias Bornedal, Chef der verbliebenen Personenschutzeinheit der Säpo. Ich hatte nicht mit euch gerechnet und …«

»Wo ist er?«

Bornedal zeigte auf zwei riesige Scheunen.

»Da drüben. Sein Zustand ist kritisch, aber das Ärzteteam tut, was es kann. Es ist vermutlich das Beste, wenn ihr im Haus wartet. Esst so lange eine Zimtschnecke und trinkt einen Schluck Kaffee. Die Ärzte wollten ihn nach Falun ins Krankenhaus bringen, um …«

»Ich will den Arsch sehen. Sofort.«

In Jeglertz' Augen lag so viel Unerbittlichkeit, dass Bornedal nickte. Sie liefen weiter, vorbei an dem Fachwerkhaus, in dem das Akademiemitglied Hans Ekberg wohnte. Durch das Schlafzimmerfenster war ein Schattenbild des Mitgliedes zu sehen, der hochgewachsene Sprachforscher stand dort mit seiner Frau und seinen vier Kindern und schaute erschrocken über den Hofplatz. Die Familie hatte soeben ein grauenhaftes Drama miterlebt, in dem sie selbst die Hauptpersonen waren.

Hinter den Vorratshäusern waren die Leibwächter von der Säpo zu sehen, und neben ihnen hatte sich etwa ein Dutzend uniformierter Männer von der Borlänger Polizei um einen Graben versammelt. Sie richteten ihre Taschenlampen auf den Boden, die Lichtkegel fegten durch die nächtliche Dunkelheit, und Spürhunde suchten im meterhohen Gras.

Jeglertz blickte zum Waldrand hinüber.

»Habt ihr ihn da entdeckt?«

»Ja … aber nicht wir haben ihn entdeckt, das waren Ekbergs Hunde.«

»Die Hunde?«

»Die laufen frei auf dem Hof herum, rund um die Uhr. Das war schon immer so, und wir sahen keinen Grund, daran etwas zu ändern, im Gegenteil. Sie sind hervorragende Wachhunde, das haben wir vor einer guten Stunde erfahren, als sie anfingen zu bellen wie verrückt. Alle fünf Hunde jagten über den Hofplatz und stürzten sich auf einen Eindringling, der sich unten im Graben versteckt hatte. Zu diesem Zeitpunkt hielt ich mich im Haus auf. Ich rannte sofort zum nördlichen Wohnzimmerfenster und sah einen leuchtend roten Punkt draußen in der Dunkelheit. Gleich darauf hatten die Hunde ihn gepackt. Sie hätten den Arsch fast umgebracht, haben ihm ins Gesicht gebissen, in den Hals. Es hat so an die dreißig Sekunden gedauert, dann waren die Kollegen von der Bereitschaftspolizei zur Stelle, aber fünf wütende Dobermänner können in einer halben Minute ganz schön viel Schaden anrichten. Der Akademiemörder bietet keinen schönen Anblick, das kann ich schon mal sagen, die Narben wird er sein Leben lang mit sich herumschleppen.«

»Klingt doch gut«, sagte Hedlund und grinste böse.

Jeglertz verzog keine Miene.

»Ein roter Punkt, hast du gesagt? Ein Laserzielfernrohr, vielleicht?«

»Das war mein erster Gedanke«, sagte Bornedal, »aber wir haben kein Laserzielfernrohr gefunden und auch kein Nachtzielfernrohr. Dagegen hatte er eine Digitalkamera bei sich, vermutlich war es das Blitzlicht der Kamera, das da in der Dunkelheit aufgeleuchtet ist.«

Die drei Männer liefen weiter über das Hofgelände. Unterhalb von ihnen streckten sich die Haferfelder, zu einem schnurgeraden Horizont, wo sich nur einsame Ställe vor dem blutroten Westhimmel abzeichneten. Bei den Almhütten hielt sich etwa ein Dutzend Personen auf, Ärzte, Polizeibeamte, Krankenhauspersonal, Leibwächter von der Personenschutzeinheit der Säpo. Etliche Scheinwerfer zeigten den Hofplatz und den Krankenwagen beim hinteren Scheunenflügel. Auf einer Lederpritsche neben der Hecktür des Krankenwagens lag ein bewusstloser Mann, neben ihm standen ein Tropf und ein blinkendes EKG-Gerät, unter der Pritsche waren zwei Sauerstoffbehälter zu sehen.

Der Mann war um die vierzig, seine sandfarbenen Haare waren schütter auf dem Kopf und üppig weiter unten, sie waren zu einem Zopf zusammengefasst, der unter seinen Schulterblättern verschwand. Er hatte die Augen geschlossen und den Mund weit aufgerissen.

Splitternackt lag er auf der Lederpritsche. Sein Körper war übersät von tiefen Wunden, im Gesicht, am Hals, den Unterarmen, den Schenkeln, sogar an seinem Geschlechtsorgan waren deutliche Bissspuren zu sehen. Die Ärzte versuchten, die Blutungen zu stoppen, klebten die Wundränder zusammen. Eine Krankenschwester bewegte die Hände über Gesicht und Schritt des Mannes, aber es war unmöglich, alle Insekten fernzuhalten, Kriebelmücken und Waldmücken drängten sich über dem blutigen Fleisch. Die Kieferknochen des Mannes lagen offen, und die weißen Knochenstummel leuchteten im Licht der Scheinwerfer.

Aus dem frischrenovierten Fachwerkhaus konnte man das wütende Gebell der Dobermänner hören, eine Erinnerung an das Geschehene.

Jeglertz sah sich den Mann genau an.

»Wird er überleben?«

»Vermutlich«, antwortete ein Arzt. »Aber in keinem schönen Zustand.«

Langsam fuhr Jeglertz sich mit der Hand über die glattrasierte Wange, drehte sich dann um, nach Westen, und schaute auf den Graben.

»Der Graben liegt nur einen Steinwurf von Ekbergs Haus entfernt, wie zum Teufel ist der Arsch so weit gekommen?«

»Durch den Entwässerungstunnel.«

»Was?«

Bornedal holte tief Atem, ehe er die Erklärung folgen ließ.

»Er ist durch die Entwässerungstunnel gekrochen. Die ziehen sich an den Waldwegen und den Haferfeldern entlang. Er ist ein findiges Kerlchen, das muss man ihm lassen. Das hier muss er sehr lange genau geplant haben. Er ist ohne Kleider losgekrochen, eingeschmiert mit Walnussöl, um leichter durch die engen Rohre zu kommen, die sind nur sechzig Zentimeter im Durchmesser. Er muss über zwei Kilometer durch die verschlammten Tunnel gekrochen sein, vielleicht drei, und das splitternackt.«

»Nackt? Hatte er gar nichts bei sich?«

»Doch, er hatte eine Stirnlampe umgeschnallt und zog einen Plastiksack hinter sich her, den er am Fußgelenk festgebunden hatte. Der war auch eingeölt, um leichter durch den Tunnel zu rutschen. Er hatte sogar einen kleinen Schraubenzieher mit Batterieantrieb, damit hat er alle Filter und Wasserverschlüsse geöffnet, die ihm den Weg versperrten.«

Jeglertz trat näher und musterte den übel zugerichteten Mann.

»Du hast gesagt, er hatte einen Plastiksack bei sich, was war darin?«

»Etliche Karten und Pläne vom Bezirk Borlänge, unter anderem detaillierte Flurkarten vom Geoarchiv der Vermessungsbehörde. Er hatte auch Luftaufnahmen und eine detaillierte Übersicht über alle Entwässerungstunnel und Bewässerungsbrunnen der mittleren Dalaregion. Dazu zwei Dosen weiße Vaseline und vier Flaschen Walnussöl, dazu eine Digitalkamera und eine Schusswaffe.«

»Einen Schwarzpulverrevolver?«

»Nein, eine moderne Pistole. Eine Beretta 92 mit vollem Magazin, siebzehn Patronen.«

»Und das war alles? Hatte er keine Kleider?«

»Nein, keine Kleider, aber etwas hatte er noch. Er hatte ein Buch.«

Jeglertz blickte auf.

»Was denn für ein Scheißbuch?«

»*Das Rote Zimmer.*«

»Was?«

»*Das Rote Zimmer*, auf Deutsch.«

Plötzlich stieß der Mann ein Röcheln aus, Blutklumpen und Gallenflüssigkeit quollen aus seiner Mundhöhle, als er das Bewusstsein zurückerlangte. Seine Augen waren weit offen, fiebrig und leer. Sämtliche Ärzte und Krankenschwestern stürzten an die Pritsche, beugten sich über den Mann und musterten die Messgeräte, die ihn umgaben.

»Der Puls hat sich stabilisiert«, keuchte eine Krankenschwester. »Die PQ-Zeit liegt bei 204, das ist zu hoch, aber noch akzeptabel.«

Mit entschiedenen Schritten drängte Jeglertz sich durch das Pflegepersonal, trat an die Lederpritsche und beugte sich über den nackten Mann mit dem entstellten Gesicht.

»Sieh mich an. Sieh mich an, du Arsch.«

Die Blicke des Mannes irrten hin und her, drehten sich in ihren Höhlen wie Porzellanaugen bei einer ramponierten alten Puppe. Jeglertz packte den bloßgelegten Kiefer und zwang den Mann, seinen Blick zu erwidern.

»Jetzt hab ich dich, du Schwein. Jetzt fängt dein Albtraum an.«

Einer der Ärzte versuchte, den Polizeichef und den Kommissar wegzuziehen, aber Hedlund drängte sich ebenfalls zur Lederpritsche vor und packte den Unterarm des nackten Mannes.

»Wir wissen, dass du Hööks Bibel mit irgendeinem scheiß Froschgift präpariert hast. Hast du sonst noch was vergiftet?«

Der Mann antwortete nicht, sondern wimmerte nur wortlos.

»Warum wolltest du Ekberg umbringen?«, fauchte Hedlund. »Der steht doch gar nicht auf deiner verdammten Neunerliste. Um welche Mitglieder geht es dir eigentlich, du mieser Arsch?«

Der Mann machte einen Versuch, etwas zu sagen, aber die Worte erstarben auf seinen blutigen Lippen.

»Antworte, zum Teufel, antworte schon! Es wird nur noch schlimmer für dich, wenn du die Fresse hältst, ist das klar?«

Der Oberarzt packte Hedlunds Arm.

»Ich weiß, dass das hier alles sehr wichtig ist. Ich weiß, dass Sie viele Antworten brauchen und dass es eilt. Aber dieser Mann hier braucht Pflege, und zwar sofort, sonst wird er ...«

Aber nun hörten sie ein Geräusch, fast unverständliche deutsche Wörter, die in der Kehle des Mannes Gestalt annahmen.

»... w-was ist l-l-los? Ich h-habe Schmerzen ...«

Alle auf dem Hofplatz drängten sich nun um die Lederpritsche und starrten den darauf liegenden Mann an.

»Red so, dass man dich verstehen kann, du Arsch«, fauchte Hedlund.

»M-my face ... it h-hurts ...«

Der Unterkiefer des Mannes zitterte, jeder Atemzug, jedes Wort bedeuteten eine gewaltige Anstrengung.

»I-ich bin nicht der Mörder. Verstehen Sie?« Das kam nun wieder auf Deutsch. »I am not ... the Academy killer.«

Hedlund packte den blutverschmierten Zopf des Mannes.

»Was redest du da, verdammt noch mal? Ha?«

Sofort löste der Oberarzt Hedlunds Finger und beugte sich über den Mann.

»Who are you?«, fragte er. »Wer sind Sie?«

Als der Mann den Mund öffnete, kamen Blut und ein Name heraus.

»K-karsten Schulze. My n-name is Karsten Schulze.«

Er betastete sein zerbissenes Gesicht mit den Fingerspitzen.

»Mein Gott! Was haben Sie mir angetan? I am not the Academy killer. I am not the Academy killer.«

Hedlunds Stimme hallte zwischen den Scheunenwänden wider.

»Hältst du uns denn allesamt für blöd, du Arsch? Of course you're the fucking killer! Why else would you crawl in a pipeline for two kilometres? Through water and horseshit! Only a crazy serial killer would do something like that.«

Der Oberarzt fuhr mit der Hand über den Arm des Mannes.

»Karsten, can you hear me? If you're not the killer, then why did you come here?«

»Ich bin Fotograf. Ich arbeite bei einer großen deutschen Zeitung. I am a photographer. Verstehen Sie?«

»You're a photographer?«

»Yes, a papparazzo. I take fucking pictures. What have you done to me? What have you done?«

»Karsten, listen to me«, sagte der Oberarzt. »This is important. Why did you bring a gun?«

Die Stimme des Mannes suchte sich ihren Weg durch die zerfetzte Mundhöhle.

»Wir sind in Schweden. There are wolves and bears in the forest. I was scared.«

Jeglertz' Antwort kam sofort:

»You'll wish you met the wolves and bears instead of me.«

Mit aller Kraft schlug er dem Mann seine Faust ins Gesicht, ein grauenhaftes Geräusch zerriss die nächtliche Dunkelheit, als das Nasenbein zerbrach und der Mann seinen Schmerz aus sich herausschrie. Danach stapfte Rod Jeglertz zurück über den im Dunkeln liegenden Hofplatz und weiter zu dem wartenden Hubschrauber.

22. Januar 1912

August Strindberg stand in der Fensternische und wartete. Vorsichtig rückte er die Lampe auf dem Tisch gerade, schob deren Messingfuß ein paar Zentimeter zur Seite.

Sechsundvierzig Jahre zuvor hatte er auf Tyresö eine Scharfschützenübung durchgeführt, an die zehn Kilometer weiter im Süden. Damals war er ein schüchterner Jüngling gewesen, der das Leben noch vor sich hatte. Jetzt war er alt und krank. Er hatte durch ausgefeilte mathematische Berechnungen festgestellt, dass das hier sein Todesjahr sein würde. Die Berechnung sollte sich als korrekt erweisen. Dieser Tag – der 22. Januar 1912 – würde sein letzter und bedeutendster Geburtstag sein.

Langsam verließ er das Schlafzimmerfenster und ging mit mühsamen Schritten zum Esszimmer hinüber. Sein Leben lang war er umhergewandert, lange Spaziergänge jeden Tag nach dem Frühstück, aber da war er noch nicht krank gewesen. Jetzt bedeutete dieser kurze Weg vom Schlafzimmer zum Esszimmer eine gewaltige Anstrengung. Seine Atemzüge wurden schwer und unregelmäßig. Er lehnte sich an den Türrahmen und dann gegen das schwarze Neufeld-Klavier.

Am Esstisch saßen zwei seiner Töchter, Greta und Anne-Marie. Ängstlich musterte Greta ihren Vater, den weltberühmten Schriftsteller. Zuerst zögerte sie. Denn sie kannte ja sein Temperament. Dann zeigte sie auf den Korbsessel.

»Willst du dich nicht einen Moment setzen, Papa?«

»Nein.«

»Hast du Durst, Papa? Wir haben Limonade und Saft, soll ich eine Flasche aus dem Eisschrank holen?«

»Nein.«

»Bist du dir ganz sicher, Papa?«

»Ja.«

Er war wortkarg, wollte seine letzten Worte nicht für Plaudereien vergeuden, das hatte er klargestellt. Mühsam ging er weiter zur Fensternische.

»Du musst aber etwas essen, Papa. Wir haben eingelegten Hering mit Dill, das isst du doch so gern.«

Wieder schüttelte er den Kopf.

»Aber der Doktor hat doch gesagt, wie wichtig es ist, dass …«

Plötzlich blitzten die hellblauen Augen auf.

»Der Doktor? Welcher denn? Ich war bei vier Ärzten und habe ebenso viele Diagnosen bekommen. Gallensteine, Magenkrebs, Bauchfellentzündung und Fischbandwurm. Ich brauche keinen gekochten Hering, sondern eine eindeutige Diagnose!«

Die Anstrengung wurde zu groß, die Wörter blieben ihm in der Kehle stecken, ein heftiger Husten schüttelte seinen Brustkasten.

Am Esstisch saß auch sein Schwiegersohn, Henry von Philip. Er war einer der vier Ärzte, die Strindberg behandelt hatten. Die Bauchfellentzündung war seine Diagnose gewesen. Jetzt streckte er die rechte Hand aus, um seinen Schwiegervater bei dem Hustenanfall zu stützen. Aber Strindberg übersah die Geste seines Schwiegersohns, er machte einige unsichere Schritte auf das Fenster zu. Von hier aus hatte er Ausblick auf die Drottninggata in südlicher Richtung und bis hinüber zum Centralpark. Er schaute auf Stockholms langgestreckte Straßen, aber noch war nichts zu sehen. Keine Menschenmengen und kein Fackelzug.

War das alles ein Scherz gewesen, ein geschmackloser Scherz, den sie einem Sterbenden spielten?

Die Stadt breitete sich vor ihm aus, abendlich dunkel, winterlich verfroren, verlassen. Diese Gegend von Norrmalm gehörte jetzt ihm, und so würde es bleiben, wie ein Gespenst würde er noch hundert Jahre nach seinem Tod über diesen Stadtteil wachen. In der Drottninggata würden Zitate aus seinen Werken und seinem Briefwechsel verewigt werden, durch in den Asphalt eingelassene Eisenbuchstaben. Bei seiner Beerdigung auf dem Friedhof Norra Begravningsplatsen sollten ihn dann sechzigtausend Trauergäste zur letzten Ruhestätte geleiten, zu dem schwarzen Eichenkreuz mit der goldenen Inschrift O CRUX AVE SPES UNICA.

Im Park Tegnérlunden würde Carl Eldhs Strindbergstandbild errichtet und die Gänge im östlichen U-Bahn-Ausgang der Rådmannsgata mit Portraits und Zitaten aus seinen Stücken geschmückt werden. Konnte er das ahnen, als er 1912 dort in der Fensternische stand?

Vielleicht.

Carl Eldh hatte an diesem Tag mitteilen lassen, die Bronzestatue sei fertiggestellt. Aber August Strindberg wollte nicht in Bronze oder Öl verewigt werden, sondern in der Literatur.

Er kämpfte sich zurück zur Balkontür im Schlafzimmer, wo er abermals nach denen Ausschau hielt, die ihn unsterblich machen sollten. Noch konnte er ihre Fackeln in der winterlichen Dunkelheit nicht sehen.

Zwei Tage vorher hatte er seinem Freund, dem Museumsdirektor Richard Bergh, geschrieben: »Damit das Volk meinen Balkon unter allen anderen erkennen kann, werde ich meine schönste elektrische Lampe so stellen, dass ihr rotes Auge nach Tegnérlunden weist.« Jetzt streckte er abermals die zitternde Hand aus und rückte die Schreibtischlampe zurecht, schob das rotleuchtende Glaskristall ein ganz klein wenig nach Südwest.

In den ersten Jahren des Jahrhunderts hatte er mit dem Nobelpreis gerechnet. In seinem Journal, dem Okkulten Tagebuch, *notierte er, dass die Sterne am Himmel keinen Zweifel ließen: Im Dezember würde er eine mit viel Geld verbundene Auszeichnung erhalten. Aber als er nun an seinem dreiundsechzigsten Geburtstag am Schlafzimmerfenster stand, wusste er, dass der Nobelpreis niemals ihm gehören würde.*

Niemals.

Mit müden Augen schaute er weiter durch die Samtportieren. Tochter Greta und ihr Mann saßen noch immer am Esstisch und beobachteten ihn ängstlich durch die Schlafzimmertür.

»Es war ein langer Tag. Bist du müde, Papa?«

Er schüttelte den Kopf, aber seine Augen gaben eine andere Antwort, in ihnen lag eine Müdigkeit, die niemals verschwinden würde.

Greta schaute verstohlen auf die Armbanduhr ihres Ehemannes.

»Vielleicht kannst du dich hinsetzen und warten, Papa?«

In diesem Moment loderten die ersten Flammen in der abendlichen Dunkelheit auf.

»Jetzt sind sie da!«

Der Fackelzug tauchte aus der abendlichen Dunkelheit auf. Zog sich durch Stockholms Straßen wie eine brennende Schlange, näherte sich langsam der Wohnung an der Ecke Tegnérgata und Drottninggata. Tausende von Stimmen hallten zwischen den Hausfassaden wider und stiegen zum schwarzen Winterhimmel hoch.

»Da sind sie«, flüsterte er noch einmal oben in der Fensternische.

Plötzlich blitzte etwas in den blauen Augen auf, etwas, das Ähnlichkeit mit Verzückung hatte. Er nahm seine Schreibuten-

silien vom Sekretär: eine englische Stahlfeder mit französischer Tinte, ein Blatt Papier der Marke Lessebo. Mit brennendem Eifer warf er zwei Zeilen auf das Papier. Keuchte die Wörter hervor, fiebriges Flüstern. Dann zog er seinen wärmsten Wintermantel an, steckte das Papier in die Manteltasche und ging mit schwankenden Schritten zur Balkontür.

Seine jüngste Tochter, die neunjährige Anne-Marie, sprang auf.

»Soll ich helfen, Papa? Du kannst dich auf meinen Arm stützen.«

Er nickte, nahm ihre ausgestreckte linke Hand, und zusammen gingen sie hinaus auf den Balkon. Jubel und Hurrarufe wollten kein Ende nehmen.

»Lang lebe Strindberg!«

»Der Dichterkönig soll leben!«

Zehntausend Menschen hatten sich unter seinem Balkon und in den umliegenden Straßen versammelt. Brennende Fackeln und rote Gewerkschaftsfahnen gaben dem Stockholmer Abend Farbe, Musikkapellen füllten ihn mit Klang. Zuerst ertönte die Marseillaise, dann andere Freiheitslieder. Ganz vorn in der Menge stand Hjalmar Branting, der Leiter von Schwedens sozialdemokratischer Arbeiterpartei. Er führte die großartige Geburtstagsfeier an und zeigte das Ergebnis der landesweiten Sammelaktion, die seit mehreren Monaten vor sich gegangen war.

Der Anti-Nobelpreis, so wurde er im Volksmund genannt.

Die Schwedische Akademie hatte Strindberg den Literaturnobelpreis verweigert, das Volk sah das anders. Die meisten waren bettelarme Arbeiter aus Hafen und Fabriken der Hauptstadt, aber sie hatten fünfundvierzigtausend Kronen für Strindberg zusammengebracht.

Das Akademiemitglied Per Hallström hatte versucht, die Sammelaktion zu verhindern. In der Zeitung Svenska Dagbladet *schrieb er, es wäre ein Skandal, wenn der Schreiberling Strindberg dermaßen ausgezeichnet würde. Fredrik Böök und Sven Hedin hatten Strindbergs Namen in Zeitungen und anderen Veröffentlichungen in den Schmutz gezogen, hatten ihn seit Jahren lächerlich gemacht. Aber das Volk ließ sich nicht beirren. Jetzt hatten sie sich vor seiner Wohnung versammelt und schauten zum Balkon im fünften Stock hoch.*

Und da stand er, der berühmte Schriftsteller. Die winterliche Kälte schnitt in seine Wangen, und die abendliche Dunkelheit umhüllte ihn. Der Schwiegersohn Henry von Philip hielt einen Leuchter in der Hand, die Flammen bebten in der Dunkelheit und erleuchteten Strindbergs Gesicht. Es war abgemagert und graubleich, das Gesicht eines Sterbenden.

Plötzlich griff er in seine Manteltasche, zog das zusammengefaltete Blatt Papier heraus und beugte sich über das Balkongeländer. Dann ließ er das Papier zu Boden fallen, durch die Dunkelheit, hinunter in die jubelnde Volksmenge.

19

José Saramago

Nobelpreisträger für Literatur 1998

Begründung der Schwedischen Akademie:

»Der mit seinen fantastischen Parabeln,
die voller Mitgefühl und Ironie sind, den Menschen stets
aufs Neue die trügerische Wirklichkeit näherbringt.«

18. Mai 2012

An den Kaianlagen breitete sich das Wasser des Mälar aus, pechschwarz und langgestreckt, hinter dem Sund erschien Djurgården wie eine Märchenwelt, mit Türmen und Zinnen und Karussells, die vor dem Nachthimmel funkelten. Aber Claudia und Leo kehrten diesem phantastischen Anblick den Rücken, nicht eine Sekunde lang ließen sie Tür 31 aus den Augen. Seit fast vier Stunden versteckten sie sich zwischen den Bäumen des Strandväg und starrten den verlassenen Eingang an. Einmal war Leo quer über die Straße gelaufen und hatte an einem abends noch geöffneten Kiosk Kuchen, Tee und einen Caffè Latte gekauft. Jetzt biss er in seinen dritten Schokomuffin und nippte an dem kalten Tee.

»Die Arbeit in einem Antiquariat kann eintönig wirken, ab und zu passiert einen ganzen Vormittag lang nichts. Aber diese Ermittlungsarbeit ist noch öder.«

Claudia zuckte mit den Schultern.

»Vier Stunden sind doch nichts, gegen Ende der neunziger Jahre hatte ich vier Monate lang einen verdeckten Einsatz. Wir waren einer Heroinbande auf der Spur und versteckten uns in einer Werkstatt in Rågsved. Stunde für Stunde, Tag für Tag. Wir hatten Hunger und mussten aufs Klo, aber wir mussten durchhalten, die Heroinbande konnte doch jeden Augenblick auftauchen.«

»Und so ging das vier Monate lang?«

»Ja.«

»Habt ihr die Bande dann erwischt?«

»Nein.«

Er biss noch einmal in seinen Muffin und wischte sich Krümel aus den Bartstoppeln.

»Weißt du was?«

»Nein, was denn?«

»Unsere Jobs sind sich ziemlich ähnlich. Du jagst Verbrecher und ich Bücher.«

»Aber deine Taschenbücher ziehen keine halbautomatische Glock, wenn du sie findest, oder?«

»Das nicht. Einmal hab ich mir einen Hexenschuss geholt, als ich einen Bananenkarton voll Sci-Fi-Romane hochgehoben habe. Aber etwas Schlimmeres ist mir noch nie passiert. Klopf auf Holz.«

»Das klingt gut«, sagte sie, erwiderte sein Lächeln aber nicht.

Sie starrten auf den gewölbten Kalksteineingang, fixierten das Tor mit glasigen Augen. Claudia leerte ihren Becher mit zwei Schlucken und knüllte den leeren Pappbecher dann zusammen. Als sie ihn wegwarf, fing sie Leos gespannten Blick auf.

»Ist das Stolte? Siehst du ihn?«

Vorsichtig schüttelte er den Kopf.

»Dreh dich nicht um. Da kommt ein Streifenwagen.«

Sofort schlang sie die Arme um Leos Hals, küsste ihn, und einige Sekunden darauf fuhr der Einsatzwagen der Citypolizei vorbei an ihren engumschlungenen Körpern.

»Den Trick hab ich mal im Kino gesehen«, flüsterte sie an seinem Hals.

»Guter Trick.«

Er presste sie an sich und schaute hinter dem Streifenwagen her, nach Osten den Strandväg entlang, am Kiosk vorbei. Als der Wagen endlich im Narvaväg verschwunden war, ließ er ihr Hinterteil los.

»Sie sind weg.«

»Das weiß ich.«

Aber sie lockerte ihren Griff nicht, stattdessen packte sie die Gürtellaschen seiner Jeans und zog ihn dichter an sich heran.

»Claudia … bist du dir da sicher?«

»Nein«, antwortete sie, während ihr Mund wieder seinen suchte.

Ihre Hände tasteten unter Hosen und Pullover, die Lippen schnappten nacheinander, wild und ungezügelt, als ob ihre Körper fünfzehn verlorene Jahre nachholen wollten. Als seine Fingerspitzen eine harte Hautstelle unter ihrer linken Brust streiften, hielt er inne.

»Narbe?«

»Ja.«

»Vor fünfzehn Jahren war die noch nicht da.«

»Kannst du dich an solche Kleinigkeiten erinnern?«

»Ich kann mich an alles erinnern.«

»Dann hast du viel zu entdecken: vier Tätowierungen und drei Narben.«

»Drei Narben?«

»Eine Schusswunde, drei Messerstiche. Mal sehen, ob du die findest.«

»Werd mein Bestes tun.«

Langsam ließ er die Finger weiter über ihre nackte Haut gleiten, über Schulterblätter, über Brüste.

»Hier ist nichts.«

Dann machte er weiter am Nabel, am Hinterteil, um die Taille, an den Hüften, und sie atmeten mit jeder Sekunde, jeder Berührung heftiger.

»Da ist er!«

Claudia hatte das gekeucht. Atemlos fuhren sie herum und starrten zum Bürgersteig hinüber, der sich an der Hausfassade längs zog, sofort erkannten sie den schlanken Mann, der auf die Fahrbahn des Strandväg hinausschritt.

Vier Stunden zuvor hatte Brynolfsson in der Stadtbibliothek Werner Stolte gegoogelt und ein ziemlich neues Foto und einige Zeilen in Wikipedia gefunden:

Werner Johan Stolte, *geboren 3. November 1931 auf Östermalm in Stockholm. W. Stolte ist der Enkel des Baumeisters Carl-Oscar Stolte, der unter anderem am Bau des Stockholmer Olympiastadions 1913 beteiligt war. W. Stolte leitet seit Januar 1974 das Bauunternehmen Palmarius AB. Diese Firma wurde 1905 von Stoltes Großvater Carl-Oscar gegründet und hat heute in Skandinavien und dem Baltikum über 2300 Angestellte.*

Leo riss den Ausdruck aus der Hosentasche, verglich das Foto mit dem hochgewachsenen Mann, der vierzig Meter von ihnen entfernt über die Straße lief.

»Das ist Stolte.«

Er knöpfte sein Hemd so schnell zu, wie seine Finger dazu in der Lage waren, packte dann Claudias Hand und machte einen Schritt in Richtung Bürgersteig.

»Wir müssen uns beeilen, sonst geht er durch ins Haus.«

»Ich will ja, dass er reingeht.«

»Warum das?«

Sie gab keine Antwort, stand nur in der Dämmerung hinter den Linden und ließ Stolte nicht aus den Augen, als er zu der grüngestrichenen Teaktür des Hauses Nr. 31 lief. Dort gab er den Türcode ein und verschwand im Foyer des Bünsowschen Hauses. In der Sekunde, in der das Tor hinter ihm zufiel, rannte Claudia zu dem um 1900 errichteten Gebäude, presste ihr Gesicht an die Gegensprechanlage und hauchte gegen die rechteckige Metallscheibe. Sofort war zu sehen, wie Stolte seine Finger gesetzt hatte, deutliche Abdrücke auf den Tasten 1, 2, 5, 7 und 9.

»Ein fünfziffriger Code, das ist ungewöhnlich.«

»Ja«, keuchte Leo hinter ihr. »Diese Ziffern können Hunderte von Kombinationen bilden, wir werden die ganze Nacht brauchen, um die richtige zu finden.«

»Stolte hat die Hand zuerst nach oben bewegt, diagonal von rechts nach links. Danach gerade nach unten, der Code müsste also sein … 95217.«

Ihr Zeigefinger bewegte sich über die stählernen Tasten und wiederholte Stoltes Bewegungsmuster, als sie am Ende die 7 antippte, gab die Schließanlage ein Surren von sich.

»Hereinspaziert.«

Sie liefen in das Gebäude, rasche Schritte, die auf dem Marmorboden klapperten. Die Wände waren mit Nischenlampen und Granitskulpturen geschmückt. Zwischen zwei Nixenstatuen entdeckte Leo die Liste der Hausbewohner, etwa zehn Namen auf einer Aluminiumtafel.

»Stolte, vierter Stock.«

Der Fahrstuhl stammte ebenfalls aus der vorletzten Jahrhundertwende, aber die gutgeölte Gittertür blieb stumm, als Claudia sie öffnete. Sie stiegen in den Fahrstuhlkorb, und als Leo auf die 4 drückte, erhoben sie sich durch das Haus aus dem 19. Jahrhundert. Leo schaute durch das Gitter und sah langsam die Geschosse an ihnen vorbeiziehen.

»Glaubst du, Stolte kann der Akademiemörder sein?«

»Nein, die TP-Gruppe meint doch, dass der Täter um die vierzig sein muss, und Stolte ist über achtzig. Aber durch irgendeinen Zufall haben sich ihre Wege gekreuzt.«

Als der Fahrstuhl im obersten Stock zum Stillstand kam, schob Leo die Tür auf, sie traten hinaus und sahen zwei terrakottafarbene Türen. An der linken war ein Messingschild mit den schwarzemaillierten Buchstaben *Familie Stolte* befestigt. Claudia ging sofort hin und drückte auf den Klingelknopf. Schon nach zwei Sekunden öffnete Werner Stolte die Tür und musterte die beiden, sah sich den Dienstausweis in Claudias ausgestreckter Hand an. Sein Gesicht zeigte weder Überraschung noch Besorgnis.

»Ich bitte um Entschuldigung für diese Störung hier am Freitagabend. Ich bin Claudia Rodriguez, das hier ist Leo Dorfman. Wir kommen von der Zentralen Mordkommission und würden gern mit Ihnen sprechen, es dauert wirklich nur ein paar Minuten.«

Stolte lächelte freundlich, ohne den Blick zu senken, ohne mit der Antwort zu zögern.

»Natürlich. Worum geht es denn? Ich hoffe, es ist nichts Schlimmes passiert?«

»Nicht doch, gar nicht. Wir müssen nur ein paar Routinefragen stellen.«

Die Wohnung war wunderschön, die drei Jugendstilräume lagen hintereinander, und alle Wände waren mit Kunstgegenständen bedeckt. Als Leo sich umschaute, erkannte er mehrere Gemälde und Skulpturen, Werke von Carl Larsson, Anders Zorn, Carl Eldh, Stanislaw Przybyszewski, Edvard Munch.

»Ich sehe, meine Kunstsammlung erweckt Ihr Interesse.«

»Ja, Sie haben hier wunderschöne Sachen.«

Sein Blick wanderte zu einem Aquarell über dem Kamin.

»Dieses Bild von Zorn habe ich bisher nur in Kunstbänden und Auktionsbroschüren gesehen. Das ist doch *Eine Ewa*? Ich weiß noch, dass es bei Bukowski versteigert wurde, es kam für fast elf Millionen unter den Hammer, wenn ich mich richtig erinnere. Ich habe mich lange gefragt, wer es wohl gekauft hat.«

Stolte lächelte.

»Jetzt wissen Sie es.«

Er ließ sich an einem Bridgetisch nieder und winkte seine Gäste zu sich.

»Mit den Jahren bin ich zum Kunstsammler geworden, aber ich gebe gern zu, dass mein Interesse größer ist als mein Wissen. Es ist ein Privileg, sich mit den Werken der bedeutendsten Meister umgeben zu dürfen, es hat meiner Frau und mir große Freude gemacht. Leider ist Maj-Lise dann an Leukämie erkrankt und hat mich vor fast fünfzehn Jahren verlassen. Aber gemeinsam mit unserem Sohn habe ich das, was sie begonnen hatte, weitergeführt.«

Einen Moment lang schaute er auf den Parkettboden, schien seine Gäste zu vergessen, dann hob er den Blick wieder.

»Hier sitzt der alte Trottel nun und denkt an bessere Zeiten. Sie müssen schon entschuldigen.«

»Das ist doch kein Problem.«

Stolte lächelte sie an und setzte sich gerade.

»Sie hatten eine Routinefrage, ja?«

»Es ist nur eine Bagatelle«, sagte Claudia, »aber bei unserer Arbeit müssen wir eben jeder Spur nachgehen. Man weiß ja nie, wohin die führen kann.«

»Manchmal sind die Bagatellen das Wichtigste. Worum geht es?«

»Um ein Buch aus der Bibliothek.«

Stolte hob seine grauen Augenbrauen, die Überraschung in seiner Stimme war nicht zu überhören.

»Ein Buch aus der Bibliothek?«

»Ja, vor ungefähr einer Woche haben Sie einige Bücher in die Stadtbibliothek am Sveaväg gebracht. Wir hätten da einige Fragen zu einem dieser Bücher, *Zur See* von Vilgot Elmander.«

Stolte nickte, ein Lächeln erschien auf seinen Lippen.

»Doch, daran kann ich mich sehr gut erinnern. Ich habe einige Bücher zurückgebracht, und dabei leuchtete plötzlich das rote Lämpchen am Computer der Bibliothekarin auf. Sie hat sich sicher erschrocken, die Arme. Es stellte sich heraus, dass ein Buch um ganze drei Jahre überfällig war, und es war eben Elmanders wunderbare Reiseschilderung, aber hier kommt nun die lustige Wende in der Geschichte. Verstehen Sie, es war ja gar nicht mein Buch, jemand anders hatte es ausgeliehen. Können Sie sich das vorstellen? Aus Versehen war sein Buch bei meinen gelandet.«

Plötzlich runzelte Stolte besorgt die Stirn.

»Aber sagen Sie mir, warum sucht die Zentrale Mordkommission nach verspäteten Bibliotheksbüchern? Sicher gibt es in unserer Gesellschaft schwerer wiegende Verbrechen?«

»Wir suchen nicht nach *Zur See,* sondern haben großes Interesse an der Person, die dieses Buch ausgeliehen hatte.«

Claudia musterte Stolte aufmerksam, beobachtete seine Hände, den Mund, die Augen unter den grauen Brauen.

»Er heißt Arvid Falk«, fügte sie dann hinzu. »Ist das jemand, den Sie kennen?«

Stolte schüttelte langsam den Kopf.

»Leider nein. In meiner Jugend hatte ich auf dem Technischen Gymnasium einen Klassenkameraden, Albert Falk hieß er. Netter Bursche. Aber nein, einen Arvid Falk kenne ich nicht.«

»Aber er hat *Zur See* ausgeliehen. Wie ist dieses Buch denn bei Ihnen gelandet?«

Stolte zögerte für einen Moment mit der Antwort, dann fragte er nachdenklich:

»Kennen Sie William von Ockham, den mittelalterlichen Philosophen? Er hat die wissenschaftliche Theorie aufgestellt, die nach ihm das *Ockhamsche Rasiermesser* heißt.«

Leo nickte.

»Die einfachste Erklärung ist vermutlich die richtige.«

»Genau«, sagte Stolte. »Aber welche Erklärung in diesem Fall die einfachste ist, weiß ich nicht. Vielleicht hat ein Bibliothekar sich vertan. Vielleicht waren wir gleichzeitig in der Bibliothek und haben unsere Bücher vertauscht. Vielleicht haben wir nebeneinander in der Straßenbahn gesessen und unsere Bücher fallen lassen. Ich habe keine Ahnung, wer der Kerl ist, tut mir leid.«

Als Claudia sich über den Bridgetisch vorbeugte, änderte sich der Tonfall in ihrer Stimme.

»Und doch haben Sie seine Verspätungsgebühr von hundertvierzig Kronen bezahlt. Es war großzügig von Ihnen, einem Fremden zu Hilfe zu kommen.«

Stolte feuchtete sich die Lippen an, dann antwortete er ebenso freundlich wie vorher.

»Die öffentlichen Bibliotheken sind vielleicht unsere beste Einrichtung. Es ärgert mich, ja, es macht mich wütend, wenn diese Einrichtung missbraucht und behindert wird. Deshalb habe ich die Verspätungsgebühr dieses Lümmels bezahlt.«

Er zeigte auf das Zorn-Gemälde über dem Kamin.

»Ich habe, wie Sie ja bemerkt haben, Kunstwerke für etliche Millionen gekauft. Und da erlauben meine Mittel es mir ja wohl, der Stadtbibliothek mit einem oder zwei Hundertern auszuhelfen, nicht wahr?«

»Sie haben eben die Straßenbahn erwähnt«, sagte Leo. »Gibt es noch einen anderen Ort, wo Falk Ihnen begegnet sein könnte?«

»Hunderte. Ich besuche jeden Tag Museen und Kunstgalerien. Mittags und abends esse ich auswärts, normalerweise im *Grand*, aber ab und zu auch in anderen Restaurants hier in der Gegend. Jeden Montagmorgen gehe ich ins Storkyrkobad, zusammen mit Bror Axén, einem meiner ältesten Freunde. Donnerstagsabends spiele ich im Seniorentreff am Karlaplan Bridge. Ich sitze in etlichen Aufsichtsräten und Komitees. Ich reise kreuz und quer durch Europa, um mir Kunstwerke anzusehen und zu kaufen. Ja, Sie sehen schon. Ich komme an viele Orte und begegne vielen Menschen, aber ob irgendeiner von diesen Leuten Vilgot Elmanders *Zur See* ausgeliehen hat, kann ich Ihnen wirklich nicht sagen.«

Er faltete die Hände, und in seiner Stimme lag etwas Endgültiges.

»Tut mir leid, ich kann Ihnen nicht helfen.«

Claudia blieb am Bridgetisch sitzen, sie ließ den grauhaarigen Mann nicht aus den Augen.

Da ist etwas.

Etwas, das unter seiner Haut ruhte, in den Handbewegungen.

In der feingliedrigen Muskulatur um seinen Mund, etwas, das sich hinter seinen Worten versteckte.

Etwas.

Sie wartete noch zehn Sekunden, wartete darauf, dass er noch etwas sagte, ein Anzeichen von Unruhe zeigte, nervös auf der Tischplatte herumspielte.

Aber Stolte verzog keine Miene, sagte kein Wort, erwiderte ihren Blick mit vollkommener Beherrschung. Am Ende erhob sie sich vom Spieltisch und schüttelte seine Hand, die warm war und trocken.

»Dann haben Sie vielen Dank«, sagte sie und drehte sich um, um den Raum zu verlassen.

Nun hörte sie hinter sich Stoltes Stimme.

»Also, aus purer Neugier, worum geht es eigentlich? Dieser Arvid Falk, ist das ein gesuchter Verbrecher? Eine Art Gangster?«

Claudia blieb in der Wohnungstür stehen, drehte ein wenig den Kopf, als sie antwortete.

»Dazu dürfen wir uns leider nicht äußern, es geht ja um laufende Ermittlungen.«

»Hat es etwas mit den Akademiemorden zu tun?«

Sie drehte sich zu dem alten Mann um, Adrenalin schäumte durch ihren Körper.

»Warum … glauben Sie das?«

»Das ist doch eine ganz natürliche Annahme, Sie arbeiten an dem Fall, oder? Sie leiten doch die Ermittlungsarbeiten. Oder haben sie geleitet, sollte ich vielleicht sagen.«

Ihr Herz hämmerte heftig, als sie zum Bridgetisch ging und Werner Stolte anstarrte.

»Wieso zum Teufel wissen Sie solche Details?«

»Ich bitte um Entschuldigung, wenn ich etwas Unpassendes gesagt habe, aber diese Details weiß doch das ganze Land. Ja, jedenfalls wird das bald der Fall sein.«

»Wovon reden Sie eigentlich?«

»Davon.«

In der rechten Hand hielt er ihr die Abendausgabe der Zeitung *Aftonbladet* entgegen, legte sie dann vor ihr auf den Tisch. Auf der Zeitung waren zwei Fotos und zwei mit großen schwarzen Lettern geschriebene Namen zu sehen.

CLAUDIA MARIA EVANGELINA RODRIGUEZ.

LEO WALDEMAR DORFMAN.

Darunter stand nur ein Wort, die Druckerschwärze zog sich über die ganze Seite:

FAHNDUNG!

22. Januar 1912

Carl-Oscar Stolte ging mitten im Fackelzug. Er überragte die meisten anderen um einen Kopf, konnte aber weder Anfang noch Ende der Menschenmenge sehen, brennende Fackeln beleuchteten die winterdunkle Stadt, so weit das Auge reichte. Stockholm war gefüllt mit Kampfesliedern und roten Gewerkschaftsfahnen.

Angeblich hatten sich zehntausend Menschen dem Zug angeschlossen, die ganze Hauptstadt sollte von Strindbergs Geburtstag geprägt werden, ob sie das nun wollte oder nicht. Diese Feier war wie sein Werk, es entging niemandem. Die Polizei hatte die Gegend um seine Wohnung abgeriegelt, die Droschken und die wenigen Motorfahrzeuge mussten den Umweg über die Västmannagata machen. Es gab sogar ein Gerücht, das die Menge witzig fand: die elektrische Straßenbahn sei dermaßen von Strindbergenthusiasten überfüllt gewesen, dass beim Gustav Adolfs torg ein Wagen entgleist sei.

In den vergangenen Jahren hatte Carl-Oscar als leitender Ingenieur beim Stockholmer Olympiastadion gearbeitet. Viele der Männer, die an seiner Seite schritten, waren dort beschäftigt, vor ihm ging der kräftige Maurer, der den letzten Ziegelstein in den Glockenturm gelegt hatte. Hundert Dinge trennten Carl-Oscar von diesen Männern, aber eins verband sie, ein Mann.

August Strindberg.

Am Ende erreichte der Fackelzug das Haus des Schriftstellers. Im Schlafzimmerfenster konnte Carl-Oscar die rote elektrische Lampe sehen, die Strindbergs Wohnung kennzeichnete.

Ganz vorn in der Volksmenge war ein schwarzer Hut zu sehen, er saß auf Hjalmar Brantings Kopf. Bald würde der Vorsitzende der Arbeiterpartei das Ergebnis der landesweiten Sammelaktion bekanntgeben.

Als das Geburtstagskind auf den Balkon trat, brandete ein ohrenbetäubender Jubel auf, ganz Stockholm musste ihn gehört haben. Die Musikkapelle spielte abermals die Marseillaise, die Anwesenden riefen, und Carl-Oscar stimmte ein:

»Dichterkönig! Dichterkönig!«

Einige schrien sogar Schmähworte über Heidenstam und Sven Hedin, noch andere wagten es gar, Gustaf V. zu beleidigen, wurden aber sofort zum Schweigen gebracht.

Auf dem Balkon hob der Schwiegersohn den Leuchter, und im Schein der Flammen war deutlich zu sehen, wie bleich und abgemagert der weltberühmte Autor jetzt war. Er winkte und lächelte, aber jede Bewegung schien ihn anzustrengen. Nun zog er plötzlich etwas aus der Jackentasche, das konnte Carl-Oscar von seiner Position dem Kaffeegeschäft gegenüber aus deutlich sehen. Strindberg machte einen unsicheren Schritt auf das Balkongeländer zu, öffnete dann die Hand, fast unmerklich, und ließ den Gegenstand fallen. Der schwebte langsam durch den dunklen Stockholmer Abend, wurde von den Windstößen hin- und hergeworfen, kreiste über der Menschenmenge und wäre fast von den lodernden Fackeln versengt worden.

Carl-Oscar verfolgte den Weg, den der Gegenstand nahm – vom Balkon im fünften Stock hinunter zur Tegnérgata –, streckte dann die Hand aus und fing ihn auf; nur wenige Zentimeter von einer Flamme entfernt. Es war ein zusammengefaltetes Blatt Papier.

Zwei Arbeiter neben ihm hatten das Stück Papier ebenfalls bemerkt. Der eine kam ihm vor wie ein Schauermann aus dem Hafen, der andere war der Maurer vom Glockenturm.

»Ich will einen Blick auf diesen Zettel werfen«, sagte er.

»Geht mir auch so«, sagte der Schauermann.

Carl-Oscar knöpfte seinen Wintermantel auf und verstaute den Zettel sorgfältig in seiner Innentasche.

»Wenn Sie diesen Zettel sehen wollen, dann von mir aus gern. Aber nicht hier und nicht jetzt. Diese wilde Menschenmenge würde das Papier zerreißen oder mit den Fackeln verbrennen. Ich schlage vor, wir treffen uns nachher, in einer Kneipe oder Weinstube. Da können wir uns den Zettel in aller Ruhe ansehen. Was sagen Sie zu diesem Vorschlag, meine Herren?«

Die beiden Arbeiter sahen ihn an, und in den Augen beider leuchtete dieselbe Frage auf. Am Ende ergriff der Maurer das Wort.

»Wie zum Henker sollen wir wissen, dass Sie sich nicht verdrücken und das Papier für sich behalten?«

»Darauf haben Sie mein Wort.«

Beim großen Streik 1909 waren sie sich als Gegner begegnet, der Maurer und Carl-Oscar. Der Maurer war Streikposten für die neue Gewerkschaft gewesen, Carl-Oscar Schlichter bei der Arbeitgeberorganisation. Vor dem Straßenbahndepot wären sie fast aneinandergeraten. Aber jetzt bildete sich zwischen den beiden Männern Vertrauen. Hier standen sie, mitten in dem vieltausendköpfigen Fackelzug, und musterten einander. Dann schüttelten sie einander die Hand und verabredeten sich im Ehrhardt *hinter Götgatsbackan, weit von diesem Stadtviertel entfernt.*

Eine gute Stunde später trafen sich die drei Männer vor der Bierstube auf Södermalm, sie gingen hinein und bestellten für jeden ein Pils. Danach ließen sie sich an einem der hinteren Tische nieder, weit entfernt von Tresen und Fenster, weit entfernt von neugierigen Blicken. Dort kosteten sie schweigend ihr Bier.

Lachen und Lieder der anderen Gäste hallten zwischen den groben Steinmauern wider, aber die drei Männer stimmten nicht ein. Die Dunkelheit schloss sich um ihren Tisch, nur eine einsame Wachskerze beleuchtete ihre Gesichter.

»Jetzt wäre eine Vorstellung angebracht, nicht wahr? Ich bin Carl-Oscar Stolte.«

»Sicher«, sagte der Maurer. »Ich weiß sehr wohl, wer Sie sind. Aber meinen Namen werden Sie wohl kaum kennen. Henning Andersson.«

Der Schauermann stellte sein leeres Bierglas ab.

»Nils Blomberg. Und jetzt zeigen Sie uns den Zettel, Stolte. Zeigen Sie uns, was Strindberg vom Balkon geworfen hat.«

Carl-Oscar nickte, dann zog er den Zettel aus der Tasche. Mit großer Behutsamkeit faltete er ihn auseinander, eine Armlänge von den Biergläsern und der lodernden Wachskerze entfernt. Er legte das Blatt auf die Tischplatte, und im Kerzenschein konnten sie jetzt Strindbergs eilig hingeworfene Mitteilung lesen:

> Liebe Freunde!
> Ich bin nicht länger der Mann, der ich einmal war. Meine Kräfte sind aufgezehrt. Die Fackel, die ich entzündet habe, müsst nun Ihr weitertragen. Vergesst nie die, die mich vernichtet haben. Ihr habt Rache einzufordern! Vergesst das niemals: Rache!

Lange betrachteten sie Strindbergs Zeilen, bis endlich Carl-Oscar das Schweigen brach. Dabei brachte er ihrer aller Gedanken und Gefühle zum Ausdruck, und so sollte es für den Rest ihres Lebens bleiben.

»Meine Herren, etwas Großes ist passiert, etwas Unerhörtes.«

Die beiden Arbeiter nickten.

Carl-Oscar schloss die Finger um den Zettel, seine Stimme war ein Flüstern in der dunkelsten Ecke der Bierstube:

»Wir sind auserwählt!«

In den folgenden Jahren setzten die drei Männer Strindbergs Kampf fort, sie kämpften für dieselben Ideale, gegen dieselben Feinde.

Carl-Oscar kannte sich durch seine Arbeit als Bauunternehmer in Stockholm sehr gut aus, sein Wissen sollte entscheidend werden. Unter einem Haus bei Brända tomten gab es im Berguntergrund eine große Höhle. Im 16. Jahrhundert war dort eine der vielen Schatzkammern der Dominikaner gewesen, danach war die Höhle in Vergessenheit geraten, war unter der Last der Jahrhunderte versunken. Zu Beginn des 20. Jahrhunderts wussten nur noch wenige von diesem spätmittelalterlichen Raum, Carl-Oscar Stolte war einer davon. Für den Preis von einhundertdreißigtausend Kronen kaufte er das Haus bei Brända tomten, dann richtete er die Höhle zusammen mit Andersson und Blomberg wieder her. In dem verborgenen Kellergewölbe sollte ihre Bruderschaft hundert Jahre überdauern, von dort aus führten sie ihren Kampf gegen Strindbergs Feinde.

Die Bruderschaft kämpfte mit List und Feder, sie verleumdeten, sabotierten, verwüsteten, schickten Drohbriefe, logen, unterschlugen Beweismaterial, terrorisierten, fälschten Dokumente. Aber niemals griffen sie zur Gewalt, niemals. Im Herbst 1915 bestachen sie einen Kritiker, der danach einen Verriss von Heidenstams Neuen Gedichten *veröffentlichte. In den dreißiger Jahren streuten sie gemeine Gerüchte über Heidenstam und Sven Hedin aus, manche trafen zu, andere waren erfunden.*

Im Jahre 1922 präparierten sie die Walzen in einer Göteborger Druckerei, und fast siebenhundert Exemplare von Sven Hedins

Buch Der Krieg gegen Rußland *wurden ruiniert. Am folgenden Tag wurde dem Vorarbeiter der Druckerei die Schuld zugeschoben, und er verlor seine Stelle. Carl-Oscar sorgte dafür, dass der Mann ein anonymes Geschenk erhielt. Eines späten Nachts wurde ein Briefumschlag unter seiner Wohnungstür hindurchgeschoben, der einen Jahreslohn enthielt, zweitausendsechshundertzweiundsechzig Kronen.*

1917 reiste Carl-Oscar nach Kopenhagen. Dort betätigte er sich ausgiebig als Detektiv, verfolgte etliche Spuren, bestach Polizisten und Beamte. Am Ende konnte er die Handfeuerwaffe ausfindig machen, mit der August Strindberg im Jahre 1887 auf Kongens Nytorv geschossen hatte, nachdem er im Casino-Theater den Kritikererfolg des »Vaters« gefeiert hatte, einen Schwarzpulverrevolver, von der dänischen Polizei beschlagnahmt und für drei Jahrzehnte in einem Magazin in der Puggaardsgade aufbewahrt. Carl-Oscar gab dem Magazinaufseher vierhundertfünfzig Dänische Kronen, zwei Monatsgehälter. In aller Heimlichkeit brachte er dann den Revolver in das Kellergewölbe in Gamla stan und legte ihn in Strindbergs alten Gesindeschrank.

Die Bruderschaft sollte lange überleben, und ab und zu kreuzten sich die Wege der drei Männer außerhalb des Kellergewölbes. Einmal nahmen die Familien Stolte und Andersson am Norrmalmstorg dieselbe Straßenbahn, aber Carl-Oscar und Henning ignorierten einander. Das verlangte ihre Abmachung. Aber im Kellergewölbe, unter Brända tomten in Gamla stan, knüpften sie Bande, die stärker waren als die des Blutes und die das hundert Jahre lang bleiben sollten.

Als die Zeit reif war, weihten sie ihre Kinder und Enkelkinder in das Geheimnis ein. Carl-Oscar Stolte war noch am Leben, neunundsiebzig Jahre alt, als sein Enkel Werner zum ersten Mal an einer Zusammenkunft im Kellergewölbe teilnahm. Das war im Jahre 1941.

Sechsunddreißig Jahre später, an einem klaren, dunklen Novemberabend, nahm Werner Stolte seinen eigenen Sohn mit. Der Sohn war damals zehn.

Zusammen wanderten sie durch die engen Gassen von Gamla stan, die Schatten tanzten über die Mauern, und die Statuen sahen in der winterlichen Dunkelheit lebendig aus. Die Augen des Sohnes leuchteten erwartungsvoll. Verwundert musterte er die von Schatten umgebenen Gebäude aus dem Mittelalter, alles kam ihm vor wie der Anfang eines unglaublichen Abenteuers. Bei Brända tomten stand der kahle Kastanienbaum, die Zweige bewegten sich im Mondlicht wie die Finger boshafter Hexen, lang und dürr.

»Hier entlang«, sagte Werner und ging zu einem Tor.

Er schloss die Haustür auf, dann betraten sie das Haus und stiegen die Kellertreppe hinunter.

»Pass auf den Dachbalken auf, der sitzt tiefer, als man denken sollte.«

Werner drehte sich um und zeigte auf die Narbe unter seinem Haaransatz.

»Du hast ja oft nach meiner Narbe gefragt, und ich habe immer dieselbe Antwort gegeben, nicht wahr?«

Der Junge nickte.

»Dass du das erzählen wirst, wenn die Zeit reif ist.«

»Ich hatte es mit vierzehn auf dieser Treppe so eilig, dass ich mir den Kopf angestoßen habe. Die Wunde musste mit zweiundzwanzig Stichen genäht werden, jetzt weißt du das.«

Sie gingen nach links, vorbei am Heizkessel, vorbei am Kartoffelkeller, blieben endlich vor einer Stahltür stehen. Die war ver-

rostet und schief, als Werner auf die Klinke drückte, quietschte sie und öffnete sich. Der Junge schaute in die Besenkammer, hier gab es nur einen ramponierten Sicherungsschrank, einen Werkzeugkasten, ein wenig Spinngewebe in der Ecke, das war alles.

»Ist das hier das große Geheimnis?«

Die Enttäuschung in seiner Stimme schien keine Grenzen zu kennen, aber Werner gab keine Antwort, er öffnete stattdessen den Sicherungskasten. In der Klinkermauer hinter der Blechplatte war ein gleichschenkeliges Dreieck ins Mauerwerk eingelassen, die Seiten waren aus einer Silberkupfer-Legierung hergestellt. Oben in der linken Ecke standen zwei Wörter, sechzehn in die Mauer eingegossene Buchstaben.

Werner zog ein Lappenmesser aus dem Werkzeugkasten. Mit großer Behutsamkeit drückte er die Messerspitze auf neun der schwarzangelaufenen Buchstaben, auf einen nach dem anderen, bildete einen Namen: LUNDSTEDT. Als er das abschließende T berührte, gab die Silberkonstruktion ein mechanisches Geräusch von sich, und in der Kellermauer öffnete sich ein Spalt.

Der Junge sah mit großen Augen zu. Wie ein magisches Burgtor wichen die Klinkersteine zur Seite, einer nach dem anderen, auf in den Kalksteinboden eingelassenen Schienen. Nun sah er den Tunnel, und an dessen Ende schimmerte ein Licht.

»Gehen wir … gehen wir da rein?«

»Das tun wir.«

Werner duckte sich und ging durch den Tunnel, durch den leicht abfallenden Schacht. Als sie am Ende des Tunnels ankamen, öffnete sich ein geräumiges Kellergewölbe. Mitten in der Berghöhle, unter den flackernden Wachskerzen im Kronleuchter, standen ein Mann und eine Frau, beide waren um die fünfzig. Der Junge drückte sich an seinen Vater und nahm dessen Hand. Mit der freien linken Hand zeigte Werner auf die beiden Fremden.

»Das sind Evert und Barbro, hier unten im Keller haben sie keine anderen Namen. Wenn wir uns hier treffen, sind sie für mich wie Schwester und Bruder. Ich liebe sie so, ja, mehr als meine leiblichen Geschwister.«

Die Frau trat näher, ihre Absätze hallten zwischen den Felswänden wider. Sie legte ihre Handflächen an die Wangen des Jungen und musterte ihn aus warmen, freundlichen Augen.

»Du ahnst ja nicht, wie sehr wir uns nach dir gesehnt haben, Fredrick, und jetzt bist du hier. Endlich!«

Der Junge wich ein wenig zurück, die Berührung an seiner Wange war angenehm, aber ungewohnt. Werner legte ihm die Hand auf die Schulter, als er erklärte.

»Dein Urgroßvater hieß Carl-Oscar, das weißt du. Zusammen mit Everts Großvater und Barbros Vater hat er dieses Gewölbe gebaut und unseren Geheimbund gegründet.«

Werner ging zu einer Vitrine, und der Sohn folgte ihm. In der Vitrine, auf einer roten Seidendecke, lag ein Blatt Papier. Es war abgenutzt und verblasst, die Tintenbuchstaben hatten begonnen, das hundert Jahre alte Lessebopapier anzufressen.

»Fredrick, hierüber darfst du nie auch nur ein Wort verlieren. Zu keinem Menschen. Du darfst unser Geheimnis nie verraten, niemals weitersagen, womit wir uns hier befassen.«

Der Junge sah aus großen neugierigen Augen zu seinem Vater auf.

»Womit befassen wir uns denn hier, Vater?«

Werner blickte seinen Sohn mit feierlicher Miene an und sagte: »Mit Rache. Damit befassen wir uns hier. Mit Rache.«

20

Albert Camus

Nobelpreisträger für Literatur 1957

Begründung der Schwedischen Akademie:

»Für seine sinnstiftende Autorenschaft, die mit scharfsichtigem Ernst menschliche Gewissensprobleme unserer Zeit beleuchtet.«

18. Mai 2012

Ein senfgelber Opel Kadett fuhr langsam in südwestlicher Richtung über die E 4. Auf beiden Seiten der Autobahn erstreckten sich die Felder von Östergötland, die Scheinwerfer des Wagens versuchten, in der Dämmerung die Roggenfelder anzuleuchten.

Der Fahrer war ein alter Mann, mit krummem Rücken und zitternden Händen saß er hinter dem Lenkrad. Seine Haut hing schlaff an seinem Kopf, sie war bedeckt mit Altersflecken und dünnen Strähnen. Er trug einen grauen Anzug und ein rotes Seidenhemd, ein penetranter Geruch nach Rasierwasser und Urin umgab ihn.

Gleich hinter Linköping bog er auf die Bezirksstraße 206 ab. Wenn andere Wagen ihn überholten, fuhr er dicht an den rechten Straßenrand und winkte mit seiner zitternden Hand, wenn die anderen Autofahrer ihm dankten. Er bewegte sich langsam, aber die Augen huschten in ihren eingesunkenen Höhlen aufmerksam hin und her. Nach kurzer Zeit bog er auf einen Feldweg ab, und die Reifen des Opels knirschten im Kies. Auf dem anderen Ufer der Bucht sah er nun das Schloss Vadstena, dessen Geschützturm und das gewölbte Dach zeichneten sich am nördlichen Nachthimmel ab.

Am Südrand der Bucht lag auf der Landzunge eine bewaldete Partie: gewaltige Eichen, Wacholdersträucher, Hünengräber aus der Wikingerzeit, eine kleine Lichtung, auf der der Mann hielt. Einen Moment lang betrachtete er sein altes Gesicht im Spiegel, kämmte sich die Haarsträhnen, schob den größten Altersfleck auf seiner Stirn zurecht, ehe er ausstieg. Die Beine schienen unter seinem Körpergewicht nachzugeben, als er sich langsam an der linken Seite des Opel entlangbewegte, er musste sich auf die warme Motorhaube stützen.

Er sah sich in der Dunkelheit aufmerksam um, aber nichts war zu sehen, keine lüsternen Teenager im Sommergras, keine Anwohner aus der Umgebung, die am Ufer Krebse fischten. Nun richtete der Mann seinen krummen Rücken auf, das Zittern der linken Hand legte sich, und die Beine standen plötzlich fest und sicher im taufeuchten Gras. Mit energischen Bewegungen öffnete er die Beifahrertür und kippte die Rückenlehne des Sitzes nach hinten, tastete mit den Fingerspitzen unter dem verschlissenen Bezug der Rückbank und löste drei Lederknoten. Dann hob er den Sitz an und musterte das geräumige Geheimfach, das sich unten im Wagen versteckte, eine Lichtdiode verbreitete dort unten einen gelblichen Schein. Hier lagen Damenkleider vom Ende der fünfziger Jahre, eine graue Damenperücke, Nummernschilder, ein Scharfschützengewehr Modell PSG 90. Am Reserverad waren mehrere dicke Bündel aus Fünfhundertkronenscheinen aufgestapelt, daneben lagen ein sorgfältig zusammengefalteter Mantel, Halbschuhe, ein speckiger ungeöffneter Chapeau Claque. In einem Eschenholzkasten befand sich der Schwarzpulverrevolver, den Carl-Oscar Stolte fast hundert Jahre zuvor in Kopenhagen ausfindig gemacht hatte.

Aber diese Gegenstände interessierten den Mann jetzt nicht. Stattdessen zog er ein Dutzend schwarzgestrichene Aluminiumstäbe und Schrauben und Muttern aus Kunststoff aus dem Versteck, dazu Kupferkabel, einen Kanister und allerlei elektrische Apparate sowie zwei mit Kerosin betriebene Gasturbinen. Alle diese Gegenstände legte er neben dem Opel ins Gras. Es war unmöglich, in der nächtlichen Dunkelheit die Einzelteile zu unterscheiden, aber er hatte sie schon oft zusammengesetzt, sogar mit verbundenen Augen oder in dunklen Räumen. Jetzt montierte er seine Konstruktion in wildem Tempo, drehte eine Schraube nach der anderen fest.

Nach nur wenigen Minuten war der Hubschrauber fertiggestellt, die Rotoren drehten sich über dem Gras. Sie waren gerade so lang wie der Opel. Der Mann lief zum Geheimfach im Auto, nahm einen Behälter aus Hartplastik heraus und befestigte ihn an der Unterseite des Hubschraubers, vorsichtig, um die durchscheinende Flüssigkeit nicht überschwappen zu lassen. Danach nahm er allerlei Instrumente aus dem Geheimfach: einen Fernsehbildschirm, einen LCD-Schirm, einen selbstkonstruierten Radiosender mit sechs Kanälen. Die Bildschirme stellte er auf die Motorhaube des Opels, danach schaute er zwischen den Eichen nach Westen, wo eine Stunde zuvor die Abendsonne untergegangen war und am Himmel einen blutroten Rand hinterlassen hatte.

Zum ersten Mal seit fast achtundvierzig Stunden öffnete er den Mund und sagte etwas, die Zunge bewegte sich ungewohnt in der Mundhöhle.

»O Crux Ave Spes Unica.«

Er zog die Radioantenne zu ihrer vollen Länge heraus, fast drei Meter über dem Boden, stellte den Sender auf die Frequenz 35 Mhz, drückte auf den Motorregler und manövrierte das Höhenruder. Der Heckrotor des Hubschraubers und die Drehflügel setzten sich in Bewegung, zuerst langsam, dann immer schneller, ein ohrenbetäubendes Dröhnen, gewaltige Flammen schlugen aus den beiden Gasturbinen. Das hohe Sommergras wogte im Luftzug und wurde von den Feuerzungen des Jetmotors abgesengt. Langsam hob der Hubschrauber vom Boden ab und schwebte über dem Kopf des Mannes, Hitze und Lärm schienen ihm nichts auszumachen, als er sein Werk betrachtete. Vorsichtig drehte er am Seitenruder, und nun gewann die Flugmaschine an Tempo und Höhe, mit einem brummenden Geräusch flog sie über die endlose Wasserfläche des Vättern, vorbei an den kargen Felsen.

Der Mann blieb auf der Lichtung stehen, vielleicht sechzig Meter vom Ufer entfernt. Mit sicheren Handbewegungen drehte er an den Knöpfen des Senders, die ganze Zeit den Blick auf die beiden Bildschirme gerichtet. Auf dem Fernsehbildschirm konnte er die Aufnahme sehen, die die Wärmekamera ganz vorn im Hubschrauber sendete, bisher zeigte sie aber nur weißschäumende Wellen in der nächtlichen Dunkelheit. Auf dem LCD-Schirm erschienen zwei rote Punkte. Der eine zeigte die Position des Hubschraubers und bewegte sich langsam über den Bildschirm.

Der andere rote Punkt war Vilgot Elmander.

* * *

Der Wohnbereich lag im obersten Stock. Ruhelos lief Vilgot Elmander zwischen den Betonwänden hin und her, er blieb am Fenster stehen, fuhr mit der Hand über das getönte Panzerglas und schaute auf den Regimentshof. In der Dämmerung sah er etwa ein Dutzend Gestalten: Leibwächter von der Säpo und Soldaten vom Fallschirmjägerverband patrouillierten zwischen Baracken, Flugzeughallen und Kasernenhäusern.

Dann nahm er seine Wanderung durch den Raum wieder auf, hin und her. Er zog seine Hose und den schiefen Hemdenkragen gerade, fühlte sich nicht wohl in der fremden Kleidung, albern, sogar die Boxershorts hatte er von einem Leibwächter der Personenschutzeinheit der Säpo leihen müssen.

Zum ersten Mal waren die drei Akademiemitglieder allein in einem Raum in der Militäranlage. Aber Leif Linder, der Sinologieprofessor, war fast sofort im Bambussessel eingeschlafen, der bei jedem seiner Atemzüge knackte.

Siv Persson McKenzie lag auf dem Bett und blätterte in einer Abendzeitung. Ihre Kleidung war knallbunt, ihre Zehennägel rosa lackiert, ihre Jugendlichkeit sorgte dafür, dass Vilgot Elmander sich alt vorkam. Sie waren gleich alt, im selben Winter 1943 geboren, aber das hätte niemand erraten können.

Plötzlich warf sie die Zeitung weg.

»Verdammt noch mal, das reicht jetzt wirklich.«

Er erstarrte, seine Augen drückten ein Mitgefühl aus, das in seiner Stimmme nicht zu hören war.

»Was denn, steht da etwas über uns?«

»Nein, Blåhvitt spielt am Montag gegen Gais. Zum ersten Mal seit fünf Jahren verpasse ich ein Derbymatch.«

Sie lächelte wie ein Schulkind, dem ein Streich gelungen ist.

»Verdammt, Siv. Immer musst du Witze machen.«

»Vor allem jetzt.«

Mit einer geschmeidigen Bewegung schlug sie die Beine übereinander und packte seine Hand, ihre Augen waren plötzlich gefüllt mit dem gleichen Ernst wie ihre Gedichtbände und Theaterstücke.

»Vilgot, auch ich habe acht enge Freunde verloren. Ich bin hier ebenfalls eingesperrt und muss mich vor einem Verrückten verstecken. Aber ich kann mich davon nicht fertigmachen lassen, das ist unmöglich für mich. Ich will immer lachen können, und weinen übrigens auch. Wir sind in dieser Hinsicht ungeheuer verschieden, du und ich.«

Mit großer Wärme im Blick drückte sie seine Hand.

»Vielleicht sind wir deshalb seit so langer Zeit so gute Freunde, eben weil wir so verschieden sind.«

»Sind wir wirklich so verschieden?«

»Natürlich«, sie lachte. »Ich bin eine lebensfrohe Frau, und du bist ein düsterer alter Kerl.«

Ihr herzliches Lachen war ansteckend, widerwillig verzog Vilgot Elmander seinen Mund zu etwas, das einem Lächeln ähnelte, aber das Lächeln war so schnell verschwunden, wie es gekommen war. Abermals lief er mit misstrauischem Blick im Raum hin und her.

»Siv, es gibt etwas, worüber wir sprechen müssen.«

»Was denn?«

Er schaute sich nach allen Seiten um, dann flüsterte er:

»Die Säpo hält Informationen zurück, wichtige Informationen.«

»Du kannst ganz normal reden, Vilgot. Hinter den Bilderrahmen sitzen keine Mikrofone, es gibt keine Gucklöcher unter den Spiegeln. Ich hab nachgesehen.«

»Das ist mein Ernst, das hier ist kein Grund zum Witzereißen. Die Sicherheitspolizei weiß mehr, als uns gesagt wird.«

Verbittert zupfte er an dem blaugeblümten Hemd und der viel zu langen Leinenhose.

»Du und Leif, ihr müsst keine geliehenen Klamotten tragen. Ihr habt noch eure eigenen Sachen, nicht wahr?«

»Ja.«

»Euch haben sie nicht Zahnbürste und Pantoffeln weggenommen, oder was? Oder eure Bücher, Kugelschreiber, Computer, Morgenmäntel, Insulinspritzen, Notizbücher.«

»Nein, das haben sie nicht.«

»Da siehst du's, ihr werdet anders behandelt. Du wohnst im

selben Zimmer, seit wir vor drei Tagen hergekommen sind, Leif auch. Aber ich bin schon dreimal verlegt worden. Warum?«

»Das hängt vermutlich mit den Mikrochips zusammen, die sie in deinen Kleidern gefunden haben.«

»Genau, es geht um die verdammten Mikrochips. Die Kriminaltechniker haben sogar in meiner alten Gaismütze einen gefunden, hast du das gehört?«

»Ja, das hast du erzählt.«

»In absolut allem, was ich habe, wimmelt es nur so von diesen verdammten Mikrochips. Unter dem Kragen meines Lieblingshemdes, im Absatz meiner Spazierschuhe, überall. Aber bei dir haben sie keinen einzigen gefunden und bei Leif auch nicht. Oder bei Hans Ekberg oder Lisbeth Hansson, nur bei mir.«

»Ja, aber die Polizei hat ja deinen Kram untersucht und alle Mikrochips gefunden, oder nicht?«

Er nickte.

»Und sicherheitshalber«, fügte sie hinzu, »hast du dein Zimmer wechseln und deinen Kram rausrücken müssen, das ist doch nicht so seltsam? Vilgot, diese Säpoleute tun nur ihre Arbeit. Versuch hier nicht, irgendwelche verrückten Verschwörungen aufzudecken.«

»Es geht hier nicht um Verschwörungen, es geht um Tatsachen. Bis vor zwei Tagen wurde Hasses Hof in Borlänge streng bewacht, ich habe mit ihm gesprochen, deshalb weiß ich das. Vier Leibwächtereinheiten haben sich abgewechselt, rund um die Uhr. Plötzlich, vor zwei Tagen, wurden drei von diesen Einheiten hergeschickt. Warum?«

Er starrte konzentriert aus dem Panzerfenster in die Sommernacht hinaus.

»Was zum Teufel ist vor zwei Tagen passiert, das möchte ich

nur zu gerne wissen. Die Säpo muss über neue Informationen verfügen, das ist die einzige Erklärung. Plötzlich wird die Bewachung in Borlänge heruntergefahren und hier verstärkt, hier geht es also um schlichte Konsequenztheorie.«

»Bist du fertig mit deiner Analyse, Professor?«

Ihr Tonfall war scherzhaft, aber er antwortete tiefernst:

»Nein.«

Er lehnte sich an die Wand, hielt sich die linke Hüfte und schnitt vor Schmerz eine Grimasse, weigerte sich jedoch, sich auf einen der Stühle zu setzen.

»Die Säpo hat fast alle Leibwächter hergeschickt, hast du das gewusst? Achtundvierzig Stück, das sind mehr, als die königliche Familie hat. Und weißt du, was die hier tun?«

»Nein, was denn?«

»Die bewachen mich.«

Sie konnte sich das Lachen nicht verkneifen.

»Dich?«

»Ja, sie bewachen mich in viel größerem Ausmaß als dich und Leif. Seit gestern darf ich nicht mal mehr allein aufs Klo gehen, hast du das nicht bemerkt?«

»Vilgot, warum sollte die Säpo gerade dich anders behandeln?«

»Das weiß ich nicht. Die müssen doch glauben, dass ich in größerer Gefahr schwebe als ihr anderen, das ist die einzige Erklärung. Das ist ganz einfach ...«

»Konsequenztheorie?«

Er nickte und ging auf die Tür zu.

»Es ist spät, Zeit, dass ich gehe.«

Da sprang sie vom Bett auf.

»Vilgot, warte, eins wollte ich dir noch sagen. Ich warte sogar auf eine Gelegenheit, seit wir hergekommen sind.«

»Was denn, was willst du sagen?«

Wieder nahm sie seine Hand, schlossen ihre Finger sich um seine.

»Dass der vielleicht schönste Augenblick in meinem Leben diese Oktobernacht achtundsiebzig war, als du mir einen Heiratsantrag gemacht hast. Und ich will, dass du das weißt.«

Langsam schloss er die Augen.

»Warum hast du nein gesagt, wenn es so verdammt schön war?«

»Du weißt, warum, Vilgot. Und du weißt, dass wir auf diese Weise ein besseres Leben hatten, du für dich und ich für mich.«

Er hob die Augen und erwiderte ihren Blick.

»Ich weiß, dass du ein besseres Leben hast, und das ist für mich eine sehr große Freude. Aber Siv, es hat nicht einen Tag gegeben, an dem ich nicht gewünscht hätte, du wärst an meiner Seite.«

Sie sahen einander an, lange. Ausnahmsweise kam aus Sivs Mund keine schlagfertige Antwort, kein fröhliches Lachen.

»Jetzt muss ich aber wirklich gehen«, sagte er dann und klopfte an die Tür.

Die wurde sofort von zwei Säpo-Wächtern geöffnet. Er warf einen kurzen Blick auf Leif Linder, der noch immer im Bambussessel schlief, danach sah er sich ein letztes Mal nach Siv Persson McKenzie um und verließ den Raum mit energischen Schritten. Zusammen mit den beiden Sicherheitspolizisten lief er über den Gang, griff sich an die wehe Hüfte, bat die beiden aber nicht, langsamer zu gehen.

Der eine Leibwächter hob sein Funkgerät an den Mund.

»Wir kommen heraus mit Objekt 3. Kommen.«

Eine Stimme im Funkgerät antwortete sofort:

»Verstanden. Klar, Ende.«

Sie gingen durch das Tor, über den Regimentshof, der von kräftigen Scheinwerfern erleuchtet wurde. Der Hof war umschlossen von pechschwarzen Wäldern. Der Kies knirschte unter seinen geliehenen Turnschuhen, die waren an den Fersen etwas eng, aber auch darüber hatte er nichts gesagt. Sie liefen in das gelbe Kasernengebäude, wo er nun untergebracht war, und die Treppen in den dritten Stock hoch.

»Ja, dann gute Nacht«, murmelte er.

»Gute Nacht.«

Langsam ging er hinein und schloss hinter sich die Tür. Das Zimmer war groß und kalt, und nichts hier gehörte ihm. Auf Handtüchern und Morgenrock stand »Leibregiment Husaren K 3«. Auf der Tagesdecke lagen einige Bücher, die er aus der Regimentsbibliothek entliehen hatte, Fjodor Dostojewskis *Aufzeichnungen aus einem Kellerloch* lag aufgeschlagen auf dem Kopfkissen.

Vilgot Elmander holte tief Luft, dann humpelte er zum Fenster und schaute in die Nacht hinaus.

* * *

Der Hubschrauber schwebte über dem pechschwarzen Wasser des Vättern, nur wenige Meter über den schäumenden Wellen, und die Gasturbinen hinterließen in der Frühsommernacht einen brandgelben Schein.

Nach wenigen Minuten war das Westufer zu sehen. Die Straßenlaternen und Wohnhäuser von Karlsborg leuchteten in der Ferne auf. Die Rotoren drehten sich jetzt ein wenig anders, nur einige Grade, und der Hubschrauber fing langsam an zu steigen und erreichte die Höhe von hundertfünfzig Metern, als er das Festland erreichte. Unter ihm streckten sich Wälder und

Feuchtgebiete von Vätergötland aus, so weit das Auge reichte, nur einzelne Gehöfte, Tankstellen und kleine Seen unterbrachen das Bild.

Über Storemossen wurden die Gasturbinen ausgestellt. Als die Greifhaken ihren Zugriff um Jetmotoren und Kerosintank lösten, stürzten diese ab und verschwanden im Sumpfboden. Der Hubschrauber verlor sofort Höhe und fiel dem rabenschwarzen Moor entgegen. In diesem Moment übernahm der Elektromotor, und die selbstgebaute Flugmaschine setzte ihren Flug knapp über den Baumwipfeln fort und ließ dabei nur ein dumpfes, knapp wahrnehmbares Dröhnen hören.

So flog sie weiter durch die Nacht, Kilometer um Kilometer. Endlich zeigte sich ein hoher Stacheldrahtzaun. Vor dem stromführenden Hindernis lagen allerlei Kadaver: Eichhörnchen, Fasanenhennen, Kohlmeisen, ein Dachs, einige dieser Tierleichen waren verkohlt und nicht zu identifizieren. Langsam flog das Luftschiff über den Zaun und verfehlte die Eisenstacheln nur knapp, dann navigierte es zwischen Tannen und Felshängen, quer durch das langgestreckte Militärgebiet. Plötzlich wurde die IR-Kamera aktiv: drei Wärmequellen befanden sich in nordwestlicher Richtung, gute hundert Meter entfernt, und sie kamen näher. Der Hubschrauber setzte sofort hinter einigen Wacholderbüschen zur Landung an, kam lautlos auf den Boden auf, und die heftigen Bewegungen der Rotoren kamen zur Ruhe. Er wartete stumm in der Dunkelheit, hinter Wacholderzweigen und Farnblättern. Dann gingen auf der anderen Seite der Sträucher die drei Leibwächter von der Säpo vorbei, die Lichtkegel ihrer Taschenlampen fegten zwischen den Baumstämmen umher. Die Männer waren so nah, dass das Mikrofon auf der Unterseite des Hubschraubers ihre Stimmen übertrug.

»Verdammt, Carlberg, das bildest du dir ein. Hast du wieder gesoffen, oder was?«

»Ich hab was gesehen, kann natürlich eine Eule gewesen sein.«

»Sicher, pass auf, dass du nicht gegen den E-Zaun rennst, verdammte Schnapsdrossel.«

»Halt die Fresse. Lass uns mal da vorn nachsehen.«

Die Leibwächter liefen weiter durch den dunklen Wald, und fünf Minuten verstrichen in vollkommener Stille. Dann war ein surrendes Motorengeräusch zu hören, und hinter den Wacholderbüschen setzten die Rotoren sich wieder in Bewegung. Der Hubschrauber erhob sich langsam, und als er sich über den Baumwipfeln befand, beschleunigte er und hielt auf sein Ziel im Nordwesten zu. Nach einem guten Kilometer endete der Wald, und das offene Regimentsgelände begann, ein Dutzend Kasernenbauten und Wohnhäuser waren dort verteilt. Mit höherer Geschwindigkeit sauste die Flugmaschine zwischen den Flugzeughallen hindurch, vorbei an den Militärfahrzeugen. Dann erklang zwischen den Kasernen eine Männerstimme:

»Ich hab was gesehen. Es sah aus wie ein Scheiß Hubschrauber!«

Zwei junge Männer von der Fallschirmjägerkompanie stürzten hinter einer Baracke vor, hoben ihre Automatikwaffen und zielten, aber der Hubschrauber verschwand hinter dem Blechdach der Flugzeughalle, noch ehe sie einen Schuss abgeben konnten. Ihre schnarrenden Stimmen hallten über den Hofplatz:

»Auf dem Gelände befindet sich ein ferngesteuerter Hubschrauber!«

Mit gewaltigem Tempo umrundete der Hubschrauber die Flugzeughalle und flog weiter auf die gelbliche Kaserne zu. Von allen Seiten kamen Sicherheitspolizisten und Heimwehrsoldaten angestürzt, ihre Schreie und Kommandorufe hallten über dem Regimentsgelände wider, jemand gab einen Pistolenschuss ab, verpasste den Hubschrauber jedoch um Haaresbreite.

»Verdammt noch mal, der wird gegen das Haus knallen.«

In diesem Moment bremste der Hubschrauber ab, schwebte ganz dicht vor der Kaserne in der Luft, vor einem Fenster im dritten Stock.

Hinter dem Fenster stand Vilgot Elmander mit verzerrtem Gesicht, was hier vor seinen Augen geschah, war unheimlicher, unvorstellbarer als alles, was er sich in seinen Geschichten ausgedacht hatte. In einem knappen Meter Entfernung, hinter dem Panzerglas, schwebte ein schwarzer Modellhubschrauber und sah ihn an.

Sah ihn an!

Plötzlich ließ die Flugmaschine einen Knall ertönen, eine kleine Sprengladung detonierte im Plastikbehälter auf der Unterseite des Hubschraubers, sofort barst der Behälter, und die Flüssigkeit, die er enthalten hatte, wurde vom Wind zu einer eleganten Fontäne geformt. Dann explodierte noch eine Sprengladung, und die Funken zündeten die Flüssigkeit an, die nun folgende Explosion war gewaltig, wie eine unsichtbare Faust schoss die Druckwelle vor. Die Sicherheitspolizisten und Fallschirmjäger, die herangestürzt waren, wurden zu Boden geschleudert. Einige wurden von Glassplittern getroffen, andere von Betonstücken und verbogenen Aluminiumstäben, zerfetzte Blätter aus Bibliotheksbüchern schwebten in der Luft.

Langsam richteten sie sich auf, einer nach dem anderen, und schauten sich benommen um. Als Rauchschwaden und Staubwolken sich auflösten, konnten sie den Umfang der Zerstörung sehen. Der Hochsicherheitstrakt im dritten Stock der Kaserne klaffte weit offen, Panzerglas und Beton waren in kleine Stücke gesprengt worden, zerbröselt wie ein Pfefferkuchenhaus. Über einigen verbogenen Armierungseisen hing der Körper des Akademiemitglieds, leblos und entstellt. Sein Gesicht war nicht mehr zu erkennen, der rechte Arm war aus seiner Verankerung gerissen. Vilgot Elmander war wie eine Stoffpuppe durch den Schutzraum geschleudert worden, das Vakuum der Bombe hatte seine Lunge geleert und gesprengt.

Der Chef der Säpoeinheit starrte den Schauplatz an, er brachte kein Wort heraus, dann waren seine Befehle auf dem ganzen Regimentsgelände zu hören.

»Alarm geben, zum Teufel! Schickt alle Einheiten los, auch den Jägerverband. Durchsucht jeden verdammten Busch, sperrt alle Wege ab.«

Mit zitternder Hand wischte er sich Bauschutt und Staub aus dem Gesicht und schaute dann zu den schwarzen Wäldern hinüber.

»Der Arsch muss hier irgendwo in der Nähe sein.«

* * *

Gut dreißig Kilometer östlich – hinter Wäldern und Feuchtgebieten, hinter den Häusern von Karlsborg, hinter dem riesigen See – stand Fredrick Stolte. Er war noch immer auf der Lichtung, einen Steinwurf vom Vätternufer entfernt. In seiner linken Hand ruhte der Sender, die lange Antenne ragte zum sternklaren Nachthimmel auf.

Vor ihm auf der Motorhaube des Opels standen Fernsehbildschirm und LCD-Schirm, beide zeigten ein grauschwarzes Flimmern. Vor nur wenigen Sekunden hatte er Vilgot Elmanders entsetztes Gesicht gesehen und die Rufe der Leibwächter gehört. Auf dem LCD-Schirm hatten die roten Punkte einander überlappt und waren dann zu einem verschwommen.

Vilgot Elmanders letzter Mikrochip, er wusste noch genau, wie er ihn platziert hatte.

Er war ins Sahlgrenska Universitätskrankenhaus mitten in Göteborg gegangen. Verkleidet als Krankenwagenfahrer war er in die orthopädische Klinik gegangen, in die Abteilung 233, und mit Hilfe eines Blaulaserskalpells hatte er einen Mikrochip in die Hüftprothese geklemmt, die am nächsten Morgen bei Vilgot Elmander eingesetzt werden sollte.

Das war an die drei Jahre her. Wie hätte er vorgehen sollen, wenn Elmander in der linken Hüfte keine verschlissenen Gelenkknorpel gehabt hätte?

Ja, wie?

Mit einer energischen Kopfbewegung verjagte er die Erinnerungen und verstaute alle Gegenstände im Geheimfach unter dem Rücksitz. Er zog die Lederknoten sorgfältig an, strich den Lederbezug glatt und verstreute eine große Menge Essensmarken und zerlesene Lokalzeitungen auf dem Sitz. Dann setzte er sich hinter das Lenkrad und fuhr los. Jetzt wieder ein alter Mann, mit krummem Rücken, er bewegte sich beschwerlich, und seine linke Hand zitterte ununterbrochen. Langsam fuhr er durch die Frühsommernacht, zwischen den Äckern von Östergötland, nach Stockholm, seinem abschließenden Ziel.

DRITTER TEIL

ANTE NUPTIALIS

21

George Bernard Shaw *

Nobelpreisträger für Literatur 1925

Begründung der Schwedischen Akademie:
»Für seine sowohl von Idealismus als auch von Humanität getragene Autorenschaft, deren satirische Schärfe sich oft mit einer eigenartigen poetischen Schönheit vereint.«

* Nahm die Auszeichnung, aber nicht das Preisgeld entgegen.

18. Mai 2012

Die Stockholmer Nacht war still, das einzige Geräusch in der Roslagsgata kam aus einem heruntergekommenen Café, dessen Markisen und Fensterscheiben von verwitterten Buchstaben geziert waren: *Café Becher Immer Offen.* Drei Glühbirnen versuchten, das Lokal zu erleuchten, im Halbdunkel waren Brotkrümel, Staub und die toten Insekten auf der Fensterbank kaum zu sehen. Am Tresen saßen einige Taxifahrer und sprachen mit dem Besitzer, ab und zu war zwischen den grünangestrichenen Wänden ihr Lachen zu hören.

In einer abgetrennten Ecke hinter dem Zigarettenautomaten saßen Claudia und Leo, auf ihrem Tisch lag die Abendausgabe von *Aftonbladet.*

»Ich hab ja gewusst, dass Jeglertz weit gehen kann, sehr weit. Aber so weit nun doch nicht.«

Claudia murmelte vor sich hin, während sie die Schlagzeile und die vertrauten Fotos betrachtete. Mitten in der Zeitung berichtete ein Artikel ausführlich, dass sie sich ihren Vorgesetzten widersetzt, dass Leo sich in der Börse als Polizist ausgegeben habe, dass sie zusammen die Ermittlungsarbeiten im größten Kriminalfall seit dem Mord an Ministerpräsident Olof Palme gefährdet hätten. In der Zeitung stand keine Zeile über ihre Entdeckungen im Kellergewölbe der Akademie, nicht ein Wort.

Mit müden Augen betrachtete Leo ein Foto des Polizeichefs. Rod Jeglertz' kalter Blick starrte zurück.

»Tut er das alles eigentlich nur, um dir und Lars Lövdén eins auszuwischen?«

»Nein, eigentlich sind wir ihm total egal. Ihm geht es nur um einen Sündenbock.«

»Sündenbock?«

»Wenn du irgendwen in der Palmegruppe fragst, warum sie auch nach sechsundzwanzig Jahren den Mord an Palme noch nicht geklärt haben, dann schieben sie alle die Schuld auf Ebbe Carlsson. Sie behaupten, Ebbe Carlsson und Hans Holmér hätten die Ermittlungen durch ihre Kurdenspur und ihre privaten Ermittlungen sabotiert. Es ist bequem, die beiden für den Misserfolg verantwortlich zu machen.«

»Jeglertz will aus uns also Ebbe und Holmér machen?«

»Genau. Wenn die Sache hier schiefgeht, wenn der Akademiemörder davonkommt, wenn er jedes einzelne Mitglied umbringen kann, dann wird Jeglertz die ganze Schuld auf uns abwälzen. Er ist ein cleverer Arsch. Unsere einzige Chance ist, diesen verdammten Fall selbst zu lösen.«

»Bist du wirklich ganz …«

»Ja, bin ich.«

Sie starrte aus dem Fenster, am Bürgersteig entlang standen einige Taxis in der Dämmerung, ein Abschleppwagen, ein Kurierwagen mit ausgeschaltetem Motor.

»Ich hatte gehofft, Stolte könnte uns weiterbringen«, murmelte sie. »Uns einen Faden geben, den wir weiterspinnen können. Aber das hat er nicht getan, und jetzt haben wir zwei Probleme.«

»Welche denn?«

Sie hob Daumen und Zeigefinger.

»Erstens, wir haben keine Spuren. Zweitens, wir wissen nicht, wo der Mörder sich aufhält.«

»Ich war ja nicht auf der Polizeihochschule, aber ich habe etliche Krimis gelesen, und das da klingt nach einem echten Problem.«

»Ist es auch.«

»Also, was machen wir?«

»Essen«, antwortete sie und biss energisch in ihr Schinkenbrot. »Wir müssen etwas essen, sonst schaffen wir gar nichts mehr.«

Nachdem er sein Thunfischbrot probiert hatte, sah er sich in dem dunklen Lokal um.

»Man kann über dieses Lokal ja sagen, was man will, aber das ist verdammt noch mal das beste Brot, das ich in meinem ganzen Leben je gegessen habe.«

Beim Essen blätterte er weiter in der Abendzeitung, las über die Akademiemorde, über die Säpo, über goldene Giftfrösche, und plötzlich erstarrte er.

»Claudia …«

»Ja?«

»Die schreiben … über ihn.«

»Über wen?«

»Deinen Mann.«

Ohne das Schinkenbrot wegzulegen, überflog Claudia den Artikel, verzog nicht eine Miene, als sie las, sagte kein Wort, aß eilig weiter. Über ihre Schulter konnte Claudia Teile des Textes sehen: Es ging um die fünf Jahre im Karolinska Universitätskrankenhaus in Huddinge, das Dauerkoma, es gab vage Andeutungen über eine Aktion der Polizei in Alby, einen Schusswechsel. Am Ende wanderte sein Blick zu dem Foto in der linken Ecke des Artikels, der im Text erwähnte Mann bekam nun ein Gesicht und einen Namen.

»Mikael Stankovic?«

»Ja, Mikael …«

»Er sieht sympathisch aus.«

»Das ist er auch. Das war er.«

Leo fuhr mit dem rechten Daumen über die Tischdecke, folgte dem grünen Karomuster, zögerte zwei Sekunden.

»Aber was ist passiert?«

»Du willst wissen, was passiert ist? Was Micke passiert ist?«

»Ja … wenn du erzählen willst.«

Claudia legte ihr Brot auf den Teller, dann erzählte sie mit ausdrucksloser Stimme, kurz und abgehackt, als beantworte sie einen Fragebogen.

»Es war ein Kellereinbruch. Ich bin zuerst reingegangen, er kam gleich hinter mir. Es war dunkel, es sah leer aus. Sie hatten eine halbautomatische Glock. Micke wurde von zwei Schüssen getroffen. Im Kopf und in der Brust.«

Er sah sie an, spürte, wie die Wörter ihm im Mund durcheinandergerieten.

»Du warst dabei?«

»Ja.«

»Aber dir ist nichts passiert?«

»Nicht einmal eine verdammte Schramme.«

»Das war sicher …«

»Ja. Das war es.«

Mehr wollte sie nicht sagen, das war deutlich. Die Geräusche im Café umschlossen sie, die Stimmen der Taxifahrer, die Espressomaschine, ein Radio in der Küche. Schweigend aßen sie weiter. Als Leo fertig war, warf er noch einen Blick auf den dunkelhaarigen Mann, der ihn aus der Zeitung ansah.

In diesem Moment wurde die Eingangstür aufgerissen, und ein Mann von vielleicht fünfzig kam herein, sein kahler Kopf glänzte vor Schweiß, das halb aufgeknöpfte Hemd von *Taxi*

Stockholm bewegte sich auf seiner Brust, als er zum Tresen lief.

»Erkan, Sender wechseln. Schnell, schnell!«

»Okay, okay, immer mit der Ruhe. Was ist denn passiert?«

»SVT, TV4, egal was.«

Der Wirt hob die Fernbedienung vor dem analogen Fernseher, der an der Decke befestigt war. Als er den Ton höher drehte, brachten die Nachrichten von SVT 24 das Gerät zum Vibrieren, das Wort »Attentat« hallte durch das Lokal. Claudia und Leo starrten aus der hintersten Ecke zum Fernseher hinüber, auf dem Bildschirm konnten sie eine Frau im Fernsehstudio sehen, sie war rot angelaufen und sprach mit tiefem Ernst:

»*… und das Unmögliche ist geschehen. Trotz Hunderter von Soldaten von Heimwehr und Fallschirmjägerkompanie, trotz fünfzig Leibwächtern von der Säpo, trotz Elektrozauns, infraroter Bewachungskameras und Wachhunde, trotz all dieser Schutzmaßnahmen wurde ein weiteres Mitglied der Schwedischen Akademie ermordet, das neunte Opfer der Serie. Heute früh wurde Gun-Britt Höök in ihrem Sommerhaus an der Französischen Riviera vergiftet, und jetzt ist auch Autor und Akademiemitglied Vilgot Elmander tot. Unsere Reporterin in Västergötland, Stina Bladh Ekwall, ist in Karlsborg vor Ort. Stina, was kannst du uns zum gegenwärtigen Zeitpunkt sagen?*«

Eine Frau in mittleren Jahren tauchte auf dem Bildschirm auf, sie stand mit einem SVT-Mikrofon in der Hand am Straßenrand, hinter ihr war der nachtschwarze Wald zu ahnen.

»*Ich stehe hier einen Steinwurf entfernt vom Militärlager K 3, einige Kilometer im Nordwesten von Karlsborg. Normalerweise ist hier alles still, es gibt vor allem Wald und Landwirtschaft, sonst kaum etwas. Aber im Moment hat die Gegend eher Ähnlichkeit mit den Kriegszonen, die wir aus dem Irak und aus*

Afghanistan kennen. Armeefahrzeuge und Streifenwagen kreuzen auf der Bezirksstraße 202. Kampfhubschrauber kreisen über dem Gebiet, leuchten mit gewaltigen Scheinwerfern und suchen mit Nachtkameras. Aus den tiefen Wäldern ist das Bellen von Suchhunden zu hören. Alle Soldaten aus K 3 in Karlsborg und K 4 in Skövde sind im Einsatz und durchkämmen die Wälder, eine Panzerkompanie vom Regiment Skaraborg ist ebenfalls einberufen worden, dazu etliche Gruppen der Nationalen Einsatzkräfte. Wir reden hier also von um die fünftausend Mann. Tatsache ist, dass es, abgesehen von den Bereitschaftsjahren, die größte gesammelte Militäraktion ist, die Schweden seit 1814, also seit dem Krieg gegen Norwegen, jemals gesehen hat.«

»Stina, was weiß man im Moment über das Attentat auf dem Militärgelände?«

»Zuerst war die Rede von einem Raketenangriff, aber die Säpo hat inzwischen bestätigt, dass es sich um einen ferngesteuerten Hubschrauber handelt. Dieser Hubschrauber ist offenbar in das Militärgebiet des Leibregimentes eingedrungen, vorbei an Leibwächtern der Säpo und Sicherheitsvorkehrungen, bis zu der Kaserne, in der Vilgot Elmander sich aufhielt. Bei der Kaserne ist dann die Sprengladung detoniert, die den gepanzerten Raum zerstört und Elmander getötet hat.«

»Sprengladung, sagst du? Wissen wir irgendetwas über diese Sprengladung?«

»Weder die Säpo noch die Militärleitung haben sich bisher zu der Explosion an sich geäußert. Aber ich habe mit mehreren Personen gesprochen, die sich in der Nähe des Tatortes aufhielten, und alle meinen, es handele sich um eine so genannte thermobarische Bombe oder Druckluftbombe. Also eine Bombe, die den Brennstoff in der Luft verteilt, ihn dann anzündet und eine gewaltige Druckwelle erzeugt.«

Nun war aus dem Studio die Stimme der Nachrichtensprecherin zu hören.

»*Wie umfassend sind die Personenschäden? Wie viele sind umgekommen, wissen wir etwas darüber?*«

»*Einige Soldaten und Leibwächter werden wegen Verletzungen und Gehörschäden behandelt. Etliche haben auch Atembeschwerden, da die Bombe ja ein Vakuum geschaffen hat. Aber das Akademiemitglied Vilgot Elmander ist der Einzige, der bei dem Angriff ums Leben kam.*«

Als Leo sich im Sessel zurücksinken ließ, klang seine Stimme nur noch resigniert.

»Dann hat er es geschafft. Es gibt keine Mitglieder mehr auf seiner Liste, Elmander war der letzte. Er hat sie allesamt umgebracht.«

Claudia starrte zum Fernseher hoch, ihre Augen glühten vor Zorn und Enttäuschung.

»Ich hätte ihn aufhalten müssen, und das habe ich nicht geschafft.«

Leo wollte schon die Hand ausstrecken und auf ihre legen, aber er tat es dann doch nicht, er wusste, dass sie Körperkontakt verabscheute, wenn sie wütend war. Stattdessen trank er einen Schluck Limonade.

»Jetzt kriegen sie den Mörder sicher. Da aus den Wäldern kann er sich nicht wegschleichen, das ist unmöglich. Sie haben doch Spürhunde und Suchhubschrauber und Tausende von Soldaten, die jeden Tannenbusch durchsuchen.«

Zuerst schwieg sie und starrte weiter den Fernseher an, dann antwortete sie schnaubend:

»Die brauchen nicht da unten in Västergötland im Wald zu suchen, da ist er nicht.«

»Woher weißt du das?«

»Ich habe gesehen, wozu er fähig ist. Wenn er einen ferngesteuerten Hubschrauber brauchte, hat er den nicht in einem Spielzeugladen gekauft, er hat ihn vermutlich selbst konstruiert.«

Leo stellte die leere Flasche weg.

»Selbst konstruiert?«

»Ja, er muss einen leistungsfähigen Hubschrauber gebaut haben, der musste doch eine thermobarische Bombe transportieren. Dazu braucht man einen Behälter mit einigen Litern Aerosolflüssigkeit, am besten wohl Propylen, und zwei Sprengladungen. Eine für den Behälter und eine für die Flüssigkeit. Er muss außerdem eine IR-Kamera am Hubschrauber festmontiert haben, sonst hätte er den nicht durch den stockdunklen Wald manövrieren können. Und diese ganze Ladung erhöht den Brennstoffverbrauch noch dazu sehr stark.«

Einen Moment lang starrte sie nachdenklich auf die Tischplatte.

»Vielleicht hat er richtige Gasturbinen und Jettreibstoff benutzt, damit der Hubschrauber dieser Last gewachsen war. Wenn er eine wirklich gute Flugmaschine konstruiert hat, und das hat er ja offenbar, dann konnte die weite Strecken zurücklegen.«

»Wie weit?«

»An die hundert Kilometer.«

»Hundert Kilometer! Er kann also irgendwo im Umkreis von hundert Kilometern von Karlsborg gestanden haben? Er kann diesen verdammten Hubschrauber von Örebro oder Jönköping aus gesteuert haben?«

»Ja.«

»Es ist also total sinnlos, da unten die Wälder abzusuchen? Inzwischen kann er also überall in Schweden sein.«

»Ja.«

Langsam ließ er sich in seinen Sessel sinken.

»Was glaubst du, was er jetzt machen wird?«

»Keine Ahnung, ich weiß nur eins. Wir müssen ihn fangen, wir müssen uns diesen Arsch schnappen.«

Aus dem Fernseher strömte jetzt die Wiederholung einer Dokusoap. Am Tresen bestellten die Taxifahrer Brote mit Frikadellen, Schokoladenkuchen, Kaffee, ihre Stimmen füllten das Lokal, als sie versuchten, sich gegenseitig mit Verschwörungstheorien und Argumenten über den Mörder zu überschreien.

Claudia verdrehte ihren Plastikstuhl ein wenig, setzte sich mit dem Rücken zum Lokal.

»Wenn nur die Schwedische Akademie 1911 Strindberg diesen verdammten Nobelpreis gegeben hätte. Dann würden wir jetzt nicht hier in diesem miesen Nachtcafé sitzen.«

Sie sagte das einfach so dahin, aber Leo starrte sie verdutzt an, sein Mund stand halboffen.

»Herrgott ...«

»Was ist denn jetzt?«

»Ich muss blind gewesen sein, verdammt noch mal, blind. Wie konnte ich so was übersehen?«

»Wovon redest du, Leo?«

»Über den Mörder. Woher kann der wissen, was die Schwedische Akademie im Jahr 1911 gemacht hat? Wie zum Teufel hat er gewusst, dass sie Strindberg den Nobelpreis nicht geben wollten?«

»Wie meinst du das?«

»Diese Abstimmung, die die Mitglieder damals abgehalten haben, die ist eines der bestgehüteten Geheimnisse der Literaturgeschichte. Diese Information ist nur an einer einzigen Stelle aufgezeichnet, in dem geschlossenen Archiv unten im Kellergewölbe der Börse. Dazu haben nur achtzehn Personen Zugang. Achtzehn Personen auf dem gesamten Erdball, und das sind die Mitglieder der Schwedischen Akademie.«

Ihre Blicke begegneten einander über dem Cafétisch.

»Ist es möglich?«, flüsterte Claudia. »Kann jemand aus der Akademie dem Mörder alles erzählt haben?«

»Keine Ahnung, aber wir müssen mit den Mitgliedern sprechen. Und zwar sofort.«

»Leo, neun von ihnen sind ermordet worden, die anderen werden rund um die Uhr von Hunderten von Polizisten bewacht. Außerdem werden du und ich gesucht, hast du das vergessen? Wir können den Mitgliedern nicht einmal eine SMS schicken. Wir können keinen verdammten Mucks aus ihnen rausbekommen.«

»Doch, das können wir.«

»Wie denn?«

»Im Archiv der Börse gibt es handgeschriebene Sitzungsprotokolle. Da können wir nachlesen, was Hubert Rudqvist bei der Donnerstagssitzung der Akademie geschrieben hat, das war vor einer guten Woche, vier Tage, ehe er im Berzelii Park ermordet wurde.«

Ohne Claudia aus den Augen zu lassen, beugte Leo sich vor:

»Wir müssen noch einmal ins Archiv. Wir müssen die Sitzungsnotizen lesen, Rudqvists letzte Worte im Leben. So finden wir vielleicht eine Spur.«

Sie zögerte mit ihrer Antwort.

»Das ist aber nicht gerade vielversprechend«, sagte sie endlich.

»Nein, aber unsere einzige Chance.«

Langsam fuhr sie sich mit den Fingern durch die Haare und starrte die beiden großen Farbfotos in der Abendausgabe von *Aftonbladet* an.

»Vorgestern hat uns der Büroleiter der Schwedischen Akademie eingelassen. Jetzt werden wir polizeilich gesucht, unsere Gesichter schmücken jede Abendzeitung im ganzen Land. Heute Nacht können wir nicht einfach durch den Haupteingang hineinspazieren.«

»Wie sollen wir dann reinkommen?«

Claudia schaute aus dem verschmutzten Fenster und ließ Leos Frage unbeantwortet, sie verzehrte den letzten Rest ihres Schinkenbrotes und erhob sich dann.

»Komm, am Roslagstull gibt es eine rund um die Uhr geöffnete Tankstelle.«

* * *

Einige Kilometer weiter südlich, in einem Kellergewölbe unter Brända tomten, stand Werner Stolte. Über ihm hing der gusseiserne Leuchter mit seinen sieben fast heruntergebrannten Wachslichtern, die Flammen zitterten unruhig, als ob sie schon ahnten, was geschehen würde.

Er stand bewegungslos da, während sein Schattenbild auf der Felswand einen wilden Tanz aufführte. Unverwandt musterte er das Blatt Papier im Glaskasten, die angefressenen Tintenbuchstaben waren kaum zu lesen, aber die Worte hatten sich für immer in seine Erinnerung geätzt. Was ein ganzes Jahrhundert lang selbstverständlich gewesen war, war in einer Nacht unklar geworden.

Langsam ging er durch die Höhle und ließ sich in einem der Ledersessel nieder. Auf dem Teaktisch, bei der kleinen Messingflasche, lag ein Exemplar der Abendausgabe von *Aftonbladet*. Sein Blick wanderte über die Fotografien und über die sensationslüsternen Schlagzeilen, die die erste Seite bedeckten.

Danach schaute er zum Kamin hinüber, die Feuerzungen leckten an dessen verrußten Wänden.

Neben ihm saßen die beiden Menschen, die sein Geheimnis und sein Gelübde teilten. Die Frau legte ihre Hand auf seine, und ihre Blicke begegneten einander schweigend. Vor dem Gesindeschrank saß der andere Mann, er, dessen Großvater Schauermann im Stadsgårdshafen gewesen war, riesige Schweißtropfen waren ihm auf die Stirn getreten, und er starrte in das leere Fach des Schrankes. Er feuchtete sich die Lippen an, und tief in seinem Brustkorb nahm eine Frage Gestalt an, die dann als Flüstern aus seinem Mund kam.

»Hätten wir etwas anders machen können? Hätten wir uns anders verhalten können?«

Werner Stolte schaute den Mann an.

»Nein, mein Freund, das hätten wir nicht gekonnt.«

22

Knut Hamsun

Nobelpreisträger für Literatur 1920

Begründung der Schwedischen Akademie:

»Für sein monumentales Werk ›Segen der Erde‹.«

18. Mai 2012

Der nordöstliche Teil von Gamla stan lag menschenleer und verlassen in der nächtlichen Dunkelheit, nur einige Kneipenbesucher waren auf dem Heimweg, und niemandem fiel das Motorrad auf, das am Strömkaj entlangfuhr, dann Köpmanbrinken hoch, und das dann vor dem bronzenen Standbild von Sankt Georg und dem Drachen anhielt.

Mit lautlosen Schritten gingen Claudia und Leo durch die Köpmangata und weiter durch die graudunklen Gassen. Während des Spätmittelalters, als dieses Viertel der Hauptstadt herangewachsen war, war diese Uhrzeit die Geisterstunde genannt worden. In den Sälen des Königlichen Schlosses hatte sich die Weiße Frau gezeigt, die Prästgata war von den Gespenstern der Hingerichteten heimgesucht worden, im Gewölbe des Storkyrkobades waren ermordete Dominikaner umgegangen. Nächte wie diese hatten die Stockholmer Bevölkerung des 17. Jahrhunderts dazu gebracht, an Wiedergänger und unsichtbare Geister zu glauben.

Jetzt fiel ein gespenstisches Mondlicht zwischen die Kirchtürme, und die Nebelschwaden fegten spukhaft über Saltsjön, drängten sich zwischen die Häuser, und die Augen der Statuen schienen Claudia und Leo durch die Dunkelheit zu folgen. Als sie an einem weißblühenden Kastanienbaum vorübergingen, blieb Claudia stehen, sah sich das Zirkusplakat an, das an dem graurindigen Stamm befestigt war.

»Das ist perfekt.«

Sie riss die Spanscheibe vom Baumstamm und lief weiter mit dem Plakat von Brazil Jack unter dem Arm, die Svartmangata hoch. Als sie die Längsseite vom Stortorg erreicht hatten, suchten sie hinter einem Baugerüst Schutz und hielten auf dem Platz Ausschau nach Polizei oder Nachtwächtern. Nach etwa einer Minute nickte Claudia und lief auf die Börse zu. Im Obergeschoss brannte hinter zwei Fenstern Licht, die Fenster schienen auf den Platz hinauszuspähen wie zwei wachsame Augen. Die Steintreppe war noch immer bedeckt von Blumen und Beileidsbriefen, einige Kerzen zitterten im Nachtwind, aber Menschenmengen und Presseleute waren verschwunden. Bei einem Kellerfenster in der Giebelwand des Gebäudes blieb Claudia stehen, stellte Rucksack und Zirkusplakat ab und schaute sich um.

»Leo, bisher haben wir uns so einigermaßen an die Gesetze gehalten. Jetzt überschreiten wir diese Grenze.«

»Ich weiß.«

Eine Viertelstunde zuvor war Claudia bei der nachts geöffneten Tankstelle bei Roslagstull vorgefahren und hatte einen hydraulischen Wagenheber erstanden. Jetzt zog sie diesen aus dem Rucksack und legte ihn unter dem vergitterten Kellerfenster auf die Pflastersteine, presste dann mit an die zwanzig raschen Handbewegungen den Kopf des Wagenhebers nach unten. Das Eisengitter ächzte, als es von der Fassade gerissen wurde.

Leo starrte sie an, verblüfft und gefesselt, aber als sie dann das halbverzehrte Schinkenbrot aus dem Café *Becher* hervorzog, flüsterte er:

»Herrgott, du willst doch jetzt nicht essen?«

»Nein.«

Sie warf das Schinkenbrot weg, behielt aber die Alufolie, faltete sie doppelt zusammen, hockte sich dann vor das Kellerloch und musterte die Fensterscheibe.

»Gustav III. hat die Akademie im 18. Jahrhundert gegründet, nicht wahr?«

»1786, wieso?«

»Dieser Magnetalarm ist fast so alt wie die Akademie«, antwortete Claudia lächelnd. »Wenn sie einen moderneren IR-Alarm mit Vibrationsdetektor installiert hätten, wäre es unmöglich, hier ins Haus zu gelangen. Aber jetzt dürfen wir nur den Magnetkontakt nicht unterbrechen.«

Vorsichtig hob sie den Fuß des Wagenhebers und drückte einen Lappen gegen den oberen Teil der Fensterscheibe. Dann schlug sie energisch auf den Lappen, und das gedämpfte Klirren von zerbrechendem Glas füllte das nächtliche Viertel. Mit einer raschen Bewegung schob sie die Hand durch das eingeschlagene Fenster und legte die Alufolie über den rechteckigen Magnetschalter der Alarmanlage. Sie wartete etwa zehn Sekunden ganz still, dann öffnete sie den Fensterrahmen.

»Pass auf die Glasscherben auf«, flüsterte sie, als sie durch das enge Fenster stieg.

Als sie beide im Kellergewölbe standen, griff sie nach dem Zirkusplakat und schob es vor die Fensteröffnung. Behutsam schlichen sie dann durch den pechschwarzen Archivraum.

»Die Lampen müssten hier irgendwo stehen«, flüsterte Leo.

Sie konnte hören, wie seine Schritte in der Dunkelheit verschwanden, hören, wie die Vitrine geöffnet wurde, einige Sekunden darauf füllte sich das Kellergewölbe mit einem hellgelben Licht. Leo stand einige Meter weiter, er hob die tragbare Leselampe hoch und ließ den Lichtkegel durch das unterirdische Archiv wandern. Langsam ging er zwischen den Regalreihen weiter, zu dem Mahagoniregal, und suchte dann unter den alten Schriftstücken. Seine Finger glitten über Buchrücken, über geheim gehaltene Briefe und gesperrte Nominierungen, und hielten schließlich bei einem Jahrgangsband im obersten Regalfach inne. Dieses Buch war in Ziegenleder gebunden, ein bronzefarbener Maroquinband wie die älteren Bände, aber sein Rücken war dunkler und hatte keine Goldprägung. Leo zog das Buch aus dem Regal und legte es auf den Lesetisch, als er es aufschlug, knisterte der Einband. Mit glücklichem Lächeln drehte er sich zu Claudia um.

»Yes, hier haben wir ihn.«

»Gute Arbeit«, antwortete sie lächelnd.

Überaus vorsichtig, aber mit geübten Handbewegungen, blätterte er in dem Jahrgangsband, betrachtete jedes Blatt, musterte die Datenangaben. Etwas mehr als eine Woche zuvor hatte Hubert Rudqvist diese Zeilen zu Papier gebracht, als die Akademie ihre Donnerstagssitzung abgehalten hatte und die Mitglieder im Sitzungssaal im zweiten Stock der Börse versammelt gewesen waren. Jetzt waren neun von ihnen ermordet, erschossen mit Schwarzpulverwaffe und Scharfschützengewehr, vergiftet mit dem Sekret eines Pfeilgiftfrosches, bei einem Druckluftbombenattentat in Stücke gesprengt.

Dann war Leos Stimme im Halbdunkel zu hören.

»Überleg doch mal, Hubert Rudqvist ist seit vier Tagen tot. Jetzt kann er noch einmal sprechen, sozusagen aus dem Grab heraus. Wie ein Gespenst.«

Vor ihm auf dem handgeschöpften Bogen waren Rudqvists letzte Aufzeichnungen zu sehen.

»Hier ist es.«

Leos Hände schlossen sich um den Band und zitterten vor Erwartung, als er anfing, die Sitzungsnotizen vorzulesen.

Donnerstag, 10. Mai 2012, Sthlm

Im Materialvorrat fehlen Büroklammern und DIN-A3-Umschläge – schon wieder! Mit Klasse und Inger besprechen (Verantwortlichkeit muss festgestellt werden).
Daten für Treffen des Nobelpreiskomitees: 24.3, 25.5., 4.6. sowie 5.6. (Elmander kommt 45 min zu spät wg Zug aus Göteborg – Treffen später legen? Ja. Vorschlag: Beginn 10.15)
Blumen für Lisbeth ins Karolinska (leider: ihr Zustand hat sich verschlechtert).

H. S. H. Rudqvist
Ständig. Sekr.

Leo schlug mit beiden Händen auf den Tisch.

»Nichts, verdammt noch mal rein gar nichts.«

Er blätterte zurück, zu den Notizen des vorigen Donnerstagstreffens, vom 3. Mai 2012. Gleich unter dem Datum stand die kurze Zeile:

Treffen schnell und effektiv. Ausnahmsweise …

Weiter unten auf derselben Seite hatte Rudqvist am 28. April notiert:

Klempnerfirma wird am 23. Mai im Rentmeistersaal Dichtungen auswechseln, von 8 bis 8.30. So lange kein Warmwasser.

Immer resignierter blätterte Leo in dem Jahrgangsband, sah eine Notiz nach der anderen an, an die siebzig Seiten mit kurzgefassten Mitteilungen, am Ende schlug er den Ziegenlederband mit einem Seufzen zu.

»Ach, verdammt …«

»Gar nichts?«

»Nein.«

Als er aufschaute, war sein Gesicht düster und mutlos.

»Ich hatte mir eingebildet, Rudqvists letzte Aufzeichnungen würden eine Entlarvung enthalten. Eine Spur, ein Geheimnis, irgendetwas. Aber hier geht es nur um verdammtes Büromaterial und anderen Müll.«

Dann lief er planlos zwischen den dunklen Regalreihen hin und her. »Auf irgendeine Weise hat der Mörder alles erfahren. Alles über Strindberg, alles über den verweigerten Nobelpreis, alles, was in den Jahrbüchern bis 1911 steht. Irgendein Mitglied der Akademie muss ihm das erzählt haben.«

»Es gibt noch eine Möglichkeit.«

Er blieb stehen, starrte Claudia an.

»Was denn?«

»Wenn niemand es ihm erzählt hat, dann muss er …«

»Es selbst herausgefunden haben«, fügte Leo hinzu.

»Genau.«

Er rannte durch das Archiv, packte ihre Hand, eifrig wie ein Kind.

»Du hast Recht, der Mörder muss hier im Kellergewölbe gewesen sein. Er muss hier gewesen und die Jahrbücher bis 1911 gelesen haben. Aber wie zum Teufel hat er das geschafft?«

»Keine Ahnung.«

»Vielleicht ist er durch ein Fenster eingestiegen? So wie wir?«

»Dann wäre der Einbruch entdeckt worden, und wir hätten

davon gehört. Nein, er muss ganz unbemerkt hereingekommen sein. Heimlich.«

»Aber wie hat er das geschafft? Er kann doch nicht einfach durch die Wand gehen.«

Claudia fuhr mit der Hand über die massiven Steinmauern.

»Vielleicht kann er das eben doch.«

* * *

Rickard Ahlström spuckte auf den Asphalt. Vor ihm zog die Autobahn sich durch die Ackerlandschaft, graudunkel und einsam, und aus dem Einsatzwagen war die Kommunikationseinheit zu hören, dauernde Berichte aus den Waldgebieten um Karlsborg und Skövde.

Etliche seiner Kollegen aus Norrköping waren hierher abkommandiert worden und beteiligten sich jetzt an der größten Mörderjagd, die jemals auf schwedischem Boden stattgefunden hatte. Ausgerüstet mit Suchhunden, IR-Ferngläsern, kugelsicheren Westen und K-Pistolen durchsuchten sie die Wälder und Moore von Västergötland.

Aber er war nicht dabei. Zusammen mit etwa einem Dutzend Kollegen war er abkommandiert worden, um auf der E 4 in Richtung Norden und der Landesstraße 56 Straßensperren aufzustellen. Er befand sich jetzt dicht bei Stavsjö, hundertvierzig Kilometer vom Zentrum der Ereignisse entfernt. Statt sich an der polizeilichen Einsatztruppe zu beteiligen, war er als Verkehrspolizist eingesetzt. Er war nie so wütend gewesen wie in dem Moment, als der Bezirkspolizeichef seinen Namen nicht auf die Liste der Kollegen gesetzt hatte, die knapp zwei Stunden früher mit einem Militärhubschrauber nach Karlsborg geflogen waren.

Wut und Pulverkaffee hielten ihn wach, während er auf der einsamen Autobahn stand. An die fünfzig Autofahrer waren angehalten worden, die meisten Fernfahrer und Leute aus Nyköping, die das Lindyhopfestival im Volkspark von Motala besucht hatten. Er spuckte seinen Kautabak aus, wischte sich den Mund mit dem Jackenärmel ab und spülte die Tabaksreste mit lauwarmem Kaffee hinunter. Dann sah er auf dem Hügelkamm einen senfgelben Opel Kadett. Er fuhr langsam, ganz am rechten Rand der Fahrbahn.

»Der gehört dir, Ahlström«, rief einer seiner Kollegen.

Er knurrte:

»Okay, okay.«

Als er die linke Hand hob, wurde der Opel noch langsamer und hielt dann am Straßenrand. Das Seitenfenster auf der Fahrerseite wurde heruntergekurbelt, und ein alter Mann war zu sehen. Er saß ganz krumm da, über das Lenkrad gebeugt, und seine Stimme war freundlich und brüchig zugleich.

»Was ist denn los? Es hat doch hoffentlich keinen schlimmen Unfall gegeben?«

»Nur eine Routinekontrolle«, antwortete Rickard und leuchtete mit der Taschenlampe.

Das Gesicht des alten Mannes war im Lichtschein zu sehen. Er war sicher an die neunzig, vielleicht noch älter, Altersflecken und einzelne Haarsträhnen bedeckten seinen kahlen Schädel.

»Kann ich mal Ihren Führerschein und die Wagenpapiere sehen?«

Langsam beugte der Greis sich vor und drehte am Regler seines Hörapparates.

»Entschuldigung, was haben Sie gesagt?«

»Führerschein und Wagenpapiere.«

»Sicher, sicher, nur einen Augenblick.«

Mit zitternden Händen öffnete der Mann das Handschuhfach und zog die Unterlagen heraus, sie waren ordentlich in einer Gefriertüte verstaut und mit einem Gummiband umwickelt.

»Bitte sehr.«

Durch die verstaubte Plastikfolie konnte Rickard ein Foto und einen Namen erkennen.

»Alrik Lundstedt?«

»Ja, das stimmt genau.«

»Warten Sie einen Moment.«

Er ging zum Einsatzwagen hinüber, gab die Autonummer und den vollständigen Namen des Mannes in seine RAKEL-Einheit ein. Gleich darauf erschienen auf dem Bildschirm dasselbe Foto wie im Führerschein, zusammen mit den Personalien, ein Telefonanschluss mit der Vorwahl 0158 und eine Adresse in Gnesta. Als Rickard die Auskünfte durchgesehen hatte, ging er zum Opel zurück und hielt die Gefriertüte durch das heruntergekurbelte Fenster.

»Bitte, steigen Sie kurz aus.«

»Ja, ja, wird gleich erledigt«, antwortete der Mann freundlich.

Er hielt sich am Türrahmen fest und stieg mühsam aus dem Wagen. Er war mittelgroß, aber so krumm, dass er kaum über das Dach des Opel schauen konnte.

»Können Sie den Kofferraum aufmachen?«

»Der ist offen, Herr Wachtmeister. Bitte sehr, schauen Sie sich nur um.«

Rickard ging zum Heckteil des Opels und drückte auf den Schließmechanismus. Der Kofferraum öffnete sich, und nun war die enge, fast leere Fläche zu sehen, sie enthielt einen Reservekanister, ein wenig rostiges Werkzeug, Kühlflüssigkeit, das war alles. Rickard fuhr mit der Hand über den mit Filz bezogenen Boden und griff hinter den Benzinkanister, dann schloss er den Kofferraum mit einem Knall. Als er zum Beifahrersitz ging, hörte er wieder die brüchige Stimme des Alten.

»Entschuldigen Sie, Herr Wachtmeister. Darf ich mich wohl setzen? Meine Beine sind nicht mehr das, was sie einmal waren.«

»Natürlich.«

Mit großer Mühe nahm der Mann wieder hinter dem Lenkrad Platz, und Rickard musterte ihn durch die offene Beifahrertür.

»Wo waren Sie denn eigentlich?«

»Ich habe meine Schwester im Krankenhaus von Motala besucht. Sie hat seit vielen Jahren Alzheimer. Jetzt hat sie noch dazu eine Lungenentzündung bekommen, und damit lässt sich ja nicht spaßen, in ihrem Alter. Nächsten Sonntag wird sie hundert, klopf auf Holz. Sie heißt Agnes Holm. Sie hat 1936 an den Olympischen Spielen in Berlin teilgenommen, aber damals hieß sie natürlich noch Lundstedt. Agnes Lundstedt. Sie ist bis zur zweiten Vorrunde im Florettfechten gekommen. Vielleicht haben Sie von ihr gehört?«

»Nein. Und wohin sind Sie jetzt unterwegs?«

»Nach Hause, nach Gnesta, natürlich. Aber morgen geht es wieder zur Station 11 ins Krankenhaus, müssen Sie wissen. Irgendwer muss sich doch um die arme Agnes kümmern, oder nicht?«

Rickard nickte zerstreut und steckte den Kopf in das dunkle Wageninnere. Als ihm ein erstickender Geruch nach Schweiß und Urin entgegenschlug, wich er ein wenig zurück und schnitt eine Grimasse. Es war schwer, in dem dunklen Auto etwas zu sehen, aber im Licht der Taschenlampe konnte er auf der Rückbank eine Menge Essensmarken und etwa ein Dutzend Zeitungen erkennen, einige vergilbte Exemplare von *Södermanlands Nyheter* und darunter ein Pornoheft.

Der Gestank im Auto war unerträglich, aber der Befehl des Bezirkspolizeichefs war unmissverständlich gewesen, jedes Fahrzeug sollte auf versteckte Waffen hin durchsucht werden. Rickard holte tief Luft, um den Gestank auszusperren, kippte dann die Rückenlehne des Beifahrersitzes nach vorn und begann, die Rückbank zu untersuchen, seine Fingerspitzen tasteten unter den Essensmarken und zwischen den Zeitschriftenbeilagen herum.

Der Greis drehte sich um, bitterer Mundgeruch kam zwischen seinen bräunlichen Zähnen hervor, als er sagte:

»Wir waren eine große Geschwisterschar, müssen Sie wissen. Sieben Stück, und Agnes war die älteste. Mutter litt an Tuberkulose. Und Vater arbeitete im Eisenbergwerk von Grändesberg, drüben in Roslagen, den haben wir also nur an hohen Feiertagen gesehen. Und oft nicht einmal dann. Er ging dann sofort in die Eisenbahnschänke unten in der Stadt. Da gab es billiges Bier, verstehen Sie? Also musste sich Agnes um uns Kleine kümmern. Können Sie sich das vorstellen? Ein Mädchen von elf Jahren, das sechs Geschwister versorgen muss?«

Rickard gab keine Antwort, seine Fingerspitzen fanden plötzlich die hinteren Hebel des Ledersitzes, als er daran zog, ächzte der Sitz in seinen Fugen. Sofort beugte der Greis sich vor, seine Lippen streiften Rickards rechte Wange, als seine brüchige Stimme noch lauter wurde.

»Sie hat Kleider gewaschen und Essen gekocht. Hat dafür gesorgt, dass wir abends ins Bett und morgens zur Volksschule von Lövåsberga kamen. Sie war immer wie eine Mutter für uns andere, unsere Agnes. Aber jetzt braucht sie unsere Hilfe, und das fällt dann auf mich, denn ich bin der einzige von uns Geschwistern, der noch lebt.«

Der Speichel troff aus den Mundwinkeln des Greises, als er redete, zwei Tropfen fielen auf Rickards Nacken, als er die Nähte der Rückbank untersuchte. Er tastete noch immer unter den Lokalzeitungen, unter Pornoheft und Essensmarken, plötzlich erfüllt von Neugier, und ihm fuhr ein Gedanke durch den Kopf:

Ist in dem ganzen Chaos etwas versteckt?

In diesem Augenblick berührte er weit hinten in der linken Ecke des Sitzes etwas, unter den Zeitschriften fanden seine Finger ein Stück Stoff. Zugleich wurde die Stimme des Greises immer schärfer.

»Ja, wir sind allein übrig, Agnes und ich. Evert ist schon 1929 umgekommen, als bei der Papierfabrik Hovas der große Damm brach. Vera bekam Tuberkulose, genau wie Mutter, und starb am 17. März 1934, an ihrem einundzwanzigsten Geburtstag. Und Erland, der …«

Langsam schlossen Rickards Finger sich um das Stoffstück und zogen es unter dem Zeitungshaufen hervor. Der Gestank, der ihm nun ins Gesicht schlug, war grauenhaft, eine goldbraune Flüssigkeit lief an seinem Handgelenk hinunter. Bei dem Stoffstück handelte es sich um eine Unterhose, die von Urin und Exkrementen durchtränkt war. Rickard riss den Kopf aus dem Opel und stieß gegen den Türrahmen. Er schnappte nach Luft, und der Brechreiz wurde immer stärker, fieberhaft rieb er mit der Hand über das taufeuchte Gras am Straßenrand. Als er sich aufrichtete, konnte er den Blick des Greises nicht erwidern. Er schluckte heftig, um sich nicht erbrechen zu müssen, und starrte auf den Asphalt, während er murmelte:

»… Sie können weiterfahren.«

»Entschuldigung?«, fragte der Greis und drehte abermals am Regler seines Hörgerätes.

»Ich habe gesagt… Sie können weiterfahren. Fahren Sie! Los!«

Die Enttäuschung in der Stimme des alten Mannes war unüberhörbar, er hätte gern weitergeplaudert, das konnte Rickard hören. Vermutlich hatte er lange keine Gelegenheit mehr dazu gehabt.

»Ach so, ja. Dann gute Nacht, Herr Wachtmeister.«

Mit zitternder Hand lockerte er die Handbremse und ließ den Motor an, langsam fuhr er los.

Rickard schaute hinter dem senfgelben Opel her, sah, wie er langsam seine Fahrt in die mitternächtliche Dunkelheit fortsetzte. Dann füllte er den Mund mit einem heftigen Schluck aus dem Plastikbecher, der scharfe Geschmack des Pulverkaffees tilgte den beißenden Nachgeschmack des Brechreizes. Danach drehte er sich um und rief seinem Kollegen zu, der an die zwanzig Meter weiter an der Autobahn stand:

»Typisch, was? Da könnten wir in den Wäldern von Västgötaland den Akademiemörder jagen, könnten mit einer AK 4 durch die Gegend schleichen. Stattdessen stehen wir an der E 4 und müssen hundertjährige Opas durchsuchen, die sich vollgepisst haben.«

Das Lachen des Kollegen füllte die Vorsommernacht.

»Das Leben ist ungerecht, Ahlström, verdammt ungerecht.«

* * *

Claudia stand mitten im Kellergewölbe und leuchtete das Archiv mit der tragbaren Leselampe an. Sie ließ den Lichtkegel an den

Fenstern entlangwandern, über die Regale, über die Treppe, die zu der massiven Eichentür hochführte.

»Der Mörder muss hier gewesen sein.«

»Ja.«

»Er muss die Jahrbücher gelesen haben. Aber wie zum Teufel ist er hier hereingekommen?«

»Vielleicht hat er die Schlüssel zur Kellertür geklaut«, schlug Leo vor und nickte zu dem pechschwarzen Treppenaufgang hinüber.

»Nein, dieser Arsch hat alles ganz im Geheimen gemacht. Es wäre ein viel zu großes Risiko, durch den Haupteingang der Börse zu spazieren und die Archivtür von außen aufzuschließen.«

Langsam wanderte sie mit der Lampe durch das Archiv, leuchtete die Wandpartien an, die zwischen den Regalreihen zu sehen waren.

»Tür und Fenster sind die offensichtlichen Wege, von denen alle wissen. Vielleicht kommt man noch auf andere Weise herein.«

»Ein dritter Eingang?«

»Genau.«

Sie leuchtete weiter die Mauern an, Meter für Meter untersuchte sie jedes Stück des groben Mauerwerks.

»Wonach suchen wir eigentlich?«

»Keine Ahnung«, murmelte sie als Antwort.

Während sie durch das Kellergewölbe wanderte, fuhr sie mit den Handflächen über die unebene Maueroberfläche, suchte in der Dunkelheit nach einem Spalt oder einer Kerbe, einer verborgenen Türklinke, einem versteckten Riegel, einem Schlüsselloch.

Etwas muss es hier geben. Irgendetwas.

Sie blieb vor der Vitrine stehen und schob sie vorsichtig zur Seite, worauf ein kreischendes Geräusch durch das Archiv jagte, als die Beine der Vitrine über den Steinboden scharrten. Plötzlich hielt sie inne und sah das Stück Mauer an, das eben noch verborgen gewesen war.

»Leo, sieh dir das mal an.«

Leo lief durch die Regalreihen und blieb neben Claudia stehen, als er die Mauerpartie sah, schnappte er nach Luft.

»Herrgott …«

Seien Augen richteten sich auf ein Emblem in der Mauer, ein gleichschenkeliges Dreieck aus einer Silberkupferlegierung, das im Laufe der Jahre schwarz geworden war. An zwei Scheitelpunkten konnte er mehrere Silberbuchstaben sehen, zentimeterhohe Wörter, die in der Mauer zusammengefügt waren.

MONSIEUR

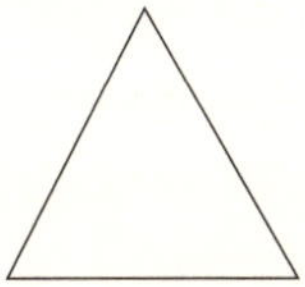

KABYLENADIEU

Etwa ein Dutzend Sekunden lang starrte Leo das Dreieck an, dann erklang seine Stimme unter der gewölbten Decke des Kellers:

»Das ist ein Trimurti.«

»Ein was?«

Er antwortete, ohne den Blick von der Silberkonstruktion zu nehmen.

»Als Strindberg im 19. Jahrhundert in Paris lebte, beschäftigte er sich zum Zeitvertreib oft mit etwas, das er das Trimurtispiel nannte. Es geht auf die hinduistische Dreieinigkeit zurück, Brahma, Vishnu, Shiva. Und dabei zeichnet man ein gleichschenkeliges Dreieck. Dann schreibt man in jede Ecke ein Wort, und die Wörter müssen sich aufeinander reimen, es ist ein ziemlich witziges Spiel. Brynolfsson ist vermutlich Schwedens größter Trimurtiexperte.«

»Das überrascht mich nicht weiter. Aber Brynolfsson ist nicht hier.«

»Nein.«

»Also, was machen wir? Du bist nicht zufällig Schwedens zweitgrößter Trimurtiexperte?«

»Leider nein, aber ich kann einen Versuch machen.«

Als er die Lampe hob, waren die Silberbuchstaben im Lichtkegel deutlicher zu sehen.

»Ein Trimurti ist wie ein Rätsel, könnte man sagen, eine Art Fragevers.«

»Wie ein Sudoku also, nur mit Buchstaben statt Ziffern?«

»Genau.«

Einen Moment lang musterte er die Wörter, betastete sorgfältig die gegossene Silberanordnung.

»Also, wir haben zwei Wörter. Monsieur und Kabylenadieu.«

Er richtete den Zeigefinger auf die linke Ecke des Dreiecks.

»Hier gehört ein drittes Wort hin«, sagte er dann. »Ich vermute, das sollen wir erraten.«

»Das klingt logisch, aber was kann das für ein Wort sein?«

»Es muss sich auf die ersten beiden reimen, und die Buchstaben müssen in den anderen Wörtern enthalten sein.«

»Warum glaubst du das?«

»Weil jeder Buchstabe ein Knopf ist. Deshalb.«

Vorsichtig fuhr er mit den Fingerspitzen über die silberschwarzen Buchstaben.

»Du hast Recht, die Buchstaben sind Knöpfe. Ist das so eine Art Türcode?«

»Ja, ich glaube schon. Wir sollen einfach das dritte Wort schreiben, und wenn wir es richtig machen, geht die Tür auf.«

»Und wenn wir uns irren?«

»Hoffentlich werden wir das nie erfahren.«

»Hoffentlich«, wiederholte sie. »Aber was kann das für ein Wort sein?«

»Strindbergs Trimurtispiele waren irre Nonsensübungen, mit denen er sich amüsiert hat. Je verrückter der Reim, desto besser, es würde mich nicht wundern, wenn das auch hier der Fall wäre.«

Mit hastiger Bewegung strich er sich die Haare aus der Stirn, aber sie fielen ihm sofort wieder über die Augen.

»Monsieur und Kabylenadieu reimen sich ja eigentlich überhaupt nicht, es ist nur ein Pseudoreim nach dem Motto, reim dich oder ich fress dich. Aber beim Trimurti spielt das keine Rolle, im Gegenteil. Es geht nicht darum, elegant zu reimen, sondern ein schwer zu lösendes Rätsel zu erstellen.«

»Je verrückter, desto besser?«

»Genau, die Frage ist nur, wie verrückt das dritte Wort ist.«

Schweigend starrten sie die Konstruktion an, musterten die Silberbuchstaben, aber dann seufzte Claudia.

»Es gibt doch Hunderte von Möglichkeiten, Tausende vermute ich. Mö, dö, snö, tö, strö, höh …«

»Kymmendö!«

»Kymmendö, was ist das denn?«

»Eine Insel im Schärengürtel«, erklärte er aufgeregt. »Strindberg hatte da draußen seine Dichterklause und hat dort mehrere seiner Werke geschrieben. Kymmendö war zum Beispiel das Vorbild für *Die Leute von Hemsö.*«

»Du kannst sicher Brynolfsson bei diesem Trimurtispiel herausfordern«, sagte sie mit strahlendem Lächeln. »Kymmendö klingt wie ein guter Vorschlag.«

»Die Frage ist nur, wie sollen wir das schreiben.«

»Wie meinst du das?«

»Offiziell schreibt man Kymmendö mit zwei M, aber die Leute auf der Insel und Strindberg haben immer nur eins benutzt. Die Frage ist also, nehmen wir die übliche Schreibweise oder Strindbergs?«

Sie sahen einander an und sagten wie aus einem Munde:

»Strindbergs.«

Wieder strich Leo sich die Haare aus der Stirn, wieder fielen sie ihm über die Augen.

»Na gut«, sagte er atemlos. »Dann sind wir uns einig. Kymendö mit einem M. Jetzt brauchen wir nur noch einen spitzen Gegenstand.«

Claudia griff in ihre Hosentasche und reichte ihm einen Zahnstocher, den sie aus dem Café *Becher* mitgenommen hatte.

»Perfekt.«

Er nahm den Zahnstocher zwischen Daumen und Zeigefinger der rechten Hand und hielt dann die Spitze auf das Symbol in der Mauer.

»Du, Leo, bist du ganz sicher, dass es Kymendö ist?«

»Nein.«

Vorsichtig drückte er die Spitze des Zahnstochers auf die angelaufenen Silberbuchstaben, einen nach dem anderen. **K-Y-M-E-N-D**

Als er endlich den letzten Buchstaben antippte – **Ö** –, gab der Felsboden ein mechanisches Geräusch von sich, ein Grollen, und ein Spalt zeigte sich in der Mauer. Langsam wichen die Ziegelsteine zur Seite, einer nach dem anderen, auf Stahlschienen, die in den Kalksteinboden eingelassen waren. Dort, wo sich eben noch eine massive Steinmauer befunden hatte, klaffte jetzt ein Tunnel, ein leicht abschüssiger Bergschacht.

»Ich glaube, wir haben den dritten Eingang gefunden.«

»Sieht so aus«, antwortete sie.

»Du willst da runter, vermute ich?«

»Richtig vermutet.«

Er holte tief Luft.

»Claudia, wir haben keine Ahnung, was da unten ist.«

»Deshalb gehen wir ja hin.«

Mit vorsichtigen Schritten stieg sie durch die Öffnung und leuchtete mit der Leselampe in die Öffnung. Dann hörte sie hinter sich Leos Schritte, sein Atem kam langsam näher. Nach wenigen Metern teilte sich die gewundene unterirdische Passage.

»Rechts oder links?«

»Weiß nicht. Rechts.«

»Na gut.«

Langsam wanderten sie durch den rechten Gang, hinein in den Berg, zogen unter Felsblöcken und Kalkvorsprüngen die Köpfe ein.

»Vorsicht, nicht den Kopf anstoßen.«

Claudia hob die Leselampe und sah die Felswände, pechschwarz und feucht, kalte Tropfen fielen von der Decke, Insekten krochen über die Steine. Als sie in eine Pfütze trat, ergriffen einige Ratten die Flucht und verschwanden durch einen Spalt im Boden.

»Was zum Teufel ist das denn hier für ein Ort?«

»Ich habe darüber gelesen«, keuchte Leo. »Angeblich gibt es unter Gamla stan eine Menge solcher Gänge. An die dreißig, vielleicht noch mehr. Sie sind seit dem Mittelalter da.«

»Du machst Witze?«

»Nein. Manche wurden im 15. Jahrhundert von den Dominikanern angelegt. Andere waren Geheimgänge, die die Könige vom Schloss aus graben ließen, um ungesehen ihre Maitressen in der Stadt besuchen zu können.«

Sie wanderten etwa hundert Meter durch die unterirdische Passage, die manchmal steil abfiel und sich manchmal aufwärtsschlängelte. Als der Tunnel sich mit einem weiteren Gang kreuzte, ließ Claudia den Lichtkegel in beide Richtungen schweifen.

»Verdammt, rechts oder links?«

»Links?«

»Na gut. Ich kapier ja nicht, wie die Könige sich hier unten zurechtgefunden haben.«

Sie gingen durch den breiteren der beiden Tunnelgänge. Nach wenigen Minuten passierten sie einen Stalaktiten, dessen bekannte Kalksteinform nach unten zeigte.

»Ich glaube, hier waren wir schon mal.«

»Das glaube ich auch. Was jetzt?«

»Weiß nicht. Ich nehme an, dass …«

Plötzlich verstummte sie, trat zwei Schritte zur Seite und musterte das silberglänzende Symbol, Buchstaben, die in der Bergwand zusammengefügt waren.

FELSENMOORKALK

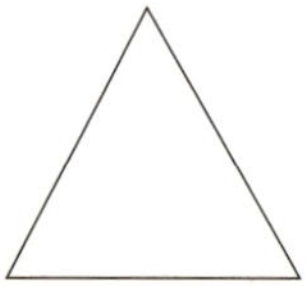

VIEHNIERENTALG

Claudia lächelte düster, als sie die beiden Wörter an den Ecken des Dreiecks betrachtete.

»Das kann sogar ich erraten.«

Sie zog den Zahnstocher aus der Hosentasche, nahm ihn in die rechte Hand und drückte die Silberbuchstaben **A-R-V-I-D-F-A-L-K** ein. Abermals öffnete sich vor ihnen die Felswand, und jetzt sahen sie einen Seitentunnel, einen kurzen Durchgang, an dessen Ende ein Licht brannte. Sie stiegen durch die Öffnung, und Claudia legte ihre rechte Hand auf die Sig Sauer, dicht hinter ihr kam Leo. Nach nur wenigen Schritten öffnete sich ein großer Raum. Unter dem Deckengewölbe hing ein Kristallleuchter aus schwarzem Gusseisen, viele Wachskerzen waren heruntergebrannt, aber zwei leuchteten noch, die flackernden Flammen erhellten die Höhle und warfen einen goldroten Schein über Claudia und Leo. Sie sahen die drei Gestalten sofort, drei Menschenkörper, die unbeweglich auf dem Steinboden lagen.

»Verdammt ...«

Sie stürzten auf Werner Stolte zu und hockten sich neben ihn, betrachteten den leblosen Körper.

»Er hat uns also angelogen.«

»Ja, das hat er.«

»Glaubst du, er war der Mörder ... trotz allem?«

»Nein, aber er muss den Mörder gekannt haben, das steht jedenfalls fest.«

Wütend schlug Claudia mit der Faust gegen die Felswand.

»Verdammt, wenn wir doch bloß ein bisschen früher gekommen wären!«

Mit geübten Handbewegungen fühlte sie an der Halsschlagader der toten Frau und fuhr mit den Fingern über deren Gesichtsmuskulatur.

»Sie haben Selbstmord begangen, ja?«

»Ja«, antwortete sie. »Und es kann noch nicht lange her sein. Sie sind ja kaum starr geworden. Wenn wir zehn Minuten früher gekommen wären, hätten wir jetzt vielleicht alle Antworten.«

Sie erhob sich und ging zum Teaktisch, griff nach der zehn Zentimeter langen Flasche. Vorsichtig hob sie die Öffnung an ihr Gesicht und ließ die scharf riechende Flüssigkeit ihre Nase füllen.

»Weißes Arsen, in Wasser aufgelöst, nehme ich mal an.«

Sie stellte die Flasche weg und drehte sich zu Leo um.

»Arsen war im 19. und im frühen 20. Jahrhundert das meistverbreitete Gift.«

»Ja, Strindberg hat so ungefähr jeden zweiten Tag mit Selbstmord gedroht, vor allem, als er *Inferno* schrieb. Angeblich hatte er immer einen Flachmann voll Arsen in der Tasche.«

Vorsichtig hob er die kleine Flasche auf und drehte sie ein wenig, der Flaschenhals leuchtete im Feuerschein auf, und er konnte die Inschrift auf der Hülle sehen, die beiden Anfangsbuchstaben waren in das Marinemessing eingraviert: J. A.

»Johan August.«

Als er die anderen Gegenstände entdeckte, lief er durch das Halbdunkel, mit großen Augen, staunend, leuchtete mit der Leselampe die Hunderte von Büchern an, die Fotografien und die an der Felswand aufgetürmten wissenschaftlichen Instrumente. In den Lagerregalen fand er Teile einer Kohlendampfmaschine, mehrere Kohlebogenlampen, Bügeleisen. Bei einem handschriftlichen Manuskript blieb er stehen und sah sich das abgenutzte Umschlagpapier an.

»Ein Entwurf zu *Meister Olof*«, flüsterte er. »Das muss Strindbergs erste Version sein, die vom Königlichen Theater abgelehnt wurde.«

Mit schnellen Schritten lief er weiter an den Regalen entlang, zwischen den Aktenschränken, sein Blick wanderte über die hundert Jahre alten Gegenstände.

»Das ist eine unvorstellbare Schatzkammer. Alle diese Strindbergensien, die seit fast hundert Jahren verschwunden waren, sind hier unten versteckt.«

Am Ende blieb er an einer Vitrine stehen und musterte das schwarz angelaufene Papier, das unter der Glasscheibe auf einem roten Seidentuch ruhte. Claudia hörte, wie er nach Luft schnappte.

»Diese Handschrift erkenne ich sofort«, sagte er. »Es gibt nur einen Menschen, der diese Zeilen geschrieben haben kann.«

»Strindberg?«

Er nickte und beugte sich tiefer über die Glasscheibe.

»Das ist auf liniertem Lessebopapier aus Leinenfasern geschrieben. So teures Papier hat Strindberg erst benutzt, nachdem der Bonniers Verlag die Rechte für seine gesamten Schriften erworben hatte, danach war er dann reich. Diese Zeilen muss er also 1911 oder 1912 geschrieben haben, nur wenige Monate vor seinem Tod.«

Claudia trat an die Vitrine und betrachtete die zerfressenen Tintenbuchstaben.

»Kannst du lesen, was er da schreibt?«

»Vielleicht.«

Buchstabe um Buchstabe entzifferte er den Text, die angefressenen Wörter und die verblassten Formulierungen, die letzten Zeilen las er laut vor:

»Vergesst nie die, die mich vernichtet haben. Ihr habt Rache einzufordern! Vergesst das niemals: Rache!«

Claudia sah ihn an.

»Rache?«

»Ja, das steht da. Rache.«

Plötzlich war vom Kamin her ein Geräusch zu hören, ein Röcheln, und sie stürzten zu dem Stück Ziegelmauer, vor der Werner Stolte lag. Sein Gesicht war leichenblass, aber seine Augen bewegten sich langsam in ihren Höhlen. Claudia ging neben ihm in die Hocke.

»Wer ist der Mörder? Sagen Sie uns, wie er heißt. Seinen richtigen Namen!«

Stolte sah sie beide an, und langsam kamen die Wörter über seine Lippen, halb erstickt in Blut und Gallenflüssigkeit.

»V-v-vielleicht … vielleicht habe ich … einen Fehler gemacht. Einen grauenhaften F-f-fehler … Vielleicht w-w-war das so … vielleicht …«

»Was denn für einen Fehler? Reden Sie schon!«

»V-vor sieben … Jahren fing er an, d-darüber zu reden. Die richtige Rache … s-so nannte er das. Seit sieben Jahren hat er es vorbereitet. Ohne Unterlass … o-ohne Pause. Wir haben aber nie geglaubt, dass er seine Pläne ausführen würde … a-a-aber am Ende haben wir es dann begriffen.«

»Warum haben Sie ihn nicht aufgehalten? Warum haben Sie die Polizei nicht informiert?«

»Wir gehören … der B-b-bruderschaft an. Wir sind von unserem Wort gebunden – unserem Eid. Alle M-Morde, alle Verbrechen … die haben mir zugesetzt. Aber wie hätte ich ihn verraten können? Er ist doch mein F-f-fleisch und Blut. Mein einziges Kind … mein Sohn …«

Leo nahm die Hand des Sterbenden, streichelte seine starren Finger.

»Jetzt ist es jedenfalls vorbei. Das Morden, alles ist vorbei.«

»N-n-nein … es ist nicht vorbei. Es g-g-gibt noch einen … M-m-menschen. Einen letzten.«

Mit aller Kraft packte Claudia seinen Arm.

»Wen denn? Nun reden Sie schon, zum Teufel! Wer ist das?«

Langsam schloss Werner Stolte die Augen, seine Stimme war so schwach, dass sie kaum noch zu hören war.

»Ich weiß nicht.«

Und dann war er tot.

23

Isaac Bashevis Singer

Nobelpreisträger für Literatur 1978

Begründung der Schwedischen Akademie:

»Für seine eindringliche Erzählkunst, die mit ihren Wurzeln in einer polnisch-jüdischen Kulturtradition universale Bedingungen des Menschen lebendig werden lässt.«

18. Mai 2012

Sie ließen das Motorrad in der menschenleeren Gegend hinter der Hedvig-Eleonora-Kirche stehen. Dann liefen sie vorbei am Ostflügel des Armeemuseums, vorbei am Nybrohafen, ihre Schritte und Atemzüge waren das Einzige, was in der stillen Großstadtnacht zu hören war.

»Wer kann dieses letzte Mordopfer sein?«, keuchte Leo.

»Keine Ahnung.«

Im Hafen schlugen die Wellen gegen den Rumpf der Schärenboote. Auf dem anderen Ufer, Ladugårdsviken, ruhte der Vergnügungspark Grøna Lund in seinem Nachtgewand, stumm, schwarz, verlassen.

»Kann es jemand von der Schwedischen Akademie sein?«

»Vielleicht, aber eins wissen wir ganz sicher. Der Mörder wird schnell zuschlagen. Das hat er bei den anderen Morden auch getan, und so wird er weitermachen. Jede Sekunde kann entscheidend sein.«

Der Strandväg schlängelte sich an den Liegeplätzen vorbei und führte dann nach Osten durch die Allee. Ohne ein Wort zu sagen, rannten sie zwischen den nachtdunklen Linden weiter, durch das Laubwerk, sahen die Klinkerfassade des Bünsowschen Hauses, ein Karomuster in Schwarz und Dunkelrot. Als sie sich der Nummer 31 näherten, drehte Leo sich zu Claudia um und keuchte:

»Weißt du noch?«

»95217.«

»Gutes Zahlengedächtnis.«

Sie gab den Code ein und schaute die massive Teaktür an. Ihre Schritte hallten in der Eingangshalle wider, als sie über den Marmorboden liefen, vorbei an den Nixenstatuen, weiter zum Fahrstuhl. Das Gitter öffnete sich lautlos, und zum zweiten Mal in dieser Nacht wurden sie durch den Fahrstuhlschacht dieses prachtvollen Jugendstilhauses nach oben getragen.

»Wie spät ist es?«

Sie warf einen Blick auf ihre Armbanduhr.

»Gleich halb zwei.«

»Seit dem Bombenattentat in Karlsborg sind also drei Stunden vergangen. Inzwischen kann er überall in Schweden oder in Norwegen sein. Vielleicht sitzt er in einem Flugzeug über den Atlantik.«

»Vielleicht sitzt er hier oben in der Wohnung.«

Als der Fahrstuhl im vierten Stock zum Stillstand kam, öffnete Claudia das Gitter und ging hinaus ins Treppenhaus, musterte die Doppeltür, die vor ihnen aufragte. Aus der Hosentasche zog sie die Schlüssel, die sie in Werner Stoltes Jackett gefunden hatten, und schloss die eine Türhälfte auf. Die Dienstwaffe ruhte sicher in ihrer rechten Hand, als sie die dunkle Diele betrat, sie blieb in der Tür zum Wohnzimmer stehen, und ihr Zeigefinger legte sich behutsam um den Abzughahn.

»Hier ist niemand«, flüsterte Leo neben ihr. »Die Wohnung ist leer.«

»Ja …«

Aber sie steckte ihre Sig Sauer nicht weg, stattdessen richtete sie die Pistole geradeaus, schaltete den Kronleuchter ein und ging in das nun helle Jugendstilzimmer. Nach nur wenigen Schritten schaute sie nach links, zum Kachelofen hinüber.

»Da ist er.«

Auf dem Kaminsims stand ein gerahmtes Foto. Es zeigte einen jungen Mann in einem Nadelstreifenanzug, unter der weißen Abiturientenmütze schauten aschblonde Locken hervor. Ganz unten in der rechten Ecke des Bildes war mit sorgfältiger Handschrift geschrieben: *Für unseren lieben Sohn Fredrick, zum Abitur – die allerbesten Glückwünsche, die es überhaupt gibt/Mama und Papa.*

»So heißt er also. Fredrick Stolte.«

»Sein Name hat jetzt keine Bedeutung mehr«, sagte Claudia. »Seit sieben Jahren heißt er Arvid Falk und hat vermutlich noch ein Dutzend andere Namen.«

Für einen kurzen Moment betrachteten sie das jugendliche Gesicht, die graugesprenkelten Augen, die der Kamera auswichen, das ungewohnte Lächeln. Dann gingen sie weiter durch die verlassene Wohnung, vorbei an dem Zorn-Gemälde, vorbei an dem Bridgetisch, an dem sie vor wenigen Stunden mit Werner Stolte gesprochen hatten. Plötzlich seufzte Leo verzweifelt.

»Oh verdammt.«

»Was denn?«

»Dass ich diese Verbindung nicht längst gesehen habe!«

»Welche Verbindung?«

Er zeigte auf die kostbaren Kunstgegenstände, mit denen der Raum gefüllt war.

»Die Bilder und Skulpturen hier stammen von Anders Zorn, Edvard Munch, Carl Larsson, Stanislaw Przybyszewski und Carl Eldh. Und dort in der Ecke hängt eine Gouachemalerei von Richard Bergh.«

»Ja?«

»Diese Künstler haben eine Gemeinsamkeit.«

»Strindberg?«

»Genau, sie waren alle eng mit Strindberg befreundet, und

alle haben bekannte Portraits und Skulpturen von ihm angefertigt. Dieses Zimmer ist wie ein Wiedersehen mit alten Kumpels.«

Abermals stieß er ein verbittertes Seufzen aus.

»Wenn ich früher daran gedacht hätte, dann …«

»Vergiss es«, fiel sie ihm ins Wort. »Wir haben jetzt andere Sorgen.«

Mit behutsamen Schritten ging sie durch den Raum, durch den langen schmalen Flur, der an der Innenwand des Salons entlangführte, vorbei an der Küche, vorbei an einer Kleiderkammer. Als sie die Doppeltür ganz hinten sahen, liefen sie sofort hin, musterten das waagerecht in der Mitte der Tür angebrachte Ziffernschloss.

»Drei Schlösser an einer ganz normalen Zimmertür, das ist ziemlich ungewöhnlich.«

Ohne die Tür aus den Augen zu lassen, nickte sie.

»Wir müssen hier rein.«

»Ja, aber es gibt ein großes Problem mit dieser Tür. Sie ist abgeschlossen.«

»Das müssen wir eben ändern.«

Sie nahm eine Bronzeskulptur aus der Wandnische neben der Tür und nickte zufrieden, als sie die scharfen Kanten des Granitsockels betastete.

»Das da«, erklärte Leo, »scheint eine Pallas Athene von Carl Eldh zu sein, sie ist vermutlich zwei oder drei Millionen wert.«

»Das müsste reichen.«

Mit voller Kraft schlug sie mit dem Sockel gegen die Tür, wiederholte das etwa ein Dutzend Mal, und endlich barst das Holz, und das Türblatt gab krachend nach. Vorsichtig öffnete Leo die rechte Türhälfte und trat einen halben Schritt in das noch unbekannte Zimmer.

»Nicht reingehen!«, fauchte Claudia und stieß ihn mit aller Kraft zu Boden.

In derselben Sekunde hörten sie ein kreischendes Geräusch, danach einen ohrenbetäubenden Knall. Geschockt schaute Leo vom Boden auf und zur Tür hinüber.

Dort, wo sich eben noch sein Kopf befunden hatte, saß jetzt ein gusseiserner Pfeil, die zehn Zentimeter lange Spitze hatte das Türblatt durchbohrt und ragte auf der anderen Seite heraus. Mit wackeligen Beinen stand Leo auf, und jetzt konnte er die seltsame Konstruktion sehen, die sich in diesem Zimmer versteckt hatte.

»Ist das … eine Armbrust?«

»Ja.«

Die mittelalterliche Schusswaffe war an einem Dachbalken befestigt und auf die Tür gerichtet, ein Flachszwirnfaden zog sich an den Wänden entlang, von der Tür bis zum Abschussmechanismus der Armbrust. Claudia sah den spitzen Eisenpfeil und dann Leo an.

»Beweg dich hier drinnen ganz langsam«, flüsterte sie. »Und fass keinen einzigen verdammten Gegenstand an.«

»Okay.«

Als sie durch die Tür traten, schlug ihnen muffige Luft entgegen, Hitze und Feuchtigkeit in dem Zimmer waren drückend. Vom hinteren Teil her breitete sich ein blendender Lichtschein aus, acht Leuchtröhren von vierundzwanzig Watt und ein Dutzend kleiner Lampen waren an der Kassettendecke angebracht. Sämtliche Fenster waren mit Planen aus grünem Polyester verdeckt. Leo strich sich die nassen Haare aus dem Gesicht und wischte sich die Schweißtropfen von der Stirn.

»Was ist das denn hier? Das ist ja fast wie ein tropischer Regenwald.«

»Das ist ja auch ein tropischer Regenwald«, antwortete Claudia und zeigte auf den Alkoven auf ihrer rechten Seite.

In der tiefen Nische standen zwei Terrarien. Das eine war bis zum Rand gefüllt mit zentimeterlangen Wollhaarkäfern, sie krochen über Hängepflanzen und blühende Orchideen. In dem anderen konnte Leo fünf goldene Frösche erkennen, und solche hatte er schon auf dem Foto in der Sonderausgabe von *Aftonbladet* gesehen.

»Pfeilgiftfrösche.«

»Ja, die hat er hier in der Wohnung aufgezogen. Hat sie mit diesen südamerikanischen Käfern gefüttert und ihr Giftsekret abgeerntet.«

Die fünf goldenen Giftfrösche saßen bewegungslos auf einem Holzstück im Terrarium und betrachteten die plötzlich aufgetauchten Gäste.

»Sie sind vermutlich am Morgen des fünfzehnten Mai zuletzt gefüttert worden, vor dem Mord an Sonja Bergwall. Das ist fünf Tage her.«

»Leo«, flüsterte Claudia und packte seinen Arm. »Wir sind hier, um einen Menschen zu retten, nicht wegen der Frösche.«

Sie schlich weiter durch das vollgestellte Zimmer, durch ein Labyrinth aus Regalen und aufeinandergestapelten Kartons. Überall gab es wackelige Bücherstapel, die wie Granitsäulen in einem römischen Tempel zur Decke hochragten. In einem Stapel entdeckte Leo einige der Bücher, die unter dem Namen Arvid Falk drei Jahre zuvor in der Stockholmer Stadtbibliothek ausgeliehen worden waren.

»Claudia, was suchen wir eigentlich?«

»Das wissen wir, wenn wir es gefunden haben.«

Jedes Regalfach, jeder Stapel, jeder Karton, jedes Stück Wand, alles in diesem Zimmer hatte mit den Akademiemorden zu tun. In einer Ecke, zwischen toten Fliegen und Asseln, stand ein Umzugskarton voller Gasturbinen und Jet-A-1-Treibstoff in feuersicheren Stahlbehältern, daneben gab es eine mottenzerfressene Matratze und ein tragbares Wohnwagenklosett. Am Fußende der Matratze lag ein Haufen von Perücken, Funksendern mit sechs Kanälen, Zielfernrohren, Kleidungsstücken, Aluminiumstangen, IR-Ferngläsern, Gussformen für Silikon.

»Hier herrscht ja noch ein größeres Durcheinander als in meinem Antiquariat«, flüsterte Leo.

Das oberste Fach eines Regals enthielt neun vollgestopfte Laminatordner, auf jedem Rücken waren der Name eines Mitgliedes und dessen Stuhlnummer notiert. Daneben stand ein Schreibtisch mit Hunderten von Zetteln und Notizen. Leo trat näher und vertiefte sich in die ordentlichen Filzstiftbuchstaben auf den Zetteln.

»Er hat wirklich alles über die Mitglieder in Erfahrung gebracht, jedes Detail aus ihrem Leben.«

Überrascht las er dann weiter.

»Hier steht, wie Sonja Bergwalls Katze heißt. Adresse und Türcode von Per Birkenfeldts Geliebter in Uppsala. Sigurd Wilhelmssons Rekordserie beim Tontaubenschießen im Stehen. Die Besuchszeiten für das Heimpflegepersonal bei Sixten Hjärpe. Eine Karte über Hubert Rudqvists Abendspaziergang, und ein Foto, auf dem er die Bronzestatue von Margaretha Krook berührt. Hier ist einfach alles.«

»Ja«, sagte Claudia. »Und deshalb müsste es hier auch etwas über das letzte Mordopfer geben.«

Es dauerte nur eine halbe Minute, vielleicht nicht einmal das, dann entdeckte Leo rechts auf dem Schreibtisch etwas.

»Ich glaube, hier habe ich etwas Interessantes gefunden …«

Er musterte den abgegriffenen Zettel, es war eine Notiz, genau wie die anderen, aber Papierqualität und Handschrift unterschieden sich doch sehr.

»Das hier ist handgeschöpftes Papier aus Leinenlumpen mit Tintenschrift. Dieser Text stammt von Strindberg, Frühling 1912, nehme ich an. Ich bin ja kein großartiger Graphologe, aber man kann der Handschrift ansehen, dass seine Hand gezittert hat, er lag vermutlich im Sterben.«

»Was hat er geschrieben?«

Behutsam hob Leo das Papier auf und vertiefte sich in die krakelige Schrift, die Buchstaben, die oft durchgestrichen oder unter Tintenflecken verborgen waren.

Ich habe von einem Geheimnis erfahren! Es ruht in meiner Hand wie ein ~~Langschwert~~ (Kavaliersschwert mit scharfgeschliffener Klinge!) Nur eine Handvoll Personen weiß davon, vielleicht sind wir sogar noch weniger. Dieses Wissen ist eine Waffe allererster Güte. (~~Sie wird einen tödlichen Schlag gegen die entblößte Kehle meines Feindes ausführen.~~) Ich werde bekanntgeben, dass Sven Hedin – der Königseiferer, der Entdeckerhumbug, der Krummrücken, der Armeelakai, der Gerechtigkeitshasser, der Wissenschaftsbluff,

der Falschmensch, der mich in Blanc's Café lächerlich gemacht hat, (~~das Kriechtier~~) die Schlange, die mich verleumdet und mir den Nobelpreis unmöglich gemacht hat; (~~der Dämon~~) der Teufel, der mich in Dagens Nyheter beleidigt hat usw. usw. usw., nicht der Tugendbold ist, für den er sich ausgibt: Hedin hat mit seiner Haushälterin eine Tochter gezeugt, einen Bankert! Die Haushälterin, deren Name Maria Karlsson lautet, hat ihr Schweigen und (~~Vergebung~~) ihre Fügsamkeit für vierhundert Kronen verkauft. Mein Schweigen ist nicht käuflich! Das hier (~~kann~~) wird das Ende von Sven Hedin sein! Möge ich meine Rache einfordern können, ehe der Tod mich holt.

Das – und nichts anderes – ist mein letzter Wunsch!

Leo murmelte vor sich hin, als er langsam das Blatt sinken ließ.

»Da hatte er ja doch ein Kind!«

»Was?«

Er strich sich die schweißnassen Haare aus der Stirn und erklärte:

»Sven Hedin war der letzte Schwede, der geadelt wurde, aber da er kinderlos starb, ist die Familie damit erloschen. Das steht jedenfalls in den Geschichtsbüchern. Aber offenbar hat er doch Nachkommen.«

Claudia starrte das mitgenommene Papier in Leos Händen an, die abschließenden Zeilen, und sagte atemlos:

»Hedins Nachkomme … das ist das letzte Mordopfer!«

»Herrgott, das kann sein.«

»Strindberg wollte sich vor hundert Jahren an Hedin rächen, oder nicht? *Das – und nichts anderes – ist mein letzter Wunsch!* Und jetzt will Fredrick Stolte ihm diesen Wunsch erfüllen!«

»Du hast Recht. Strindberg scheint aus dem Grab zu rufen und Rache zu fordern. Verdammt, sogar den ausgebliebenen Nobelpreis schiebt er Sven Hedin in die Schuhe!«

Claudia lief mit wütenden Schritten zwischen den Regalen hin und her, sie konnte nicht stillstehen.

»Von diesem Hedin habe ich gehört, er ist wohl mal in einer Geschichtsklausur auf dem Gymnasium aufgetaucht. Aber wer war er eigentlich?«

»Ein Entdeckungsreisender, weltbekannt. Außerdem war er

einer von Strindbergs ärgsten Feinden. Zu Beginn des 20. Jahrhunderts sind sie mehrere Male aneinandergeraten, vor allem während der Strindbergfehde.«

»Der Strindbergfehde?«

»Im Frühjahr 1910 veröffentlichte Strindberg einen Zeitungsartikel über die Unfähigkeit Karls XII. Das war der Auftakt zu einem wilden Streit, in den sich die gesamte schwedische Kulturelite verwickelte. Fast ein Jahr lang schrieben Strindberg und seine Feinde Hunderte von Artikeln. Darin wimmelte es nur so von Anklagen und groben persönlichen Angriffen, und der, der Strindberg am härtesten angriff, war …«

»Sven Hedin?«

»Genau, er stand für alles, was Strindberg verabscheute. Das Königshaus, die Armee, die Oberklasse. In den dreißiger Jahren wurde er zudem zu einem der größten Nazisympathisanten in Schweden, am Ende des Zweiten Weltkrieges veröffentlichte er eine Huldigung an Adolf Hitler. Ich kann ihn nicht besser beschreiben als Strindberg. Sven Hedin war ein Lügner, ein Falschmensch.«

Claudia schaute durch das Regallabyrinth und wischte sich den Schweiß von der Stirn.

»Hedin ist doch sicher seit einem halben Jahrhundert tot, oder nicht?«

»Er starb Anfang der fünfziger Jahre, bilde ich mir ein.«

»Genau. Den kann man also nicht mehr mit einer Schwarzpulverwaffe erschießen oder mit Froschsekret vergiften. Aber wenn er Nachkommen hat, von denen niemand weiß …«

Sie beendete den Satz nicht, sondern packte Leos Arm.

»Wir müssen feststellen, wer diese Nachkommen wohl sind.«

»Das ist unmöglich, Claudia, das kann doch alle Welt sein.

Eine Volksschullehrerin in Kiruna, ein tibetanischer buddhistischer Mönch, der …«

»Ich weiß«, fiel sie ihm ins Wort. »Aber wir können genau dasselbe tun, was Fredrick Stolte getan hat.«

»Was zum Teufel hat er getan?«

»Er ist dahin gefahren«, antwortete sie und zog eine Informationsbroschüre aus dem Chaos auf dem Schreibtisch.

Stockholmer Stadtarchiv

Besuchsadresse: Kungsklippan 6

Öffnungszeiten von Lesesaal * und Auskunftsschalter:

Mo bis Mi sowie Fr 9-16, Do 9-20.

* keine Taschen, keine Mäntel, keine Getränke oder Speisen im Lesesaal

Unten auf die Broschüre hatte Fredrick Stolte in seiner eleganten Schrift notiert: *Maria Karlsson – Haushälterin – uneheliche Tochter, vor 14/5/1914, Vater Hedin.*

»Wir haben keine Zeit zu verlieren. Wir müssen diesen Nachkommen finden, ehe Fredrick Stolte das tut.«

Er steckte die Broschüre und Strindbergs Mitteilung in die Hosentasche, dann verließen sie das stickige Zimmer und die Wohnung, rannten die Treppen hinunter. Eine halbe Minute später lag der Jugendstileingang des Hauses hinter ihnen, die frische Mälarluft schlug ihnen ins Gesicht, als sie am Hafen entlangliefen. Nur wenige Ecken weiter nördlich lagen Strindbergsgata und Hedinsgata, sie kreuzten einander wie zwei kämpfende Degen, aber Claudia und Leo rannten in die Gegenrichtung, durch die pechschwarze Nacht von Östermalm, in Richtung Hedvig-Eleonora-Kirche, wo das Motorrad stand.

»Claudia«, keuchte Leo plötzlich. »Fahr du ins Stadtarchiv. Ich muss etwas anderes überprüfen, ein Buch.«

»Was denn für ein Buch?«

»Es gibt eine Biographie über Hedin. *Abenteuer richtig: Die Geschichte des Entdeckers Sven Hedin.* Da stehen vielleicht irgendwelche Enthüllungen über ihn. Vielleicht ein Hinweis auf diese Haushälterin, Maria Karlsson. Ich muss einen Blick in dieses Buch werfen.«

»Es ist zwei Uhr nachts, hast du das vergessen? Du kommst jetzt nicht an dieses Buch heran, alle Buchläden und Bibliotheken sind geschlossen.«

Er lächelte kurz.

»Es gibt einen ganz wunderbaren Ort, wo man fast alles lesen kann, sogar lange nach Mitternacht. Dorfmans Antiquariat ist der Name. Da, schön und ordentlich ganz oben im Regal in der Biographieabteilung, steht *Abenteuer richtig.*«

»Verdammt, Leo, wir werden gejagt, von der Polizei gesucht. Wenn wir das hier schaffen wollen, müssen wir zusammenbleiben. Komm lieber mit ins Stadtarchiv, dann fahren wir danach ins Antiquariat, zusammen.«

»Claudia, du hast selbst gesagt, dass jede Minute entscheidend sein kann, oder nicht? Wenn wir uns trennen, können wir sehr viel Zeit gewinnen.«

Sie schaute kurz auf die bewegten Wellen von Saltsjön. Schließlich nickte sie.

»Okay, okay, aber sei verdammt vorsichtig, Hedlund kann deinen Laden durchaus überwachen lassen, vermutlich von Zivilfahndern. Und wenn die da sind, sitzen sie vermutlich in einem silbergrauen Audi Q 3. Sie werden nicht wieder den Ford Mondeo von gestern nehmen. Der Audi wird ungefähr fünfzig Meter von deinem Eingang stehen, auf der anderen Straßenseite, mit Blick auf das Antiquariat. Wenn du einen silbernen Audi mit getönten Fensterscheiben siehst, dann mach, dass du da wegkommst, und zwar sofort.«

»Okay.«

Einen Moment lang blieben sie zwischen den dunklen Baumsilhouetten des Strandväg stehen, musterten einander schweigend. Ohne ein Wort zu sagen, drehte sie sich dann um und ging mit raschen Schritten auf die Artillerigata zu, der Nebel umhüllte ihren Körper wie ein grauer Winterpelz.

24

1914

Kein Nobelpreis verliehen.

18. Mai 2012

Fünfundzwanzig Minuten später eilten ein Mann und eine Frau durch die Parmätargata auf dem Südufer von Kungsklippan. Lars Lövdéns Gesicht war in der dunklen Nacht kaum zu sehen, aber als er an einer Straßenlaterne vorbeikam, konnte man die erschöpften Augen und die graubleichen Wangen erkennen. Zwischen seinen Fingern hing eine fast aufgerauchte Gauloise, und aus seinem Mund quollen dünne Rauchfäden.

Die Frau, die neben ihm ging, war etwas jünger, vielleicht fünfundfünfzig. Lövdén hatte sie eine knappe Viertelstunde zuvor geweckt, und doch schaute sie aus hellwachen Augen in die Dunkelheit. Vor dem langgestreckten Klinkerbau, der das Stadtarchiv beherbergte, blieben sie stehen, und die Frau schaute sich um, ihre Stimme klang leicht gereizt.

»Wo steckt sie denn nun? Du hast doch gesagt, dass sie hier auf uns wartet.«

In diesem Moment raschelte es im Gebüsch hinter ihnen, und eine Gestalt tauchte zwischen den dichten Wacholderzweigen auf.

»Hallo.«

Lövdén drehte sich um, der Zigarettenstummel glühte zwischen seinen Lippen.

»Claudia, geht's dir gut?«

»Ja.«

»Schön, schön, aber was zum Teufel ist hier los?«

»Ich habe Frida Zetterlund alles erzählt, sie kümmert sich

darum. Aber wir müssen einfach sofort ins Stadtarchiv, es kann eine Frage von Minuten sein, ob wir den nächsten Mord verhindern können.«

»Den nächsten Mord?«

Lövdéns Stimme hallte zwischen den Wohnhäusern wider, aber Claudia antwortete nicht, sondern wandte sich der Frau zu.

»Claudia Rodriguez, Ermittlerin bei der Zentralen Mordkommission.«

»Ich weiß, ich lese ja Zeitung«, antwortete die Frau und nahm Claudias ausgestreckte Hand. »Margareta Dyfvermark, Stadtarchivarin. Lasse und ich sind alte Bekannte.«

Als Claudia einen Schritt auf den Haupteingang in der Klinkerfassade zumachte, blieb Dyfvermark stehen und wandte sich an den Bezirkspolizeichef.

»Lasse, nur eine Frage. Immerhin wird sie von der gesamten Polizei gesucht. Ihr Bild ist in allen Zeitungen. In jeder Nachrichtensendung ist die Rede von ihr und diesem Antiquar. Wenn ich euch beide jetzt ins Stadtarchiv lasse, ist das dann etwas, was ich für den Rest meines Lebens bereuen werde?«

»Weiß nicht, Margareta. Vielleicht.«

Dyfvermark schaute für einen Moment über das felsige Ufer, über Stockholm, Tausende von Straßenlaternen und leuchtenden Fenstern waren hinter der dunklen Silhouette des Stadthauses zu sehen. Sie atmete einmal tief durch, dann ein weiteres Mal. Danach zog sie mit entschiedener Bewegung ihre Eintrittsmarke hervor, gab ihren persönlichen Sicherheitscode ein, wie das nach zweiundzwanzig Uhr vorgeschrieben war, und öffnete einen Türflügel im Haupteingang.

»Besser, wir fahren runter ins Archiv. Da kann uns niemand sehen«, flüsterte sie.

Sie gingen durch die dunkle Vorhalle, vorbei am Informationsschalter, dann weiter zu den Sicherheitstüren ganz hinten im öffentlichen Lesesaal. Dyfvermark schloss auf und ging weiter durch die Personalabteilung und zu den Fahrstühlen. Sie öffnete die linke Fahrstuhltür und ging hinein, schob ihre Zugangsmarke in den Scanner und gab den Sicherheitscode ein. Als sie dann auf Knopf 7 drückte, bebte der Fahrstuhl und nahm seine Fahrt in den Untergrund auf. Lövdén musterte Claudia mit einem Blick voller Sorge und Fragen.

»Claudia, was habt ihr eigentlich seit gestern getrieben, Dorfman und du? Wisst ihr, wer der Akademiemörder ist?«

»Er heißt Fredrick Stolte. Er wohnt in einer Wohnung im Strandväg 31, vierter Stock. Frida hat sicher schon einen Einsatzwagen hingeschickt, sie werden da alles Beweismaterial finden, das nötig ist. Es gibt auch lebensgefährliche Fallen dort, sie müssen also vorsichtig sein, wenn sie hineingehen. Eine weitere Einheit wird zur Börse fahren, durch einen unterirdischen Tunnel aus dem verschlossenen Archiv der Schwedischen Akademie kommen sie in eine riesige Höhle. Die liegt tief im Felsboden unter Gamla stan und enthält Tausende von Manuskripten und Kunstgegenständen. Außerdem liegen dort drei Leichen.«

»Großer Gott, hat dieser verdammte Mörder noch drei Menschen auf dem Gewissen?«

»Nein, sie haben Selbstmord begangen, haben eine Giftlösung getrunken, die weißes Arsen enthielt. Aber es gibt noch einen Menschen, auf den Fredrick Stolte es abgesehen hat, ein letztes geplantes Opfer.«

Lövdén starrte sie an.

»Wer? Wer ist das letzte Opfer?«

»Keine Ahnung«, antwortete Claudia. »Deshalb sind wir doch hier.«

Der Fahrstuhl kam mit einem Ruck zum Stehen, und sie gingen hinaus; sieben Stock und an die dreißig Meter tief im Felsgrund. Sie liefen durch enge Verbindungsgänge und Archivräume. Als sie am Karten- und Grundrissarchiv vorbeikamen, wandte Dyfvermark sich an Claudia.

»Na gut, Sie suchen also eine unbekannte Person. Ich vermute, Sie haben irgendwelche Hinweise, eine Spur, sonst ist unser Archiv unbrauchbar.«

»Ich habe einen Namen, eine Frau, die zu Beginn des zwanzigsten Jahrhunderts gelebt hat. Sie hieß Maria Karlsson.«

»Maria Karlsson?«

»Ja.«

»Das ist schlecht, wirklich schlecht.«

»Wie meinen Sie das?«

»Maria ist der häufigste weibliche Vorname in Schweden, und Karlsson liegt bei den Nachnamen auf dem zweiten oder dritten Platz. Zu Beginn des zwanzigsten Jahrhunderts gab es sicher allein in Stockholm mehrere hundert Maria Karlssons. In den anderen Landesteilen muss es sich um Tausende gehandelt haben.«

Als der Gang sich verzweigte, bog Dyfvermark nach links ab, ihre hohen Absätze warfen in dem langen Korridor ein Echo.

»Haben Sie sonst nichts über diese Frau? Ein Geburtsdatum, zum Beispiel, oder ihren vollständigen Namen?«

»Nein, aber ich weiß etwas anderes.«

Claudia hob drei Finger.

»Erstens, sie war Haushälterin von Sven Hedin. Zweitens, irgendwann um 1912 hat sie eine Tochter geboren. Und drittens, der Vater dieses Kindes war Hedin. Aber das ist ein Geheimnis, das nur wenigen bekannt ist, damals wie heute.«

»Sven Hedin?«, rief Lövdén. »Was hat der denn mit der Sache zu tun? Der war doch so ein weltberühmter Entdeckungsreisender und Nazisympathisant.«

»Das stimmt«, antwortete Claudia, »und dazu war er einer von Strindbergs ärgsten Feinden. Zu Beginn des zwanzigsten Jahrhunderts hat er eine Menge Zeitungsartikel über Strindberg geschrieben, vollgestopft mit gemeinen Lügen und Beleidigungen. Jetzt, hundert Jahre später, kommt die Rache.«

Bei einer feuersicheren Stahltür musste Maria Dyfvermark abermals ihre Dienstmarke hervornehmen. Hinter dieser Tür verbarg sich ein Raum, vor den weißangestrichenen Betonwänden standen fünf Compaq-d-6z-Rechner und etwa ein Dutzend NAS-Servereinheiten, die ein dumpfes Dröhnen hören ließen. Claudia betrat den erst kürzlich eingerichteten IT-Raum und beendete dann ihren Vortrag.

»Irgendwo lebt ein unbekanntes Enkel- oder Urenkelkind von Sven Hedin. Vielleicht in Schweden, vielleicht im Ausland. Ich weiß nur, dass diese Person Fredrick Stoltes letztes Opfer sein soll.«

Dyfvermark setzte sich in einen Schreibtischsessel und schaute nachdenklich zu den beigen Gipsplatten an der Decke hoch.

»Na gut, es ist also so: Um eine Person in Schweden zu finden, brauchen wir normalerweise drei Dinge. Einen vollständigen Namen, ein genaues Geburtsdatum und einen Geburtsort. Wenn man diese drei Dinge weiß, kann man in unseren Datenbanken und Archiven jeden und jede finden. Kinderleicht, no problems. Aber Sie haben keine von diesen Auskünften, nicht eine einzige. Ehrlich gesagt haben Sie rein gar nichts, wovon Sie ausgehen könnten. Nur eine ungefähre Jahreszahl und einen unvollständigen Frauennamen, einen Namen, der noch dazu in den Personenlisten und Wählerverzeichnissen zehntausend Treffer ergeben wird.«

Sie machte eine resignierte Handbewegung.

»Tut mir leid, aber diese Frau können wir einfach nicht finden, jedenfalls nicht heute Nacht.«

Mit einer blitzschnellen Bewegung packte Claudia Dyfvermarks rechten Arm.

»Hören Sie mir jetzt mal verdammt gut zu. Wir können den Namen dieser Frau hier im Stadtarchiv finden, das weiß ich ganz genau.«

»Woher wollen Sie das wissen?«

Langsam ließ Claudia den Arm der Stadtarchivarin wieder los.

»Weil der Mörder das auch geschafft hat.«

* * *

Als sie sich eine halbe Stunde zuvor getrennt hatten, war Leo unter den Linden des Strandväg stehen geblieben und hatte hinter Claudia hergeschaut, bis sie in den Nebeln von Östermalm verschwunden war. Nun lief er am Hafen entlang. Als er am Berzelii Park vorbeikam, sah er blauweiß gestreifte Absperrbänder und Blumensträuße, sie kennzeichneten noch immer die Stelle, wo vier Tage zuvor Hubert Rudqvist erschossen worden war. Leo riss seine Blicke von der Mordstätte los und lief weiter in Richtung der östlichen Hafenteile von Gamla stan, vorbei an Straßenlaternen und Neonschildern, die sich im Wasser von Strömmen spiegelten, durch die lichtarmen und übelriechenden Unterführungen von Slussen und die Thor-Modéens-Treppe hoch, um dann endlich in die Södermannagata abzubiegen. Als er sich dem Antiquariat näherte, lugte der

Mond hervor und beleuchtete diese menschenleere Gegend von Södermalm.

An der unter Denkmalschutz stehenden Werkstatt an der Ecke blieb er stehen und suchte Deckung hinter einem Container. Von diesem Versteck aus hatte er freie Sicht auf die ganze Bondegata in westlicher Richtung, ein Dutzend Personenwagen stand am Bürgersteig vor dem Eingang zum Antiquariat, aber kein silbergrauer Audi, keine getönten Fensterscheiben. Die meisten Autos kannte er, sie gehörten Leuten, die in der Gegend wohnten. Etwa zwanzig Meter weiter, auf der anderen Straßenseite, stand ein dunkelgrüner Passat, den er noch nie gesehen hatte. Es war ein altes Modell, vorn fehlten die Radkappen, und die Sonnenklappe hinter dem Seitenfenster zeigte Motive aus dem *König der Löwen.*

Wohl kaum ein Zivilfahnder.

Dennoch blieb er stehen, musterte alle Autos und Eingänge, hielt Ausschau nach einer Bewegung, nach der Silhouette eines Menschen, der sich in den Schatten versteckte. Nach einigen Minuten ging er weiter zur Skånegata und sah sich auch dort um. Als er sich davon überzeugt hatte, dass es in der Gegend keine Polizisten in Zivil gab, ging er zur Hausnummer 61, schloss auf und lief durch den Verbindungsgang, über den Hinterhof und dann zur versteckten Hintertür des Antiquariates. Es war so dunkel, dass er kaum das Schlüsselloch sehen konnte, aber am Ende konnte er das schiefe Sicherheitsschloss doch öffnen. Vorsichtig wie ein Einbrecher schlich er sich zwischen den Regalen weiter. Es war fast pechschwarz im Raum, aber das Licht der Straßenlaternen auf der Bondegata drang durch das Schaufenster und leuchtete ein wenig. Langsam ließ Leo seinen Blick durch das Antiquariat wandern, hier hatte er seit zwei Tagen keinen Fuß mehr hingesetzt, seit Rolf

Hedlund auf der anderen Seite des Schaufensters aufgetaucht war.

Zwei Tage!

Er konnte sich nicht erinnern, wann er je so lange seinem Antiquariat ferngeblieben war, vielleicht niemals. Er schaute sich zwischen Regalen und Bücherstapeln um, und ein warmes Gefühl breitete sich in seiner Brust aus. Langsam ließ er die Finger über die Buchrücken im Lyrikregal wandern, eine leichte Berührung, wie man einen lieben Freund oder Geliebten begrüßt. Als er sich der Kochnische näherte, musste er einfach hineingehen. Ohne die Deckenlampe einzuschalten, machte er sich in der Höganäskanne Wasser heiß und bestrich einige Vollkornzwiebäcke mit Butter, das alles im Licht der Straßenlaterne. Mit einem vollbeladenen Tablett ging er dann zur Biographieabteilung, schob einige Bücher und eine leere Sardinenbüchse auf dem Boden beiseite. Dann zog er einen Bleistiftstummel und einen Schreibblock aus der Schublade des Sekretärs. Sodann zog er Axel Odelbergs Sven-Hedin-Biographie heraus. Danach setzte er sich auf den Boden und schlug das sechshundert Seiten starke Buch auf.

»Also, Hedin, was hast du denn so getrieben?«

Er zündete eine Wachskerze an und fing an, in einem wahnsinnigen Tempo zu lesen, ein Kapitel nach dem anderen. Ab und zu nippte er am Chai, schaute aber nie von dem Buch auf, las gierig weiter über Hedins Jugend im Viertel um den Hötorg. Über die Reisen nach Persien und Peking, nach Sankt Petersburg, in den Himalaya, die Wüste Gobi. Über die Begegnungen mit Theodore Roosevelt, Adolf Hitler, Oscar II., Otto von Bismarck, dem Panchen Lama, S. A. Andrée, Hermann Göring. Sein Blick jagte über die Seiten und suchte einen Hinweis, einen Tipp.

Immer wieder holte er weitere Bücher aus allen Ecken des Antiquariats, untersuchte unbekannte Namen und abgelegene Wüstengegenden. Bald türmten sich um ihn herum die Bücherstapel auf, die Atlanten, Lexika, Nachschlagewerke. Mehrere Lexikonbände lagen aufgeschlagen auf dem Boden, staubig und verschlissen. Nach einer guten Stunde waren die ersten Seiten des Schreibblocks gefüllt mit Überlegungen und Stichwörtern in seiner krakeligen Handschrift.

- *Norra Blasieholmshamnen 5 b: Hedins Wohnung 1909 …*
- *Hedins Familie (Eltern/Schwestern) wohnten im selben Haus auf Blasieholmen, (Hat Maria K bei denen gearbeitet?)*
- *Maria Lindström (geb. Broman), Hedins Jugendliebe und Geliebte seit 1910!!! Kann sie Maria K. sein? Strindberg war alt und krank, vielleicht hat er die Nachnamen verwechselt?*
- *Die Wohnung in der Bastugata: Liebesnest, wo Hedin sich heimlich mit Maria Lindström getroffen hat. Hat er da auch andere getroffen? Wen?*
- *Hedins Entdeckungsreisen: 1905–09 in Tibet, 1927–35 in Zentralasien, also: meistens in Sthlm 1909–27.*
- *Wichtige Frage: Woher konnte Strindberg wissen, dass Hedin mit seiner Haushälterin ein Kind hatte? Es ist doch ein Geheimnis, das kaum jemandem bekannt war. Kannte Strindberg Leute, die mit Hedin zu tun hatten? Wen? Karl-Otto Bonnier (beider Verleger)? Sven Palme (gemeinsamer Bekannter Ende 19. Jh.), Professor Vilhem Carlheim-Gyllensköld (von der Akademie der Wissenschaften)?*
- *Personen, zu denen Strindberg in seinen letzten Lebensjahren Kontakt hatte: Axel und Anna (seine Geschwister), die Beethovenkerle (Carl Eldh, Albert Engström, Richard Bergh), Fanny Falkner, die Tochter Greta und ihr Mann,*

Henry von Philip. Kann von denen jemand über Hedins Haushälterin erzählt haben?

Erschöpft ließ Leo das Buch sinken und lehnte sich an das Science-Fiction-Regal, erst jetzt merkte er, wie steif sein Nacken war und wie schwer seine müden Augenlider. Die Nacht war zum Morgen geworden, die ersten Strahlen der Morgensonne lugten über die schwarzen und roten Blechdächer von Södermalm. Mit einer letzten Kraftanstrengung ging er seine Notizen durch, nippte an dem kalten Tee, verzehrte den letzten Vollkornzwieback. Dann hörte er aus dem hinteren Teil des Ladens knarrende Schritte.

»Claudia, bist du schon fertig?«, fragte er und schaute auf. »Hast du im Stadtarchiv etwas gefunden?«

Aber es war nicht Claudia Rodriguez, die da im Dämmerlicht vor der Hintertür des Antiquariates stand. Sondern August Strindberg.

* * *

Sie saßen auf den Kunststoffstühlen im unterirdischen Magazin des Stadtarchivs, dreißig Meter tief im Felsgrund, tief in ihre Gedanken versunken, auf der Jagd nach einem Hinweis, einer Herangehensweise. Das Einzige, was im Raum zu hören war, war das Surren der Rechner, an den mit Hartplastik verkleideten Wänden blinkten hellgrüne und orangene Indikationslampen.

Am Ende brach Magareta Dyfvermark das Schweigen.

»In den Adressbüchern von damals oder in den Listen der Volkszählung von 1910 nach Maria Karlsson zu suchen, ist sinnlos, wir würden Tausende von Treffern bekommen. Aber vielleicht sollten wir nicht nach ihr suchen.«

»Wie meinen Sie das?«

»Maria Karlssons Kind wurde vor 1917 geboren, nicht wahr?«

»Ja«, sagte Claudia. »Ist das irgendwie wichtig?«

»Es kann sogar sehr wichtig sein. Zwischen 1864 und 1917 war es in Schweden gesetzlich verboten, uneheliche Kinder zur Welt zu bringen, in manchen Fällen war es sogar strafbar. Es war laut Gesetz auch verboten, Frauen zu helfen, die ein uneheliches Kind bekamen. Sie mussten selber sehen, wie sie zurechtkamen. Das kann unsere Suche erleichtern, aber auch erschweren.«

Sie holte tief Luft und fügte hinzu:

»Eins steht jedenfalls fest. Wenn der Akademiemörder diesen Hedin-Nachkommen finden konnte, muss er verdammt tüchtig sein.«

Danach schaute sie zur Decke hoch und stemmte die hohen Absätze gegen die Wandleiste, die abgenutzten Angeln schnarrten ein wenig, als sie in rhythmischen Bewegungen mit dem Schreibtischsessel hin- und herwippte, aber plötzlich hörte sie auf damit. Claudia hob den Kopf und sah, wie die besorgten Fältchen um Dyfvermarks Augen langsam verschwanden, im Blick der Stadtarchivarin war etwas Neues aufgetaucht.

Erwartung.

»Sie haben eine Idee, ja?«

»Ich sitze im Vorstand des Schwedischen Ahnenforschungsverbandes«, antwortete die Archivarin nachdenklich. »Wenn unser Vorsitzender, Arne G. Klementsson, meine wilden Vermutungen hören könnte, würde er mich kopfüber aus dem Verein werfen. Aber uns bleibt nichts anderes übrig. Wir haben ja nur einen unvollständigen Namen und eine ungefähre Jahreszahl. Außerdem müssen wir noch den Zeitfaktor berücksichtigen, ja?«

Claudia nickte.

»Schlimmstenfalls ist Hedins Nachkomme schon tot«, sagte sie. »Vor wenigen Minuten erschossen mit einer PSG 90 oder mit einer Aerosolbombe in die Luft gesprengt. Wie sieht Ihre wilde Vermutung aus?«

»Wir stellen fest, wo Sven Hedin 1912 gewohnt hat.«

Dyfvermark schaltete den nächststehenden Computer ein, und auf dem Bildschirm tauchte das Feld für Passwort und Benutzernamen auf.

»Zu Beginn des 20. Jahrhunderts wurden alle Personalien im Rotemansregister zusammengestellt. Hedin war natürlich damals oft auf Entdeckungsreisen, in Tibet und Sibirien und weiß Gott, wo sonst noch alles. Aber wenn er in Stockholm eine feste Adresse hatte, dann finden wir die in unserem digitalen Archiv.«

Sie loggte sich in die Datenbank des Stadtarchivs ein und schrieb Hedins vollständigen Namen in das Suchfeld des Rotemansregisters. Einige Sekunden später tauchten auf dem Bildschirm die Informationen über die Person des berühmten Abenteurers auf, Informationen, die Norrmalms Beamte vor über einem Jahrhundert in ihren Einwohnerlisten notiert hatten.

ANZAHL TREFFER: 1 von 8 >>>
Name: Sven Anders Hedin
Titel: Dr. phil.
Geboren: 19.02.1865 (Klara), Stadt Stockholm
Familienstand: ledig
Straße: Norra Blasieholmenshamnen 5 b
Wohnung: Blasieholmen 40
Gemeinde: Jakob
Zuständiges Meldeamt: 07 (Norrmalm)

»Da haben wir ihn, er hat auf Blasieholmen gewohnt.«

Lars Lövdén sah diese Auskünfte verdutzt an.

»Jetzt komm ich überhaupt nicht mehr mit. Was hat Hedins damalige Adresse damit zu tun, wo sein Nachkomme jetzt, im 21. Jahrhundert, wohnt?«

»Alles, hoffentlich«, antwortete Margareta Dyfvermark, »denn sonst finden wir die richtige Person nie und nimmer. Das ist unsere einzige Chance.«

Sie drehte sich rasch mit ihrem Schreibtischsessel.

»Zu Beginn des 19. Jahrhunderts«, erklärte sie, »gab es in Stockholm elektrische Straßenbahnen und an die sechstausend Fahrräder. Die Menschen hatten angefangen, kreuz und quer durch die Stadt zu pendeln. Ein Industriearbeiter konnte in Sundnyberg wohnen und in Vasastan in der Telefonfabrik von LM Ericsson beschäftigt sein. Ein Hafenarbeiter konnte …«

»Alles klar«, fiel Claudia ihr ins Wort. »Es gab damals viele Fahrräder und viele Arbeiter. Aber worauf wollen Sie hinaus?«

»Ich will darauf hinaus«, erklärte Dyfvermark, »dass Industriearbeiter am einen Ende der Stadt wohnen und am anderen arbeiten konnten. Das galt auch für Schreibkräfte, Schauerleute, Tagelöhner in der Kohlensäurefabrik in Gröndal. Zu Beginn des 20. Jahrhunderts hatten alle diese Arbeitsgruppen angefangen zu pendeln. Aber das galt nicht für Hausangestellte, jedenfalls nicht in diesem Ausmaß. Wenn Maria Karlsson auf Norrmalm gearbeitet hat, ist es wahrscheinlich, dass sie auch dort wohnte. Und das bedeutet, dass sie einer Kirchengemeinde auf Norrmalm angehört hat, und wenn sie um 1912 ein Kind geboren hat, müsste diese Geburt dort in den Kirchenbüchern verzeichnet sein.«

»Das klingt überzeugend«, sagte Claudia und gönnte sich ein Lächeln.

Dyfvermark erwiderte das Lächeln ganz kurz und machte dann mit ihren Ausführungen weiter.

»Sven Hedin wohnte also in Norra Blasieholmshamnen. Heute gehört Blasieholmen zur Stockholmer Dompfarre, aber zu Beginn des 20. Jahrhunderts war die Gegend auf drei Gemeinden aufgeteilt. Die Gemeinden Storkyrka, Klara und Jakob. Ich sehe mir die Kirchenbücher des Jahres 1912 dieser drei Gemeinden jetzt mal näher an.«

»Du hörst dich an wie eine alte Mordermittlerin«, sagte Lövdén beeindruckt.

»Ich bin Archivarin, das ist im Grunde dasselbe.«

Die Tischplatte zitterte, als sie sich über die Tastatur beugte und mit großem Eifer Stichwörter und Suchbegriffe ins SVAR eingab, die Schwedische Archivinformation, aber sie kniff sofort die Augen zusammen, als sie dann die im grauen Mitteilungsfeld auftauchenden Auskünfte las.

»Verdammt …«

»Was denn?«

»Wir haben ein verdammtes Pech. Und ein verdammtes Glück.«

»Wie meinen Sie das?«

Statt zu antworten, sprang sie auf und lief zur Tür.

»Kommt mit!«

Abermals lief sie durch die Verbindungsgänge und die kurvenreichen Korridore des Stadtarchivs, dicht gefolgt von den Schritten der beiden anderen.

»Margareta«, keuchte Lövdén, »worum geht es hier eigentlich?«

Dyfvermarks Antwort hallte zwischen den Wänden wider.

»An die achtzig Prozent der Kirchenbücher Schwedens sind eingescannt worden und liegen jetzt digital vor. Dieses Material kann ich mit einem Fingerdruck auf den Bildschirm holen. Einfach so«, rief sie und schnippte mit den Fingern.

»Aber die Bücher, die du suchst, sind noch nicht eingescannt?«

»Genau.«

Im Fahrstuhl musste sie wieder Dienstmarke und Sicherheitscode benutzen. Sie fuhren zwei Stock hoch, dann stiegen sie aus und liefen durch neue Gänge und weitere Korridore im fünften Stock.

»Und inwiefern haben wir Glück?«, fragte Claudia, die sie jetzt eingeholt hatte.

»Weil die Mikroficheoriginale hier aufbewahrt werden …«

Dyfvermark blieb bei einer weiteren feuersicheren Tür stehen. Ganz oben in der rechten Ecke der Tür war ein Blechschild mit den eingestanzten Abkürzungen MS -----ADRESSB//Pfr. gem/Volkz angebracht. Sie öffnete die orange Stahltür, ging in den Raum und schaltete die Deckenbeleuchtung ein, es blinkte einige Male in der Dunkelheit, als die Neonröhren aufleuchteten. Claudia und Lövdén sahen sich in dem Archivraum um, an die hundert Regalsektionen drängten sich in langen Reihen zusammen und waren an Eisenschienen im Boden befestigt.

»Hier irgendwo«, murmelte Dyfvermark und lief zu einem Regal in der vierten Reihe.

Sie packte das Rad und drehte es im Uhrzeigersinn. Die Regalsektion knirschte, als sie über die Schienen glitt.

»Diese Regalsektionen sind mit fünfzehn Tonnen Archivmaterial beladen«, keuchte sie. »So ein Regal zu bewegen entspricht also dem Tragen von drei ausgewachsenen Elefantenbullen. Ab und zu kommt man sich vor wie Pippi Langstrumpf, wenn man im Stadtarchiv arbeitet.«

Sie halfen ihr, die restlichen Regale zu bewegen, und bald

standen sie vor der Sektion KIRCHENARCHIV GVI: 1-PIII 70/AIII 1-ABT 1// Bl. 47 – FII:13. Zwischen den Regalsektionen A058 und A059 war ein schmaler Spalt entstanden, gerade breit genug, um sich seitlich hindurchzuschieben. Dyfvermark lief durch die engen Regalreihen und studierte Jahreszahlen, Gemeindenamen und Serienzeichen, dann blieb sie endlich vor einer Sektion ganz hinten bei der Betonwand stehen. Dort fing sie an, zwischen Ordnern und in Folie eingeschweißten Mappen zu suchen.

»In den fünfziger Jahren wurden alle Kirchenbücher Schwedens auf Mikrofilme aufgenommen. Im Herbst 1985 haben wir dann angefangen, diese Filme auf Mikrofiches zu übertragen. Hoffen wir, dass wir hier die Geburtenlisten finden, die wir suchen.«

»Ist es unmöglich, Hedins Nachkommen auf andere Weise zu finden?«

»Nein, unmöglich nicht, aber statt dreißig Minuten würden wir dreißig Stunden dafür brauchen. Oder dreißig Tage. Allein in den staatlichen Archiven gibt es vierhundert Kilometer an entsprechenden Unterlagen.«

»Die Frage ist, ob der Name von Maria Karlssons Kind in diesem Archiv vorhanden ist.«

»Die Antwort könnte hier sein«, sagte Dyfvermark und zog eine Mappe mit transparenten Plastikkarten im A4-Format heraus. »Das hier ist das Geburten- und Taufregister der Gemeinde Storkyrka von 1903 bis 1926.«

Sie suchte weiter auf den Regalflächen und nahm dann zwei weitere Mappen heraus, in beide war in die rechte obere Ecke eine Aufstellung des Inhaltes eingestanzt.

GEMEINDE KLARA – Geburten- und Taufverzeichnis 1909–1918 --- SE/SSA/0010/C I d/9
GEMEINDE JAKOB – Geburten- und Taufverzeichnis 1907–1915 --- SE/SSA/6009/C I/1

»Jetzt gehen wir in die Forschungsabteilung, da können wir uns alle genauer ansehen.«

Sie gingen durch die Regalsektionen zurück, verließen das Archiv und fuhren mit dem Fahrstuhl zurück ins unterste Stockwerk. Dort liefen sie zu den Plexiglastüren am Ende des Ganges. Die Türen standen weit offen, und als sie den Raum dahinter betraten, schaltete sich das Deckenlicht automatisch ein.

»Willkommen im Forschungszentrum des Karten- und Grundrissarchivs.«

In dem rechteckigen Lesezimmer gab es an den Längsseiten an der Wand befestigte Arbeitstische, auf den Tischen standen etwa ein Dutzend Mikrofícheleser und ein Schmalfilmprojektor. Dyfvermark setzte sich an einen der Mikroficheleser, drückte auf den Anschaltknopf, legte die drei Mappen auf die Tischplatte und fing an, zwischen den dünnen Plastikfolien zu suchen, die darin aufbewahrt wurden.

»Mikrofiches sind wie Dias«, erklärte sie, »aber statt nur ein einziges Bild zu zeigen, können sie ganze Kirchenbücher enthalten. Es handelt sich also um Hunderte, vielleicht Tausende von Seiten, die verkleinert und auf diesen Plastikkarten gespeichert werden.«

Sie hob eine dieser Karten hoch und legte sie vorsichtig auf die Lesefläche des Gerätes, und sofort wurde die Karte auf den Bildschirm projiziert, vergrößert und deutlich.

»Na gut, los geht's.«

Methodisch begann Margareta Dyfvermark, die Geburts- und Taufregister der Kirchengemeinde Storkyrka durchzusehen, Tag für Tag, Woche für Woche. Mit geübten Handbewegungen ließ sie den Text immer weiter ablaufen, während ihr Blick am Bildschirm haftete. Abgenutzte Blätter und Schriften rollten vorüber, Taufnamen und Geburtsdaten. Taufpaten, Eltern, Pastoren. Männer und Frauen, die im Stockholm der Jahrhundertwende gelebt hatten, die damals lebende Menschen aus Fleisch und Blut gewesen waren. Jetzt waren sie tot, übrig waren nur ihre Namen und Geburtsdaten, fotografiert und im Stadtarchiv bewahrt, verborgen in einem unterirdischen Labyrinth aus Betonmagazinen und Archivregalen, eingeschlossen hinter einem halben Dutzend Sicherheitstüren.

Auf den Seiten der Stadtarchivarin standen Claudia und Lövdén schweigend und versuchten, etwas von der gewaltigen Textflut zu erfassen, die vor ihren Augen vorüberströmte.

»Was suchen wir eigentlich?«, fragte Claudia.

»Schwer zu sagen«, antwortete Dyfvermark. »Vielleicht könnten wir Maria Karlssons Namen finden oder irgendeine Bemerkung, die ein Geistlicher aufgezeichnet hat und die uns weiterhilft. Sie haben in ihren Kirchenbüchern oft auch Klatsch und besondere Umstände vermerkt.«

Sie sah die Geburts- und Tauflisten der Gemeinde Storkyrka zwischen Januar 1910 und Mitte Mai 1912 durch. Danach zog sie die Folie vorsichtig heraus und legte die nächste auf die Lesefläche. Auf diese Weise sah sie sich weiter die handschriftlichen Geburtenlisten an, die auf dem Bildschirm vorüberrollten, eine nach der anderen, eine Geburt nach der anderen. Zuerst die Listen der Gemeinde Storkyrka, dann die von Klara und Jakob. Nach einer Dreiviertelstunde seufzte sie frustriert und müde. Die leuchtende Erwartung in ihren Augen war erloschen.

»Diese ganze Suche beruht nur auf wilden Vermutungen. Keine Tatsachen, keine gesicherten Personenauskünfte. Maria Karlsson hat vielleicht bei Roslagstull gewohnt und dann der Johannesgemeinde angehört. Oder vielleicht wohnte sie im Arbeiterviertel bei der Hornsgata und gehörte zur Gemeinde Maria Magdalena. Vielleicht wohnte sie bei Hedin, kam aber aus Dalarna und gehörte zu einer Gemeinde in Mora oder Siljansnäs. Und wir wissen auch nicht, in welchem Jahr das Kind geboren wurde. Vielleicht 1912, aber es kann auch 1911 oder 1910 oder noch früher gewesen sein. Außerdem gibt es noch eine Möglichkeit, und das wäre die allerschlimmste. Nämlich, dass diese Geburt in keinem Kirchenbuch verzeichnet ist. Bisweilen wurden uneheliche Geburten geheim gehalten, um rechtlichen Konsequenzen zu entgehen.«

Lövdén warf einen Blick auf den surrenden Mikroficheleser.

»Wir könnten also auch eine Nadel in einem Heuhaufen suchen.«

»Schlimmer. Die Nadel ist immerhin irgendwo im Heuhaufen, aber wir suchen nach einer Person, die in den schwedischen Kirchenbüchern vielleicht niemals erwähnt worden ist.«

Sie suchte weiter in den Geburtenlisten, aber ihre Bewegungen wurden immer müder. Langsam drehte sie den Regler, folgte den schwarzen handgeschriebenen Zeilen mit müden Augen. Aber dann hörte sie plötzlich auf, am Rad zu drehen, und sprang so plötzlich auf, dass der Schreibtischsessel umkippte. Sie richtete ihren rechten Zeigefinger auf den Bildschirm, auf das abgenutzte mikroverfilmte Kirchendokument.

»Da ist sie … die Tochter!«

Auf dem Bildschirm war die adrette Handschrift eines Pastors zu sehen:

19*12* Geburten und Taufen in der Gemeinde *St. Jakob.*

GEBURT	TAUFE	GESCHLECHT	TAUFNAME
4. Mai A. N.	*12. Mai*	*w*	*Hedvig Maria Eugenia*

MUTTER	VATER	TAUFPATEN
Maria Alberta Lovisa Karlsson	*unbekannt*	*Nora Karlsson, Gustav Karlsson, Fanny Falkner Andrea Forsström*

Hedvig Maria Eugenia …

Claudias Herz hämmerte, als sie den vollständigen Namen und die Taufdaten des Kindes ansah.

»A. N.?«

»Ante Nuptialis«, erklärte Dyfvermark, »vor der Ehe geboren, mit anderen Worten. Das war in den Kirchenbüchern eine euphemistische Umschreibung für ein uneheliches Kind. Man kann das als Schlupfloch im Gesetz bezeichnen, es war wie gesagt gesetzlich verboten, in Schweden ein uneheliches Kind auf die Welt zu bringen. Ein Kind aber vor der Ehe zu bekommen, Ante Nuptialis, war nur sündhaft und unmoralisch.«

Claudias Blick richtete sich auf die erste Spalte.

»Sie wurde also am 4. Mai geboren, nur zehn Tage vor Strindbergs Tod.«

Lars Lövdén nickte, aber in seinem Blick lag eine gewisse Skepsis.

»Können wir wirklich sicher sein, dass es die Richtige ist? Margareta, du hast selbst gesagt, dass es damals in Stockholm Hunderte von Maria Karlssons gab. Das ist vielleicht eine von den anderen.«

»Nein, es ist die Richtige. Sieh mal da.«

Dyfvermark zeigte auf den Bildschirm des Mikrofichelesers, auf den Namen der dritten Taufpatin.

»Fanny Falkner? Wer zum Henker ist das denn?«

»Sie war Strindbergs letzte Liebe. Sie haben eifrig korrespondiert und sich oft in seiner Wohnung in der Drottninggata 85 getroffen. Auf diese Weise hat er dann wohl diese Hedingeschichte erfahren, durch Fanny Falkner.«

»Alles klar«, sagte Claudia eifrig. »Jetzt haben wir die drei wichtigsten Auskünfte. Ein Geburtsdatum, eine Kirchengemeinde und einen vollständigen Taufnamen. Und dann brauchen wir uns doch nur noch einzuloggen und in Ihrem digitalen Bevölkerungsregister zu suchen, oder? Und da müssen wir dann eine Personensuche mit allen Informationsvariablen durchführen, damit wir sie wiederfinden, auch wenn sie geheiratet und ihren Namen geändert oder irgendwann Karlsson mit C geschrieben hat.«

Margareta Dyfvermark nickte beifällig.

»Sie haben das Zeug zur Archivarin.«

»Ich bin Ermittlerin bei der Mordkommission, das ist im Grunde dasselbe.«

Sie verließen den Forschungsraum und liefen zurück durch das unterste Geschoss und durch die endlosen Gänge des Stadtarchivs.

»Jetzt müssten wir Hedins Nachkommen finden können«, keuchte Lövdén einige Meter hinter ihnen. »Jetzt müsste es gehen, verdammt noch mal.«

»Ja«, antwortete Claudia. »Aber es kann sich ein Problem ergeben. Hedvig Karlsson hat vielleicht fünf oder sechs Kinder bekommen, wer weiß? Und diese Kinder können auch viele Kinder und noch mehr Kindeskinder bekommen haben. Und dann gibt es Hunderte von Hedin-Nachkommen, und wir wissen nicht, welchen davon Fredrick Stolte sich für seine Rache ausgesucht hat. Wir konnten nicht einmal achtzehn Mitglieder der Schwedischen Akademie beschützen, wie soll das dann bei mehreren hundert Hedin-Nachkommen gehen?«

Margareta Dyfvermarks Absätze hallten zwischen den Betonwänden wider, als sie zurück in den IT-Raum gingen. Sie setzte sich vor den Computer und schaltete sich in das digitale Archiv ein, murmelte vor sich hin und machte sich ans Suchen.

»Sie ist ja sicher schon tot, und dann müssten wir sie hier finden.«

Mit wenigen raschen Bewegungen klickte sie das Symbol für SCHWEDISCHE VERSTORBENENLISTE an und gab die Daten aus dem Geburten- und Taufverzeichnis ein. In Sekundenschnelle fand sie die letzte Kirchengemeinde, der Hedvig Karlsson angehört hatte.

»Sie ist 1947 gestorben. In der Gemeinde Täby.«

»1947? Da ist sie ja nur fünfunddreißig Jahre alt geworden.«

Dyfvermark loggte sich ins Intranet des Stadtarchivs ein und klickte sich durch die gesperrten Dateien und landete dann bei A-IV-d: PERSONENAKTEN FÜR TOTE UND TOTERKLÄRTE. Dann gab sie ins Suchfeld Hedvig Karlssons vollständigen Taufnamen, ihr Geburtsdatum und ihre letzte Kirchengemeinde ein.

»Früher waren alle diese Personendaten im ganzen Land verstreut, auf handgeschriebenen Vordrucken in Tausenden von Kirchenbüchern und Gemeindehäusern versteckt. Es konnte Wochen, manchmal Monate dauern, solche Auskünfte zu ermitteln. Jetzt kann ich sie mit wenigen Tastendrucken auf meinen Bildschirm holen.«

Als sie auf »Enter« drückte, tauchte auf dem Bildschirm sofort ein eingescannter Text auf, maschinenschriftliche Buchstaben in einem karierten Formular:

Personenakte – RSV 7190 (Ausgabe 1) – 1 Blatt
Vorname: Hedvig Maria Eugenia
Nachname: Burman, geb. Karlsson
Geschlecht: w
Geburtsdatum und Personenkennziffer: 1912- 05-04-058
Beruf: Verkäuferin
Staatangehörigkeit: Schwedisch
Geburtsort: Jakob. Stadt Stockholm
Eltern:
  Vater: ---
  Mutter: Ekholm, Margareta Alberta Lovisa, geb. Karlsson
Ehe:
  Geschlossen 1943-10-23//Burman, Anton Manfred
  Geschieden: ---
Kinder:
  Geschlecht W//1947-12-06//Burman, Rose-Marie Klara Matilda//Täby, Sthlm
Verzogen (überführt) in die Gemeinde (Einwohnerregister)

1. Jakob (Stockholm)
2. Maria Magdalena, Stockholm// 1931-01-22
3. Täby, Stockholm//1943-04-19

Gestorben oder für tot erklärt: 1947-12-06, Frauenklinik Danderyd
Todesursache: im Kindbett/---/Cysta ovarii, retroflexio uteri gravidi

»Sie hat keine sechs Kinder bekommen. Sondern nur eins, und bei der Geburt ist sie dann gestorben.«

Wieder griff Dyfvermark zur Maus, klickte SCHWEDISCHE BEVÖLKERUNG 1990 an und gab Rose-Marie Burmans persönliche Daten ein. Als die Treffer gezeigt wurden, schlug sie mit voller Wucht auf die Tischplatte.

»Oh verdammt, null Treffer. Dann gibt es ihre Personenakte nicht im Gemeindearchiv.«

»Was bedeutet das?«

»Hoffentlich, dass sie vor dem 13. Juni 1991 gestorben ist. Sonst war unsere ganze Suche sinnlos.«

Sie klickte noch einmal das Todesregister an und wiederholte die Suche, die Auskünfte tauchten auf dem Bildschirm auf, und sie seufzte erleichtert.

»Also, sie ist 1989 in der Gemeinde St. Katarina gestorben.«

Dyfvermark schaltete sich wieder in die Liste der Toten und Toterklärten ein, und als sie Rose-Maria Burmans Todesdatum und ihre letzte Kirchengemeinde eingab, tauchte auf dem Bildschirm wieder ein Formular auf kariertem Papier auf:

Personenakte – CF-J 3901 XII.67 – 1 Blatt
Vorname: Rose-Marie Klara Matilda
Nachname: Dorfman, geb. Burman
Geschlecht: w
Geburtsort und Personenkennziffer: 1947-12-06-1389
Beruf: Künstlerin, diverse
Staatsangehörigkeit: Schweden
Geburtsort: Täby, Stockholm
Eltern:
  Vater: Burman, Anton Manfred
  Mutter: Burman, Hedvig Maria Eugenia geb. Karlsson
Ehe:
  Geschlossen: 1972-03-13// Dorfman, Tobias Teodor

Geschieden: ---

Kinder:

Geschlecht: M//1972-09-22-1599//Dorfman, Leo Waldemar// Gottsunda, Uppsala

Umgezogen (überführt) zur Gemeinde (Einwohnermeldeamt):

1. Täby, Sth
2. Gottsunda, Uppsala // 1967-08-05
3. Katarina, Stockholm//1972-11-30

Gestorben oder für tot erklärt: 1989-09-29, Söderkrankenhaus

Todesursache: chronisches Herzleiden/---/Reptura cordis

Claudia starrte den Bildschirm an, das grauweiße Feld ganz unten links, das sich auf die Kinder der Gesuchten bezog, und ein einziges Wort kam aus ihrem Mund, ein Flüstern:

»Leo …«

Dann stürzte sie aus dem IT-Raum, hinter sich hörte sie Lövdén rufen, verstand aber kein Wort. Sie jagte durch die verschlungenen Irrgänge des Stadtarchivs, jeder Schritt hallte zwischen den Betonwänden wider. Aus der Hosentasche riss sie das Mobiltelefon, das sie sich von Giorgios Papadakis geliehen hatte, aber hier, dreißig Meter unter der Erdoberfläche, gab es keine Verbindung.

»Verdammte Scheiße!«

In wildem Tempo stürzte sie zu den Fahrstühlen, riss eine Tür auf und drückte auf die Knöpfe, aber ohne Sicherheitscode und Dienstmarke konnte sie den Fahrstuhl nicht in Bewegung setzen. Also rannte sie wieder hinaus, lief um die Ecke, die Wendeltreppe hoch, eine Etage nach der anderen, drei Stufen auf einmal. Als sie die Eingangshalle erreicht hatte, keuchte sie, der Schweiß lief ihr über die Stirn. Abermals riss sie das Telefon aus der Tasche, und jetzt fand sie sofort ein Netz. Sie lief durch die dunkle Vorhalle und gab eine Nummer ein, riss die Eingangstür auf und jagte hinaus in den heraufziehenden Stockholmer Morgen. Im selben Augenblick hörte sie die ersten Klingeltöne.

»Melde dich doch, verdammt noch mal. Melde dich …«

Nach dem zehnten Klingeln steckte sie das Telefon wieder in die Tasche, dann rannte sie den Hang bei der Kirche von Kungsholm hinunter, zu dem Fliederbusch, wo ihr Motorrad stand.

25

Verner von Heidenstam

Nobelpreisträger für Literatur 1916

Begründung der Schwedischen Akademie:

»Als Anerkennung seiner Bedeutung als Wortführer einer neuen Epoche in unserer schönen Literatur.«

19. Mai 2012

Mit dem Schwarzpulverrevolver in der Hand ging Fredrick Stolte durch das Antiquariat, die Bodenbretter knarrten unter seinen blankgeputzten Halbschuhen, der Gehrock mit der doppelten Knopfreihe bewegte sich im Luftzug. Den rabenschwarzen Zylinder hatte er auf seinem Kopf zurückgeschoben.

Es war ein Strindberg mittleren Alters, ein Mann vom Beginn der 1890er Jahre. Als wäre er durch die Zeit gereist, dem Quartier Latin des Paris der Jahrhundertwende entstiegen. Sein Gesicht hatte das jugendliche Feuer verloren, aber noch hatten sich graue Haare und Runzeln des Alters nicht eingestellt. Die blauen Augen leuchteten unter der seidenen Hutkrempe und musterten Leo Dorfman.

Leo stand nur wenige Meter weiter, eingeklemmt zwischen der Geschichtsabteilung und dem Science-Fiction-Regal. Zwischen den beiden Männern war die Wachskerze fast heruntergebrannt, die Gesichter der beiden wechselten im Schein der Flamme die Farbe, die Schattenbilder tanzten über Regale und Bücherstapel. Das schrille Klingeln ließ die Männer zu dem Diavoxtelefon auf dem Sekretär hinüberblicken. Nach dem dritten Signal öffnete Fredrick Stolte den Mund, feuchtete sich die Lippen mit der Zungenspitze an.

»Das ist vielleicht deine Freundin Claudia Rodriguez, die versucht, dich aus dem Stadtarchiv anzurufen.«

Als Leo Claudias Namen hörte, durchfuhr ihn ein elektrischer Schlag. Er nickte, gelähmt vor Angst.

»Vielleicht …«

Das dunkelbeige Telefon aus den siebziger Jahren klingelte noch einige Male scharf und durchdringend. Als der letzte Klingelton verhallt war, ergriff Fredrick Stolte abermals das Wort.

»Oder vielleicht auch die Freundin deines Vermieters. Sigrid Everts, die seit so vielen Jahren versucht, dich aus diesem Antiquariat herauszuekeln.«

Leo starrte die dunkle Strindberggestalt an, die ihm den Weg versperrte.

»W-woher weißt du so viel über mich? Wie kannst du so … sicher sein?«

»Ich weiß fast alles über dich, und in den vergangenen Tagen habe ich dich und Claudia Rodriguez mit großem Interesse verfolgt. Eure Ermittlungen waren bewundernswert.«

»Uns verfolgt?«

Fredrick Stolte nickte im Dämmerlicht.

»Ihr wart zweimal in der Börse. Beide Male habt ihr euch im südwestlichen Teil des Gebäudes aufgehalten. Mit anderen Worten, ihr wart im geschlossenen Archiv der Schwedischen Akademie, nicht wahr?«

Leo nickte, brachte aber keine Antwort heraus.

»Heute Nacht«, sagte nun Fredrick Stolte, »habt ihr zudem eine Entdeckung gemacht. Ihr habt die mechanische Geheimtür gefunden, die mein Urgroßvater vor fast hundert Jahren konstruiert hat.«

Während er all das sagte, glitt seine Daumenspitze immer wieder über den gespannten Hahn seines Perkussionsschlossrevolvers.

»Viele der bedeutendsten Autoren und Professoren des Landes waren dort unten im Kellerarchiv. Alle Mitglieder der

Akademie, seit 1914, als das Archiv in Gebrauch genommen wurde, haben dieses kleine Silberdreieck in der Mauer betrachtet. Aber niemand hat Carl-Oscars Trimurtirätsel lösen können. Nur du.«

Leo holte tief Luft und fand die Sprache wieder.

»Kymendö.«

»Genau, Kymendö. Mit nur einem M, wie Strindberg und die Leute von Kymendö es schreiben. Ich weiß ja, dass du dieses Problem gelöst hast, sonst wäre das Kalksteintor nicht aufgegangen.«

Er ging weiter zwischen den Regalen hindurch, kam näher.

»Danach habt ihr den Weg durch die unterirdischen Gänge der Dominikaner gefunden. Dort unten konntet ihr die geheime Höhle der Bruderschaft entdecken. Und, war da jemand?«

Für einen Moment zögerte Leo, ballte die Fäuste.

»Es waren drei Personen dort«, sagte er endlich.

»Ach was, alle drei? Und was haben sie gemacht, als du mit Claudia Rodriguez hereinkamst? In unsere Kammer, die noch kein Außenstehender je gesehen hat? Was haben mein Vater und seine beiden Mitverschworenen gesagt, als ihr hereinkamt?«

»Sie haben nichts gesagt, sie hatten das weiße Arsen aus dem Flachmann getrunken. Sie waren tot.«

Einige Sekunden lang stand Fredrick Stolte bewegungslos da, wie eine aus Stein gehauene oder in Bronze gegossene Strindbergstatue. Dann sprach er im gleichen Tonfall wie zuvor:

»Aus der Höhle seid ihr dann nach Östermalm gefahren, nicht wahr? Ihr habt bei der Hedvig-Eleonora-Kirche gehalten, hinter dem Grab von Carl von Cardell, stelle ich mir vor. Danach wart ihr in unserer Wohnung. Und seid in mein Zimmer eingebrochen. Sag mal, leben die goldenen Giftfrösche noch?«

»Ja ... die leben noch.«

»Das höre ich gern. Ich will nicht, dass ihnen etwas passiert.«

Leos Hände zitterten vor Angst und Zorn.

»W-woher weißt du das alles? Woher zum Teufel kannst du wissen, wo wir überall waren?«

Fredrick Stolte lachte auf.

»Ach, die Erklärung ist ja so einfach. In deinem linken Turnschuh, in einem Spalt zwischen der Gummisohle und der orthopädischen Einlage, gibt es einen Mikrochip. Mit dessen Hilfe konnte ich dich seit zwei Tagen genau überwachen.«

»Das ist ... unmöglich. Wann zum Teufel hast du mir denn einen Mikrochip in den Schuh stecken können? Das ist doch total unmöglich!«

Fredrick Stolte antwortete gelassen:

»Das alles geschah in einer kalten verschneiten Aprilnacht. Vielleicht kannst du dich daran erinnern? Du hast die Nacht bei einer Bekannten verbracht, und als du am Morgen ins Antiquariat zurückgingst, hatte jemand, mit Hilfe eines Brecheisens, die Hintertür aufgebrochen und ein Buch gestohlen. Das war ich. In dieser Nacht war ich hier und habe in mehreren Kleidungsstücken acht Mikrochips versteckt. Unter anderem habe ich einen unter die Sohle des Turnschuhs geschoben, den du gerade trägst. Außerdem habe ich ein signiertes Exemplar von Patti Smiths *Just Kids* eingesteckt. Ich bitte um Entschuldigung, Diebstähle kann ich nun gar nicht gutheißen. Aber damit der Einbruch überzeugend wirkte, musste ich doch etwas mitnehmen, oder nicht? Einige Tage später, als du mit Kundschaft beschäftigt warst, war ich hier im Antiquariat und habe drei Hunderter auf den Sekretär gelegt. Das ist drei Wochen her.«

Leo schüttelte den Kopf, sein Schattenbild jagte über die Bücherregale.

»D-das … das ist unmöglich, da hatten die Akademiemorde ja noch nicht angefangen. Du konntest nicht wissen, dass ich damit zu tun haben würde.«

»Nein, das konnte ich nicht wissen. Aber das Schicksal hat meine Schritte trotzdem in dein Antiquariat gelenkt. Und zu dir.«

»Das Schicksal? Was … was zum Teufel soll das denn heißen?«

Fredrick Stolte gab keine Antwort, er trat noch weiter zwischen den Bücherregalen vor.

»In meinem Zimmer, auf dem Schreibtisch, habt ihr doch sicher eine handschriftliche Mitteilung aus dem Mai 1912 gefunden. Ihr habt sie natürlich mit großem Interesse gelesen, danach haben sich eure Wege getrennt. Claudia Rodriguez ist zum Stadtarchiv gefahren, um Informationen über die in dem Schriftstück erwähnte Haushälterin zu suchen. Und du bist hergekommen, um über Sven Hedin zu lesen, nicht wahr?«

»… ja.«

»Mit anderen Worten wisst ihr, dass er eine Tochter hatte, ein uneheliches Kind, und dass heute ein unbekannter Nachkomme von Sven Hedin lebt.«

Leo nickte stumm.

»Aber die Identität dieser Person kennt ihr nicht.«

»Nein.«

»Dann möchte ich dir bei deinen Ermittlungen helfen. Das 1912 geborene Mädchen wurde Hedvig getauft, klingt das bekannt?«

Leo schüttelte den Kopf, seine Zungenspitze war wie ausgedörrt, als sie sich in seiner Mundhöhle bewegte.

»Hedvig ist ein ganz normaler Name.«

»Ja, das stimmt. Aber diese Hedvig hat geheiratet und dann

den Namen ihres Mannes angenommen, Burman, zusammen bekamen sie ein Kind, eine Tochter. Bei der Entbindung im Krankenhaus von Danderyd kam es zu schweren Komplikationen, Gebärmutterriss ist wohl die korrekte Bezeichnung. Der Arzt versuchte, die inneren Blutungen mit großen Dosen an Morphium zum Stillstand zu bringen, aber das machte alles eher noch schlimmer. Hedvigs Leben war nicht zu retten, aber ihre Tochter, Rose-Marie, überlebte. Sie wuchs in Täby kirkby im Nordosten von Stockholm auf. Dort lebte sie mit ihrem Vater und dessen neuer Frau. Mit einundzwanzig Jahren nahm sie an der Universität von Uppsala ihr Studium der Journalistik auf. Dort lernte sie auch ihren späteren Ehemann kennen, den Dichter und Reiseschriftsteller T. T. Dorfman. Aus dieser Ehe ging ein Sohn hervor.«

Als Leo die Namen seiner verstorbenen Eltern hörte, schien der Boden unter seinen Füßen nachzugeben. Er packte das Lyrikregal, um nicht zu stürzen.

»D –dann … dann bin ich Hedins Nachkomme?«

Fredrick Stolte nickte.

»Du bist der Enkel von Sven Hedins Tochter. Du bist sein einziger lebender direkter Nachkomme.«

Fredrick Stolte verzog die Lippen zu einem Lächeln.

»In den vergangenen Tagen habe ich mich oft über eine Vorstellung gefreut. Nämlich, dass du nach mir suchst, während ich nach dir suche. Diesen Zufall, dieses Zusammentreffen, hätte August Strindberg amüsant gefunden. Vielleicht hätte er in seinem okkulten Tagebuch eine Notiz hinterlassen.«

Dann verschwand das Lächeln, und seine Lippen waren wieder gerade.

»Und jetzt haben wir uns endlich gefunden, du und ich.«

Mit entschiedener Bewegung hob nun Fredrick Stolte den

Perkussionsschlossrevolver, dessen blankpolierte Oberfläche im Halbdunkel glänzte.

»Ich komme, wie du verstehst, mit einem besonderen Ziel.«

»W-warte …«

»Ich warte seit so vielen Jahren. Jetzt ist die Wartezeit zu Ende.«

Er zielte, ließ den Zeigefinger am Abzughahn ruhen und sagte laut und feierlich:

»Die Stunde der Rache ist gekommen, Sven Hedin.«

Leo starrte in die Revolvermündung, gelähmt vor Angst, wartete auf den ohrenbetäubenden Knall des Schwarzpulvers. Aber dann war etwas anderes zu hören. Das Geräusch von zerspringendem Glas und eines dröhnenden 750-Kubik-Motors füllte das Antiquariat, Glasscherben und Taschenbücher stoben in alle Richtungen auseinander, als eine Honda Shadow durch das Schaufenster brach. Das Vorderrad traf Fredrick Stoltes Schulterblatt und schleuderte ihn kopfüber gegen das Fantasyregal. Sein rechtes Bein zerbrach unter dem fahrerinnenlosen Motorrad, das rotierende Vorderrad wurde gegen seinen Kopf gepresst und riss Schminke und Silkonschichten von der rechten Gesichtshälte. Als er den Kopf hob, war er entlarvt: zur Hälfte August Strindberg, zur Hälfte Fredrick Stolte. Mit einer gewaltigen Anstrengung schob er das Motorrad zur Seite. Blutend erhob er sich, richtete Blick und Schwarzpulverrevolver auf die zerbrochene Fensterscheibe, auf die Bondegata, aber kein Mensch war zu sehen.

»K-k-komm raus!«

Er taumelte durch das Labyrinth aus Regalen und Bücherstapeln, unter seinen Halbschuhen knirschten Glasscherben und zerfetzte Gedichtsammlungen. Sein Blick wanderte durch das morgendunkle Lokal, wütend und verängstigt, wie ein waidwundes Raubtier, wie ein gejagter Jäger. Das Blut strömte über seine Stirn, die zerbrochene Knieschale knackte.

»Wo ... seid ... ihr?«

Plötzlich registrierte er hinter dem Sekretär eine Bewegung, er fuhr herum, trotz seiner Verletzungen, und gab mehrere Schüsse ab. Das Antiquariat füllte sich mit Pulverdampf und lautem Dröhnen. Er stand ganz still da, lauschte auf einen Menschenkörper, der zu Boden fiel, ein Wimmern, aber im Antiquariat herrschte vollkommene Stille. Langsam schleppte er sich zwischen den Regalen weiter, spannte den Hahn seines Perkussionsschlossrevolvers und keuchte wütend:

»Ihr ... könnt ... euch ... nicht ... verstecken ...«

Als er an den Klassikern vorbeikam, sah er etwas zwischen den Buchrücken, zwischen der *Schatzinsel* und *Dr. Jekyll und Mr Hyde* schaute eine Sig Sauer hervor. Er warf sich zur Seite, gab zwei Schüsse auf das Regalfach ab. Wo die Bücher von Robert Louis Stevenson standen. Der ohrenbetäubende Knall hallte wider, und abermals füllte sich das Antiquariat mit Pulverdampf. Danach kehrte erneut vollkommene Stille ein. Langsam sank Fredrick Stolte zu Boden, presste sich die linke Hand auf den oberen Teil seines Halses, gleich unter dem Wangenknochen, wo seine Kehle von einer 9x19mm-Kugel aus einer halbautomatischen polizeilichen Dienstwaffe durchbohrt worden war. Er keuchte, rang um Atem, aber sein Hals füllte sich mit Blut statt mit Luft. Nun hörte er ein Knarren, entschlossene Schritte hinter dem Klassikerregal, und bald sah er dann eine Gestalt. Mit einer gewaltigen Anstrengung hob er die Schwarzpulverwaffe und zielte auf die dunkelhaarige Frau. Aber als sein Zeigefinger sich um den Abzug krümmte, war aus der Kammer nur ein hohles Knacken zu hören.

»Du hast schon sechs Schüsse abgegeben, eine Remington von 1860 hat nicht mehr.«

Claudia trat zwischen den Bücherregalen hervor und richtete ihre Dienstwaffe auf Fredrick Stoltes Brustkorb, ließ sein Gesicht nicht aus den Augen. Neben ihr humpelte Leo einher, langsam kamen sie auf den angeschossenen Mann zu, auf den Mörder, den sie vier lange Tage gejagt hattten. Fredrick Stolte starrte sie aus fiebrigen Augen an, langsam öffnete er den Mund und konnte mit seiner zerfetzten Kehle einige Sätze bilden.

»M –m-m-eine… F-freunde… darf ich euch s-so n-n-ennen… ihr seid ü-überrascht… das k-kann ich euch ansehen… aber ich b-betrachte euch als meine Freunde… auch wenn wir uns hier z-z-zum ersten Mal… b-begegnen…«

Mehr konnten sie nicht verstehen. Aus Stoltes Mundhöhle quollen schäumender Speichel, Blutklumpen und unbegreifliche Wörter. Behutsam hob Leo seinen Kopf, legte ein Leinenkissen zwischen die Bodenbretter und den gebrochenen Schädelknochen.

Fredrick Stolte redete immer weiter, keuchte seine letzten Worte aus sich heraus, hustete und spuckte sie aus. Geflüster, das nicht zu verstehen war, Sätze, die in Blut und Gallenflüssigkeit ertranken. Claudia und Leo hockten zwischen Glasscherben und umgekippten Bücherstapeln, versuchten zu hören, was der sterbende Akademiemörder zu sagen hatte. Aber Fredrick Stoltes letzte Worte waren unbegreiflich, unmöglich zu verstehen, nur er selbst kannte ihre Bedeutung. Am Ende schloss er hinter seiner Strindbergmaske die Augen, die Muskeln verloren ihre Lebenskraft, und langsam entglitt der Schwarzpulverrevolver seinen blutigen Fingern.

Schweigend sahen sie den Toten an, und das Einzige, was zu hören war, waren aus der Ferne näher kommende Polizeisirenen. Der Geruch von Holzkohlenpulver und Schwefel füllte das Antiquariat, weiße Schwaden aus Pulverrauch hüllten sie ein.

»Leo, alles in Ordnung mit dir?«

»Glaub schon.«

Aus Taschenbüchern und Lyriksammlungen losgerissene Seiten wirbelten im Durchzug, einige flogen aus dem zerbrochenen Fenster, wurden vom Wind aufgefangen und im menschenleeren Södermalm verteilt.

* * *

Zwanzig Minuten darauf hatte die Bondegata sich gefüllt mit Einsatzfahrzeugen, Krankenwagen, mit wütenden Rufen und dem Knistern der Kommunikationseinheiten, mit Blaulicht, das die Hausfassaden beleuchtete. Glasscherben, zerrissene Buchumschläge und Plastikfragmente lagen auf dem Asphalt.

Auf einer Trage, dem Antiquariat gegenüber, saß Leo. Er verzog ein wenig das Gesicht, als eine Krankenschwester die Wunden an seinem Ellbogen und seinen Wangenknochen reinigte, das Desinfiziermittel brannte auf der Haut.

»Das sind nur Schürfwunden und ein paar Blutergüsse.«

Er nickte, sah hinter der Krankenschwester her, die im Gewimmel verschwand. Sein Blick blieb am Antiquariat und dem zerbrochenen Schaufenster hängen. Im hellen Schein der Leuchtröhren konnte er im Laden etwa ein Dutzend Personen erkennen, Kriminaltechniker, zivile Polizisten, einen Gerichtsmediziner, Claudia, sie liefen eilig zwischen Bücherstapeln und umgekippten Regalen hin und her. Die meisten blieben beim Lyrikregal stehen, bei Fredrick Stoltes Leichnam, der sich unter einer gelben Veloursdecke abzeichnete.

Im westlichen Teil der Umgebung, hinter den blauweißen

Absperrungen, sah er Journalisten, Fernsehreporter und Fotografen, an die dreißig waren schon vor Ort, und immer weitere kamen dazu. Sie streckten ihre Digitalkameras und Mikrofone aus, riefen auf Schwedisch, Englisch, Deutsch, aber ihre Fragen prallten unbeantwortet an den Wohnhäusern ab.

Leo stützte sich auf die Trage und richtete sich auf, starrte den Asphalt an und sah am Bordstein ein zerfetztes Blatt Papier. Er hob es auf, versuchte, die kurzen Gedichtzeilen zu lesen, konnte aber unter Schmutz und Reifenabdrücken nur einzelne Wörter entziffern.

»Es tut mir leid, dass ich dein Antiquariat verwüstet habe.«

Sofort hob er den Kopf, sah Claudia an und grinste.

»Ich hätte ohnehin aufräumen müssen.«

Sie trat dicht an ihn heran, der Mullverband an ihrem linken Arm hatte sich blutrot verfärbt, rostrot. Ihr Blick wanderte zum BMW hinüber, der etwa zehn Meter von ihnen entfernt stand, zu Lars Lövdén, der auf der Rückbank wartete, ein Zigarettenstummel glühte in seiner linken Hand, und der Rauch ringelte sich zur offenen Hintertür hinaus. Hinter der Fensterscheibe des Beifahrersitzes konnte sie eine Silhouette ahnen, eine bewegungslose Kontur, die dem Polizeichef gehörte.

»Ich muss los.«

»Ins Polizeipräsidium?«

»Ja.«

»Wird es Probleme geben? Mit Jeglertz?«

»Nein.«

Langsam strich er sich die Haare aus den Augen, ließ dann das Blatt Papier los und ließ es auf den grauen Asphalt segeln.

»Claudia …«

Sie sah ihn an, wartete auf die Fortsetzung.

»Was passiert jetzt?«

»Keine Ahnung.«

»Ich meine …«

»Ich weiß, was du meinst, Leo. Ich weiß es nicht.«

Für einen kurzen Moment sahen sie einander an. Die bleiche Morgensonne war über den Dächern zu sehen, zwischen den Schornsteinen. Claudia streichelte seine Wange. Dann lief sie zu dem wartenden BMW und stieg hinten ein, zog die Tür zu, drehte sich nicht um, als der Wagen über die Straße davonfuhr.